BORIS TZAPRENKO

Il sera...

TOME IV
SYMBIOSE

ilsera.com

Édition : BoD – Books on Demand,
12/14 rond-point des Champs-Élysées, 75008 Paris
Impression : BoD - Books on Demand, Norderstedt, Allemagne
ISBN: 9782322402465
Dépôt légal : Décembre 2021

(009050921)

Remerciements

Toute ma reconnaissance à :

Marjorie AMADOR
Harald BENOLIEL
Serge BERTORELLO
Sonia BIARROTTE
Lotta BONDE
Frédéric FLEURET
Nathalie FLEURET
Jacques GISPERT
Elen Brig Koridwen
Bernard POTET

À Rémy

Avertissement :

Toute ressemblance avec des personnes réelles qui
existeront sera totalement fortuite.
Il ne pourra s'agir que de pures coïncidences.

Les signes de conversations :

—   Quelqu'un parle.
—::   Quelqu'un parle via le Réseau.

—>   Quelqu'un parle à une machine.
—<   Une machine parle à quelqu'un.

—::>   Quelqu'un parle à une machine via le Réseau.
—::<   Une machine parle à quelqu'un via le Réseau.

Jupiter

Cinquième planète

Jupiter est la plus grosse planète du système solaire. La masse de cette géante gazeuse est 2,5 fois plus grande que la masse totale de toutes les autres planètes du système solaire, elle est aussi égale à 317,8 fois la masse de la Terre. Des vents de 600 km/h agitent une atmosphère qui s'enorgueillit d'une impressionnante curiosité connue sous le nom de « Grande tache rouge ». Il s'agit d'une tempête anticyclonique permanente visible à 22° au sud de l'équateur. Elle est connue depuis 1831 au moins. Cette tempête titanesque est trois fois plus grande que la Terre.

Distances au Soleil :

Maximun (Aphélie) :
816 000 000 km.
5,5 UA.
~ 45 min lumière.

Minimum (Périhélie) :
741 000 000 km.
4,9 UA.
~ 41 min lumière.

Distances approximatives à la Terre :

À cause des excentricités et des orientations orbitales, 89° entre les grands axes des deux planètes, qui entraîneraient calculs et précisions inutilement complexes, ces distances sont indiquées approximativement. Le but étant d'avoir une idée des temps de communication imposés par ces distances.

Maximun :

~ 965 000 000 km.

~ 6,5 UA.

~ 53 min lumière.

Minimum :

~ 590 000 000 km.

~ 4 UA.

~ 33 min lumière.

Autres données :

Diamètre équatorial : 142 984 km (11,2 Terre).

Masse : 1,898 7×10^{27} kg (317,8 Terre).

Masse volumique : 1,33 g/cm^3 (0,241 Terre).

Pesanteur : ~ 23 m/s^2 (2,3 Terre, donc 2,3 g).

Vitesse d'évasion : 59,54 km/s.

Période orbitale : (Temps de révolution autour du Soleil) : 11 ans 312 j 20 h 24 mn.

Période de rotation (Durée du jour) : 9 h 50 mn.

Inclinaison de l'axe de rotation : 3,12°.

Inclinaison de l'orbite sur l'écliptique : 1,3°.

Excentricité de l'orbite : 0,048.

Nombre de satellites : déjà plus de 60. Mais il est difficile de fixer un nombre précis, car on en découvre sans cesse. Et puis, quelle taille doit atteindre un satellite pour être compté comme tel ?

Nombre d' anneaux : 3.

Parmi les satellites de Jupiter, figurent les satellites galiléens. Ainsi nommés parce qu'en 1610 ils ont été découverts par Galilée, ils sont au nombre de 4. Par ordre de distance croissante à Jupiter, ce sont : Io, Europe, Ganymède et Callisto.

Jupiter photographié par Voyager 2, le 25/06/1979, depuis une distance de 12 millions de km.
Au premier plan se trouve Io.

Io

Premier satellite galiléen de Jupiter

Io est un monde très volcanique. Sa surface a fait dire qu'il ressemble à une pizza. Son plus haut sommet atteint 16 000 m, deux fois la hauteur de l'Himalaya. L'activité volcanique est provoquée par les forces des marées principalement exercées par Jupiter, qui n'est qu'à 422 000 km de Io. Ce satellite dénombre quelque 400 volcans actifs pouvant cracher des composés soufrés jusqu'à 400 km d'altitude. Les températures de surface se situent entre -140 °C et -180 °C, mais les lacs de lave peuvent dépasser les 1 700 °C.

Diamètre : 3 650 km.

Masse : $8,93 \times 10^{22}$ kg.

Masse volumique : 4,54 g/cm^3.

Pesanteur : 1,79 m/s^2 (0,18 Terre, donc 0,18 g).

Vitesse d'évasion : 2,6 km/s.

Vitesse orbitale autour de Jupiter : 47,5 km/s.

Période orbitale : (Temps de révolution autour de Jupiter) : 42 h 27 min.

Période de rotation : (Durée du jour) : 42 h 27 min. Comme la Lune le fait pour la Terre, Io présente toujours la même face à Jupiter.

Éruption volcanique sur Io photographié par Voyager 2.

1. Il faut que je tienne une promesse, se dit-elle

Assis en face de Sandrila Robatiny, l'être qui portait l'identification C12/2 regardait dans le ciel le gigantesque oiseau qui tournait, en tortillant machinalement les poils imaginaires de son avant-bras.

Tandis qu'il effectuait ce geste inconscient, ses doigts en polycarbolame plissaient légèrement le tissu de sa manche. Son avant-bras n'était plus velu depuis que son corps était un RPRV méca.

L'Éternelle l'observait. Ils se trouvaient tous les deux sur la terrasse de sa somptueuse habitation, installés dans de moelleux fauteuils. Fauteuils que le corps du Mécan n'eût su apprécier, quelque confortables qu'ils fussent, bien entendu.

— C'est Rapace, dit-elle. Il est très jaloux et supporte mal qu'on me tienne compagnie.

C12/2 tressaillit. Il baissa vivement les yeux, plantant son regard dans celui de l'humaine. Comment avait-il pu se laisser distraire ? La lassitude, sans doute. Depuis combien de temps n'avait-il pas dormi ? Il aurait eu du mal à le dire. Son esprit s'engourdissait dans une légère céphalée. Il tendit le bras et affirma :

— Vous étiez là, exactement. Allongée. Avec un trou énorme dans la tête. Je le sais, j'en suis certain. Il doit rester des traces. Non ?

— Pas si quelqu'un, suffisamment habile, les a toutes fait disparaître. Mais, je vous crois. J'ai des raisons de vous croire. Expliquez-moi, même si je m'en doute, pourquoi vous vouliez me tuer. Je veux vous l'entendre dire. Exprimez votre haine envers moi. Vous m'avez appelée pour ce motif, non ?

C'était une bonne chose qu'il ait accepté de venir chez elle pour mener cette conversation. Elle ne tenait pas à ce que leurs propos circulent sur le Réseau.

C12/2 lutta contre le sommeil. Il n'était pas encore, loin s'en fallait, habitué aux dimensions de son nouveau corps. Les impressions qu'il éprouvait en habitant son méca le distrayaient sans cesse. Les sensations du toucher étaient très étranges ! Et ces bras, proportionnellement si courts ! Quand il était debout, le sol semblait tellement loin, tout en bas ! Il ne s'était pas douté qu'un changement de corps puisse être si perturbant.

L'Éternelle, qui l'observait, savait ce qu'il subissait, d'autant que la culpabilité exacerbait son empathie. Il est épuisé, se disait-elle. Épuisé et complètement dépassé par ce qu'il est en train de vivre. Combien le seraient pour beaucoup moins ! Ce n'est encore qu'un enfant. Même si les souffrances qu'il a endurées ont durci certains côtés de sa personnalité, ce n'est encore qu'un enfant.

C12/2 venait de lui étaler une partie de son vécu, passant souvent brutalement d'une anecdote à l'autre, comme quelqu'un qui a tant de choses à exprimer qu'il ne sait comment les ordonner et qui en vient à se couper la parole lui-même, au fur et à mesure que les souvenirs traversent son esprit.

— Pas seulement pour vous parler de ma haine, répondit le Mécan. Disons que je… je suis fatigué. Je voudrais vous demander quelque chose. Vous m'avez écouté et j'ai à présent l'impression que vous n'êtes pas aussi méchante que je l'imaginais. Vous semblez même gentille. Je ne comprends pas. C'est pourtant vous la chef de Vassian Cox…

« Méchante », « gentille », « la chef »... Par moments, il s'exprime vraiment comme un enfant, pensa-t-elle, en lui souriant gauchement.

Elle le tutoya sans même s'en rendre compte :

— Tu me parleras de ce que tu voudras quand tu le voudras. En attendant, dis-moi ce que je peux faire pour toi. Que désires-tu, là, tout de suite ? Tu souhaitais me demander quelque chose, disais-tu.

— J'ai envie de rencontrer tous les autres C12 pour faire leur connaissance. J'aimerais que nous soyons tous amis. Et puis... en attendant, j'aimerais me reposer.

Le Mécan pencha la tête en arrière sur le dossier, comme s'il allait s'endormir, mais il se redressa vivement.

— Vous ne profiterez pas de mon sommeil pour vous venger de moi, n'est-ce pas ? Vous êtes gentille, il me semble...

— Tu peux t'endormir paisiblement. Je ne te ferai aucun mal. Tu sais, je n'ai pas du tout envie de me venger et je comprends très bien même ce que...

Un son de battement d'ailes, accompagné d'un mouvement d'air, interrompit la bicentenaire. La somnolence se dissipa soudainement dans les yeux du Mécan ; ils exprimèrent l'émerveillement. Quand l'oiseau géant libéra plusieurs puissants glatissements, il parut très impressionné.

— N'aies pas peur, dit-elle. Rapace ne t'agressera pas.

S'adressant au formidable angémo, elle cria :

— Tais-toi, Rapace ! Tu fais peur à... à...

Elle se sentit profondément confuse d'être dans l'incapacité de nommer son invité. Elle ne pouvait tout de même pas l'appeler « C12/2 » ! Quel nom horrible !

Rapace se redressa, étirant haut son cou et ouvrant un peu ses ailes, comme pour se donner de l'importance, mais il ne cria plus. Dans cette attitude, il mesurait près de trois mètres ;

même silencieux, il restait très impressionnant. L'Éternelle se leva et lui caressa le poitrail.

— Viens avec moi ! proposa-t-elle à C12/2. Viens faire sa connaissance. Tu n'as rien à craindre.

Le Mécan se leva à son tour et approcha timidement. Rapace ne cessait de tourner sa tête altière en tous sens pour varier les points de vue.

— Tu peux le caresser. Fais comme moi ! Là, sur le devant, sur la poitrine.

C12/2 tendit un bras hésitant. Quand au bout de ses doigts artificiels, les milliers de capteurs délicats reproduisant le sens du toucher lui firent sentir la douceur des plumes, ses yeux brillèrent.

— Je vais faire ce que tu désires, dit-elle. Je vais réunir tous les C12.

Un témoin lumineux clignotant dans son champ de vision céphalique lui fit savoir qu'on cherchait à la joindre d'extrême urgence. Elle avait demandé à sa céph de n'être dérangée que dans cette unique circonstance. Elle fixa ce témoin et pensa « Qui ? ». « Quader » s'afficha sous le point rouge. « Répondre », pensa-t-elle, en soupirant.

—:: Bonjour, l'Invisible ! Vous avez activé le plus haut niveau d'urgence pour m'appeler... J'espère que...

—:: Bonjour, Sandrila. C'est tout simplement parce que c'est très urgent. Ce qu'il y a de plus urgent, même !

—:: Je vous écoute alors.

—:: Tout à fait impossible de dire quoi que ce soit sur le Réseau. Je dois vous parler face à face. Tout de suite.

—:: Cela ne peut pas attendre quelques minutes ? J'ai une conversation à terminer.

—:: Le temps que j'arrive, vous disposerez largement de ces quelques minutes. Je suis à Marsa.

—:: Puis-je au moins savoir de quoi il s'agit ?

—:: Cela a un rapport avec votre mort. C'est tout ce que je peux vous dire.

—:: Bien ! Je vous attends chez moi.

Elle fixa le nom « Quader » dans son répertoire céphonique et pensa « Autoriser ma géolocalisation durant une heure ».

Puis, reportant son attention sur C12/2 :

— Excuse-moi. Je te disais donc que tu vas pouvoir rencontrer tous les C12, comme tu me l'as demandé. Je m'occuperai de ça au plus vite...

Elle constata que son jeune invité dormait. Il dormait debout. Rien d'étonnant pour un Mécan. Le corps artificiel n'éprouvait naturellement jamais ni l'inconfort ni la moindre fatigue. Seul l'esprit, supporté par le névraxe, ressentait la lassitude. La position verticale était une fonction de base assurée par le RPRV qui ne nécessitait aucune vigilance de la part de la conscience du Mécan. Dormir debout, couché ou assis ne faisait aucune différence.

— Va ! Va, Rapace ! murmura-t-elle. Laissons-le se reposer.

L'oiseau prit aussitôt son envol. Le vent produit par ses ailes agita un instant les longs cheveux bleus irisés de l'Éternelle. Elle portait un biogrimage nommé « Trésor Azuré ». Sur tout son corps s'étalaient des dégradés bleu pâle, mais sa chevelure était marine, presque noire, et parcourue par des reflets métalliques chatoyants.

Elle regarda le RPRV méca, debout au milieu de la terrasse, yeux fermés. Il était plus grand qu'elle d'une dizaine de centimètres.

Un enfant, mi-homme mi-chimpanzé, dans un méca ayant l'apparence de Vassian Cox, qui essaie de me tuer pour se

venger… Comment ai-je pu me laisser dépasser de la sorte ?
Elle soupira en s'accoudant à la balustrade et se demanda ce
que l'Invisible pouvait bien avoir à lui révéler. Il y a un rapport
avec ma mort, dit-il. Je suis curieuse de l'entendre à ce sujet. A-
t-il la même intuition que moi ? Non, je ne pense pas. Mon
hypothèse est trop folle ! Il n'y a que moi pour imaginer des
choses pareilles !

C'était le milieu de l'après-midi. Il avait beaucoup plu en fin
de matinée ; la forêt s'était gorgée d'eau. Regardant le voile
vaporeux que le soleil faisait sortir de la canopée, elle s'abîma
dans cette pensée. Folle hypothèse, oui ! Mais… pourtant…

Le cours de ses réflexions changea brusquement. Il faut que
je tienne une promesse, se dit-elle. Elle s'éloigna d'une vingtaine de pas de C12/2 et pensa : « Appeler Alan Blador ».

Depuis son séjour chez Le Plus Grand Des Divins
d'Éternité Divine, le Directeur de la production d'Amis
Angémos n'était plus le même. Elle se disait qu'il devenait
urgent de le remplacer, mais elle remettait sans cesse l'exécution
de ce projet au lendemain. Ce n'était pourtant pas faute de
savoir qui mettre à sa place. Elle songeait même à plusieurs
candidats ou candidates ! Pourquoi donc s'était-elle attachée à
ce sacré Alan ? se demandait-elle.

—:: Bonjour, Sandrila ! dit la voix ensommeillée de l'homme
en question.

Elle crut même distinguer un bâillement.

—:: Mes salutations, cher capitaine ! Je vous réveille, semble-
t-il.

Elle aimait l'appeler ainsi. Les premières fois, c'était par
taquinerie, à présent c'était plutôt affectueux.

—:: Non, non ! Pas du tout ! Que puis-je faire pour vous ?

—:: Me dire ce que deviennent les C12. Tous les C12. Sauf
le cinq et le deux, bien sûr ! Je sais qu'ils ne sont plus chez vous.

Avant de vous écouter à leur sujet, je tiens à vous signifier que je souhaite qu'ils soient tous bien traités. Je veux dire comme des personnes et non comme des… … enfin, vous comprenez, n'est-ce pas ?

—:: Euh…

—:: De toute façon, vous n'allez pas les garder longtemps encore. Je passerai les chercher très bientôt.

—:: …

—:: Alors ? Comment vont-ils ? Parlez-moi d'eux. J'espère qu'ils n'ont pas été maltraités !

—:: Euh…

—:: Comment, euh ? Parlez Alan, bon sang ! Réveillez-vous !

—:: Euh… c'est-à-dire que… ils ne sont plus là. Plus à ma disposition. Ils ne sont plus dans les locaux de production d'Amis Angémos.

—:: Mais ! Pourquoi donc ?

—:: Ils sont vendus, Madame.

—:: Vendus ?! Mais à qui ?

—:: J'avoue que je ne sais pas. C'est Barlox Polikant qui s'est occupé de cette vente. Je n'assume pas directement les ventes, moi. Voulez-vous que je demande à Barlox ?

—:: Non merci, Alan… Je vais le contacter moi-même.

***

—:: Oui ! Bonjour, Madame ! dit le directeur du magasin Amis Angémos de Marsa.

—:: Bonjour, Barlox ! Je voudrais savoir à qui vous avez vendu les C12.

—:: Ah ! Les C12 ! Excellente affaire ! Je suppose que c'est Alan Blador qui vous a dit que je les ai vendus. Je suis très fier de ce coup ! Vous allez être contente de moi ! Je les ai vendus plus de cent fois le prix de revient que m'a indiqué Alan. Nous dégageons une marge énorme ! Énorme !

L'Éternelle n'avait pas interrompu Barlox Polikant plus tôt uniquement parce que quelque chose venait de la distraire : le témoin d'appel urgent s'était remis à clignoter dans sa céphvision. Elle prit la décision de faire patienter un peu celui qui cherchait à la joindre.

—:: Polikant ! l'arrêta-t-elle. Si vous ne répondez pas dans la seconde à la question que je vous pose, je vous congédie à l'instant même. Je vous redemande à qui vous avez vendu les C12. Pas combien ! Ma question est : à qui ? À QUI, Polikant ?

—:: Je ne sais pas. Je suis désolé, je ne le sais pas. Le client a voulu rester anonyme.

—:: Qu'est-ce que c'est que cette histoire encore ? Comment a-t-il payé ?

—:: Il m'a donné une carte de transfert de fonds anonyme. Je ne m'y suis pas opposé… Plus de cent fois le prix de revient ! … vous comprenez…

—:: Bon, je vais réfléchir. Je vous rappellerai, si nécessaire. En attendant, mettez tout en œuvre pour essayer d'identifier le client. Au revoir.

Elle coupa la communication. Pourquoi faut-il que tout se complique ainsi, certains jours ? soupira-t-elle. Elle fixa le point rouge clignotant en pensant « Qui ? ». « So Zolss » s'afficha sous le témoin. Ah çà ! Que me veut-il celui-là encore ? Il a choisi le moment !

Elle pensa « Répondre ».

—:: Que voulez-vous, Zolss ?

—:: Bonjour, Sandrila ! Je vais vous étonner…

—:: Ah bon ! Je crains le pire !

—:: Je souhaite vous faire une proposition qui ne manquera certainement pas de vous surprendre, mais qui est pourtant très sérieuse.

—:: Hum… Une proposition… C'est si urgent que ça ?

—:: Oh ! urgent, urgent… Toutes les urgences sont relatives, n'est-ce pas, Sandrila ?

—:: Écoutez, Zolss, vous avez utilisé le plus haut niveau d'urgence dans votre appel. Alors, j'espère que ce n'est pas pour philosopher sur des relativités temporelles ! Parce que, moi, j'ai autre chose à faire de plus urgent, justement !

—:: Je sais, je sais…

—:: Vous savez ! Vous bluffez. Vous ne pouvez plus espionner mes communications.

—:: Je n'ai jamais prétendu que je le faisais. En ce moment du moins.

—:: Pourquoi dites-vous que vous savez alors ?

—:: C'est en rapport avec la proposition que je veux vous faire.

—:: Je vous écoute.

—:: Impossible de vous en parler sur le Réseau ! Je veux vous voir en tête-à-tête.

—:: Ah ! Ah ! Vous, le seigneur du Réseau ! Vous avez peur d'être espionné ? Je ne m'en serais jamais doutée. Vous devenez pathétique, Zolss !

—:: Possible… Et encore, vous ne savez pas tout !

—:: Quoi qu'il en soit, je vous rappellerai quand j'aurai plus de temps à moi.

—:: Je souhaitais justement vous en faire gagner.

—:: Comment ça ? Je ne comprends plus rien à vos propos incohérents, Zolss. Au revoir.

Elle coupa la communication, stupéfaite. Il était vraiment bizarre ! Une proposition ? Que voulait-il encore ? Et que signifiait ce « Possible… Et encore, vous ne savez pas tout ! » ? Oui, plus que bizarre, même. Et l'Invisible ? Qu'avait-il en tête, celui-là aussi ?

2. Chut ! fit-il, un doigt sur la bouche

Le gravitant plongea. À l'intérieur du véhicule insonorisé, le vacarme extérieur était à peine audible, mais un véritable ouragan grondait contre ses flancs, tandis qu'il creusait un tunnel dans les couches basses de l'atmosphère. La luxueuse propriété de la patronne de Génética Sapiens, située au coeur de la forêt africaine, apparut sous les yeux-objectifs du méca de l'Invisible. Il savait qu'une silencieuse conversation entre l'informatique du gravitant et celle de l'habitation de Sandrila Robatiny s'était déjà établie et que son appareil était autorisé à se poser sur l'aire d'atterrissage. Sans cet accord, il n'aurait jamais pu s'approcher autant.

Quader céphécoutait distraitement les informations :

« *... toujours sans nouvelles du Grand Félin disparu en orbite jovienne. Plusieurs représentants des misonéistes s'entendent pour dire que l'homme n'a rien à faire dans l'espace et que...* »

*

Le gravitant se posa dans l'herbe à une centaine de mètres de la villa.

—< Transport-Sécurité vous remercie, Monsieur Abbasmaha, dit la machine. Transport-Sécurité est la plus performante et la plus sûre des sociétés de transport ! Nous nous tenons à votre disposition pour tous vos besoins de déplacements. Votre compte sera débité de neuf cent soixante ranks.

L'Invisible s'écria :

—> Cela fait une belle somme, impertinente chose ! Va-t'en, je ne veux plus entendre parler de toi !

Il sortit. À peine avait-il fait trente pas que l'appareil de transport en commun décolla vers quelque autre mission, ignorant les paroles de mauvaise humeur qui lui étaient adressées avec ce détachement insolent qui est le propre des machines.

Quader vit l'Éternelle qui approchait à sa rencontre. Il la trouva extrêmement éblouissante. Ravissant petit bustier. Jupe courte. Bottes souples jusqu'au-dessus des genoux... Cette vêture bleu nuit irisé, en parfaite harmonie avec son biogrimage, mettait en valeur une taille d'une finesse hypnotique, des jambes longues au galbe parfait et tant de choses encore... Cela l'aidait à comprendre pourquoi Bartol en était dingue.

Quader était un Mécan depuis trop peu de temps. Il n'avait pas encore « apprivoisé » ses stimulations sexuelles. Son corps artificiel était capable de faire l'amour, avec une performance que nul homme n'aurait pu atteindre, mais au lieu de le rassurer, cette certitude le troublait, l'embarrassait. Son sexe, comme le reste de son corps, était d'un réalisme à s'y tromper et il transmettait au cerveau toutes les sensations que transmet un vrai sexe. Mais il sentait que ce n'était plus le sien. Qu'il ait trop bu, qu'il soit épuisé... voire les deux, il savait qu'il pouvait faire l'amour s'il le décidait même avec une femme qu'il trouverait repoussante. Nombre de Mécans en étaient fort aises, mais ce n'était pas son cas. Quader était plus romantique que libidineux, aussi lui en fallait-il relativement peu pour troubler sa libido. Il en prendrait peut-être l'habitude, mais pour l'heure il avait la désagréable impression que son sexe était un objet extérieur à lui et cela le déroutait.

— Bonsoir, dit l'Éternelle en lui tendant la main. Essayez de deviner qui vient de m'appeler !

Tout en parlant, elle l'entraînait vers sa villa à grandes et vives enjambées.

Toujours à fond, la super patronne ! pensa-t-il, en accélérant le pas pour la suivre.

— Donnez-moi un indice…

— C'est votre bon vieil ennemi ! Ennemi à vous et à Bartol, aussi !

— Non… Ne me dites pas que…

— Si, si !

— Zolss ?!

— Lui-même !

— Que voulait-il ? Si ce n'est pas indiscret.

— Si c'était indiscret, je ne vous en aurais pas parlé, l'Invisible ! Je ne sais pas du tout ce qu'il voulait. Il a été vraiment très étrange, un peu énigmatique. Nous en reparlerons. Dites-moi pourquoi vous souhaitiez me voir.

Ils entrèrent dans un hall et prirent un escalier en bois massif.

— Écoutez ! Nonobstant l'importance et l'urgence du sujet, je préfère vous voir assise avant de l'aborder.

— … ?

— Oui ! Vous en serez tellement stupéfaite que vous risqueriez d'en tomber.

— Sacré Invisible ! Vous êtes très attachant, mais votre propension à dilapider du temps est toujours aussi horripilante ! Allons sur la terrasse. Si vous perdez une seconde avant de parler, je vous précipite dans le vide par-dessus la balustrade !

Pressant le pas, elle le devança, ce qui lui offrit la possibilité de l'admirer sous un nouvel angle. Ils traversèrent un grand salon somptueux et se retrouvèrent à l'extérieur, sur la terrasse en question. L'Invisible regarda le RPRV avec surprise.

— Voilà un fort beau méca !

— Comment savez-vous que c'est un méca ? C'est peut-être un homme !

— Avec une telle immobilité ! Impossible.

— Oui. Je n'ai pas oublié que vous êtes spécialiste. Asseyez-vous. Voulez-vous boire ou manger quelque chose ?

Un Mécan était un méca habité par le névraxe d'un décorporé. Bien qu'extrêmement réduite, sa biomasse avait des besoins vitaux qui pouvaient être assumés de deux manières : soit le plus naturellement du monde, par l'absorption de nourriture et d'eau, comme pour un Ancien, soit par un synthétiseur moléculaire et une réserve d'eau interne au RPRV. Les jeunes Mécans, entendons par « jeunes » ceux qui avaient intégré un corps artificiel depuis peu même s'ils étaient biologiquement centenaires, ressentaient le besoin de manger et boire. Pour cette raison, ils choisissaient, dans les réglages de leur méca, d'éprouver les sensations de la faim et de la soif.

— Je n'ai pas faim, mais je boirais bien un zlag, oui. Euh… vous savez, Sandrila !…Comment dire ?… C'est vrai que je suis un spécialiste des RPRV reconnu et je pense connaître effectivement beaucoup de choses sur le sujet. Nonobstant ces connaissances, je découvre qu'il n'est pas si facile que ça d'apprendre à être un Mécan. Je ne m'habitue pas aussi vite que je l'aurais cru à vivre dans ce corps artificiel, qui est pourtant une exacte réplique du corps biologique que j'avais avant l'accident. Oh, j'en suis très content au demeurant et je ne vous remercierai jamais assez de me l'avoir financé. Je n'aurais jamais pu me payer cette merveille…

Elle dut passer une commande céphmentale car un robot cubique surgit, deux verres de zlag sur son plateau.

— N'en parlons plus. Vous prétendiez avoir quelque chose d'urgent à me dire. Je vous écoute !

— J'y viens, mais… C'est vous qui pilotiez ce méca ?

— Non. C'est un Mécan. Il est habité en ce moment même. De ce fait, je ne peux pas le piloter. Il dort. Il est épuisé et il s'est endormi là. Vous seriez très surpris d'apprendre qui c'est ! Mais, j'ai assez attendu. Je ne vous comprends plus ! Vous avez insisté sur l'urgence de me rencontrer pour me faire une révélation très pressante, et là vous stagnez. Si vous ne parlez pas sur-le-champ, je vous jure que j'aurai bientôt un meurtre sur la conscience !

— Excusez-moi, mais je me demandais si nous ne risquions pas d'être écoutés. Par exemple, par ce Mécan. Je préfère me livrer en privé. Vraiment, en privé ! Moi aussi, je suis un Mécan. Je sais donc très bien que, s'il veut, il peut augmenter la sensibilité des capteurs sonores, jusqu'à entendre une fourmi marcher à dix mètres.

— Entrons dans ce cas.

Elle se leva brusquement. Ils s'assirent dans le salon. Quader approcha son fauteuil de celui de l'Éternelle avec un air de conspirateur et murmura :

— Votre céph est-elle éteinte ?

— Non, mais elle est seulement en réception des appels urgents.

— Éteignez-la, s'il vous plaît !

— Voilà, c'est fait. Je vous jure que si toute cette mise en scène n'est pas justifiée ! …

— Vous me précipiterez par le balcon, je sais. Mais je suis certain que vous ne le ferez pas ! Voilà, je vais tout vous dire…

La machine cubique qui les avait suivis s'efforçait de rester toujours à portée de main. Quader but rapidement un peu de zlag, reposa le verre sur le plateau mobile, approcha encore un peu son fauteuil et dit à voix basse :

— Aussi incroyable que vous semblera tout ce que je vous révélerai, il faudra me croire.

— Parlez tout de suite où je meurs de la pire crise de rage que j'ai jamais eue en plus de deux cents ans d'existence ! C'est vous qui aurez un meurtre sur la conscience, l'Invisible ! Vous êtes exaspérant !

— Soit, alors écoutez bien. Il existe un double de vous. Un double cent pour cent numérique. Une Sandrila Robatiny entièrement faite d'algorithmes et de données. Une réplique de vous constituée d'impulsions électriques dans des mémoires et des processeurs. Une vous qui est un logiciel, ou un logiciel qui est une vous, si vous préférez.

Il était bien visible que l'impératrice du gène prenait ces propos très au sérieux. Son visage venait de se figer dans une expression pénétrante. Quader pensa qu'elle était capable de faire fondre les yeux-objectifs de son méca.

— J'avais peur que vous ne me croyiez pas, confia-t-il. Mais je vois que vous n'êtes pas indifférente à ma révélation. Aviez-vous un doute ?

— Oui. Mais il n'en demeure pas moins vrai que je suis assommée de vous l'entendre confirmer. Alors, vous prétendez être certain de ça ! Une réplique numérique de moi existe !

— Une ou plusieurs !

— Comment ça, une ou plusieurs ? Une ? ou plusieurs ?

— Je suppose que ça doit dépendre des moments. Un logiciel peut se dupliquer aisément, vous ne l'ignorez pas ! Ce qui est indiscutable c'est que, à n'importe quel instant que ce soit, il en existe au moins une, de Sandrila Robatiny numérique.

— … Mais !

— Ça devait arriver, vous vous en doutez ! Depuis longtemps déjà des travaux ont été entrepris pour modéliser les cellules.

— Je sais, l'Invisible, oui, mais...

— Un neurone est une cellule comme une autre n'est-ce pas !? Il a suffi de modéliser uniquement les échanges d'informations entre chaque type de neurone, en fait. Il n'est pas nécessaire de se préoccuper de tout ce qui est histologique, immunitaire, etc.... Il faut ensuite assembler ces modèles, qui sont des logiciels et des données. Déjà, je vous prie de croire que le logiciel qui simule un seul neurone est un énorme logiciel, alors imaginez un instant des milliards de ces logiciels interconnectés ! L'ÉNORME logiciel qui en résulte ! Il n'en faut pas moins pour numériser un esprit humain ! C'est fantastique ! C'est étourdissant !

— D'accord, l'Invisible, d'accord ! Mais...

— Oui ! Il faut des ressources informatiques colossales pour faire tourner de tels logiciels.

— Oui ! hurla l'impératrice du gène. Oui ! Je voudrais juste vous adresser une question ! Allez-vous m'entendre ?

Quader arrêta brusquement son flot de logorrhée enthousiaste pour regarder le Mécan sur la terrasse, à travers la baie vitrée.

— Chut ! fit-il, un doigt sur la bouche. Il risque de vous entendre !

— Je ne cesse d'essayer de vous interrompre pour vous poser une question, mais vous restez sourd !

— Excusez-moi... Que ?... Posez votre question.

— Mais comment le savez-vous ?

— Quoi donc ?

— Mais que mon double numérique existe, bien sûr !

— Je le sais parce que... moi aussi, tout comme vous...

— Vous aussi ! Il existe un Quader Abbasmaha numérique ?

— Parfaitement ! Et si je suis au courant de tout ça, c'est parce que c'est justement lui qui m'a tout révélé.

3. Vouzzz

Vouzzz, nous verrons plus tard qu'il est permis par anticipation de l'appeler ainsi, était différent des autres.

Ce soir-là, il se dirigea vers le lac comme si de rien n'était. Il croisa un voisin, un ami de son père, qui retournait au village avec quelques crustacés dans son sac. Ils se saluèrent. Vouzzz, malgré son agitation intérieure, parvint à rester calme en apparence et tout à fait naturel.

Oui, il était vraiment différent des autres membres de sa tribu.

Le jour déclinait. Mais comme ce n'était pas la première fois qu'il allait se promener pour rentrer à l'approche de la tombée de la nuit, on ne s'inquiéterait pas tout de suite de sa disparition. Il a encore dû faire le tour du lac, se dirait-on probablement. On savait qu'il était un peu particulier, qu'il aimait les longues marches en solitaire. Ses parents s'en étaient fait une raison, même s'ils étaient un peu contrariés par ce qu'on disait de leur fils. Personne ne savait exactement ce qui se passait dans sa tête.

Vouzzz était différent parce qu'il était le seul à se poser certaines questions et surtout une en particulier. Cette question-là l'obsédait : les murs de son monde avaient-ils une épaisseur infinie ou y avait-il quelque chose d'autre derrière eux ? Quand il avait interrogé ses parents à ce sujet, ceux-ci avaient trouvé sa préoccupation bien insolite. Devant son insistance, ils avaient même fait venir le Grand Sage du village pour avoir un diagnostic sur l'état mental de leur enfant.

Arrivé devant le lac gelé, Vouzzz tourna à droite et marcha calmement sur la rive. Calmement, parce qu'il préférait ne pas attirer l'attention, au cas où il serait vu. Dans son sac, il avait pris de quoi s'alimenter au moins une dizaine de jours et deux bouteilles, qu'il remplirait d'eau du lac avant de s'en éloigner. Inutile de se charger pour rien en le faisant maintenant ! Parvenir de l'autre côté de cette grande étendue d'eau lui prendrait du temps. Il n'y arriverait que vers le milieu de la nuit, et encore en marchant à bonne allure. Le village était assez loin, à présent. Il y avait de moins en moins de risques de croiser quelqu'un, aussi accéléra-t-il le pas.

Le Grand Sage s'était fait répéter plusieurs fois la question, car il avait eu du mal à la comprendre, puis il avait demandé :

— Pourquoi veux-tu savoir cela ?

Vouzzz n'avait su que répondre sur le moment. Il s'était simplement étonné :

— Pourquoi voulez-vous savoir pourquoi je veux savoir, Grand Sage ?

*

Vouzzz arriva de l'autre côté du lac, comme il l'avait prévu, au milieu de la nuit. Heureusement, l'obscurité n'était jamais totale ; il faisait sombre, mais on y voyait toujours un peu. Il ouvrit son sac, brisa la glace avec une pierre, remplit ses deux bouteilles d'eau et mangea un peu pour reprendre des forces. Vu dans son ensemble, le lac, le seul que Vouzzz n'eut jamais connu, était parfaitement circulaire, à quelques irrégularités près dues au relief. Tout autour, le sol s'élevait progressivement de plus en plus selon une courbe en arc de cercle. En fait, rien ne pouvait mieux décrire le monde de Vouzzz que de dire qu'il ressemblait à un bol géant avec un peu d'eau gelée au fond. Plus on s'éloignait du lac, plus le sol s'inclinait et il devenait alors exponentiellement ardu de gravir la pente. Venait un moment où elle devenait impraticable, car la nature du sol changeait. Plus de terre, plus de roche, plus d'arbustes, plus aucun végétal. Seulement une surface lisse et grise dans laquelle on ne pouvait planter quoi que ce fût. Vouzzz avait essayé de tester la résistance de ce matériau en tapant dessus avec les pierres les plus dures, mais aucun coup n'y avait fait la plus petite rayure. Il avait marché souvent et longtemps, le plus haut possible, sur la paroi de ce bol immense, à la limite qui séparait le sol fait de terre et de pierre de cette étrange matière. En regardant aussi loin et aussi haut que ses yeux pouvaient porter, il n'avait vu que cette surface lisse et terne qui s'élevait de plus en plus abruptement. Y avait-il un bord, ou est-ce que cela se poursuivait éternellement ? Vouzzz se l'était mainte fois demandé !

Après avoir bu, il remplit encore la bouteille qu'il venait d'utiliser et les rangea toutes les deux dans son sac. Il arracha un gros morceau de plante luminescente, elles étaient nombreuses sur cette rive, et s'éloigna du lac en direction de la découverte qu'il avait faite quelques jours auparavant. Parmi les arbres, les buissons, et les saillies minérales, il grimpa à bonne allure pour arriver peu avant la première pâleur de l'aube, à la limite de l'épuisement. Là, il attendit le jour en se restaurant et en prenant un peu de repos. Il était très au-dessus du lac, sur le plus haut sommet d'une montagne qui s'appuyait sur la paroi courbe délimitant son monde. De ce lieu, la rotondité de ce dernier apparaissait nettement. Il fit bientôt beaucoup plus clair ; le jour se levait toujours très vite dans ce petit Univers. En bas, de l'autre côté du lac, il imaginait plus qu'il distinguait tant elle était loin, la plus grande construction de son village. Ses parents devaient commencer à se faire du souci. Les villageois allaient s'interroger. Heureusement qu'on ne connaissait pas sa réelle destination ! Se promener très tard le soir était déjà une excentricité patente, faire le tour du lac, comme ça pour rien, dénotait d'une agitation mentale inquiétante, mais monter tout en haut de la montagne... alors, là !

Quand on était en bas et que l'on regardait en l'air, même par temps clair, un voile nuageux empêchait de distinguer ce qu'il y avait dans le ciel. Finissait-il quelque part, ou pouvait-on traverser les nuages et monter éternellement ? Vouzzz pensait que, bien que ces obstacles pour le regard parussent compacts et solides, vus de loin, ils n'étaient en fait probablement que de la brume. Il tirait cette conviction du fait d'observations qu'il avait faites au sol. La brume ressemblait à des nuages à grande distance, mais dès qu'il courait vers une nappe de brouillard lointaine, la compacité de cette dernière s'évanouissait à son approche. De l'endroit où il était à présent, il était parfaitement visible que le ciel était un plafond fait de la même matière que les bords du monde. Vouzzz n'avait jamais osé en parler aux autres. Il lui aurait fallu avouer qu'il était monté là-haut ; c'était prendre le risque de se faire enfermer !

Le monde était donc totalement clos de tous côtés ; il en avait la conviction depuis qu'il en avait aperçu le plafond ; cette découverte datait de dix jours déjà, alors qu'il s'était permis de venir ici pour la première fois. La question était devenue obsédante : l'épaisseur de l'enceinte avait-elle une limite ? Si oui, était-il envisageable de la percer ? Que pouvait-il y avoir derrière ?

En errant longtemps et souvent en ce lieu, Vouzzz avait fini par faire une autre découverte trois jours auparavant : une grotte. Son ouverture était peu visible, dissimulée par un dédale de gros rochers. Il y était entré, le plus profondément possible, mais il avait dû rapidement renoncer à s'aventurer très loin, car l'endroit était trop sombre. Il revenait aujourd'hui avec une source d'éclairage, mais avant de reprendre son exploration, il voulut une fois de plus regarder le plafond du monde et aussi le bord tout près de lui, sur lequel la montagne prenait appui. Peut-être verrait-il, cette fois-ci, quelque chose de nouveau qu'il n'avait pas encore remarqué à cause des nuages.

*

Vouzzz passa entre deux gros rochers et en contourna un dernier pour arriver devant l'excavation. Il entra et avança lentement pour s'habituer à la décroissance lumineuse. La plante luminescente qu'il utilisait pour s'éclairer diffusait une douce lumière verte. Le sol et les parois étaient aussi chaotiques qu'on pouvait s'y attendre pour un orifice naturel, mais il était relativement rectiligne et horizontal dans son ensemble. Il marchait dans la direction opposée au lac, vers le bord du monde, sous la pointe de la montagne. Il avança, tous les sens aux aguets, comme s'il s'attendait à ce que surgisse soudainement devant lui la plus surprenante des choses. Ce qui ne tarda justement pas à se produire !

Le boyau rocheux devint subitement lisse. Lisse et parfaitement circulaire. Il n'eut pas besoin de toucher la matière pour la reconnaître. Bien sûr, il le fit malgré tout. Oui, c'était bien la même substance dont étaient faits les bords du monde et probablement son plafond. Il se trouvait à présent dans un tube de cette nature. Continuant à progresser à la lueur de la plante luminescente, il eut l'intuition très forte, presque la conviction, qu'il était sur le point de faire une nouvelle découverte. Une bien plus grande encore. La découverte de sa vie.

Il y avait encore quelques débris rocheux sur le sol courbe, mais il continua d'avancer, en palpant de temps à autre la matière grise, et fut alors dans un tuyau sans la moindre aspérité, si propre et si régulier dans son aspect qu'il devenait difficile, sans repères, de s'apercevoir qu'on avançait bel et bien à l'intérieur. On eût pu tout aussi bien marcher sur place sans s'en rendre compte. Ayant pris soin de compter ses pas depuis l'entrée de la grotte, il estima qu'il ne devait plus être très loin du bord du monde. Qu'allait-il se passer ? Ce tunnel se poursuivrait-il en s'enfonçant dans son épaisseur, ou prendrait-il fin à cet endroit ? Il comprit qu'il était sur le point de le savoir. Ne pouvant alors retenir son émotion, il se mit à marcher plus vite, puis à courir.

Une immense déception l'envahit quand il vit, à trente pas devant lui, la fin effective du conduit. Un terrible abattement ralentit son allure enthousiaste. Mais... il distingua quelque chose. Il progressa encore... Oui, le tunnel semblait finir là, mais... il y avait quelque chose tout au bout... Au centre du cercle qui bouchait le boyau. C'était une bien étrange chose !

4. Un arrogant et insolent inconnu à corriger

Sandrila Robatiny demeura un moment sans réaction. C'était une attitude tout à fait inhabituelle chez elle. Cela ne lui arrivait jamais plus d'une seconde, au pire deux. Mais cette fois, elle resta figée presque une demi-minute, à fixer intensivement Quader, comme si elle tentait de vérifier la véracité de ce qu'il venait de lui dire en pénétrant les recoins les plus secrets de son esprit. Elle savait pourtant qu'elle pouvait lui faire confiance. Le besoin de récapituler lui fit rompre le silence :

— Ainsi, j'aurais bel et bien été tuée et...

— Et votre double numérique a immédiatement engrammé un de vos clones pour vous ramener à l'existence.

— Il y a deux choses que je ne comprends pas. La première, comment mon double numérique fait-il pour garder mes engrammes à jour ?

— Je ne le sais pas encore. Je n'ai rien appris à ce sujet.

— La deuxième question qui me vient à l'esprit est, comment se fait-il que j'aie repris vie dans un corps tout à fait identique ? Vous savez très bien que mon squelette est presque entièrement artificiel, ainsi que mes muscles assistés par des fibres à contraction, mon système oculaire, auditif, et tant d'autres choses...

— Je suppose que votre double sait tout cela et qu'il prépare des clones pourvus des mêmes organes et fonctions artificielles. Je ne vois pas d'autre explication.

— Il existe donc une autre moi-même. Une autre moi-même qui est capable de penser, réfléchir, concevoir, réagir dix ou cent fois plus vite que moi ! N'est-ce pas ?

— Parfaitement ! Dix, cent, mille, un million… de fois plus rapidement. Tout dépend de la puissance de calcul qui donne vie, si l'on peut dire, à ce double… Ça me rappelle les premiers hommes de l'espace…

— Pourquoi les premiers hommes de l'espace ?

— Avant l'ère spatiale, les notions de haut, de bas et de vitesse étaient tout à fait simples, absolues, pour le commun des mortels du moins. Le bas était vers le sol de la Terre et le haut dans la direction opposée. La vitesse était aussi toujours relativement mesurée par rapport à la surface de la planète. Dans l'espace, le haut et le bas deviennent relatifs, ainsi que la vitesse. Pour les hommes numériques, une autre notion devient relative : le temps. Pour eux, le temps est aussi relatif que la vitesse dans l'espace.

— Bon, mais à part ces petites réflexions sur la relativité des choses, que pensez-vous de tout ça ?

— Je ne saurais le dire en quelques mots, mais…

— Dans ce cas, je retire ma question. Je vous en pose une autre. Pourquoi votre double numérique vous a-t-il révélé tout ça, alors que ma propre copie ne m'a rien dit ?

— Alors là ! S'il y a une réponse, elle est plus au fond de vous que de moi…

L'Éternelle accusa le coup. C'était fort vrai.

— Oui, heeee ! Je vais essayer d'y penser, en effet. Mais vous pouvez, en revanche, m'expliquer pourquoi vous êtes venu me le dire, n'est-ce pas ?

— Je n'avais pas envie de songer à tout cela tout seul. Vous n'êtes pas la seule concernée, en outre, vous savez…

— … ?

— Oui, il y a également Bartol et Ols.

— Bartol et Ols ! Ils ont, eux aussi, un double numérique ? Bartol aussi ?

— Pour tous les deux, c'est un peu plus complexe que pour nous, mais oui. Il existe quelque chose d'eux numérisé.

— Que me dites-vous ? expliquez-vous enfin ! Comment ça, plus complexe ?

Le méca de l'Invisible sourit :

— Vous savez bien que Bartol n'a jamais été un homme simple ! Je propose que nous en parlions tous ensemble. Toutes les personnes concernées. Je dirai tout ce que je sais. C'est-à-dire tout ce que ma num m'a révélé.

— Votre num !

— C'est ainsi qu'ils se nomment eux-mêmes, les êtres numériques. Quant à nous, qui sommes leur modèle biologique d'origine, ils nous désignent sous le vocable de « bio ». Vous êtes la bio de votre num. Moi aussi.

— C'est étourdissant !

— Oui.

— Savent-ils que vous êtes en train de me révéler leur existence ?

— Bien sûr que non. C'est pour cette raison que je tenais à m'entretenir en tête-à-tête.

— Évidemment !

— Ma num doit s'en douter.

— Parlez-moi de la num de Bartol, demanda l'Éternelle, avec un air presque suppliant qui stupéfia Quader tant il ne s'attendait pas à voir un jour cette expression sur ce visage toujours inflexible.

Elle dut noter sa surprise, car elle se reprit aussitôt.

— Enfin, dès que nous aurons le temps ! Si vous préférez le détailler devant lui, je comprends.

Il s'apprêtait à lui dévoiler ce qu'il savait à ce sujet, mais elle se leva et lui signifia par son attitude que l'entretien était, pour le moment, sur le point de prendre fin.

— Si vous le voulez bien, je vous invite à rester chez moi en attendant de réunir tous ceux qui sont concernés par cette étonnante chose. Je vous laisse lancer les invitations pour que cela se fasse au plus vite. De mon côté, je vais être obligée d'utiliser ma céph ; j'en ai besoin, car j'ai une promesse à tenir.

— Entendu. Mais… euh…

— ?…

— Vous m'aviez dit que nous reparlerions de l'appel de Zolss.

— Ah oui, c'est vrai, fit-elle. C'est que je n'en sais pas plus que tout à l'heure. Je vous tiendrai au courant dès que j'en saurai plus.

— Appelons de tous nos vœux que ce ne soit pas au sujet de ce dont nous venons de conférer…

— Je n'y avais pas pensé… Mais à présent que vous me mettez sur la voie… Espérons, oui. Ça ne serait pas impossible, malheureusement. À un moment, il a dit : « Et encore vous ne savez pas tout ! ». Excusez-moi, je dois essayer de savoir où sont les C12, car j'ai promis de les réunir tous.

Quader n'osa pas demander à qui elle avait fait cette promesse.

*

Dès que l'Éternelle eut rallumé sa céph, ce fut pour remarquer que le témoin d'appel urgent était encore une fois actif. Quader s'éloignait déjà en direction de la terrasse, dans l'intention de ne pas la gêner par sa présence tandis qu'elle céphait, mais elle l'appela :

— Hé, l'Invisible !

Il se retourna.

— Je crois que c'est lui justement, j'ai un nouvel appel d'urgence.

Il attendit.

Elle fixa le témoin rouge et pensa « Qui ? ». Mais, grande surprise ! ce ne fut pas un nom qui s'afficha, mais : « Au sujet des C12 ». Quader vit bien qu'elle était intriguée, mais il garda le silence. « Appeler », pensa-t-elle. Sa commande céphmentale s'exécuta :

—:: Sandrila Robatiny, bonsoir ! prononça une voix qu'elle ne connaissait pas.

—:: Bonsoir. Qui êtes-vous ?

—:: Je suis disposé à négocier les C12 qui sont en ma possession.

—:: Qui êtes-vous ?

—:: Je l'ai dit. Le propriétaire des dix C12.

—:: Soit ! C'est entendu, je vous les rachète. Mais, j'aimerais tout de même connaître votre identité.

—:: Vous allez avoir l'occasion de vous en rendre compte sur place, car je vous convie à venir les chercher.

—:: Où ?

—:: Pas très loin. Quelque part autour de Io. Venez en personne au plus vite, car je risquerais de vendre à d'autres si vous me faites trop attendre.

« Maison Tranquille » s'afficha dans sa céphvision. C'était un indicatif de localisation, relié dans la base de données des mondes à des coordonnées spatiales utilisables par n'importe quel gravitant. La simplicité de cet indicatif montrait que son propriétaire était très influent. En effet, « Maison Tranquille » avait dû être tellement réclamé que la plupart n'aurait eu d'autre choix que d'accepter quelque chose ressemblant à : « Maison Tranquille 76239 » ou d'opter pour un groupe de mots plus rarement demandé.

L'Éternelle n'eut pas le temps de poser la moindre question supplémentaire, car l'inconnu coupa la communication.

— Changement de programme, dit-elle sans dissimuler sa rage. Dès que les autres arriveront, nous prendrons tous mon gravitant et nous parlerons de ce que vous savez en route vers Jupiter. J'ai toujours une promesse à tenir, mais à présent j'ai en plus un arrogant et insolent inconnu à corriger.

5. Franchir la limite habituelle du monde

Vouzzz était arrivé tout au bout de l'énigmatique tunnel qui prolongeait la caverne. Selon toute apparence, il finissait là. D'après son estimation de la distance qu'il avait parcourue depuis l'entrée dans la grotte, ce qui était devant lui ne pouvait être que le bord du monde. Toujours et encore la même matière, dure, lisse et grise. À quoi peut servir un passage sous le sommet de la montagne qui s'arrête contre le bord du monde ? se demandait-il, avec dépit. N'eût été l'étrange chose visible sur ce fond, il serait reparti immédiatement, extrêmement déçu. Il n'avait jamais rien vu de tel. Elle se situait au centre de la paroi circulaire, un peu trop haut pour qu'il pût la toucher aisément. L'eût-il pu, il n'eut sans doute pas osé, tant elle était singulière. Vouzzz trouva que son aspect luminescent ressemblait un peu à celui de la plante qui lui avait permis de s'éclairer, sauf que celle-ci diffusait une lumière verte tandis que la chose rougeoyait. Qui plus est, elle rougeoyait en changeant d'intensité périodiquement, au rythme d'une respiration. On l'eût dit vivante. Il se demanda même si ce n'était pas le cas. La couleur lui rappelait celle d'une braise, mais sa forme hémisphérique était parfaite, trop parfaite pour être une braise ordinaire, en tout cas. Voulant savoir si elle dégageait de la chaleur, il tendit un bras pour s'en assurer. Il ne sentit rien. La chose était, apparemment, froide. Que faisait-elle, là, au fond de ce tunnel ? Comme elle semblait vraiment respirer, il lui vint à l'idée d'essayer de communiquer. Il commença par la saluer, puis il se présenta avant de lui demander si elle comprenait ce qu'il lui chantait. Après tout, se disait-il, si c'était une chose sans vie, il ne risquait pas le ridicule puisqu'il n'y avait pas de témoins. Comme elle ne répondait pas, il conclut qu'elle ne vivait pas ou que, comme une plante ou un poisson, elle ne communiquait pas avec des sons.

Il n'était guère avancé, mais il décida de ne pas en rester là. Cette chose insolite était sans aucun doute la clef d'une découverte à venir prodigieuse. Pourquoi lui aurait-on construit un tunnel sous le sommet de la montagne, sinon ? Il se demanda aussitôt qui avait pu creuser ce tunnel pour cette chose. Mais… avait-il été creusé ? Et les parois et le plafond du monde alors ? Avaient-ils été construits eux aussi ? Si oui, quand ? Voilà que le flot de questions se précipitait à nouveau dans son esprit ! Il fit un effort pour l'endiguer et décida de sortir chercher un objet quelconque sur lequel il pourrait monter afin de voir la chose de plus près.

En chemin, il ne put s'empêcher de se replonger dans ses réflexions et spéculations. À quoi bon se demander si quelqu'un avait construit le monde puisque de toute manière cette supposition ne faisait que tout compliquer en entraînant une autre interrogation ? En effet qui aurait fait celui qui aurait fait le monde ?…

*

Vouzzz revint près de la chose avec un morceau de tronc d'arbre mort, à moitié décomposé, s'estimant heureux d'avoir trouvé ce bois poreux et léger, car une pierre aussi grosse eût été intransportable. Il avait en plus ramassé une petite baguette, qu'il avait l'intention d'utiliser pour toucher la chose sans risque. Très excité par son aventure, il posa donc son escabeau improvisé contre le fond du tunnel et monta dessus en tenant la tige de bois. Vue de près, la chose lui parut encore plus surnaturelle tant sa forme de demi-sphère était parfaite, et tant sa luminescence était régulièrement répartie dans sa masse. Il devint indéniable que cela n'était vraiment pas comparable avec la braise qui rougeoie plus ou moins selon les endroits. Ce constat lui fit grand plaisir. Plus la chose serait d'une nature extraordinaire, plus il y aurait de chances qu'elle recelât quelque fantastique découverte. Une idée folle vint porter son excitation à son paroxysme. Il avait tout à l'heure supposé que quelqu'un avait creusé ce tunnel pour la chose, mais... et si, au contraire, c'était cette chose elle-même qui était responsable de la présence du tunnel ?! Du tunnel et pourquoi pas du monde ! Peut-être était-ce de là qu'elle créait et commandait au monde ?! D'ailleurs, sa forme ne rappelait-elle pas celle du monde ! De toute évidence, si ! Il aurait dû le réaliser bien avant ! La chose avait créé le monde à son image. C'était tellement évident qu'il s'en voulut de ne pas l'avoir remarqué dès le premier regard. Qui a fait cette chose, alors ? fut la question qui traversa son esprit en trombe. Il ne fit rien pour la retenir, car il était encore sous le choc de cette idée selon laquelle la chose avait créé le monde à son image. Il fut même si troublé par cette idée qu'il descendit vivement du morceau de bois et recula pour considérer la petite source lumineuse avec le respect que l'on réserve habituellement à un dieu. Dire qu'il s'apprêtait à la toucher avec la baguette ! Avait-il déjà commis une sorte de sacrilège ? Il imagina ses parents et les autres membres de sa tribu s'affliger de son comportement : « On le savait bien que ça finirait mal un jour... Avec les questions qu'il posait, on se doutait bien qu'il n'était pas tout à fait normal !... »

La chose cependant ne semblait pas s'offusquer de son comportement. Elle ne l'avait pas foudroyé et n'avait absolument rien fait pour montrer son désaccord. Un dieu dérangé, aussi clément fût-il, eût su se faire comprendre ! Non ? Vouzzz se trouva finalement ridicule. Il remonta sur le tronc. Après une courte et dernière hésitation, il approcha lentement, très lentement, l'extrémité de la baguette de la chose qui « respirait » toujours au même rythme serein. Les pulsations de sa lumière rouge rayonnaient autour d'elle, sur le fond satiné du tunnel, et éclairaient le petit bout de branche qui avançait vers elle.

Contact ! …

… ? … ?

Rien ne se produisit. Vouzzz tapota très doucement la chose. Comme il ne se passait toujours rien, il appuya un peu plus fermement, presque machinalement, sans intention réellement délibérée, sur le point même d'abandonner cet examen tactile, juste avant de descendre de son escabeau. Et c'est alors que l'événement extraordinaire qu'il attendait de cette chose merveilleuse survint. Il ne le comprit pourtant pas tout de suite, au contraire. Au début, il eut peur.

Tout d'abord, il y eut un très faible ronronnement. Puis, il pensa sentir des vibrations dans le sol, des vibrations à peine perceptibles. Très impressionné, il recula vivement. Était-ce là une manifestation du terrible courroux de la chose ? Avait-il fini par faire la plus intolérable bêtise de sa vie ?

Pardonne-moi, la chose ! pensa-t-il, persuadé qu'elle pouvait lire dans son esprit. Je ne savais pas ce que je faisais.

Mais un grand étonnement vint ensuite remplacer sa panique, car la chose supposée en colère disparut tout bonnement et subitement. Un trou cylindrique apparut à la place qu'elle occupait. Ce trou augmenta rapidement en diamètre de sorte qu'il n'y eut bientôt plus traces de la matière grise qui matérialisait le fond du tunnel. La paroi circulaire tout entière avait disparu peu de temps après la chose. Le boyau se poursuivait, sans aucune discontinuité ; il était impossible de supposer qu'il y avait eu une cloison à cet endroit.

Vouzzz, à présent plus abasourdi que paniqué, mais trem-blant tout de même de tout son corps, ramassa la plante lumi-nescente et son sac, qu'il avait posés afin d'être plus libre de ses mouvements, et se remit en marche. En dépassant l'endroit où se trouvait à l'instant la fin du tunnel, il eut une intense émotion en réalisant qu'il venait très probablement de franchir la limite habituelle du monde.

6. Un certain Abir Gandy

Sandrila Robatiny resta songeuse et perplexe deux secondes, ce qui pour elle était presque une éternité. Depuis plus de six ans, elle employait Fujiko Maloma, une jeune gravipilote dont la compétence était patente, l'humeur toujours agréable et qui n'avait jamais posé le moindre problème de quelque ordre que ce fut. L'Éternelle venait pourtant de lui annoncer à l'instant qu'elle se préparait à utiliser son gravitant, mais qu'elle se passerait de ses services. Un peu gênée tout de même, elle avait proposé à son employée de prendre : « des vacances payées, bien méritées, pour une durée indéterminée. »

Ce qui avait déconcerté Sandrila Robatiny, durant l'éternité mentionnée plus haut, c'était la réaction inattendue de Fujiko. Au lieu de manifester la plus petite surprise ou curiosité, elle avait accueilli les paroles de sa patronne avec bonne humeur et avait même proposé quelqu'un pour la remplacer. Un certain Abir Gandy, qu'elle connaissait très bien, dont elle attestait le professionnalisme et dont elle se portait garante. Les deux secondes d'étonnement écoulées, en quelques furtives commandes céph, l'Éternelle prévint les candidats qui avaient répondu à son annonce d'embauche que le poste n'était plus libre.

Bartol allait être du voyage ; elle lui avait demandé de l'accompagner et il avait accepté. Il n'y avait qu'un seul problème avec Fujiko Maloma : elle était trop sexy. Bien sûr, ce n'était pas possible de lui en faire ouvertement le reproche, mais ce n'était pas tolérable pour autant.

À peine avait-elle fini d'annuler les annonces qu'elle reçut l'appel du remplaçant de Fujiko Maloma.

*

La nuit venait de tomber, quand l'Éternelle rejoignit Quader sur la terrasse. À l'ouest, le soleil sous l'horizon embrasait toujours le voile de brume qui couvrait la canopée.

— Tout est prêt pour un départ imminent et rapide, dit-elle.

Quader, accoudé à la balustrade, observait le méca debout et immobile. Devant son regard interrogatif, elle ajouta :

— C'est vrai que je ne vous ai pas encore révélé son identité.

— Non, vous m'avez seulement prévenu que je serais ébahi de l'apprendre.

— Vous allez pouvoir en juger : il s'agit d'un C12. C'est C12/2.

Le visage du Mécan exprima une grande surprise.

— Vous voyez, fit-elle, je vous l'avais dit. Mais réservez un peu de votre étonnement pour la suite.

— … ?

— C'est lui qui m'a tuée.

La surprise se mua en une stupeur visible.

— Alors qu'il était déjà mécan ?

— Non. Il n'était pas encore mécan. Je l'ai pris pour C12/5 quand il est venu me tuer.

— Et… là, en ce moment, est-il mieux disposé envers vous ?

— Oui. Il dit même que je semble gentille, selon son propre terme.

— Comment avez-vous si rapidement gagné sa confiance ?

— Je ne m'y attendais pas moi-même ! C'est un enfant encore, vous savez ! C'est à lui que j'ai fait la promesse de réunir tous les C12. J'ai demandé l'aide de Daniol Murat pour essayer de comprendre C12/2 et dans une certaine mesure de réparer mes torts envers tous les autres. Je veux qu'il se joigne à nous pour aller les chercher. Sa présence me rassurera. J'avoue que je ne me sens pas la force de les affronter seule.

— La terrible, l'invincible, l'invulnérable Sandrila Robatiny aurait donc quelques faiblesses ?

La question avait presque échappé à Quader, alors qu'elle observait C12/2. Elle se tourna pour lui lancer un regard chargé d'une force d'impact de missile.

— Je ne conseillerais à personne de croire ça ! Reconnaître ses erreurs n'est pas une faiblesse !

La violence et le ton de la réplique eussent intimidé le dieu du tonnerre.

— Vous vouliez que je vous parle de Bartol, répondit adroitement l'Invisible.

Elle ne fut pas dupe de sa manœuvre, mais elle se radoucit tout de même.

— Je veux bien, oui. Excusez mon emportement, mais je ne supporte pas l'idée qu'on puisse m'imaginer faible. Rien ne peut me mettre plus en colère.

Nonobstant, ceci est aussi une forme de faiblesse, pensa-t-il. Prenant soin de garder cette réflexion pour lui, il répondit :

— Je vais vous dire ce que je sais sur la num qui a un rapport avec Bartol, mais je voulais également vous rappeler que Ols est très concerné par les êtres numériques. Il serait préférable qu'il soit aussi avec nous pour en parler.

— Dites-lui de venir dans ce cas. Qu'il ne tarde pas ! Les autres sont déjà en route.

— Ols et Drill sont autour de Vénus, à Ishtar.

— Nous serons donc obligés de passer par Ishtar.

***

Le Push 4 personnalisé de C quitta l'orbite basse pour plonger dans la haute atmosphère. La pointe de son fuselage et les bords d'attaque de ses ailes rougeoyèrent sous la friction de l'air brutalement déchiré. Assise à l'avant du gravitant, C écoutait ses derniers céphmessages en manipulant un bio-grimeur face à un miroir fixé devant elle. Changeant la couleur de ses lèvres et de ses paupières par petits ajustements, elle s'observait d'un air indécis.

Deux places derrière elle, au troisième rang, Bartol souffla à l'oreille de Solmar, assis à sa droite :

— Grande géanture ! Martien, mon ami ! Te rends-tu compte, je vais revoir ma déesse !

Solmar lui répondit avec un sourire bienveillant et complice :

— Nous pouvons nous vanter d'avoir apprivoisé les deux femelles les plus désirables de l'Univers, ami Terrien…

— Rien n'est plus certain que ça ! Mais les diablesses ont du caractère ! S'attirer puis conserver leurs bonnes grâces n'est pas de tout repos !

— C'est exactement ce que je m'apprêtais à te déclarer.

— Que complotez-vous derrière ? demanda C.

— Rien, ma chérie ! Bartol me disait qu'il est heureux de revoir Sandrila.

— Heum… Est-ce bien la peine de murmurer pour dire ça ?

— C'est que je suis timide, mille grandes géantures ! lança Bartol.

Puis le doigt vers l'extérieur, il ajouta :

— Nous y sommes presque ! On discerne le domaine.

***

Daniol Murat gardait la verrière opaque pour éviter de regarder hors du gravitant. Le magnifique globe bleu et blanc qui tournait à vue d'œil lui rappellerait qu'il était à quelque cent kilomètres d'altitude. C'était insupportable ! Et pour peu que ses yeux vinssent à se faire aspirer par les profondeurs abyssales de l'espace, noires comme le néant, il se sentirait emporté dans les affres d'une terrible panique. Il avait toujours ressenti une appréhension à la vue de l'espace. Se dire et se répéter que c'était psychologique, même en étant bien placé pour le savoir en tant que psychologue, n'y avait rien fait. En vieillissant, l'appréhension s'était changée en anxiété, puis en véritable peur, pour atteindre aujourd'hui le niveau de la plus grande phobie.

Il suivait distraitement la progression de son déplacement autour du monde dans un céphécran en pensant à la conversation qu'il venait d'avoir avec Sandrila Robatiny ; c'était elle qui l'avait appelé :

—:: Bonjour Daniol, est-ce que ça vous ferait plaisir de retrouver tous les C12 ?

Malgré la surprise, il s'était efforcé de répondre le plus vite possible, sachant bien que deux éventuelles secondes de silence provoquées par un étonnement, même légitime, seraient ressenties comme deux heures par sa patronne.

—:: Oui, bien sûr, Madame !...

—:: Dans ce cas, je vous serais reconnaissante de laisser tomber quoi que vous fassiez sur-le-champ pour vous rendre immédiatement chez moi. Je vous attends pour aller les chercher. J'ai besoin de vous maintenant. J'espère qu'en ce moment précis vous êtes déjà en train de diriger vos pas vers le premier gravitant ! À tout à l'heure, cher Daniol !

—:: Non, mais je fais le plus vite pos...

Il avait répondu dans le vide, car elle avait déjà coupé la communication.

Pourquoi veut-elle récupérer tous les C12 ? ne cessait-il de se demander. Et où pouvait bien être Malaïca ? Il n'avait pas de nouvelles depuis des jours.

7. La colonne-d'eau-dure-mais-pas-froide

Vouzzz venait à peine de faire quelques pas, quand le faible ronronnement se fit de nouveau entendre. Il se retourna. L'étrange porte, qui ressemblait à un iris, se refermait. Une vive inquiétude lui cria de bondir, pour sortir avant que le passage ne fût totalement obstrué, mais il demeura cependant immobile, fixant avec fascination le trou central qui rétrécissait. Quand celui-ci ne fut plus du tout visible, la petite chose rougeoyante réapparut, de ce côté là de la porte du monde.

Vouzzz éprouva le besoin de communiquer. Il se rapprocha, pour être bien vu d'elle, et émit :

— Merci. Merci de m'avoir permis de franchir le mur du monde.

Réfléchissant un moment, une question naquit dans son esprit :

— Tu me laisseras sortir pour rejoindre les miens, n'est-ce pas ?

Réalisant qu'il n'avait pas emporté avec lui son escabeau de fortune, il ajouta :

— Même si je n'arrive pas à te toucher parce que je suis un peu trop bas pour t'atteindre... ? Il faut que je revienne vers les miens pour leur expliquer que tu n'es pas à notre image, comme ils le pensent, mais à l'image du monde. Il faut aussi que je leur dise que tu n'es ni jaune ni vert, mais rouge. C'est très important parce que, comme ils ne sont pas d'accord à ce sujet, ils se sentent très différents, à tel point qu'ils en viennent trop souvent à se faire la guerre. Si tu me permets de leur faire savoir qu'ils se trompent tous…

Vouzzz n'était pas certain que la chose comprenne, mais, dans le doute, il pensait bien faire en se confiant à elle. Si c'était effectivement elle qui avait créé le monde, mieux valait lui témoigner quelques égards et si ce n'était pas elle…

Éprouvant le fort désir de lui faire connaître la soif de découverte qui l'enflammait, il lui chanta tout ce qu'il avait ressenti depuis qu'il était entré dans la caverne. Il chanta sa curiosité. Il chanta ses craintes. Il chanta ses joies. Il chanta toutes ses émotions.

Quand il eut tout chanté, il se retourna et commença à s'éloigner d'elle. Mais à peine eut-il le temps de faire trois pas, qu'un puissant souffle d'air l'enveloppa. Cela lui donna soudainement l'impression d'être au milieu d'un cyclone. Heureusement, le phénomène ne dura pas assez longtemps pour qu'il pût en être terrifié. Il n'en fut qu'un peu hébété.

Décidé à découvrir ce qu'il y avait au-delà du monde, il se remit en marche, très lentement, prudemment, en tenant la plante luminescente devant lui. C'est seulement à ce moment-là qu'il réalisa qu'il n'avait plus besoin de cette dernière. Le tunnel n'était plus sombre. Une bande lumineuse au-dessus de lui l'éclairait dans toute sa longueur. La vue portait à une distance bien plus grande qu'avec la seule lumière de la plante. Plus loin, il vit que le boyau formait un brusque angle droit pour monter verticalement. Son voyage dans l'inconnu prenait-il fin ici ? Non, pas encore… fut-il soulagé de constater en approchant. Il se retrouva comme au fond d'un puits. On pouvait remarquer des échelons à l'intérieur, des échelons circulaires qui en faisaient tout le tour. Au centre de ce puits s'élevait une large colonne qui le stupéfia. Elle le fascina, même ! car elle était transparente comme de l'eau. On eût dit de la glace. Elle n'était pourtant ni froide ni glissante. Il y avait décidément bien des choses extraordinaires au-delà du monde !

Vouzzz commença à tourner entre la paroi du puits et la colonne-d'eau-dure-mais-pas-froide, en regardant en haut. Quand il baissa les yeux, il eut un sursaut. Devant lui, donnant l'impression de flotter en l'air sur la transparence de la colonne, la chose apparaissait ! Elle variait toujours de luminosité au même rythme paisible, mais cette fois, elle était bleue. Sa lumière respirante diffusait de beaux reflets saphir dans la matière limpide. Il ne vint pas tout de suite à l'esprit de Vouzzz que ce pût être une autre chose, c'est-à-dire qu'il existât deux choses. Cette idée eut du mal à germer en lui, car il n'avait jamais rien vu d'aussi merveilleux. En imaginer deux divisait le prestige d'une telle conception par deux. L'hypothèse finit tout de même par se former au cœur de son intense réflexion. Que va-t-il se passer, si je la touche ? se demanda-t-il. Elle était à sa portée. Il pouvait donc l'atteindre, mais il avait laissé la baguette de l'autre côté du mur du monde. Après une courte hésitation, il l'effleura sans protection. C'est alors que l'extraordinaire se poursuivit. Juste en face de Vouzzz, la partie basse de la colonne-d'eau-dure-mais-pas-froide s'ouvrit en formant un trou circulaire qui s'agrandit, exactement comme l'avait fait la porte du monde. L'ouverture s'ovalisa un peu verticalement. L'immense tube cristallin semblait inviter Vouzzz à entrer en lui. La chose-qui-respire bleue avait disparu. Subitement enhardi par l'ivresse de l'aventure, Vouzzz pénétra dans cette incroyable colonne-d'eau-dure-mais-pas-froide. Elle se referma aussitôt derrière lui. Il y avait beaucoup de place dedans ; elle devait faire quinze pas de diamètre, au moins. Il n'eut pas le temps de se demander comment faire pour sortir de là ; la chose-qui-respire bleue était à présent au même endroit, mais à l'intérieur. Sa fonction devenait évidente. Il s'en assura tout de même en la touchant de nouveau. Comme prévu, le tube transparent se rouvrit. Vouzzz resta pourtant à l'intérieur, car deux autres choses, qu'il n'avait pas encore remarquées, attirèrent son attention. Elles avaient exactement la même forme hémisphérique et elles aussi émettaient de la lumière respirante, mais elles étaient vertes. Le statut monothéiste, qu'il avait spontanément donné à la première chose-qui-respire rencontrée, s'écroula. Il apparaissait bien visible qu'elles étaient plusieurs puisqu'il y en avait à présent trois simultanément près de lui. Certes, elles conservaient à ses yeux de très grands pouvoirs, mais chacune ne les avait pas tous. Les deux vertes étaient toutes deux à sa portée, placées l'une au-dessus de l'autre. Il se demanda de quoi elles étaient capables, celles-ci. Bien décidé à le savoir, il toucha la plus basse des deux.

Ce qui se produisit fut si inattendu que, dans la première seconde durant laquelle il sentit son poids s'accroître, il fit une curieuse interprétation de ce qu'il vit à l'extérieur. Il crut en effet que le sol tombait subitement autour de la colonne transparente, avant de réaliser que c'était lui qui montait dans le puits. Tout autour de lui, les échelons défilaient vers le bas. Vouzzz avait peur. Il n'avait jamais ressenti une telle panique. Une pensée éclair lui traversa l'esprit ; le souvenir de ce qu'on disait de lui : « Il n'est pas normal, il est fou ! »

8. Un regard venimeux sur C

Daniol, qui était arrivé le dernier, se faisait tout petit dans son fauteuil. Très impressionné d'être reçu par sa prestigieuse patronne, il regardait timidement autour de lui. Il faut dire qu'il n'aurait jamais imaginé pareil endroit ! Il s'agissait d'une pièce tout à fait extraordinaire. Sur les surfaces entières des quatre murs, du sol et du plafond, se mouvaient des vues en relief de l'intérieur de la forêt. On se serait vraiment cru dehors, en train de voler lentement sous les feuillages à quelques mètres de hauteur. Quand Sandrila Robatiny l'avait prié d'entrer dans ce surprenant salon, il n'avait pas osé y mettre un pied, persuadé qu'il tomberait en avançant au-dessus du vide. Il y avait toutefois divers objets, des fauteuils, une table, des meubles, ainsi que quelques personnes qui défiaient la gravitation en flottant en l'air. Ceci lui avait intellectuellement confirmé qu'il y avait manifestement un sol tangible, mais il était tout de même resté bloqué, incapable de poser son pied sur ce support qu'il ne pouvait distinguer. S'apercevant de son malaise, Sandrila Robatiny avait, probablement par une invisible céph commande, stoppé l'animation du sol. Celui-ci avait pris l'aspect d'un parquet ordinaire.

— Merci, avait-il dit. Je suis confus.

Elle l'avait rassuré aimablement.

— Ce n'est pas grave, Daniol. Je comprends que ça puisse surprendre quand on n'en a pas l'habitude. Mais à présent, avancez que je vous présente. Je vous supplie de ne pas rester là le reste de votre existence !

Il était entré, de plus en plus gêné de s'être donné en spectacle devant tout le monde. Elle l'avait présenté à tous ceux qui étaient là et lui avait proposé un fauteuil. Il s'y était assis sans trop s'en rendre compte. Le parquet disparut, à nouveau remplacé par l'image d'un sol de forêt survolé à basse altitude. On avait l'impression de flotter parmi les arbres, changeant aléatoirement de direction, comme poussé par de légers souffles de vent capricieux. Il essaya de se concentrer sur les gens qui venaient de lui être présentés. Il y avait donc Bartol, Solmar, Quader et une jeune femme. Il ne connaissait pas le nom de cette dernière, car personne ne le lui avait dit. Elle voulait rester anonyme, apparemment. Daniol trouva cela étrange, mais bon… quelle importance ? « Appelez-moi simplement C. », avait dit la mystérieuse inconnue. Elle ressemblait énormément à la patronne, mais Sandrila Robatiny était assez célèbre pour que nombre de femmes s'identifiant à elle se biogrimassent à son image.

Des singes gesticulaient sur une branche, juste sous Daniol. Ils n'y restèrent pas longtemps, car le salon se déplaça. Ou il parut se déplacer, l'illusion était si grande !

— Géant ! N'est-ce pas ?

L'éthologue se retourna pour constater qu'il n'avait pas vu Bartol approcher. Ce dernier se tenait debout à sa gauche, une main dans la poche, l'autre portant un verre.

— Euh… quoi donc ? lui demanda-t-il.

— Mais tout ça, là, autour de nous, géante géanture ! Les images sont prises dans la forêt juste à côté par un petit appareil volant, une sorte de ballon équipé de nombreuses caméras. Ce n'est pas en direct, puisqu'il fait nuit en ce moment dehors, alors qu'il fait jour ici, sous les arbres. Mais ce sont des scènes d'aujourd'hui, ou d'hier au plus tard. Je le sais parce que Sandrila me l'a dit. Elle dirige ça avec sa céph, mais j'ai retrouvé une télécommande, regardez.

Bartol manipula un petit objet et le décor changea soudainement. Le salon parut totalement immergé. Ils furent entourés de bleu. En haut, miroitait la surface d'une mer ou d'un océan. D'inquiétants squales géants tournaient autour d'eux. En bas, on voyait du sable, des rochers couverts de toutes sortes d'organismes et de longues algues qui ondulaient.

— Géantissime, ça aussi ! Hein ! Il faudrait que je trouve une vue en surface ou que je fasse remonter celle-ci, jusqu'à ce que notre sol effleure les vagues. Ça me ferait plaisir d'avoir l'impression de marcher sur l'eau ! Comme...

— Tu ne te lasseras donc pas de jouer avec ça, enfant, va !

Le Marsalè sourit d'un air penaud à l'Éternelle qui approchait.

— Je montrais cette géantissimerie à ton ami éthologue...

— Tu veux bien lui faire voir la suite plus tard ? Je dois m'entretenir avec lui un moment, là. Voulez-vous venir avec moi sur la terrasse, Daniol ? J'ai quelqu'un à vous présenter et j'ai besoin de vous parler, aussi.

— Bien sûr...

Daniol se leva et fit un effort considérable pour se convaincre que, malgré les apparences, ses pieds allaient rencontrer un sol solide. Parvenu à suivre l'Éternelle, et à faire ainsi une soixantaine de pas pour atteindre la terrasse, il fut très content de lui. Il éprouvait cette vive satisfaction chaque fois qu'il arrivait à vaincre son vertige.

Il faisait nuit, mais une demi-lune éclairait timidement les grands arbres alentour qui prenaient des formes énigmatiques. Un cri rauque attira l'attention de Daniol. Il posa une main sur la balustrade et regarda une ombre qui traversa la pelouse devant la maison.

— Qu'est-ce que c'était ? demanda-t-il. J'ai cru voir une sorte de géant…

— Oui. Il est très grand. Il s'appelle Titan. Un ancien super-lutteur… Mais ce n'est pas de Titan que je m'apprêtais à vous parler, mais de lui.

Il regarda dans la direction indiquée par le léger mouvement de tête de Sandrila Robatiny, et reconnut instantanément l'homme, ou plutôt le Mécan à l'image de Vassian Cox, debout, totalement figé. Elle répondit à son attitude interrogative :

— Vous le connaissez… C'est C12/2.

— Oui, bien sûr… mais… qu'attendez-vous de moi ? demanda l'éthologue. Pourquoi suis-je ici ? Et lui que fait-il là ?

— Oui… heu… C'est un peu compliqué. Pour résumer, il a tué Vassian Cox et…

— Vassian Cox est donc mort !

— Par voie de conséquence, oui.

— Excusez-moi ! Question stupide, j'en conviens. Il me l'avait avoué, mais jusqu'à présent, il m'était permis d'en douter puisqu'il avait aussi prétendu vous avoir assassinée. Or vous êtes là, devant moi.

— Je comprends que vous soyez affecté par la disparition de Vassian et que vous soyez un peu dépassé par tout ça. Nous pouvons donc résumer ce qui le concerne en disant qu'il a tué Vassian Cox, qu'il s'est fait décorporer et le voilà à présent mécan. Nous avons longuement discuté tous les deux. Il m'a décrit toutes les souffrances qu'il a endurées durant son ins-truction à Amis Angémos.

— J'ai essayé d'en parler à plusieurs reprises, s'emporta l'étho-logue, mais…

— Je le sais, Daniol. Je le sais. J'ai eu tort de ne pas être plus à l'écoute. Je l'admets et je regrette tout ça.

Daniol était encore plus surpris d'entendre de telles paroles prononcées par Sandrila Robatiny que de voir un C12 mécan. Était-il donc possible qu'elle pensât à autre chose qu'à l'argent et au pouvoir ? Ou était-il victime d'une hallucination auditive ? Elle dut lire quelque chose sur son visage, car elle déclara durement :

— Oui, j'ai des regrets ! mais... je...

Elle semblait en proie à une vive émotion.

— Vous avez peur que je vous voie faiblir... N'ayez crainte. Pour moi et pour tous, vous resterez toujours la redoutable Sandrila Robatiny !

Les yeux de l'Éternelle se firent plus pénétrants que des rayons gamma et sa voix gronda comme un volcan prêt à tonner quand elle répliqua :

— Daniol ! Je ne vous ai pas demandé de venir pour me psychanalyser, mais pour discuter des C12 en général et de celui-ci en particulier. Compris ? Ne vous risquez plus jamais à me parler sur ce ton !

— Excusez-moi.

— Bien ! C12/2 est actuellement en train de dormir. Il est épuisé. Il s'est endormi tout à l'heure vers dix-sept heures. Je compte sur vous pour lui parler quand il se réveillera et pour me faire part de vos impressions. Ensuite, je vous informe que les huit autres C12 sont quelque part autour de Io. Nous allons partir les chercher tous ensemble d'un moment à l'autre. Il ne manque plus que mon nouveau gravipilote qui ne devrait plus tarder.

Sur ces derniers mots, sans attendre la moindre réponse, elle le laissa là et entra dans le salon.

*

Revenant de la terrasse, Sandrila Robatiny se dirigea vers Bartol et C qui devisaient ensemble, isolés dans un coin.

— Je peux te parler seule à seul, demanda-t-elle à Bartol.

Il la suivit. À l'écart de tous, elle s'enquit :

— Que te voulait C ?

— Hein ? Rien de spécial.

— De quoi parliez-vous ?

— De rien d'extraordinaire… Je te l'assure. De choses et d'autres… pourquoi ?

— Pour rien, répondit l'Éternelle, en lançant un regard indécryptable à C, par-dessus l'épaule du Marsalè.

9. Une douche

Vouzzz montait. Il montait même de plus en plus vite, lui parut-il. Les échelons glissaient vers le bas à une allure terrifiante. Mais malgré sa vive frayeur, il conservait son esprit d'analyse. En effet, se souvenant qu'en haut de la montagne vers l'entrée de la grotte il n'était plus très loin du plafond du monde, il estima qu'il l'avait déjà fort probablement dépassé. Il avait donc réussi, dans un premier temps, à franchir le mur du monde et il venait à présent d'apprendre qu'il existait quelque chose de plus haut que lui : la colonne-d'eau-dure-mais-pas-froide.

L'ascension ralentit progressivement puis cessa. Vouzzz resta longtemps immobile, n'osant faire le moindre mouvement, de crainte que des pouvoirs qu'il ne saurait appréhender ne le châtiassent pour son insolente audace. « S'élever au-dessus du monde ! Il n'est pas normal, il est fou ! ». Pour signifier son humilité, il garda les yeux baissés sur le cercle de sol qui l'avait soulevé jusqu'ici. Son corps lui arracha un violent réflexe d'inspiration. Il réalisa que, sans s'en rendre compte, il avait bloqué sa respiration. Par la force des choses, il permit à ses poumons de fonctionner, mais il resta encore un moment immobile, tremblant de tout son corps. Comme aucun éclair ne le foudroyait, il finit par oser lever les yeux pour regarder timidement où il était.

La colonne-d'eau-dure-mais-pas-froide était ouverte. Il lui était possible de sortir. Dès qu'il le fit, elle se referma derrière lui. Aussitôt, au centre de l'endroit où était l'ouverture, une chose-qui-respire bleue se montra.

Vouzzz regarda le sol sur lequel il venait de prendre pieds et qui faisait le tour de la colonne transparente. Tout ici avait l'aspect de ce qu'il y avait plus bas. À tel point que, s'il n'avait pas ressenti l'effet de l'accélération et vu les échelons glisser vers le bas, rien ne lui aurait permis de penser qu'il était monté. Il aurait tout aussi bien pu être exactement au même endroit. Il se trouvait toujours au fond d'un puits, il y avait des échelons circulaires qui en faisaient tout le tour et au centre se dressait la colonne-d'eau-dure-mais-pas-froide. De toute évidence, on pouvait donc monter encore.

Il se sentait étrangement léger. Était-ce dû à l'ivresse de la découverte ? Tant de choses extraordinaires se présentaient à ses yeux qu'il n'y pensa pas plus que ça. Épuisé par les émotions, il décida de se restaurer un peu avant de s'engager dans ce nouveau tunnel. Il fouilla dans son sac puis, tout en buvant et en mangeant quelques crustacés du lac, il observa tout en détail. Son regard monta le plus haut possible dans le puits et s'enfonça aussi dans les profondeurs mystérieuses du boyau horizontal. Bouillant d'impatience, il bâcla son repas pour s'aventurer dans ce tunnel inconnu d'un pas à peine hésitant.

Ce deuxième tunnel ressemblait tout à fait au premier. En tout cas, Vouzzz ne remarqua rien qui pût lui permettre de le distinguer de l'autre. Il fut pourtant étonné de constater que celui-ci était visiblement beaucoup plus court, car il arriva très vite devant ce qu'il savait maintenant être une porte. En effet, le passage était bouché et une chose-qui-respire rouge se trouvait au centre du disque qui lui donnait fin. Que pouvait-il y avoir de l'autre coté de cette porte-là ? Vouzzz avait conscience que quoi que ce fût, cela était au-dessus du monde. Cette seule idée était suffisamment excitante pour avoir une irrésistible envie d'y aller. Car que pouvait-il y avoir au-dessus du monde ? Un autre monde ? Ou tout simplement rien ? Mais rien, c'est de la place !

se dit-il. Serait-il possible dans ce cas d'agrandir le monde, son monde ? Mais le temps était plus à la découverte qu'aux stériles spéculations, pour la raison que les réponses à ses questions étaient derrière cette porte.

Il réalisa qu'il n'avait pas son escabeau naturel. Cela le contraria sur le moment, mais son envie de franchir l'obstacle était si forte qu'il ne put retenir une impulsion : il sauta et parvint à toucher la chose. Bien que ce fût son intention, il fut surpris d'y arriver si facilement. Il eut vraiment l'impression d'avoir sauté inhabituellement haut, plus haut qu'il ne s'en croyait capable. Cependant, il n'eut le temps de se faire cette réflexion qu'une demi-seconde, car au lieu d'obtenir par son contact avec l'objet une ouverture de la porte, il récolta une autre chose, complètement inattendue et pour le moins humiliante : une douche.

Vouzzz sentit de puissants jets l'arroser de toutes parts. Assurément, les projections de liquide venaient d'en haut, d'en bas, de devant, de derrière et des deux côtés. Pour essayer de leur échapper, il fit demi-tour et courut, mais il fut effrayé de constater qu'il ne pouvait plus faire chemin inverse, car le tunnel était à présent fermé une dizaine de pas plus loin. Impossible de retourner en arrière, vers la colonne-d'eau-dure-mais-pas-froide ! Il était enfermé dans un tronçon de tunnel, sous une pluie diluvienne qui l'inondait de tous les côtés.

Était-ce là sa punition ? Allait-il mourir noyé ?

10. Une sœur-fille-rivale !

Daniol regardait le Mécan en essayant de deviner ce qu'un C12 pouvait bien ressentir dans ce corps-là. La mécanopsychologie n'était pas sa spécialité. Quand il avait commencé ses études, les Mécans n'existaient même pas ! Mais en tout état de cause il aurait choisi de se spécialiser dans l'éthologie. Il ne l'avait jamais regretté. La demande de sa patronne était facile à formuler : « Je compte sur vous pour lui parler quand il se réveillera et pour me faire part de vos impressions. ». Facile à dire, en effet ! pensa-t-il. Il lui suffirait d'observer un être, en partie humain, en partie chimpanzé, qui atterrit dans un corps d'homme artificiel qui est une reproduction de son ancien tortionnaire ! Rien de plus simple ! Pour l'instant, il ne pouvait rien faire de toute façon, puisque le sujet de son étude dormait. L'éthologue soupira et décida de retourner dans le salon.

Ce qu'il venait d'apprendre et les préoccupations que cela induisait l'avaient plongé dans des réflexions qui lui avaient complètement fait oublier le décor particulier de la pièce. Quand il voulut y entrer, il resta figé sur place dès le premier pas, pris d'une violente panique, peut-être la pire de sa vie. Il était debout au-dessus du vide spatial. Sous ses pieds, au-dessus de lui et de tous les côtés, s'étendait la vacuité cosmique. Il eut l'impression que tous pouvaient entendre les pulsations de son sang dans ses tempes. Que se passa-t-il après durant les secondes qui suivirent ? Il ne le sut. Quand la conscience des choses lui fut rendue, il était dans un fauteuil sur la terrasse et Bartol était à genoux à côté de lui.

— Grande géanture ! Que vous est-il arrivé ? demanda le Marsalè. Ça va mieux ?

— Oui, dit Daniol. J'ai eu un petit étourdissement. Ça va mieux à présent.

Devant l'air interrogativement insistant de Bartol, l'éthologue répéta :

— Si, si, je vous assure que tout va bien. C'est à cause du plancher du salon… le vertige. J'ai la phobie de l'espace.

— Si ce n'est que ça, je vais régler le problème.

Bartol entra dans le salon et revint une minute plus tard.

— Voilà ! J'ai choisi pour vous un sol en marbre, les murs et le plafond en bois. Vous n'avez pas la phobie du marbre ? Ni celle du bois, j'espère !

— Non… Je vous rassure, dit Daniol en souriant.

— Bien ! Dans ce cas, vous pouvez retourner dans le salon sans risque…

— Merci ! Je suis désolé. C'est ridicule ! je sais mais…

— Pensez-vous ! Les phobies, ça ne se contrôle pas, vous savez… Oui, vous devez le savoir mieux que moi avec votre métier ! Tenez, moi, j'ai la phobie des orteils.

— Hein ?!

— Des orteils, je vous dis, grande géanture ! Je vous assure. Je n'enlève jamais mes chaussures au risque de m'évanouir si je vois mes doigts de pied !

— Vous me faites marcher…

— Oui. Mais avouez que vous m'avez cru une seconde.

Daniol rit sans répondre.

— Qui est ce grand type, planté là, debout… Vous le savez, vous ? demanda Bartol.

— Je pensais que vous étiez au courant. La patronne ne vous l'a pas dit ?

— La patronne ?

— Oui. Sandrila Robatiny.

— Ah, Sandrila ! Non. Elle ne m'a pas parlé de lui.

— Tiens, je croyais qu'elle vous avait appelé pour les C12, vous aussi.

— Les C12 ? Non. Enfin, je pense pas, non. Vous, elle vous a donc appelé pour les C12 ?

— Oui.

— Quel rapport avec cet énergumène ? murmura le Marsalè, en faisant un discret mouvement oculaire en direction du Mécan.

— C'est un des C12. C12/2 exactement.

— Que, qu'est-ce que, mais… ?

— Oui, moi aussi, j'ai été très surpris. C'est un Mécan.

— Un C12 mécan ! Géantissimerie !

— Comme vous dites !

Une clarté accompagnée d'un son de tuyères leur fit lever la tête. Un volant de la Transair se posa sur l'aire d'atterrissage, à deux cents mètres de là. Un homme sortit du véhicule. Tandis qu'il courait vers eux, la machine automatique reprenait son vol.

— C'est mon nouveau gravipilote, dit l'Éternelle en les rejoignant sur la terrasse. Nous pouvons partir immédiatement. Venez, descendons !

— Et C12/2 ? demanda Daniol.

— Nous allons le transporter. Tant pis, s'il s'éveille ! Il se rendormira au besoin.

*

Quader portait C12/2. Étant lui-même un Mécan, il pouvait aisément en porter un autre. Le nouveau gravipilote arriva vers eux alors qu'ils étaient déjà tous sortis de la maison.

— Respect, Madame ! dit-il, en s'inclinant légèrement, mais avec une visible déférence, devant l'Éternelle. Comme je vous l'ai annoncé avant de me poser, je suis Abir Gandy, votre nouveau gravipilote. Je suis à votre disposition.

— Bonsoir, Monsieur Gandy ! répondit-elle en lui serrant vigoureusement la main. Nous partons sans attendre pour la destination autour de Io que je vous ai communiquée. Mais, nous devons faire une rapide escale à Ishtar pour prendre deux personnes. Est-ce que ce détour nous fera perdre beaucoup de temps ?

— Non, Madame. Par chance, Vénus se trouve presque dans l'alignement de Jupiter en ce moment. Les deux planètes sont en conjonction.

L'Éternelle marchait déjà vers le hangar de son gravitant avec la tonique détermination que tout le monde lui connaissait.

— Pourquoi as-tu changé de gravipilote ? lui demanda C en aparté.

— Tout simplement parce que c'était mon désir. Je n'ai pas à me justifier, ni auprès de toi, ni auprès de qui que ce soit.

— Pourquoi es-tu si agressive… je ne…

L'Éternelle retint difficilement ce qu'elle mourrait d'envie de dire : « Tu sais, vous n'êtes pas obligés de venir avec nous, toi et Solmar. Il s'agit simplement d'aller chercher des C12. ». Mais la perspective d'affronter une crise de C, là, en présence des autres et surtout de Bartol, l'aida à se contenir. Les sentiments qu'elle éprouvait pour sa copie génétique n'avaient jamais été simples. Elle avait conscience d'être très attachée à elle d'une certaine manière, mais c'était justement la manière qui était difficile à cerner. Elle avait parfois l'impression de l'aimer comme une sœur, mais à d'autres moments plutôt comme une fille, ce n'était pas très clair. Cela ne l'avait jamais été, en effet, mais voilà qu'à présent venait s'ajouter une complication supplémentaire : elle avait conçu l'idée que C pouvait être une rivale, vis-à-vis de Bartol. Une sœur-fille-rivale ! Elle était consciente de cet imbroglio émotionnel, mais comme d'habitude, elle n'avait pas le temps de se poser, de faire le tri en elle. Il fallait retrouver les C12, elle l'avait promis. Par-dessus tout ça, elle y pensait sans cesse, il y avait une autre Sandrila Robatiny numérique. Comme si ce n'était pas suffisamment compliqué d'avoir un double biologique beaucoup plus jeune que soi ! Voilà qu'elle s'était débrouillée pour avoir un double numérique possédant des pouvoirs surnaturels ! Pourquoi donc avait-elle si durement rabroué Daniol ? Elle aurait bien mieux fait de compter sur son aide et son intelligence pour essayer de comprendre ce qui se passait dans sa tête.

C la sortit de ses pensées :

— À quoi rêves-tu ? Je te demandais à quoi est due cette agressivité. Qu'est-ce qui ne va pas ?

— Rien, rien… Excuse-moi.

11. Il engloutit le deuxième avec la même voracité

Les jets de liquide prirent fin. Vouzzz, titubant, essaya de se sécher les yeux, mais d'une manière tout aussi soudaine que le fut le déclenchement de la douche, un puissant souffle d'air chaud se mit à tourner, comme un cyclone horizontal. Le tourbillon changea de sens de rotation plusieurs fois, puis tout s'arrêta.

L'attention de Vouzzz fut attirée par un léger ronronnement qu'il connaissait, celui d'un orifice qui se dilate comme un iris. Il crut que le tunnel était en train de s'ouvrir du côté inconnu, mais le processus d'ouverture habituel s'arrêta en cours. Seule une petite excavation, d'un diamètre réduit et d'une profondeur inférieure à l'épaisseur de la porte, se forma. Il réalisa, à ce moment-là, qu'il ne portait plus son sac. Et pour cause ! ce dernier était dans le trou qui venait de se creuser sous ses yeux. Abasourdi, il n'osa le reprendre. Il jeta des regards autour de lui, pour tenter de découvrir quelque mécanisme caché ou quelque autre cause de cet ahurissant tour de magie, mais il n'y avait rien d'autre à voir que la paroi cylindrique du tunnel, les deux portes circulaires fermées, le trou et son sac à l'intérieur. Au bout d'un moment d'hésitation, il se décida à reprendre ce qui lui appartenait, mais il le fit avec une extrême lenteur, redoutant de déclencher un nouveau caprice extravagant de ces lieux décidément bien imprévisibles. Dans un premier temps, il effleura le sac d'un geste bref. Comme rien ne se produisait, il renouvela l'expérience avec plus d'insistance et plus longtemps. Encouragé par le fait qu'il ne se passât toujours rien de désagréablement saugrenu, il finit par reprendre ce qu'on lui avait ravi d'une manière qu'il ne s'expliquait pas, mais qui secrètement l'indignait un peu.

Après quelques derniers coups d'œil méfiants et suspicieux autour de lui, il regarda à l'intérieur du sac. Rien ne manquait à première vue : les bouteilles, la nourriture… En relevant les yeux vers le trou qui venait de lui rendre son bien, il nota qu'il contenait deux magnifiques crustacés qu'il n'avait pas remarqués. Sa première pensée fut qu'ils avaient dû tomber de son sac, mais il réalisa vite que l'hypothèse n'était pas bonne. Ce n'était pas possible. Ce n'était pas possible, car il n'avait jamais vu de si gros et de si beaux crustacés. De toute évidence, s'il avait eu la chance d'en pêcher de tels, il s'en serait souvenu ! Faut-il croire que, devant tant de choses merveilleuses et surprenantes, sa curiosité, habituellement si vive, commençait à s'émousser ? Toujours est-il qu'il cessa de s'interroger au sujet de la provenance de ces convoitises et fut même étonné de constater qu'il avait soudainement faim. Cela lui parut dérisoire, voire incongru, de penser à s'alimenter avec tout ce qu'il était en train de vivre, mais il ne put résister à l'envie de croquer dans un de ces crustacés géants. Incontestablement, ils étaient particulièrement appétissants. La première bouchée fut un véritable délice ! Après avoir dévoré le reste avec une avidité sans retenue, il engloutit le deuxième avec la même voracité, puis il but. À peine avait-il rangé la bouteille dans son sac, se disant une fois encore qu'il était bien insolite de songer à se restaurer lorsque l'on est coincé dans une telle situation, que le ronronnement reprit. Il ne put réprimer un mouvement de protection. Qu'allait-il se passer cette fois-ci ? Le punirait-on pour avoir consommé les crustacés ? C'est vrai qu'ils ne lui appartenaient pas ! Peut-être étaient-ils destinés à quelqu'un d'autre !

Mais le ronronnement n'annonçait rien de désagréable. La porte donnant sur l'inconnu s'ouvrait complètement, voilà tout.

Elle ne fut bientôt plus du tout visible, entièrement escamotée quelque part dans l'épaisseur de la paroi cylindrique. Devant lui, au bout du tunnel, Vouzzz vit un petit rond de lumière lui indiquant que l'extérieur n'était pas loin.

Alors, en avait-on décidé ainsi ! Il était autorisé à découvrir ce qu'il y avait au-dessus du monde. Cela valait bien une douche ! Même si elle avait été plutôt énergique ! Vouzzz avança un peu. Le ronronnement se fit entendre. Il se retourna pour voir la porte se refermer derrière lui. Comme il s'y attendait, une chose-qui-respire rouge apparut au centre du disque de matière grise qui bouchait de nouveau le tunnel.

— Merci ! lui chanta-t-il simplement.

Sur ce, il commença à s'éloigner de quelques pas, mais il revint devant la chose-qui-respire pour ajouter :

— Merci aussi pour ces succulents crustacés !

Rien ne garantissait que ces charitables cadeaux provinssent de la chose, mais, dans le doute, mieux valait remercier pour rien que de passer pour un ingrat. Surtout s'il était envisagé de lui offrir d'autres générosités de cet ordre-là !

Il se remit en route vers l'inconnu, sans se presser, en fixant le petit disque de lumière qui grandissait lentement à chacun de ses pas, avec une concentration extrême et une émotion paroxysmique. Il allait découvrir ce qu'il y avait sur le toit du monde !

.

12. Quand le Youri-Neil se rua dans l'espace

Je ne sais pas ce qui se passe, mais Quader semble énigmatique en ce moment. Déjà, dans son premier céphmessage d'il y a un peu moins de dix heures, il disait qu'il allait bientôt venir nous chercher, ici, à Ishtar. Dans ma réponse, je lui ai demandé pourquoi. Il n'a rien précisé et là je viens de recevoir un second message, dans lequel il nous recommande simplement de nous tenir prêts tous les trois, Drill, Cong et moi. Je préviens Drill :

— Quader nous demande de nous tenir prêts à quitter Ishtar rapidement.

— C'est tout, toujours sans aucune explication ?

— C'est tout, oui, toujours sans explication.

— Viendra-t-il seul ?

— Je n'en sais rien. Je t'ai rapporté tout ce qu'il m'a dit. Tiens, regarde toi-même ! proposé-je, en lui renvoyant les deux derniers céphmessages de Quader.

Nous marchons dans la grande serre de la station pendant que Cong fait un peu d'exercice, pendu dans les arbres proches.

— C'est quoi son super schéma, d'après toi ? m'interroge Drill.

— Je me le demande !... Ça me démange l'esprit de le savoir.

— Avec tout ça, fini notre séjour à Ishtar, alors ! râle-t-il.

— J'en ai bien peur, oui.

Je n'ose pas lui dire que ce n'est pas si grave que ça, car ça lui enchante l'âme d'être dans la station vénusienne. Moi, j'avoue que ce n'est pas que je m'y ennuie... mais si, un peu, en fait.

— Il n'est pas toujours facile à cerveauter, je trouve, vis-querie ! continue-t-il à grommeler.

— Je vais envoyer un message à maman pour la tenir au courant et l'embrasser tendrement.

— Moi aussi.

***

Dès qu'ils furent en orbite basse terrestre à bord du Youri-Neil, le plus puissant des gravitants de Sandrila Robatiny, celle-ci manifesta l'impatience habituelle qui la caractérisait.

— Tout ce que je demande, c'est d'atteindre Ishtar le plus vite possible, dit-elle à son nouveau gravipilote.

— Vénus se trouve en ce moment à soixante-cinq millions de kilomètres de nous. À un g, il nous faudra un peu moins de vingt-trois heures d'accélération puis autant de temps de décélération. Nous serions à Ishtar en moins de deux jours.

Le visage totalement atone de l'Éternelle fixa Abir Gandy droit dans les yeux, sans articuler le moindre mot. C'était paradoxal, mais cette figure impénétrable était plus éloquente que toutes paroles accompagnées de n'importe quelle expression faciale.

— À un g et demi, il ne faudrait plus que trente-sept heures en tout pour arriver à destina…

Rien de descriptible ne parut changer sur le visage de l'impératrice du gène, mais Abir Gandy s'interrompit pourtant, sentant qu'il faisait encore fausse route.

— Dans ce cas, dit-il, pour faire au mieux, puisque votre Cébéfour 750 personnalisé supporte les cent g…

Un détail invisible, mais perceptible par on ne sait quel sens, passa sur le visage de l'Éternelle. Ce détail disait : « Et bien voilà ! Quand vous voulez ! ».

— Nous serons à Ishtar dans moins de quatre heures, poursuivit Abir Gandy.

Mais l'Éternelle ne l'écoutait plus. Elle s'écria :

— Pas de temps à perdre ! Tout le monde en anti-g !

Sans tenir compte d'Abir Gandy, parmi toutes les personnes qui faisaient partie du voyage, seules Sandrila Robatiny et C avaient déjà expérimenté l'anti-g. Les deux Mécans, Quader et C12/2, n'avaient pas besoin de ce dispositif pour résister à l'écrasante accélération. Ils devraient tout de même rester allongés sur un matelas spécial, car en position verticale, leur corps, quelque robuste qu'il fût, ne pouvait supporter cent fois leur poids.

Les Anciens, en revanche, n'avaient d'autre choix que d'utiliser un caisson anti-g. Tandis que Bartol et Solmar s'en faisaient expliquer le fonctionnement par Sandrila Robatiny, C assistait Daniol Murat :

— Il n'y a rien de plus simple ! affirma-t-elle. Il vous suffit de vous déshabiller et d'entrer là-dedans. Tout le reste se fera seul. Vous n'aurez à vous préoccuper de rien. Vous pouvez garder vos sous-vêtements, si vous voulez.

Daniol regarda ce dans quoi elle lui demandait d'entrer d'un air peu enthousiaste. Cela ressemblait un peu à une baignoire étroite disposant d'un couvercle qui pivotait sur le côté.

— J'imagine que ceci va se refermer sur moi, bien sûr ? s'enquit-il.

Il connaissait déjà la réponse, mais c'était une manière d'exprimer son appréhension.

— En effet. Ensuite, tout l'air contenu dans le caisson anti-g sera remplacé par un liquide respiratoire. Vous en avez certainement entendu parler ?

— Oui, confirma Daniol. Un fluide que je suis censé respirer aussi aisément que de l'air.

— Je vous assure que vous n'avez qu'à vous détendre et à laisser faire. On peut vous endormir, si vous préférez…

— Non, non. Ça va aller, merci.

— Bon ! Alors, à tout à l'heure, à Ishtar ! dit C, en se dirigeant vers son propre caisson anti-g, à quelques mètres de là.

Daniol ôta sa veste et son pantalon et les mit dans un compartiment destiné à cet effet.

— Ça, c'est géantissime ! entendit-il Bartol s'exclamer. Cent g ! Enfermé dans cette chose, un peu comme un poisson dans un aquarium !

Daniol lui accorda un sourire timide. L'Éternelle et Solmar venaient d'entrer dans leur caisson.

— Ça va mieux ? murmura Bartol.

Daniol lui signifia que oui d'un mouvement de tête affirmatif et d'un autre léger sourire. Il rangea ses chaussures avec ses habits. Faisant de même, le Marsalè lui fit un rapide signe du pouce levé accompagné d'un clin d'œil :

— À tout à l'heure, autour de Vénus…

— À tout à l'heure, répondit Daniol.

Il s'allongea dans son caisson et attendit à peine cinq secondes avant que le couvercle ne se ferme. Les deux Mécans étaient dans une autre pièce, chacun dans un fauteuil. La voix d'Abir Gandy se fit alors entendre dans sa céph :

—:: Mesdames, Messieurs, tout est prêt pour le départ. Nous partirons dans six minutes à destination de Vénus, plus précisément de sa station spatiale Ishtar. Nous franchirons une distance de trente-deux millions de kilomètres en accélérant puis en décélérant à cent g.

Daniol sentit le liquide monter doucement autour de lui. Ce n'était pas désagréable ; il n'était ni trop froid ni trop chaud, juste à la bonne température. La peur n'était pas vraiment là, mais il essayait de maîtriser sa petite appréhension tout de même, car il savait que le caisson était équipé d'appareils de mesure de toutes sortes et que le gravipilote serait immédiatement averti si son anxiété venait à dépasser un certain seuil ; il ne voulait pas se faire remarquer une seconde fois. Sandrila Robatiny serait contrariée que le départ soit retardé à cause de quelques battements de cœur sottement trop rapides. Abir Gandy poursuivait :

—:: À mi-parcours, nous atteindrons, par rapport à notre point de départ, la vitesse maximum de sept mille huit cent quarante-huit kilomètres par seconde.

Daniol préféra ne plus écouter ce qui lui rappelait trop qu'ils allaient traverser tout cet espace. Il se mit à penser à Malaïca, sa femme. Un réflexe faillit le faire tousser quand un nouveau fluide pénétra ses bronches, mais quelques secondes plus tard, il s'aperçut à peine qu'il ne respirait plus de l'air. Le liquide avait déjà rempli ses poumons et il ne sentait rien de particulier. On avait raison de dire que c'était facile.

Quand le Youri-Neil se rua dans l'espace, quand son moteur déchaîna son incroyable puissance, éjectant des flots de plasma incandescent dans le vide noir, Daniol ne sentit nullement la terrible accélération. Immergé dans son caisson anti-g, il n'en eut aucunement conscience.

Il pensa à Malaïca. Il pensa à son sourire. Il pensa à ses mimiques qui le faisaient hurler de rire quand elle imitait tel ou tel personnage. Il pensa à la manière qu'elle avait de lui tendre ses ravissants petits bras. Il pensa aussi que la vie les ayant peu à peu éloignés depuis qu'elle était devenue siphalienne, il l'avait trompée avec Ka Traime, une femme beaucoup plus jeune. Il s'en sentait si coupable ! Malaïca était la seule qu'il n'eût jamais aimée. Il pensa très fort à elle et pleura doucement, ses larmes se mêlant au liquide respiratoire.

13. Il leva les yeux trop tard

Vouzzz marchait dans le tunnel vers la lumière ; la sortie n'était plus très loin. Il remarqua qu'il faisait chaud, très chaud. Plus il approchait de la révélation qui l'attendait, plus son émotion grandissait et plus son émotion grandissait, moins il se pressait. Il ralentissait, il ralentissait… Le tunnel parfaitement circulaire devint une grotte au sol sablonneux et aux parois de roche chaotique, mais c'est à peine si Vouzzz y porta cas. Une luminosité croissante l'éblouissait, au sens propre et au sens figuré.

Quelque chose bougea devant lui, à droite. Il n'eut pas le temps de voir précisément ce que c'était, mais il lui avait semblé entrapercevoir un petit animal qui venait de s'enfuir pour se réfugier dans une anfractuosité. Vouzzz en fut surpris. Loin de s'imaginer qu'il pût exister de la vie au-dessus du monde, il se dit qu'il avait certainement mal interprété cette vision par trop fugitive, mais bien trop de choses extraordinaires se présentaient à lui pour qu'il y pensât plus longtemps. Il continua à avancer, concentré sur le concept de « dessus du monde ». Plus que trois mètres, deux, un et…

Dès qu'il fut à l'extérieur, il s'immobilisa. Alors qu'il croyait être déjà sous l'emprise de la plus grande émotion qu'il n'eut jamais éprouvée, son exaltation s'intensifia encore quand il vit s'étendre devant lui une merveilleuse vastitude inondée de lumière. Jamais immensité plus extraordinaire n'eût pu être conçue par son esprit.

Il se trouvait, selon toute vraisemblance, en haut d'une haute montagne, ce qui lui offrait un point de vue portant très loin.

Sur sa gauche, en bas, s'étalait un plan d'eau d'une taille à ce point gigantesque que, même de si haut, on n'en pouvait distinguer l'autre rive. En bordure des vagues s'étirait une large bande de sable blond. Sur la droite, une forêt d'arbres immenses, beaucoup plus grands que tous ceux que Vouzzz avait déjà vus de toute sa vie. Au loin, vraiment très loin devant, on apercevait une montagne. Quoiqu'elle fût estompée par la distance, on la devinait très verte.

Mais alors, réalisa Vouzzz avec la plus frappante stupéfaction, il semble qu'il y ait un autre monde au-dessus du monde dans lequel je suis né ! Il s'attendait à tout, mais pas à cela. Cette extraordinaire découverte fit éclore une question dans son esprit enflammé : existerait-il un troisième monde par-dessus celui-ci et ainsi de suite ?

Fasciné par la magnificence qui s'offrait à son regard, il avança sans ressentir la plus légère appréhension et commença à descendre une pente relativement abrupte. Pour ne pas se laisser entraîner par la forte déclinaison, il se retint aux nombreux arbres ainsi qu'aux lianes qui en pendaient et qui traînaient jusqu'au sol. La végétation était d'une luxuriance surprenante, partout, des plantes, des fleurs de toutes sortes. Rares étaient les surfaces sans au moins de l'herbe grasse. Cela contrastait beaucoup avec son monde habité par une couverture végétale proportionnellement chétive. Il réalisa seulement à présent qu'il avait quitté un monde dans lequel il faisait nuit, pendant qu'ici il ne pouvait pas faire plus jour. Encore une découverte ! La lumière était donc quelque chose de propre à chacun des deux mondes. Il avait décidément engrangé plus de connaissances en ces derniers moments que durant tout le reste de sa vie. Comme c'était enivrant de constater tant de choses essentielles ! Alors qu'il marquait une petite pause, pour repaître ses yeux de ce paysage surnaturel, les paroles des siens lui revinrent un instant à l'esprit : « Tu es le seul à ne penser qu'à chercher des réponses à des questions que personne ne comprend ! ».

Il reprit sa descente vers la plage, en essayant de passer à l'ombre chaque fois que c'était possible, car à découvert la chaleur était accablante. Une nouvelle constatation le fit s'arrêter : contrairement à son monde, où elle semblait provenir de toute la surface du plafond, ici, la lumière venait d'une direction précise. Il s'attacha à en observer la source, située presque à la verticale, un peu à droite dans la direction de la forêt, mais il ne put garder son regard dans cet axe bien trop éblouissant. Après avoir bu un peu, il rangea sa bouteille dans son sac et se remit en route. Le flanc de la montagne devenait de moins en moins escarpé, il lui fut bientôt possible de poursuivre la descente sans se tenir.

*

Parvenu au pied de la montagne, Vouzzz marcha quelques secondes dans le sable de la plage écrasée de lumière, avant de courir près des grands arbres pour y chercher de l'ombre et un sol moins brûlant. Il ne pénétra pas sous les frondaisons cependant, mais progressa dans le sable ombragé à la lisière de la forêt. Un léger vent tiède venant de la gigantesque étendue d'eau, que Vouzzz avait du mal à appeler « lac » tant elle était vaste comparativement au seul qu'il connaissait, apportait des senteurs exotiques qui offraient leur lot de griserie à l'intrépide explorateur de mondes. Des rafales faisaient frissonner les hauts feuillages. Quelques cris étranges hantaient les profondeurs de la forêt.

Il éprouva le besoin de se reposer et de réfléchir à ce qu'il convenait de faire à présent, en regardant tranquillement tout ce qu'il y avait autour de lui. Se restaurer un peu ne serait pas non plus une mauvaise idée, lui disait son estomac. Il s'accroupit donc dans le sable, ouvrit son sac et mangea un crustacé en admirant l'hyperlac. Scrutant l'horizon avec la plus grande attention, il ne parvint toujours pas à distinguer l'autre rive. Il en arriva même à se demander s'il était possible d'imaginer un lac avec une seule rive, mais il trouva vite cette pensée absurde et il eut envie de rire de lui-même. Heureusement que je n'ai pas posé cette question-là au Grand Sage ! se dit-il. Il se laissa captiver par les vagues qui jetaient de petits éclats de lumière. L'idée lui vint alors que les magnifiques crustacés qui lui avaient été offerts dans le tunnel devaient provenir de ces eaux fantastiques. Il médita sur le fait que s'il existait un autre monde, au-dessus de celui-ci, et qu'il contenait un lac encore plus grand, il serait dans ce cas difficile d'imaginer la taille de ses crustacés.

Un bruit soudain, suivi d'une ombre au-dessus de lui, le fit sursauter. Il leva les yeux trop tard. Avant qu'il ne pût faire un seul pas pour fuir, il se sentit vigoureusement saisi et puissamment soulevé. Les mouvements désespérés qu'il fit pour essayer de se libérer furent sans le moindre effet, à part celui de rendre l'étreinte de son assaillant plus ferme encore. Épouvanté, il vit le sol s'éloigner à une vitesse vertigineuse. On l'emportait dans les airs. Malgré l'inconfort de sa position, il parvint à jeter des regards au-dessus de lui et ce qu'il vit l'effraya plus que le risque de tomber de si haut.

14. Je ne vais pas me faire saigner l'esprit

Le voyage à travers l'espace pour atteindre la station spatiale vénusienne durerait presque quatre heures et demie. Tout ce temps à passer, immobile dans un caisson anti-g, était propice à l'introspection. Bien que totalement immergés dans leur liquide respiratoire, les passagers pouvaient parler entre eux grâce à leur céph, car l'utilisation de cette dernière pour converser ne nécessitait pas que les mots fussent réellement articulés. L'implant céphalique était en effet conçu pour lire, directement dans la zone du cerveau concernée, les paroles naissant dans les configurations des activités neuronales. La simple intention de prononcer un mot suffisait pour qu'il soit « lu » par la céph.

Mais Sandrila Robatiny demeurait aussi silencieuse que Daniol Murat, car elle profitait de cette inaction forcée pour faire le point en elle-même. Le fait que C soit avec Solmar ne la rassurait pas vraiment. Elle ne pouvait ôter de son esprit l'idée anxiogène selon laquelle il n'y avait aucune raison pour que Bartol ne trouvât pas dans son double biologique tout ce qui l'avait séduit en elle-même, son clone étant par définition son exacte copie, avec l'avantage supplémentaire de la jeunesse.

Un appel de Bartol tinta dans son aire auditive. Elle accepta la communication.

—:: Beauté géante, je peux te poser une question ?

—:: Oui, intrépide Choléra ! Que veux-tu ?

—:: Ton ami éthologue m'a dit que nous allons récupérer les C12. Est-ce vrai ?

—:: Ce n'est pas mon ami, même si j'avoue qu'il a un côté attachant, mais oui, c'est vrai.

—:: Ah !… Pourquoi ne m'en as-tu pas parlé ? Et pourquoi partons-nous en si grand nombre pour ça ? Nous aurions pu faire ce petit voyage en amoureux tous les deux. Je comprends que tu aies besoin de Daniol pour les C12, mais bien que ça me fasse plaisir qu'il soit là, je m'étonne que la présence de Quader te soit également utile. Tu ne me cacherais pas quelque chose ?

—:: Tu penses ?

—:: Oui, je le pense. Pourquoi allons-nous chercher Ols et Drill aussi ? Est-il nécessaire d'être si nombreux pour ramener les C12 ? Mon instinct me chuchote qu'il y a autre chose, beauté géante !

—:: Nous pourrons en parler bientôt.

—:: Ah ! Il y a donc vraiment quelque chose ?

—:: Tu seras d'ici peu mis au courant. Je ne peux rien te dire de plus pour le moment, mon Virus préféré.

—:: Bien, bien, j'attendrai, j'attendrai…

—:: Tu n'as pas le choix, mon petit Cobra Rebelle !

—:: Ah ! Ne m'appelle plus comme ça, Grande géanture !

L'Éternelle sourit, contente qu'il eût exprimé l'idée de faire ce voyage seul avec elle.

*

Les deux Mécans, Quader et C12/2, étaient plaqués sur leur matelas par la terrible accélération de cent g. L'angémo ne se rendait compte de rien ; il avait accumulé tant de fatigue qu'il s'était tout bonnement rendormi. Quader pensait toujours aux nums, ainsi qu'ils se nommaient eux-mêmes. Il savait que sa version numérique avait pris contact avec lui contre la volonté des autres Numanthropes, l'autre nom que les nums s'étaient donné, après avoir créé le Numivers. La conversation avait duré à peine plus de trois minutes seulement. Quader supposait que son homologue algorithmique n'avait pas pu la poursuivre plus longtemps au risque de se faire remarquer par ses semblables. Cette explication lui paraissait probable, mais il n'en était pas certain. Le contact avait donc été très court, d'autant plus qu'il avait gaspillé la première minute à se laisser convaincre qu'il n'était pas victime d'un mauvais plaisant. Sa num avait dû lui parler de ce qu'il y avait de plus intime en lui pour lui prouver qu'il était bien son double. Quader biologique avait fini par croire Quader numérique, car ce qui lui avait été révélé expliquait la mort puis la résurrection de Sandrila Robatiny ainsi que toute une série de petites choses qui lui étaient personnellement arrivées et qui étaient jusqu'alors incompréhensibles.

À présent, l'Invisible se demandait s'il y aurait un prochain contact et, si oui, quand il aurait lieu. En attendant et en espérant cette éventualité, il n'avait pas résisté à l'envie de partager ce secret avec tous ceux qui, comme lui, avaient un double dans le Numivers.

*

La phase de forte décélération venait de prendre fin. Pendant que les Anciens sortaient de leur caisson anti-g, le Youri-Neil, minutieusement piloté par l'informatique, approchait lentement de la porte Sergueï Korolev, située à l'une des extrémités du moyeu de la station spatiale Ishtar, un cylindre de quatre-vingt-huit mètres de rayon sur quatre cents mètres de longueur. À l'autre bout du moyeu se trouvait la porte Wernher Von Braun. À l'intérieur du Youri-Neil, la pesanteur venait de passer d'un extrême à l'autre, les passagers flottant à zéro g. Très précisément sur l'axe de la station, le gravitant s'arrima à un dispositif magnétique qui l'entraîna latéralement vers la circonférence du moyeu, à quarante-quatre mètres du centre. Là, un petit semblant de pseudo-pesanteur existait. Le Cébéfour 750 fut relié au sas numéro dix-huit dans un discret claquement de verrouillage.

Vénus occupait un énorme champ de vision, en étalant dans l'espace son atmosphère nuageuse mégalomane que la proximité du Soleil rendait éblouissante. En effet, la planète, qui dans la mythologie romaine porte le nom de la déesse de la beauté, demeurait un tiers plus près de l'astre du jour que la Terre.

Sur le disque, de ce côté du moyeu de la station, était écrit en lettres géantes rouges le célèbre aphorisme de Constantin Edouardovitch Tsiolkovski : « *La Terre est le berceau de l'humanité, mais on ne passe pas sa vie entière dans un berceau.* »

*

Chargés de nos bagages, nous sortons de l'ascenseur et nous nous dirigeons vers la porte Korolev. Nous sommes attendus au sas dix-huit. Quader semble si pressé de repartir qu'il n'est même pas venu nous chercher. Il a préféré nous envoyer un céphmessage pour nous demander de le rejoindre. Drill tient Cong par la main. L'angémo n'est pas habitué à se déplacer dans la faible gravité du moyeu. Moi non plus, d'ailleurs ! Seul Drill est à l'aise. C'est un futur gravipilote, lui, c'est sûr ! Il aime ça. Nous voilà en vue du sas en question. Quader est devant. Il nous fait signe d'entrer.

— Décerveauterie ! mais qu'a-t-il donc à être si pressé ? s'écrie Drill.

J'avance gauchement en flottant à moitié. Heureusement, grâce aux nombreuses rampes disposées le long des murs et même du plafond, il est possible de se cramponner un peu partout. Nous franchissons la première porte qui se referme derrière nous. Nous embrassons notre père adoptif. Il nous serre affectueusement dans ses bras. Même si ce ne sont que les membres d'un méca qui m'enlacent, ce contact me sucre le cœur. La deuxième porte du sas s'ouvre. Nous entrons dans…

Visquerie ! Si je ne me trompe pas, c'est le gravitant de Regard Furieux ! Elle est d'ailleurs là. Tiens ! il y a Bartol aussi. D'autres personnes que je ne connais pas sont présentes. Que se passe-t-il ? Quel est donc ce super schéma ? Bon, je ne vais pas me faire saigner l'esprit pour cerveauter ! Nous verrons bien…

15. Il y fut soudainement précipité

Ce que Vouzzz pouvait voir au-dessus de lui, tandis qu'il était emporté dans les airs sans ménagement, ressemblait au pire des monstres qu'il eût pu imaginer. C'était une créature volante aux immenses ailes membraneuses. Ses pattes musclées possédaient de redoutables serres qui étreignaient Vouzzz douloureusement. Pour peu que le malheureux aventurier fût placé dans des conditions d'observation plus sereines, il eût aussi remarqué un cou interminable portant une petite tête équipée d'un bec, également très long et bordé de dents pointues comme des aiguilles. Le dessus du crâne était garni de quelques écailles rouges et il en jaillissait un sinistre bouquet de huit pédoncules filiformes et mous se terminant chacun par un organe sphérique proéminent, qui ne pouvait être autre chose qu'un œil. Presque tout le corps de la créature était couvert d'un court pelage vert foncé, mais son bec était vert clair. Elle continuait à prendre de l'altitude tout en se dirigeant vers la lointaine montagne que Vouzzz avait vue en face de la sortie du tunnel. Le jeune explorateur sentait très proches les dernières minutes de sa vie. Il pensa à sa folie, se disant que les siens avaient raison et qu'il était à présent bien puni. Il pensa à ses parents qui ne sauraient jamais ce qu'il était devenu, qui ignoreraient qu'il avait découvert un autre monde au-dessus du monde, un monde apparemment interdit et qui ne sauraient jamais non plus qu'il avait songé à eux avant de mourir. Il pensa au Grand Sage qui avait essayé plusieurs fois de lui rendre la raison en parlant longuement avec lui et qui avait vainement tenté de lui expliquer à quoi sert une existence, à quoi elle est destinée et de quelle manière il est raisonnable d'en faire usage. Il pensa à son village. Il pensa à ses camarades qui se moquaient un peu de lui quand il leur faisait part de ses interrogations sur le monde et le fonctionnement des éléments qui le composent. Il pensa qu'il avait toujours été seul parce qu'il s'ennuyait avec les autres, sauf quand ils chantaient bien sûr. En quelques secondes à peine, il pensa à tout cela et à bien d'autres choses. Puis la peur, qui l'envahit totalement, l'empêcha de songer à autre chose qu'à sa mort imminente. En cet instant, seuls les élancements provoqués par les griffes du prédateur parvenaient à son esprit. Il n'eut alors plus conscience que de sa terreur et de ses douleurs.

Mais cet état ne dura heureusement pas très longtemps et quand il se rendit à nouveau compte de sa position et de ce qui lui arrivait, il vit défiler sous lui la longue bande de sable et les flots plissés de vagues écumeuses. Il n'était déjà plus loin de la montagne, celle qui se trouvait à l'extrémité opposée par rapport à l'endroit où il était entré dans ce nouveau monde.

La créature volait à une vitesse stupéfiante, le cou et le bec bien tendus vers l'avant. Vouzzz sentait la forte pression du vent relatif causé par ce rapide déplacement. Le vigoureux battement des ailes produisait un son ressemblant à un frottement, un peu comme si leur membrane faseyait.

La plage et l'eau disparurent bientôt. Il survolait à présent le bas flanc de la montagne. L'étrange rapace parut commencer à descendre, mais il s'avéra que cette perte d'altitude était plutôt due au fait que c'était le sol qui s'élevait, au fur et à mesure que les hauteurs approchaient.

Les cimes des plus grands arbres furent bientôt très proches. Vouzzz songea que s'il avait la chance d'être lâché, sa chute serait sans doute amortie par les branches et les frondaisons et qu'il ne mourrait peut-être pas. Quoi qu'il en fût, les puissantes serres le tenaient malheureusement sans faillir à leur mission. Il n'y avait donc rien à espérer de cette chute improbable qui, de toute façon, n'était pas plus souhaitable que ça.

Apparut bientôt un piton rocheux qui dépassait de la végétation. Le monstre s'en approchait en ralentissant. L'altitude et la vitesse ayant sensiblement diminué, il en vint derechef à espérer sa chute, mais cette fois avec un peu plus de conviction que l'instant d'avant. Preuve de sa bonne foi, il se débattit et essaya d'écarter les serres. Mais là encore, le prédateur ne lâcha pas prise et affermit même sa redoutable étreinte. Battant bruyamment des ailes, il finit par maintenir, un court instant, un vol stationnaire au-dessus de l'éminence. Vouzzz vit alors sur cette excroissance minérale, presque nue comparativement à la luxuriance alentour, quelque chose qui avait tout l'air d'être un nid géant. Avant qu'il ne méditât plus encore sur cette ressemblance, il y fut soudainement précipité. Fort heureusement, il ne tomba pas d'une hauteur fatale, mais l'atterrissage n'en fut pas moins rude, la fin de sa chute étant ponctuée par un bruit de brindilles écrasées. Il demeura un moment immobile, sonné par le choc, à moitié assommé même, mais des picotements et diverses stimulations douloureuses ressenties sur tout le corps l'aidèrent à recouvrer toute sa conscience.

Se redressant précipitamment, et retombant trois fois de suite tant il était peu commode de prendre appui dans cet enchevêtrement de branches, il finit par arriver à se tenir debout. Il n'eut cependant pas le temps ni le réflexe de regarder son agresseur, déjà au loin, qui repartait à la recherche de quelque nouvelle proie pour nourrir son insatiable progéniture. Progéniture avec laquelle Vouzzz fit immédiatement connaissance, car il se sentait piqué et mordillé de toutes parts. Il découvrit qu'il était entouré de cinq petits monstres en tous points égaux, mise à part la taille, à celui qui l'avait emmené ici sans son avis, ni le moindre protocole de politesse et avec la rudesse que l'on sait. Ces affamés semblaient bien décidés à s'alimenter au grand dam de Vouzzz, autrement dit à le dévorer sans vergogne. Ils ouvraient grand leur bec garni de dents acérées puis mordaient et tiraient en secouant la tête de droite à gauche, ou piquaient et griffaient avec une ardeur dénotant un fort bel appétit.

16. Que voulez-vous en échange des C12 ?

C'est la deuxième fois que je voyage dans le gravitant de Regard Furieux ; la première, c'était pour aller sur Mars. Mais ce trajet-ci est beaucoup plus long et Super Sandrila semble extrêmement pressée. C'est pour cette raison que nous sommes en caisson anti-g. Nous allons vers Jupiter en accélérant à cent g ! Quand Drill a entendu ça, tout à l'heure, avant notre départ, ça l'a rendu fou. Ça lui superlative l'enthousiasme d'esprit de se dire qu'il aura connu les cent g. Nous aborderons une station spatiale en orbite autour de Io, un des satellites de Jupiter. Par rapport à notre point de départ, Vénus, notre but se trouve à huit cents millions de kilomètres. C'est sûr que je n'ai jamais imaginé faire un voyage aussi long ! Je veux dire long en terme de distance, parce que pour ce qui est de la durée, nous le ferons en un peu plus de seize heures seulement. C'est vrai que seize heures pour faire huit cents millions de kilomètres, ce n'est pas beaucoup ! N'empêche que rester seize heures immergé dans un caisson anti-g, ce n'est pas ce qu'il y a de plus confortable ! Heureusement, je vais dormir la plupart du temps, Drill aussi et certainement tous les autres ; quand un voyage est long, on peut choisir d'être endormi durant le trajet. En parlant des autres, je n'ai pas eu beaucoup de temps pour faire connaissance, mais j'ai repéré une sorte de Regard Furieux bis. Une sœur sans doute. Drill le suppose également. Nous avons tous les deux remarqué que Quader avait envie de parler de quelque chose de très important pour lui. Nous avons entendu Regard Furieux lui dire : « Ne vous impatientez pas, je vous promets que nous aborderons le sujet dès que nous aurons récupéré les C12. ».

C'est d'ailleurs comme ça que nous avons appris que nous allons si loin pour les retrouver tous. Il a fallu endormir Cong, pour le placer dans son caisson anti-g. Moi aussi, je vais bientôt sombrer ; le liquide respiratoire contient ce qu'il faut pour me faire dormir jusqu'à notre arrivée.

Un tintement m'avertit que Drill m'appelle.

—:: Tu ne dors pas encore ? me demande-t-il.

—:: Sûr que non, puisque je te réponds !

—:: Tu sais quoi ?

—:: Comment veux-tu que je sache si je le sais avant que tu dises de quoi il s'agit ? Ça me griffe l'esprit, tes questions !

—:: Arrête de faire le malin, p'tit fécal ! Je voulais juste que tu saches ce qu'Abir m'a dit. Écoute bien : à mi-parcours, à la fin de la phase d'accélération, nous atteindrons la vitesse de vingt huit mille kilomètres par seconde !

—:: Piouuuuuu ! fais-je.

—:: Plus de cent millions de kilomètres à l'heure !

—:: Piouuuuuu ! re-fais-je.

—:: C'est énorme ! Ça représente plus de treize pour cent de la vitesse de la lumière !

—:: Oui, c'est beaucoup ! Décerveautant ! Sinon, tu as capté ce que Regard Furieux a dit…

—:: Je l'ai entendue dire quelques trucs, oui…

—:: Quand Quader insistait pour parler de quelque chose de mystérieux, elle a dit que le sujet serait abordé dès qu'on aura les C12…

—:: Oui, j'ai entendu.

—:: Oui, mais elle semblait en nerfs après quelqu'un qui va se faire tanner le cuir, je pense.

—:: Ah bon ?

—:: Oui. Elle a ajouté qu'elle devait tenir une promesse, mais de plus corriger l'impertinence de quelqu'un d'extrême urgence.

—:: Ah oui ? Je n'avais pas entendu… Visquerie ! il va y avoir du spectacle ! Il y a quelqu'un qui va se faire démonter l'âme ! Et tout ça en direct devant nous !

—:: J'ai hâte de voir ça !

—:: Moi aussi, j'ai de l'impatience qui me galope dedans !

J'ai du mal à poursuivre la conversation, car je sens le sommeil m'envahir.

***

Au bout de son trajet de huit cents millions de kilomètres, Le Youri-Neil était en orbite autour de Io, arrimé au moyeu de la station spatiale privée Maison Tranquille.

L'Éternelle sentait monter en elle une rage meurtrière. Après de très laconiques échanges de politesses, le mystérieux occupant des lieux lui avait simplement déclaré qu'il attendait sa visite pour parler affaires. Il lui avait expressément demandé de venir seule, précisant qu'il se réservait le droit de garder les C12 pour lui, si le moindre écart de sa conduite venait à le contrarier, qu'il se réservait également le droit de juger sa conduite et que l'argent n'y pourrait rien changer. Ses derniers mots avaient été un conseil : « Soyez la plus agréable et la plus conciliante possible si vous voulez obtenir ce que vous êtes venue chercher. ».

À la grande déception de Drill et Ols qui comptaient bien assister à l'affrontement, elle allait donc seule à la rencontre de l'inconnu. Flottant en apesanteur, elle entra dans le sas, les deux pieds en avant, en se tenant aux rampes qui bordaient l'ouverture. Maison Tranquille était une station spatiale tout à fait classique dans sa forme générale. Elle ressemblait à une roue qui tournait sur elle-même, car la force centrifuge ainsi obtenue était le seul moyen de créer une pseudogravité. La porte du sas se referma derrière Sandrila Robatiny. Deux secondes plus tard, la deuxième porte s'ouvrit. Quelqu'un qui l'attendait lui fit signe de venir. Planant la tête devant, elle se tracta des deux bras pour entrer chez son hôte. C'était un asexué de petite taille, entièrement nu, chauve, aux grands yeux verts et à la peau légèrement bleutée. Il toucha un bouton pour refermer la porte.

— C'est vous ? demanda-t-elle.

— Non. Il vous attend. Suivez-moi, répondit-il d'une voix fluette.

Ils entrèrent dans une cabine. C'était un ascenseur qui, se déplaçant à l'intérieur d'un des quatre rayons de la station, reliait le moyeu à la « jante » de la roue. La cabine se referma et démarra. Au fur et à mesure qu'ils se rapprochaient de la périphérie, L'Éternelle sentait peu à peu la pesanteur croître, ses pieds reprenant progressivement contact avec le sol. Elle sonda le visage de l'asex, mais celui-ci s'efforçait visiblement de ne pas croiser son regard. L'ascenseur s'arrêta. La pesanteur ici était d'un quart de g. Ils sortirent et marchèrent dans un couloir courbé devant et derrière vers le haut, comme l'intérieur d'un pneu.

— C'est là qu'il vous attend, dit l'asex.

Sandrila Robatiny regarda la porte qu'il lui désignait et qui s'ouvrit. Elle entra sans hésiter.

Un mur entièrement transparent laissait voir les volcans de Io expulser leurs geysers soufrés jusqu'à quatre cents kilomètres d'altitude. En toile de fond de ce spectacle impressionnant, Jupiter le colosse animait les spirales de ses cyclones, phénomènes météorologiques si énormes qu'ils eussent gobé la petite Terre, mère de tous les humains, dans la seconde. Mais, aucun panorama, aussi grandiose fût-il, n'eût retenu l'attention de

Sandrila Robatiny en cet instant. Quelqu'un était assis dans un fauteuil en zirko noir.

— Savez-vous qui je suis ? demanda-t-il.

— Les analyses statistiques et sémantiques de toutes les conversations que nous avons eues professent à soixante-dix pour cent que vous êtes So Zolss, répondit-elle, en lisant ce chiffre dans un céphécran.

Elle n'avait jamais rencontré le patron de Méga-Standard en chair et en os. Mais l'avoir déjà vu ne l'eût pas pour autant aidé à le reconnaître, car il était mécan depuis trente ans.

— Mais vous, intuitivement, qu'en pensez-vous ?

— La même chose, à cent pour cent.

— Depuis quand avez-vous cette conviction ?

L'Éternelle tourna un autre fauteuil vers son interlocuteur, s'assit et répondit.

— Bon, Zolss ! Parlons de ce pour quoi je suis ici. Ne perdons pas de temps en vaines palabres. Ce n'est d'ailleurs pas de vous, cette manière d'être…

— C'est vrai ! C'est vrai ! Je change, faut-il croire. Vous l'avez déjà remarqué en me disant que je devenais pathétique.

— Je sais ! Ne le devenez pas davantage, s'il vous plaît. Alors, que voulez-vous en échange des C12 ? Ce ne peut pas être de l'argent, bien sûr. C'est la seule chose qui ne vous manque pas !

— Attention de ne pas être désagréable Sandrila !

— Ne m'appelez pas par mon prénom, Zolss ! cria-t-elle sur un ton menaçant. Je ne suis pas votre… votre…

La rage nuait sa gorge. Elle dut lutter pour se contenir.

— Tsee, tsee, tsee ! Quelle magnifique impétuosité !

Elle fit un effort surhumain pour reprendre le contrôle d'elle-même :

— D'accord, Zolss, vous avez réussi à me faire perdre ma sérénité. Mais pas pour longtemps. Je vous demande à présent, calmement et froidement, d'en venir au fait. Ne m'obligez pas à passer plus de temps que nécessaire en votre présence. Convenez déjà que nous aurions pu nous entendre sans nous voir.

— Non. Je n'en conviens pas. Pour ce que j'ai à vous demander, il fallait obligatoirement un entretien en tête-à-tête.

— Pourquoi donc ?

— Donnez-moi votre nucle.

— Hein ?!

— Vous avez bien entendu ! Ce n'est pas moi qui perds du temps à présent.

— Pourquoi voulez-vous mon nucle ?

— Pour être certain que vous serez seule à écouter ce que je vais vous dire, bien sûr. Quelles autres raisons pourraient motiver cette exigence ?

— Vous avez peur d'être espionné, vous, l'Empereur du Réseau !

— Vous vous êtes déjà étonnée de ça ! Ce n'est plus la peine d'en rajouter.

— Ah !… Je sens que c'est vous qui perdez votre sang-froid à présent !

So Zolss effaça de son visage mécan la trace de contrariété qui l'avait envahi et tendit un nucleur à l'Éternelle. Elle prit l'appareil, pas plus gros qu'un pouce, et le posa sous sa clavicule. Un petit bip signala que le dispositif avait repéré le nucle et qu'il était prêt à fonctionner. Elle enfonça le bouton d'extraction. Une légère et furtive douleur suivit ce geste quand la peau, artificielle mais innervée, fut ouverte sur une longueur de cinq millimètres. L'ouverture se referma seule dans la seconde.

Elle posa le nucle et l'appareil sur une table en roche volcanique de Io polie, sur laquelle le bras droit de So Zolss était posé.

— Voilà ! Je vous écoute. Que voulez-vous en échange des C12 ?

Grâce au triple mouvement de rotation de la station (sur elle-même, autour de Io et autour de Jupiter), le panorama changeait sans cesse. La planète géante commençait à apparaître à droite tandis que son satellite disparaissait à gauche.

— Dans une dizaine d'heures, nous entrerons dans l'ombre de Jupiter. Nous verrons sa face plongée dans la nuit. C'est très beau. Les terribles éclairs qui zèbrent son atmosphère sont alors bien visibles.

— Que voulez-vous, Zolss ?

So Zolss la fixa un moment sans prononcer un mot, mais avec une grande intensité, comme pour donner de l'importance à ce qui allait suivre, puis il dit :

— Je veux un enfant de vous.

17. Observé par quarante globes oculaires

Les cinq jeunes monstres affamés étaient heureusement bien plus petits que celui qui les nourrissait. Vouzzz repoussa aussi vigoureusement qu'il put l'empressement de leurs dents avides. Cette riposte apparemment inattendue parut les plonger dans le plus grand ahurissement, à en juger par leur soudaine immobilité et par le fait qu'ils dirigeassent tous leurs huit yeux pédonculés vers lui. Vouzzz se sentit observé par quarante globes oculaires qui clignaient de temps à autre tout autour de lui. Pour autant qu'il fût possible d'interpréter l'expression d'un regard octoculaire, les créatures semblaient vraiment surprises. Est-il imaginable que je les étonne en ne voulant pas être dévoré ? se demanda-t-il.

Préférant ne pas attendre plus que ça pour mettre la plus grande distance possible entre lui et cette compagnie peu engageante, il sortit du nid et s'éloigna en se retournant brièvement de temps en temps. Les quarante yeux perchés sur leur long pédoncule, qui parfois montait, parfois descendait, parfois s'inclinait d'un côté ou de l'autre, restaient tous braqués sur lui, comme s'ils eussent vu le plus extraordinaire des phénomènes. Vouzzz en conçut une certaine irritation, se disant que c'était lui qui avait tout lieu de s'étonner de leur aspect ; quelle idée d'avoir tant d'yeux !

Il entreprit de ne pas s'éterniser aux abords du nid et de descendre la paroi abrupte du piton rocheux. Bien lui en prit ! car à peine était-il accroché à la roche presque verticale que le parent nourricier était de retour. Après avoir lancé quelque nouvelle pitance à ses enfants, il voulut rattraper la nourriture qui s'enfuyait. Heureusement, son immense envergure l'empêchait de voler aisément près de l'éminence sans risquer de se cogner les ailes, de se blesser et peut-être même de tomber brutalement. Ce rocher n'était pas très haut. Quand le monstre géant tenta sa première approche, Vouzzz était à mi-hauteur et presque au niveau de la cime des grands arbres. Là, il eût été déjà très difficile de le reprendre et quelques secondes plus tard il était définitivement à l'abri dans la forêt.

Ce n'était pas une forêt très dense. Ses arbres étaient hauts, mais ils laissaient entrer la lumière, montrant un peu le ciel entre leurs branches. Sur le sol sableux, on voyait, çà et là, outre quelques feuilles, de petites choses végétales pas faciles à identifier… des fruits peut-être. Quelques cris étranges inquiétèrent Vouzzz. Toutes ces émotions avaient mis son système nerveux à rude épreuve. Il se sentait épuisé et affamé. Pour lutter contre l'épuisement, il n'y avait rien de plus facile, il suffisait de se reposer, mais contre la faim, il fallait de la nourriture. Or elle était limitée. Par miracle, il n'avait pas perdu son sac, mais il ne lui restait plus que trois crustacés. Vouzzz avait prévu de retourner dans son monde pour aller y chercher des provisions, mais cette dernière aventure l'avait entraîné si loin du tunnel qui conduisait chez lui qu'il doutait d'être capable de le retrouver avant de mourir de la disette. Il ouvrit son sac, prit un crustacé et commença à le croquer en se reposant dans un confortable creux que formait le sable, calé contre une racine. Plus que deux crustacés et je n'aurai plus rien à manger, se dit-il, soucieusement.

Il mâcha lentement, comme pour faire durer ce qui devenait de plus en plus précieux. Près de lui, quelque chose attira son attention. C'était conique, vert, couvert de petits ronds rouge foncé et luisants. Vu l'endroit où il se trouvait, cela avait de fortes chances d'être un fruit. Il le ramassa, l'examina un long moment et se décida à le mordre avec circonspection, tout doucement. Un goût sucré très agréable suinta de la morsure. Cela l'encouragea à poursuivre plus avant l'expérience, mais il garda malgré tout encore un peu de prudence en ne prenant qu'un tout petit morceau dans sa bouche et en le mâchant sans précipitation. C'était un véritable délice ! Ne pouvant imaginer que quelque chose d'aussi bon puisse être dangereux, il dévora tout ce qui restait de sa trouvaille sans retenue. Cela lui fit très vite un bien immense. Il se sentit revigoré, presque prêt à explorer plusieurs autres mondes dans la foulée. Le souci de la nourriture s'envolait très haut, à voir le nombre de ces fruits sur le sol alentour. Rien que d'ici, sans se déplacer, il pouvait en compter une vingtaine autour de lui. Restait le problème de la soif, mais Vouzzz se disait qu'il ne lui serait certainement pas difficile de retrouver l'immense étendue d'eau. D'après le souvenir qu'il avait de son survol involontaire du paysage, il avait une idée de la direction dans laquelle elle devait se trouver. Il n'était pas facile de garder longtemps une orientation en absence de repères lointains, sous le couvert des arbres. Il décida malgré tout de se mettre en route, se promettant de dormir dès qu'il serait en vue du lac. Le sol descendait devant lui, ce qui confirmait qu'il devait se diriger vers l'eau. Il ramassa le premier fruit qu'il trouva sur son chemin et s'en régala en se félicitant d'avoir entrepris de visiter ce monde et en songeant aux énormes et succulents crustacés, qui lui avaient été offerts par la chose-qui-respire et qui venaient très probablement du lac géant. Le problème de la survie n'était plus qu'une lointaine idée qui ne le concernait plus, mais cela ne l'empêchait pas d'espérer compléter son ordinaire.

Un petit murmure attira son attention. C'était un son très faible, à peine perceptible. Il s'arrêta pour essayer d'en localiser la source. Elle se trouvait droit devant lui, semblait-il. Il continua à avancer. Au bout d'un moment, il acquit la conviction que le son devenait de plus en plus distinct et qu'il se rapprochait donc de ce qui le produisait. Sa récente aventure ayant émoussé sa témérité et éveillé sa prudence, il ralentit. Mais la curiosité était plus forte que tout.

18. Ma réponse est non !

Assommée de stupéfaction, Sandrila Robatiny ne s'aperçut pas tout de suite que So Zolss s'était remis à parler.

— Comment ? fit-elle, en le réalisant.

— Je disais qu'il est inutile de ressortir votre vieille menace. Je prends les devants en vous affirmant qu'elle sera sans effets sur moi.

Elle pencha la tête légèrement de côté et se massa le front, cherchant à remettre son esprit en route.

— De quoi parlez-vous ?

— De votre menace de lancer contre moi des clones de moi-même engrammés pour me haïr.

— Ce n'est pas ma question... Je vous demande de quoi vous parliez au sujet d'un enfant. Vous avez bien parlé d'un enfant, n'est-ce pas ? Que disiez-vous à ce sujet ?

— Que j'en voulais un de vous !

— Je pensais avoir mal compris ! Mais non, semble-t-il ! Vous avez subitement perdu la raison, en fait ! Vous n'allez sûrement pas me croire, j'ai du mal à le croire moi-même, c'est pour dire ! mais figurez-vous que ça ne me laisse pas indifférente... Oh ! non pas que je ressente de la compassion pour vous, non... Mais vous savez ce que c'est, quand on s'accoutume à quelque chose avec le temps ?... J'avais pris l'habitude de vous moucher, comme un sale gosse, de temps en temps. À présent que je découvre que vous êtes complètement sénile, cela n'aura plus aucun intérêt. Et puis, il y a autre chose, dès qu'un Éternel perd l'esprit, les autres Éternels se posent forcément des questions sur leur propre devenir. Est-ce que cette déchéance va finir par me frapper aussi, un jour ou l'autre ? Est-ce que je vais pouvoir défier le temps plus que lui ? Est-ce que la dégénérescence mentale est un processus inévitable qui nous guette tous ? Mais, au fait ! comprenez-vous encore ce que je suis en train de vous dire ? Ou est-ce que je m'adresse à un sinistre agrégat de neurones presque végétatif ?

So Zolss garda son regard planté dans les yeux de celle qu'il avait toujours secrètement admirée en retenant le silence de longues secondes.

— Sandrila, finit-il par répondre, c'est vrai que je me fais vieux. Je ne tiens pas à vous donner mon âge, mais je suppose que vous devez le connaître. Toujours est-il que j'ai encore toute ma raison et tout mon pouvoir. Je sais que vous tenez beaucoup aux C12, car quelque chose a changé en vous depuis que vous êtes tombée amoureuse de ce Bartol. Vous vous sentez coupable à cause de ce qu'ont enduré les créatures dans les laboratoires d'Amis Angémos. Je suppose que vous désirez réparer une partie de vos torts et que pour ce faire il vous faut les C12. Je les ai en ma possession. Je peux vous les rendre. Mais je veux quelque chose en échange…

— …

— J'exige un enfant de vous, Sandrila.

La demande était si inattendue, si ahurissante, que Sandrila Robatiny oublia de s'offenser du fait qu'il continuât à l'appeler par son prénom. Elle avait de plus en plus de mal à se persuader elle-même que l'état mental de son interlocuteur était la seule chose qui pût expliquer une exigence aussi délirante. Restait la possibilité d'une grotesque plaisanterie… mais cette hypothèse était encore moins crédible ; So Zolss ne plaisantait jamais. Elle sut qu'il était très sérieux et en parfaite possession de toutes ses facultés.

— Comment une pareille idée occupe-t-elle votre esprit, Zolss ? Elle est tout bonnement insane !

— Content de vous voir réaliser que ce n'est pas moi qui le suis.

— C'est presque pareil… Je ne peux que me demander ce qui se passe dans votre tête pour qu'elle conçoive un projet aussi grotesque.

— Sandrila, comme…

— Ne m'appelez pas Sandrila, je ne suis pas votre petite amie !

— … comme je vous le disais, c'est vrai que je me fais vieux. Je n'ai plus rien à conquérir. Je n'ai plus qu'à rester sur ma position et ça me lasse. Le pouvoir me lasse. Mon existence me lasse. Tout me lasse. C'est sans doute pour cette raison que cette idée, que je trouvais également totalement folle, m'est venue à l'esprit.

— Puisque vous la trouvez folle, vous aussi, n'y pensons plus. Que voulez-vous pour les C12 ?

— Comme vous je suis un Éternel, mais j'ai réalisé que je ne suis pas éternel au vrai sens du terme. Il m'est venu le désir de ne pas disparaître sans laisser une descendance. Dès que ce désir s'est solidement ancré au fond de moi sous la forme d'une décision, j'ai pensé à vous, immédiatement. C'est avec vous que je veux partager mes gènes pour concevoir mon enfant. Vous imaginez sans peine que je suis trop maladroit pour vous faire la cour de manière chevaleresque, n'est-ce pas ? Aussi en suis-je réduit à vous proposer un marché.

— Ma réponse est non !

— Non ?

— Non ! C'est tellement non que c'est inutile d'en parler une seconde de plus. Que voulez-vous en échange des C12 ?

— Vous avez oublié de considérer un détail, Sandrila, c'est que je ne suis…

— Peu importe les détails, c'est non. Non !

— Je disais que je ne suis pas obligé de demander et de négocier pour obtenir dans la situation présente. Je demande et je négocie par égard pour vous. Uniquement pour cette raison et pour rien d'autre, car je peux tendre la main pour me servir, n'est-ce pas ?

Un frisson d'angoisse parcourut le corps de l'Éternelle. Elle se rendit compte qu'elle était physiquement à sa merci. Il était vrai qu'il pouvait déclencher un signal pour qu'on s'emparât d'elle. Il suffisait de prélever une seule cellule, n'importe où sur elle, pour obtenir ses gènes et les utiliser pour concevoir un enfant. Une recherche minutieuse, très facile à mettre en œuvre, aurait même permis de retrouver son ADN sur le sol qu'elle avait foulé, les surfaces qu'elle avait touchées ou seulement approchées. Il était parfaitement vrai que So Zolss n'avait nullement besoin de son accord pour avoir ce qu'il réclamait.

— Pourquoi négociez-vous ce que vous avez déjà, alors ? demanda-t-elle.

— Je vous l'ai dit, par égard pour vous.

— C'est idiot ! Obtenir mon consentement par la contrainte d'un chantage, ou prendre de force ce que vous désirez… Où est la différence ?

— Je ne veux pas que mon enfant se dise un jour qu'il est illégitime du côté de sa mère !

— Mais il le sera, si j'accepte par contrainte !

— Beaucoup moins que si je volais vos gènes, Sandrila ! Beaucoup moins, car vous pouvez toujours dire non !

— Et si je dis non ? Qu'est-ce qui me garantit que vous ne le ferez pas quand même ?

— Je ne le ferai pas.

— Qu'est-ce qui me le garantit ?

— Le fait que je sois en train d'en parler avec vous. Si j'avais l'intention de me passer de votre accord, je vous aurais déjà laissé partir, avec ou sans les C12. C'est logique puisque je n'ai pas besoin de vous pour arriver à mes fins.

— Mais enfin, Zolss ! Vous dites que vous ne voulez pas que l'enfant se sente illégitime de mon côté.

— Oui.

— Qu'est-ce qui vous garantit que je l'accueillerai quand il cherchera à me contacter ?

— Il n'aura pas la nécessité de vous chercher.

— ... ?

— Il n'aura pas la nécessité de vous chercher, parce que c'est vous qui allez l'élever. Il grandira à vos côtés. En tant que père, j'aurai un droit de visite.

19. Les deux qui fixaient Vouzzz

De murmure le son se transforma peu à peu en un étrange bruit que Vouzzz ne pouvait identifier. Cela lui rappelait bien quelque chose, mais il n'aurait su dire quoi. La forêt semblait gronder d'une étonnante manière. En approchant encore, il constata que l'atmosphère était très humide, chargée de brume. Dépassant un dernier arbre, il vit sur sa droite une grande cascade qui plongeait dans une cuvette. L'eau de ce petit lac alimenté par la chute s'écoulait vers la gauche dans une rivière qui passait devant Vouzzz en produisant des clapotis qui l'émerveillèrent. Il n'avait jamais vu autant d'eau en mouvement. Littéralement fasciné, il resta de longues minutes immobile en contemplation. Quelques rigoles existaient dans son monde, mais aucune n'avait le millième de ce débit. Ce n'étaient que des ruisselets, souvent gelés.

L'herbe était trempée près du bord. Cela rendait le sol très glissant, mais il s'en aperçut trop tard. À force d'approcher de ce grandiose spectacle, sans y prendre garde, il tomba subitement dans l'eau qui l'entraîna rapidement vers l'aval.

Fort heureusement, Vouzzz était un excellent nageur, et fort heureusement aussi, il n'y avait pas de rochers sur lesquels il eût pu se blesser. La surprise passée, il trouva même que ce bain inattendu était plutôt agréable. Se disant que ce serait une manière amusante de retrouver le lac géant, car il avait toutes les raisons de penser que cette rivière descendait pour s'y jeter, il considéra sa maladresse comme une bonne fortune. En effet, il n'aurait jamais eu l'idée de se laisser délibérément porter par le courant.

Selon la largeur de son lit et de son inclinaison, par moments la rivière ralentissait, par moments elle accélérait. La température de l'eau était confortable et la lumière apportait une agréable tiédeur. Cela devenait un vrai voyage d'agrément. À tel point que bien que les rives offrissent, sous forme de pentes douces, sablonneuses ou herbeuses, de nombreuses occasions de reprendre aisément pied sur la terre, Vouzzz préféra rester dans l'eau.

*

Comme il l'avait prévu, Vouzzz finit par arriver en vue de l'immense lac. Il se laissa porter jusqu'à lui puis nagea dans ses vagues vers la plage qui n'était pas loin. Après avoir débarqué sur le sable chaud, il courut sous le couvert des grands arbres pour éviter d'être à nouveau surpris par un monstre volant. En regardant au loin devant lui, il réalisa qu'il s'était beaucoup rapproché de l'endroit où il s'était fait enlever par l'inopportun octoculaire. À partir de là, il lui serait facile de retrouver le tunnel qui contenait les choses-qui-respirent et la colonne-d'eau-dure-mais-pas-froide. Il pensa à ses parents, à son village, à tous les siens et finit par se dire que ce serait sans doute une bonne idée de retourner un moment dans son monde. Peut-être qu'en racontant ses aventures et en décrivant tout ce qu'il avait découvert, on cesserait de le prendre pour un écervelé ! Il était même possible que certains voulussent se joindre à lui pour poursuivre les explorations ! Et puis, n'était-ce pas son devoir de révéler aux siens l'existence d'un autre monde ?

La tête pleine de ces pensées et d'espoir, il se mit en marche en prenant garde de rester sous les arbres tout en longeant la plage. Il avança longtemps, jusqu'à épuisement. Se rappelant qu'il s'était promis de dormir, il scruta le lointain et estima qu'il avait effectué la moitié du chemin qui le séparait du lieu où il s'était brutalement envolé contre son gré. Il décida de reprendre des forces avant d'y arriver. Les petits cris qui résonnaient dans la forêt ne lui faisaient plus beaucoup peur. Ils étaient presque devenus familiers. De toute façon, il était si fatigué qu'il n'avait plus vraiment le choix, car dans très peu de temps il s'écroulerait n'importe où. Mieux valait donc choisir dès à présent où il se reposerait. Afin de se protéger des monstres volants, il pénétra un peu plus profondément dans la forêt et opta pour un endroit où les arbres étaient plus proches les uns des autres. Calé dans un petit creux qu'il fit dans le sable, il s'endormit.

*

Dans son sommeil, Vouzzz sentit un contact dans son dos. Il était si profondément endormi qu'il ne réagit pas tout de suite, mais cette impression se répétant, il gagna peu à peu quelques degrés de conscience et la sensation devint plus précise. Quelque chose de frais et lisse le touchait. Il s'éveilla et se retourna brusquement. Une créature terrifiante se tenait près de lui. Il recula doucement en rampant dans le sable puis se releva vivement. Vouzzz ne pouvait pas faire cette comparaison, car il n'avait jamais vu un éléphant, mais cette forme de vie rappelait vaguement ce pachyderme, cette ressemblance étant due à sa trompe d'une apparence identique à celle de ces animaux. Cette créature était toutefois beaucoup plus petite, à peine plus grande que Vouzzz. De plus, tout son corps était couvert d'écailles jaune pâle, à l'exception de ce qui semblait être une tête coiffée de longs poils vert clair. Ces derniers formaient une touffe évoquant une chevelure hirsute. Sortant de ces « cheveux », huit pédoncules filiformes et souples portaient chacun un œil. Deux d'entre eux observaient Vouzzz pendant que les autres regardaient dans des directions variées, qui derrière, qui dans les feuillages, qui sur les côtés. Ceux-là tournaient sans cesse dans des orientations différentes, tandis que les deux qui fixaient Vouzzz restaient braqués vers lui avec un intérêt soutenu. Les pédoncules étaient vert foncé et dépourvus de poils ou d'écailles. Parfaitement lisses, ils luisaient un peu.

Mais, Vouzzz ne se laissa pas le temps de remarquer tous ces détails. Terrorisé, il détala brusquement. Il se rapprocha de la plage, sans toutefois complètement sortir du couvert des arbres, car il y avait des monstres volants, et il continua à courir aussi vite qu'il put. Sa frayeur augmenta quand il vit que la créature le poursuivait. Son instinct de conservation le déterminant à tout faire pour lui échapper, il soutint sa course et essaya même d'accélérer un peu.

20. Géante géanture !

Afin d'apporter une pseudo-pesanteur à son bord, le Youri-Neil tournait sur lui-même autour de son moyeu qui était relié à Maison Tranquille. Les écrasants cent g des phases d'accélération et de décélération avaient été remplacés par un confortable tiers de g créé par la force centrifuge.

Quand l'Éternelle arriva, son visage portait une expression qui fit comprendre à tout le monde que son entretien s'était mal passé. Elle était visiblement très préoccupée. Bartol s'approcha d'elle et l'interrogea du regard.

— Nous allons discuter de tout dans cinq minutes, lui dit-elle.

Puis s'adressant à Quader en aparté, elle murmura :

— C'est le moment.

— Bien. Mais je ne veux parler que devant les personnes concernées. C'est-à-dire hors de la présence de votre gravipilote, de Daniol et de Solmar… À vous de juger pour votre clone.

— Je m'occupe de rassembler tout le monde.

Elle réfléchit rapidement. Organiser une réunion sans son double biologique n'était pas facile. Comment justifier cette mise à l'écart sans la contrarier ? Lui demander d'y participer sans Solmar était un peu gênant, mais ce type de préoccupation était dérisoire en ce moment.

D'un regard, elle fit comprendre à C qu'elle voulait lui parler en privé. Son jeune clone portait un biogrimage nommé : « Bel Oiseau Libre », une création d'Araldhel Benoli, élève de la célèbre Alga Sorem qui, de l'avis même de cette dernière, serait le plus doué biogrimeur du moment. C approcha de L'Éternelle qui lui dit :

— Quader a quelque chose à nous dire. C'est de la plus grande importance, mais cela ne concerne pas Solmar.

— Ah ! Et ça concerne qui ?

— Nous tous sauf Solmar, Daniol, et Abir.

L'Éternelle était contente d'ajouter ces deux noms après celui du compagnon de C, espérant que cela aiderait son clone à ne pas prendre ombrage de l'exclusion de ce dernier. À sa grande surprise, elle fut soulagée de constater que C prenait manifestement la chose sans la moindre contrariété :

— D'accord, mère ! Je vais le prévenir et je suis à toi !

*

Cong se tenait machinalement la lèvre inférieure entre le pouce et l'index.

— Voilà, conclut C12/2 qui venait de lui expliquer comment et pourquoi il avait perdu son corps de chimpanzé pour habiter un méca reproduisant l'apparence physique de Vassian Cox.

Les deux C12 étaient avec Daniol dans la cabine de ce dernier. Un large hublot laissait voir les volutes marbrées de Jupiter et le sol tourmenté de Io. L'éthologue tournait intentionnellement le dos à ce spectacle qui lui eût donné un insurmontable vertige.

— Voudrais-tu retrouver ton ancien corps ? demanda-t-il à C12/2. Regrettes-tu d'être mécan ?

— Oui. Je le regrette. J'aimerais redevenir comme Cong. Au fait, pourquoi Cong a-t-il changé de nom ? Pourquoi ne s'appelle-t-il plus C12/5 ?

Daniol laissa l'intéressé répondre :

— C'est moi qui ai décidé de changer de nom. J'ai choisi le nouveau tout seul !

Daniol assistait à la conversation avec un vif intérêt.

— Je peux changer le mien, moi aussi ? lui demanda C12/2.

— Bien sûr. Enfin… Je pense que oui, oui. Euh… En as-tu déjà un en tête ?

— Non. Pas encore. Mais je vais y réfléchir.

*

Dans la cabine de Sandrila Robatiny, Quader fut intransigeant :

— Je vous demande à tous d'enlever vos nucles.

On le regarda avec étonnement. L'Éternelle mit un nucleur au milieu de la table autour de laquelle ils étaient assis :

— Faites ce qu'il dit. Il ne pourra pas parler avant que ce soit fait.

Quand tous eurent posé la source d'énergie de leur céph devant eux, la patronne de Génética Sapiens expliqua :

— Avant de laisser la parole à Quader, qui va vous révéler la plus grande surprise de toute votre vie, je voulais vous dire que, comme je m'y attendais, le mystérieux personnage que je viens de rencontrer au sujet des C12 n'est autre que So Zolss.

Elle nota que les yeux-objectifs de Quader la fixèrent intensément. En revanche, nul besoin de posséder un sens aigu de l'observation pour remarquer que cette information fit également réagir Bartol. Celui-ci se leva et hurla :

— Quoi ? Qu'est-ce que donc ? Mais ! Cauchemardage !

— Calme-toi, s'il te plaît. Laisse-moi terminer.

Bartol se tut, mais il resta debout en dévisageant l'Éternelle avec des yeux qui lui sortaient de la tête. On eût dit qu'il s'attendait à ce qu'elle annonçât quelque chose d'aussi grave que la fin de l'Univers.

— En fait, reprit-elle en regardant particulièrement Quader, si j'ai retardé jusqu'à présent cette réunion, c'est parce que je craignais que So Zolss fût au courant de ce qui va vous être révélé à présent. J'avais peur qu'il cherche à obtenir quelque chose à ce sujet en échange des C12.

— Vous avez parlé au passé, intervint Quader, brûlant d'impatience d'être rassuré. Cela signifie que vous êtes certaine que ce n'est pas le cas, n'est-ce pas ?

— Oui, j'en suis certaine, en effet. Il ne sait rien. En tout cas, il n'a rien exigé concernant ce dont nous allons parler.

Quader parut soulagé.

— Que voulait-il, alors ? demanda Bartol. Que voulait-il ? ce… cet espèce de…

— Je te le dirai après cette réunion, promit-elle.

*

Quader vient de nous expliquer que nous avons des doubles numériques. Il nous a parlé du Numivers et des Numanthropes. C'est grand choquage ! C'est très grand choquage décerveautant ! Je ne sais que penser de tout ça. J'aimerais que Drill ait lui aussi une num. Dommage que je ne puisse pas partager cela avec lui. Nous avons toujours tout partagé. J'essaie d'imaginer ma num… Que vit-elle en ce moment ? Il paraît qu'elle est beaucoup plus puissante que moi. C'est une sorte de super moi ! Est-ce que ce super moi pense à moi ? Est-ce que Super-Ols pense au tout petit Ols de rien du tout que je suis ? Mon copain Drill me jette de temps en temps des coups d'œil discrets. Que pense-t-il de tout ça, lui ? Qu'est-ce que ça lui fait, de savoir que j'ai une num ? Et qu'est-ce que ça lui fait, de ne pas en avoir une ? Est-ce que ça le soulage, ou est-ce que ça le contrarie ? En tout cas, moi ça me superlative le choquage d'esprit !

*

Bartol était tellement abasourdi par ce qu'il venait d'apprendre qu'il en oublia totalement So Zolss. « Géantissimerie ! » répétait-il de temps en temps en se plongeant apparemment dans de profondes réflexions. Parfois une question paraissait vouloir franchir ses lèvres, mais elles ne libéraient rien d'autre que des exclamations et des grognements.

C regardait dans le vague vers Jupiter et Io à travers la baie. Il était impossible de savoir à quoi elle pensait tant son visage était inexpressif.

L'Éternelle s'était levée de table. Elle marchait de long en large.

— Bon ! dit-elle. Je vais demander à Abir de quitter Maison Tranquille.

— Nous partons sans les C12 ? s'étonna Bartol.

— Nous ne partons pas. J'ai simplement envie que nous nous séparions de la station de Zolss pour un moment. Nous resterons en orbite autour de Io. J'ai besoin de réfléchir à ce qu'il exige de moi en échange des C12.

— Et que veut-il, tiens, justement ?

Tout le monde se tourna vers elle.

— Un enfant.

Les sourcils se plissèrent pour former des expressions interrogatives. Elle resta un moment silencieuse, les regardant à tour de rôle. Quand ses yeux s'arrêtèrent sur ceux de Bartol, elle précisa :

— So Zolss exige un enfant. Il désire concevoir un enfant avec moi.

La surprise fut générale, mais s'il en fut une qui les dépassa toutes, ce fut bien sûr celle de Bartol :

— Que, qu'est-ce que… mais… ? Géante géanture !

C ne regardait plus dans le vague à travers la baie. Son visage était toujours aussi impénétrable, mais elle fixait intensivement Sandrila Robatiny.

21. Pooo ! fit Pooo

Vouzzz fuyait. Il courait sous les arbres, près de la plage. Dans un premier temps, il avait réussi à distancer son poursuivant, apparemment moins rapide que lui, mais il était à présent épuisé par l'effort violent qu'il avait fourni. Il s'essoufflait. Le monstre reprenait du terrain. Malgré la peur qui avait décuplé ses capacités, Vouzzz ne cessait de ralentir. Courir dans le sable était particulièrement fatigant. Son corps était en train de consommer ses dernières réserves d'énergie. Exténué, il finit par tituber puis il tomba lourdement en avant. Il se retourna pour regarder où était la créature.

L'épouvantable bête n'était pas très rapide, mais elle était visiblement endurante, car elle avait conservé la même allure tout le long de la poursuite. Elle s'arrêta près de Vouzzz qui pensait vivre ses derniers instants. Se voyant déjà dévoré, il imaginait son corps broyé dans le ventre du monstre. Mais le monstre en question se contenta de rester près de lui. Ses huit yeux furent un moment dirigé vers Vouzzz, puis deux seulement continuèrent à le fixer tandis que les autres se remirent à vaquer à leur propre occupation d'observation. Vouzzz voulut se relever, mais il tremblait de tous ses membres et il n'avait vraiment plus d'énergie en réserve. Il vit le monstre approcher encore un peu de lui et tendre la trompe dans sa direction. Une terreur extrême lui rendit la force de reculer d'un mètre en rampant dans le sable. Mais la monstruosité fit deux pas de plus vers lui et le toucha avec le bout de son appendice. Vouzzz frémit à ce contact. Il se sentit palpé, tout doucement, à plusieurs endroits de son corps. Ces effleurements lui rappelèrent ceux qui l'avaient tiré de son sommeil. Au bout d'un moment, la trompe se retira, se remettant à pendre mollement. La créature plia ses quatre pattes courtes et massives pour s'allonger dans le sable près de Vouzzz. Les deux yeux qui le regardaient continuèrent à le fixer. Les six autres conservèrent leur totale indépendance. Le long pédoncule de l'un d'entre eux se couda à cent quatre-vingts degrés pour que son œil observe de près la touffe verte d'où jaillissait cet étonnant bouquet de tiges oculaires. La trompe vint rejoindre ce point d'observation pour fureter dans la tignasse et gratter le « cuir chevelu ». Un des yeux suivait la progression d'un minuscule animal qui montait le long d'un tronc. Un autre était dirigé à la verticale dans les feuillages, un vers le grand lac, un vers l'intérieur de la forêt... La créature devait avoir un cerveau assez complexe en ce qui concernait la gestion de la vision et la coordination de tous ses capteurs d'images.

Vouzzz reprenait lentement son souffle. Il fut aussi étonné qu'enchanté de constater que cette étrange forme de vie ne semblait finalement pas agressive. De toute évidence, elle cherchait simplement sa compagnie. Une petite inquiétude revint toutefois à l'assaut de son soulagement quand il se mit à penser qu'elle attendait peut-être que l'appétit lui vînt avant de le dévorer. Il l'observa, en essayant de ne pas l'indisposer, c'est-à-dire le plus discrètement qu'il pût. Ce n'était cependant pas facile de la garder en vue sans qu'elle s'en rendît compte, car contrairement à lui, elle ne prenait aucune précaution pour dissimuler l'intérêt qu'elle lui portait. Les deux yeux qu'elle allouait à la tâche de le regarder ne se laissaient pas un instant distraire. Vouzzz eût aimé savoir s'il était surveillé ou simplement examiné. Un peu de vigueur revenait dans ses membres. Il se sentait de nouveau capable d'être debout et même de marcher, mais il se douta que le monstre le suivrait aussitôt. Alors qu'il se demandait de quelle manière il pourrait lui fausser compagnie, la créature se leva. Elle s'éloigna vers l'intérieur de la forêt, avec un dandinement quelque peu lourdaud. Curieusement, il en fut presque dépité. Le réveiller, lui inspirer une telle frayeur et le faire courir jusqu'à épuisement pour finalement l'abandonner sans la moindre forme de politesse ! Non, mais ! À quoi cela rimait-il ? S'il n'était pas à son goût, elle aurait pu s'en rendre compte bien avant !

Il n'eut pas l'occasion de s'offusquer plus longtemps que ça, car le sujet de son indignation revint presque aussitôt. Le pachyderme octoculaire portait quelque chose au bout de sa trompe. En fait, il ramenait non pas une, mais deux choses. Il les posa sur le sable devant l'intrépide explorateur de mondes nouveaux. C'était deux fruits identiques à ceux que Vouzzz avait récemment découverts et consommés. Il en fut tellement surpris qu'il s'exclama !

— Tu me les donnes ! Merci ! Ça alors ! Moi qui croyais que tu voulais me manger ! Voilà que c'est tout le contraire ! Tu me donnes à manger ! Je ne m'attendais pas à ça ! Mais alors tu es un monstre très aimable ! Enfin, je veux dire... euh... Une créature aimable ! Pas un monstre.

À ces mots, le généreux donateur se gratta une seconde la tignasse, avant d'émettre un petit son de contrebasse au bout de la trompe qu'il leva bien haut. Ses huit globes oculaires se braquèrent vers Vouzzz, comme s'ils eussent tous été étonnés de l'entendre parler. Mais cela ne dura pas. De nouveau, deux yeux seulement lui accordèrent toute leur attention. Vouzzz ramassa lentement une des offrandes. Lentement parce qu'il n'était pas encore tout à fait certain que ces fruits lui fussent destinés. La créature leva une seconde fois la trompe et émit une sorte de « Pooo ». Vouzzz décida sur-le-champ de l'appeler « Pooo ». Il mordit dans son cadeau et s'en régala devant Pooo. Au bout de deux minutes à peine, il sentit que cela lui faisait un bien extrême. Il n'avait plus faim, plus soif et il avait la nette impression d'être moins fatigué. En tout cas, la sensation de total épuisement avait déserté son corps. Il mit le deuxième fruit dans son sac et chanta chaleureusement :

— Merci Pooo ! C'est vraiment gentil.

— Pooo ! fit Pooo.

Bon, se dit Vouzzz. Il semble très amical, en fait. Espérons qu'il ne fasse pas ça pour m'engraisser avant de me manger. Il essaya de chasser cette idée de sa tête, se leva et expliqua :

— Pooo, tu es bien attentionné. Je te remercie encore une fois pour ton cadeau, mais il va falloir que je m'en aille. Peut-être nous reverrons-nous un jour !

Pooo braqua deux secondes tous ses yeux vers Vouzzz, mais resta immobile et silencieux. Vouzzz éprouva le besoin de se justifier avant de partir :

— Je dois retourner dans un tunnel que j'ai découvert. Tu comprends ? Je vais un moment chez moi. Je leur dirai que j'ai rencontré un gentil monstre qui a des yeux partout et qui fait pooo avec la trompe. Non, pas un monstre, excuse-moi ! Je veux dire un gentil… euh… un gentil habitant qui fait pooo… Ils vont encore penser que je suis complètement fou ! Pourtant, c'est vrai, que tu as des yeux partout et que tu fais pooo !

Devant un tel discours, Pooo ne trouva rien d'autre à répliquer que :

— Pooo !

— D'accord. À bientôt alors, répondit Vouzzz en s'éloignant.

Pooo se mit en route trois secondes après lui pour le suivre.

22. L'apparition était si singulière !

— Il faut que je vous parle de C12/2, dit Daniol à Sandrila Robatiny qui sortait de sa cabine avec Bartol sur ses talons.

— Pas maintenant, Daniol ! Pas maintenant !

— Euh… C'est important ! Il voudrait avoir un vrai nom et…

— Si ce n'est que ça, vous n'avez pas besoin de moi, n'est-ce pas ?

— Je voulais juste obtenir l'autorisation de…

— Vous l'avez, Daniol ! Pourquoi pensez-vous que j'ai fait appel à vous, enfin ? Occupez-vous au mieux de ce problème de nom et ne me dérangez plus pour des détails de la sorte, s'il vous plaît !

— Bon… D'accord.

— Qu'est-ce donc que cette géantissimesque histoire ?! cria Bartol.

Bouillant d'impatience, il avait à peine attendu que Daniol s'éloigne de quatre pas avant d'exploser. L'éthologue sursauta et se retourna.

— Comme je le disais, C12/2 veut changer de nom et…

— Je ne m'adresse pas à vous, Daniol ! Excusez-moi. Je parlais à Sandrila.

— Ah ! fit Daniol, j'avais cru que… parce qu'un nom c'est important ! C'est comme si… euh…

— Daniol, faites-moi grâce d'un « C'est comme si… » ! s'exclama l'Éternelle. Je vous répète que je vous donne carte blanche pour gérer le choix de ce nom.

— Oui, oui… J'y vais alors.

Elle le regarda partir avec une fugitive expression de las-situde.

— Alors, qu'est-ce que cette histoire d'enfant ? grogna Bartol.

— Nous en parlerons, mais je ressens une oppression ici. Il faut que je m'éloigne de cette station. Laisse-moi une seconde pour donner des instructions à mon gravipilote.

Le Marsalè la suivit tandis qu'elle allait à la rencontre d'Abir Gandy dans le poste de pilotage. Ce qu'on appelait le poste de pilotage n'était en fait que la cabine du gravipilote. Ce n'était que par tradition qu'on lui donnait ce nom. Depuis longtemps déjà, toute l'instrumentation de navigation n'existait que dans le champ visuel virtuel d'une céph. Les écrans et les cadrans qui tapissaient des murs entiers et d'immenses tableaux de bord n'avaient existé que très brièvement dans les tout premiers vais-seaux de l'espace et les très anciens romans de science-fiction.

Le poste de pilotage était ouvert.

— Abir ! dit l'Éternelle, éloignez-nous de cette station, s'il vous plaît, mais restons dans les environs, en orbite autour de Io.

— Bien, Madame ! Mais où spécialement, autour de Io ?

— Où bon vous semblera. Je veux juste ne plus être reliée à Maison Tranquille, pour le moment. Éloignez-vous suffi-samment pour qu'elle ne soit plus visible à l'œil nu. C'est tout.

— Bien, Madame ! Je vais faire pour le mieux. Est-ce que je peux en profiter pour me placer plutôt en orbite jovienne dans l'anneau de Thébé pour faire le plein de matière éjectable ? Avec tout ce que nous avons consommé, à cent g ! Il ne nous en reste plus beaucoup.

— Bien sûr, faites donc le plein dans l'anneau de Thébé.

— Bon, trouvons un endroit tranquille pour discuter, dit l'Éternelle à Bartol qui rongeait son frein. Je vais tout te relater de mon entretien avec Zolss.

Ils firent quelques pas dans la pièce centrale.

— Où veux-tu aller ? demanda-t-elle. Les autres sont encore dans ma cabine...

— Moi, je n'y suis plus ! s'exclama C, en se plantant devant eux. Je veux te parler aussi, et tout de suite !

— Moi d'abord ! se renfrogna Bartol.

— Je ne peux pas parler à tout le monde en premier et en même temps ! C'est contradictoire ! Je sais ce que vous allez me demander, tous les deux : est-ce que je compte avoir un enfant avec Zolss ? La réponse est non, bien sûr ! Au lieu de me harceler, vous feriez mieux de m'aider à imaginer une solution de rechange pour obtenir les C12.

— Excusez-moi, dit Quader en se joignant à eux, mais nonobstant ce que je viens de vous révéler, vous ne trouvez rien de mieux à faire que de parler de faire des enfants ? Je ne m'attendais pas à ça ! Je suis désemparé par votre manque d'intérêt ! Me suis-je mal expliqué ?

D'un index qui se voulait distrait, C caressa le délicat plumage qui couvrait ses tempes. Le geste était faussement dégagé, mais son ton fut sans équivoque :

— Si tu as un enfant avec qui que ce soit...

Elle marqua une seconde de pause pour dévisager Bartol puis elle redirigea son regard vers celle qu'elle considérait comme sa mère pour terminer sa phrase :

— ... l'enfant en question me trouvera sur son chemin.

L'Éternelle passa la main dans ses longs cheveux bleus pour les ramener en arrière et dit :

— Il y a des moments comme celui-ci, par exemple, où j'ai envie de dormir... Je suis seule alors qu'il me faudrait être dix pour gérer toutes les sollicitations qui me tombent dessus simultanément.

— Justement, dit Quader, la numérisation permet de se dupliquer et...

— Laissez-moi tous cinq minutes pour faire le point, je vous en...

Un cri interrompit la patronne de Génética Sapiens.

Abir Gandy arrivait, les bras en l'air.

— Madame ! Madame ! C'est incroyable !

— Quoi donc, encore ! Vous aussi, Abir, vous allez vous y mettre ! C'est une véritable conspiration organisée contre ma sérénité !

— C'est déconcertant, venez tous ! Je n'ai jamais rien vu de pareil !

Ils le suivirent dans la pièce commune.

— Là ! s'écria-t-il, l'index tendu.

Tous regardèrent à travers la plus grande baie du vaisseau. On distinguait une forme très sombre qui se détachait mal sur le fond spatial. N'eût été le fait qu'une partie de la chose se trouvait devant le colossal globe jupitérien elle eût échappé à l'œil nu, car elle était aussi noire que l'espace. Elle se détachait en revanche très bien sur la clarté de la planète géante qui soulignait ses contours et lui donnait l'apparence d'une bien étrange ombre chinoise. L'apparition était si singulière ! Elle n'était pas facile à décrire. Imaginons deux sphères reliées par une tige, comme un haltère dont les poids seraient des boules. La chose était composée de plusieurs de ces éléments disposés l'un derrière l'autre et réunis par un cylindre qui passait perpendiculairement au centre de la tige de chaque haltère. L'ensemble tournant lentement sur cet axe, les sphères décrivaient un cercle. On les eût dits en orbite autour de ce long cylindre.

— Quelle est donc cette chose décerveautante ?

C'était Drill qui venait de s'exclamer en arrivant dans la pièce avec Ols.

— Je ne sais pas, mais c'est très grand ! dit le gravipilote. Il est difficile d'en mesurer les dimensions exactes parce que ça échappe à la détection radar. Mais un calcul grâce à la parallaxe d'une vision stéréoscopique indique que les sphères font cent kilomètres de diamètre, environ.

— Mais c'est tout simplement une station ! s'exclama Bartol. Une station spatiale des plus classiques, à part qu'au lieu de vivre dans un tore, les habitants de celle-ci sont dans des sphères ! Que voulez-vous que ce soit d'autre, grande géanture ?

— Cette chose est très probablement une station spatiale, bien sûr, répliqua Abir Gandy. Elle en a toutes les apparences, en tout cas. Mais s'il y avait une station spatiale ne serait-ce que du dixième de la taille d'une seule de ces sphères... ici, ou même ailleurs, je le saurais. Et je ne serais pas le seul, n'est-ce pas ?

Sur ces derniers mots, le gravipilote interrogea les uns et les autres du regard. Il recueillit un murmure général d'approbation, et même Bartol avoua :

— C'est vrai, je l'admets. Mais... pourtant... c'en est visiblement une, de station. Comment expliquer sa présence ?

— Quelle taille fait-elle dans son ensemble ? demanda Quader. Elle doit être énorme !

— Il est impossible de le savoir pour l'instant, répondit Abir Gandy, en montrant une projection sur laquelle la forme apparaissait en mode fil de fer, sous différents angles et perspectives.

— Personne ne dit rien à ce sujet, sur aucun canal, fit remarquer Quader.

Tout le monde ayant déjà remis son nucle, chacun interrogeait les différents médias.

— J'ai des problèmes de réception, dit l'Éternelle.

— Aaaah ! Moi aussi, mille grandes géantures ! Comme si c'était le moment, cria le Marsalè.

— Moi, aussi, fit Quader. Ma céph ne fonctionne soudainement plus.

— La mienne non plus, indiqua Abir Gandy.

— J'ai le même problème, se plaignit Daniol qui venait à peine d'arriver.

Ols et Drill firent savoir à leur tour que leur céph ne recevait plus.

— À quel moment avez-vous vu cette chose pour la première fois ? demanda Bartol au gravipilote. Combien de temps avant que vous ne nous en avertissiez ?

— Environ une minute avant, Monsieur.

— Arrêtez de m'appeler Monsieur et dites-nous si, selon vous, il y a des chances pour qu'elle soit là depuis longtemps, mais que nous ne l'ayons simplement pas remarquée.

— C'est très peu probable Mon… C'est très peu probable.

— Pourquoi, puisque vous prétendez que notre radar ne la voit pas ?

— Le détecteur de masse la repère.

— D'accord ! Donc, elle est arrivée comme ça soudainement et grâce à votre détecteur de masse vous avez pris conscience de sa présence.

— Pas exactement. J'ai quitté l'orbite de Io pour monter en orbite jovienne dans le but d'approcher de l'anneau pour faire le plein. Nous y sommes d'ailleurs là…

— Où ça ?

— En orbite jovienne.

— Ah, oui. Alors… ?

— Et bien, c'est après ce changement d'orbite que j'ai repéré la chose. Nous ne pouvions pas la voir avant cela, car elle est aussi en orbite jovienne, à la même altitude que Io et sur le même plan, mais de l'autre côté de Jupiter.

— Ça alors ! Géantissimage ! Cette chose se cache derrière Jupiter pour ne pas être vue de Io, pensez-vous ?

— Je ne sais pas. C'est peut-être une simple coïncidence.

La chose en question s'était déplacée par rapport au disque jovien et l'on en voyait une partie encore plus grande.

— Nous perdons de l'altitude, dit le gravipilote. Nous nous approchons de Jupiter.

— Il semble que... la chose grandit ! s'exclama Quader. Regardez !

— Oui, nous nous rapprochons de Jupiter et donc d'elle en même temps, confirma Abir Gandy.

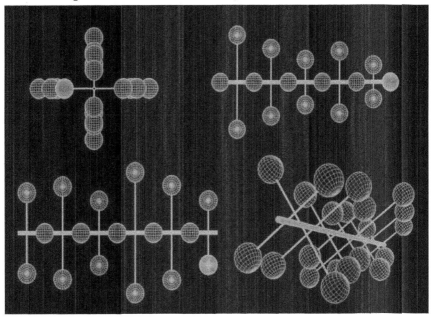

23. Il chanta...

Vouzzz ne savait pas trop combien de temps il avait dormi, mais il ne se sentait plus du tout fatigué. Aussi marchait-il d'une allure décidée, en dépit du fait qu'il n'avait pas envie de quitter ce monde qui l'émerveillait de plus en plus.

Il s'arrêta, se retourna et s'adressa à Pooo :

— Tu me suis ! Veux-tu venir avec moi ? Moi, je veux bien ! Je pourrais même te présenter aux miens, mais... je doute que tu puisses monter sur cette montagne, là, devant nous ? Le tunnel est quelque part là-haut.

— Pooo ! répondit Pooo.

— Bon... Tu peux déjà m'accompagner jusqu'au pied de la montagne. Nous resterons un moment ensemble avant que je l'escalade. Es-tu d'accord ?

— Pooo ! acquiesça Pooo.

— Alors, allons-y ! Je suis content de te connaître, tu sais !

La course éperdue, durant laquelle l'un avait fui et l'autre avait obstinément suivi, les avait presque amenés à l'endroit où Vouzzz s'était fait enlever par le monstre volant. Ils n'étaient donc plus très loin de la montagne ; restait à franchir une partie de terrain sableux à découvert pour atteindre la protection du premier arbre qui se trouvait juste aux pieds de cette dernière. Vouzzz regarda dans le ciel et dit en s'élançant :

— Vite ! courons nous cacher sous ce feuillage ! Je suis beaucoup moins pesant que toi et je risque de me faire emporter par un monstre volant.

Pooo le suivit en trottinant lourdement. Arrivé sous la protection de l'arbre, Vouzzz se retourna et contempla le paysage. Il constata alors, seulement à présent, que la source lumineuse s'était considérablement déplacée. Elle se trouvait en ce moment au-dessus de l'eau, près de la surface. La couleur de la lumière avait changé. Elle tirait fortement sur le rouge. Le jeune explorateur de nouveaux mondes sentit l'exaltation l'envahir.

Une chose capitale n'a pas été dite au sujet de Vouzzz, au sujet de Vouzzz et de tous ses semblables, en fait : c'est qu'ils étaient tous des chanteurs. Dans leur monde, en effet, le chant était essentiel. Il n'existait rien de plus important. Entre les trois villages, dans lesquels était répartie leur population, ils se faisaient parfois la guerre, la plupart du temps parce qu'ils n'avaient pas la même représentation du Créateur, jamais pour revendiquer du territoire ou des ressources. S'ils se sentaient très différents à cause de leur croyance, ils se retrouvaient toujours grâce au chant. Le chant les réconciliait. D'un village ou de l'autre, en effet, les enfants avaient en commun d'être formés à cet art pratiquement dès leur naissance. Le chant donnait un sens à leur existence. Le chant était tout pour eux. Le chant leur offrait toute leur raison d'être. Le chant était également un moyen d'expression. Pour échanger des informations purement objectives, on se parlait, mais pour se communiquer des sentiments, des émotions, tout ce qui était du domaine sensible, on chantait. De sorte que pour décrire à quelqu'un la forme, la taille ou la couleur d'un objet, on lui parlait. Mais pour lui faire savoir combien on le trouvait beau ou laid, on le lui chantait. D'aussi loin qu'on s'en souvenait, cela avait toujours été ainsi.

Prisant, de toute sa sensibilité exacerbée, l'enchantement féerique de ce lieu, Vouzzz se mit à chanter.

Il chanta les vagues du lac géant qui miroitaient de mille reflets ardents, avant d'étendre de la mousse blanche sur la plage dans un friselis rythmique porteur de sérénité.

Il chanta la forêt, dont les troncs traçaient de longues ombres sur le sol et dont les feuillages frissonnaient sous les caresses de tièdes rafales.

Il chanta les papillons, les fleurs et toutes les sortes de plantes magnifiques qui l'entouraient.

Il chanta les couleurs, les formes, les textures, les reflets, les luisances, tout ce que percevaient ses sens enfiévrés.

Il chanta la peur qu'il avait éprouvée quand le monstre l'avait emporté dans les airs.

Il chanta la merveilleuse rivière qui l'avait ramené vers le grand lac.

Il chanta sa terrifiante rencontre avec Pooo, mais aussi l'amicale offrande que celui-ci lui avait faite.

Calé dans un creux de sable, il chanta tout cela.

Pooo s'allongea près de lui, l'observant de tous ses yeux. Vouzzz s'appuya sur lui et jouant distraitement avec les cheveux de son nouveau compagnon, il se laissa submerger par la volupté et la quiétude du moment.

Il chanta l'amitié que lui témoignait Pooo.

Il chanta…

*

Quand Vouzzz arrêta de chanter, il réalisa que les huit yeux de l'éléphant octoculaire le regardaient.

— Je vais partir à présent, Pooo. Mais je te promets que je ne t'oublierai jamais. Je reviendrai te voir.

— Pooo !

Vouzzz ébouriffa amicalement la crinière de Pooo, autant qu'il fut concevable d'ébouriffer davantage une touffe déjà si hirsute, et commença à gravir la montagne. Comme il l'avait fait pour la descente, il s'accrocha aux lianes qui rampaient çà et là. Il prit également bien soin de passer le plus possible sous les arbres. Mais cette fois, c'était pour éviter les monstres volants, pas pour se protéger de la chaleur qui rayonnait de la source lumineuse. Elle était sur le point de sombrer dans la forêt et il faisait beaucoup moins chaud. Vouzzz s'interrogea : qu'allait-elle devenir ? S'éteindrait-elle sous les arbres, ou les éclairerait-elle par en dessous ? Peu à peu, il fit de plus en plus sombre. Vouzzz se dépêcha de monter en se demandant ce qu'allait faire Pooo dans l'obscurité. Il se dit qu'il attendrait certainement que le jour revienne. Dans son monde aussi, il y avait une alternance de jour et de nuit, mais il n'y avait pas de source lumineuse bien précise. Comment le cycle diurne se passait-il ici ? Est-ce que la boule de lumière ressortirait du lac demain ? Ou est-ce qu'une nouvelle naîtrait en haut dans le ciel ? Vouzzz avait hâte de le savoir. Il décida qu'il reviendrait vite dans ce monde merveilleux, seul ou avec ceux des siens qui voudraient le suivre.

Il se retourna et vit Pooo qui l'observait là où il l'avait laissé.

Je reviendrai te voir, Pooo ! Tu me manques déjà ! lui chanta-t-il, en reprenant l'ascension.

24. Une voix dont on ne pouvait situer la provenance

Dans un vaisseau qui tourne sur lui-même pour créer une pesanteur à bord, nous éprouvons forcément l'impression que c'est l'extérieur qui tourne autour de nous. Dans ces conditions, c'est assez durficile de fixer quelque chose en particulier, avec une attention soutenue. C'est tout à fait le genre de situation qui te moisit rapidement la concentration ! Pour éviter ce problème, nous ne regardons pas l'espace à l'œil nu, mais grâce à ce que nous transmettent les caméras extérieures. Comme nos céphs ne marchent toujours pas, nous observons ces images sur toute la surface de la baie, qui fonctionne en mode-écran, mais la netteté est si parfaite qu'on jurerait voir la réalité à travers. Cette image indirecte présente l'avantage de ne pas tourner autour de nous, tout se passe comme si le Youri-Neil n'avait aucun mouvement giratoire.

Drill, qui comme tout le monde regarde sur cet écran l'énorme station spatiale inconnue grandir de minute en minute, me murmure en fronçant les sourcils :

— Quelque chose n'est pas normal !

— Quoi donc ?

— Puisque cette chose est plus basse que nous, sa vitesse orbitale devrait être plus grande et elle devrait nous dépasser.

— Tu sais bien que je n'y comprends rien, moi. Adresse-toi aux autres !

— Qu'y a-t-il ? demande Quader qui nous a entendus.

— Drill dit qu'il y a quelque chose qui part en gonades…

D'un regard, Quader l'invite à s'expliquer. Drill répète :

— Abir prétend que nous perdons de l'altitude et que par conséquent nous nous rapprochons de cette chose puisqu'elle est sur une orbite jovienne plus basse que la nôtre…

— Oui, et alors ?

— Puisque nous sommes sur une orbite plus haute, nous devrions aller moins vite et donc cette chose aurait dû nous dépasser.

— En es-tu certain ?

— Oui, certain !

— Abir, Drill à une question à vous poser, dit Quader. Exprime-toi Drill !

Un peu intimidé d'embêtage, mon copain rouquin expose une troisième fois sa théorie aux oreilles de tous :

— C'est vrai, dit le gravipilote. C'est exactement ce que j'étais en train de me dire. Je ne comprends pas ce qui se passe ! Je n'ai aucune explication. Il semble vraiment qu'une force d'origine inconnue nous attire vers cette énorme masse.

— Dans ce cas, essayons de nous en éloigner, visquerie ! s'exclame Drill, perdant d'une manière inattendue tout contrôle de son langage ! Avec une réserve d'accélération de cent g, nous devrions nous opposer sans difficulté à cette force ! Non ?

Abir Gandy nous regarde tous d'un air perplexe. Il y a visiblement quelque chose qui le décerveaute. Il bredouille :

— C'est-à-dire que le Youri-Neil ne répond plus à mes ordres. Ses commandes sont totalement inopérantes. Je suis désolé, mais…

— Mais enfin ! s'exclame Regard Furieux. Nos céphs ne fonctionnent plus non plus ! Que se passe-t-il ?

Je constate que Daniol lance de brefs regards dans l'espace. Il s'accroche à la table et se laisse tomber dans un fauteuil en se tenant le front. Que lui arrive-t-il, à ce pauvre mecdule ? Ce n'est tout de même pas le moment de se flasquifier dans un fauteuil ! Je me demande ce qui lui déchire la sérénité ! Une seconde, je suis sur le point d'aller le voir, mais la précipitation des événements dissipe cette intention. La chose gigantesque et noire occupe de plus en plus de place dans notre champ de vision. Cela donne l'impression que nous risquons de nous écraser dessus dans une poignée de secondes.

— Les commandes manuelles ! crient simultanément Regard Furieux et Drill.

— Je m'apprêtais justement à y avoir recours, indique Abir Gandy.

Il semble tapoter un code sur un petit clavier contre un mur. Un panneau coulisse découvrant, dans une excavation, quelques boutons et un écran. Le gravipilote s'active. Je ne vois pas ce qu'il manipule, car il me tourne le dos, mais il ne paraît pas content du résultat obtenu :

— Les commandes de secours ne fonctionnent pas non plus, dit-il. L'écran ne s'allume pas. Impossible d'activer l'interface vocale ! Rien ne marche ! Rien !

La construction inconnue est à présent si grande que nous ne voyons presque plus Jupiter en arrière-plan.

— À quelle distance se trouve cette chose ? demande Bartol.

— Je ne sais pas, avoue Abir Gandy. Comme rien ne fonctionne… D'après les estimations de taille que j'ai pu faire tout à l'heure, je pense que nous n'en sommes plus très loin. Huit ou dix kilomètres environ…

— Regardez ! le coupa Quader. Nous n'allons plus tout droit dessus, nous nous déplaçons latéralement.

— Oui, dit Regard Furieux. Nous allons la contourner, semble-t-il.

À moins que ce soit cette chose qui tourne sur elle-même, me dis-je. Mais non, le fond d'étoiles en arrière-plan montre bien que c'est nous qui tournons autour de cette station géante inconnue. Nous nous trouvons bientôt en face d'une extrémité du cylindre central. C'est-à-dire que nous n'en voyons plus qu'un cercle. Vue de ce côté, cette construction aux proportions inhumaines est tout aussi noire. Nous reprenons notre approche. Le cercle occupe maintenant presque tout notre champ de vision. Il est impossible de se faire une idée de la distance qui nous en sépare, ni de sa taille réelle. Ce qui est certain c'est que le diamètre du disque qui est devant nous doit s'exprimer en kilomètres. Nous avons pourtant vu qu'il ne représente qu'une toute petite partie de cette station monstrueuse.

*

Le Youri-Neil approchait d'une construction gigantesque, la plus grande réalisation ayant jamais existé dans le système solaire. La masse totale de cet artefact était si importante qu'elle rivalisait avec celle de petits corps célestes. Une seule des sphères qui le composaient était en effet assez vaste pour contenir Phobos et Deimos, les deux satellites de Mars. Dans sa plus grande dimension, il dépassait mille cent kilomètres. Le minuscule vaisseau de construction humaine allait entrer en contact avec un objet si massif que son champ de gravitation était comparable à celui d'un petit satellite ou d'une comète ; en effet, le Youri-Neil eût pu se mettre en orbite autour de cette colossale structure.

Le gravitant de Sandrila Robatiny se trouva bientôt devant une des extrémités circulaires de l'axe autour duquel tournaient toutes les sphères, un cylindre d'un diamètre de quelque dix kilomètres de diamètre et d'une longueur de plus de mille. De ce point de vue, Jupiter n'était plus en arrière-plan. Voir un objet noir sur un fond noir n'était pas facile. En effet, à cause de l'absence presque totale de réflexions, dans toute l'étendue du spectre électromagnétique, qui donnait cet aspect si foncé à l'ensemble de la construction, les occupants du Youri-Neil avaient du mal à distinguer l'entrée du gigantesque tube qui était sur le point de les avaler. Le mastodonte cosmique était cependant indirectement décelable par le fait qu'il masquait le fond spatial. Aussi, eurent-ils tous l'impression d'assister à une disparition concentrique des étoiles. On eût dit qu'elles s'éteignaient autour d'un point, dans une zone qui ne cessait de grandir. Quand cette zone atteignit un angle de cent quatre-vingts degrés, il leur apparut évident qu'ils entraient à l'intérieur du tube. Il se produisit alors simultanément deux choses.

L'intérieur du cylindre devint soudainement visible au radar.

Quelque chose dont on ne pouvait situer la provenance parut dire :

« Bienvenue à bord du gravitant Symbiose. N'ayez aucune crainte. Vous ne courez aucun danger. »

25. Encore la guerre ! s'exclama Vouzzz

Arrivé devant l'entrée de la grotte, Vouzzz se retourna et regarda Pooo qui apparaissait minuscule, tout en bas, sur la plage. Il ne pouvait en être certain, vu la distance, mais il lui sembla bien que le sympathique petit monstre l'observait. À croire qu'il ne m'a pas quitté des yeux ! se dit-il. L'éblouissant disque de lumière n'était plus là. Il s'était apparemment totalement éteint ou bien les feuillages étouffaient sa lumière. En dépit de cette disparition regrettable, il ne faisait pas complètement nuit. Une autre chose qui éclairait, avec beaucoup moins de puissance, était visible dans le ciel. Vouzzz se demanda si c'était vraiment une nouvelle source lumineuse ou si ce n'était pas plutôt la même qui serait ressortie du lac pendant qu'il avait le dos tourné. Trop occupé à gravir la montagne, il n'aurait rien remarqué. L'explication paraissait d'autant plus probable, qu'en se mouillant le disque avait dû se refroidir et, par conséquent, il rayonnait moins de lumière et de chaleur. Voilà qui expliquerait pourquoi il faisait moins chaud et plus sombre. De plus, le disque s'était en partie endommagé durant son séjour sous l'eau. Il en manquait une partie, presque la moitié. C'était un demi-disque pâle avec quelques taches grisâtres. Restait toutefois à expliquer, si c'était bien le même, comment il ressortait de l'eau de ce côté du monde alors qu'il était tombé de l'autre côté dans les arbres.

Sans l'assurance d'être vu, Vouzzz fit un signe à Pooo pour lui dire au revoir puis il entra dans la grotte. Revoir ce lieu lui rappela l'émotion qui s'était peu à peu emparée de lui, quand il avait fait le chemin inverse, s'apprêtant à sortir pour découvrir ce nouveau monde. Il avait vécu tant de choses depuis !

La grotte redevint un tunnel lisse parfaitement cylindrique. Il fit rapidement de plus en plus sombre et il n'avait cette fois aucun moyen d'éclairage. Connaissant toutefois la configuration des lieux, il poursuivit sa route dans l'obscurité totale en se laissant guider par la forme arrondie du sol. Il n'était pas très difficile en effet de sentir qu'on s'écartait du centre, puisque les bords montaient en arc de cercle. Il arriva bientôt devant une chose-qui-respire rouge très visible dans les ténèbres. Comment ne pas la remercier de lui avoir permis de faire de telles merveilleuses découvertes ?!

Vouzzz lui chanta tout ce qui lui était arrivé. Moins longtemps que lorsqu'il avait chanté en compagnie de Pooo, mais cela dura tout de même un bon moment. Quand il eut fini, il tenta de toucher la chose en sautant. Il y parvint au deuxième saut et le léger ronronnement qu'il connaissait à présent très bien se fit entendre. Tout se passa ensuite comme la première fois qu'il était entré. La porte s'ouvrit comme un iris, il avança, elle se referma. Un tourbillon d'air l'enveloppa quelques secondes, puis il lui fut possible de continuer dans le tunnel éclairé qui conduisait à la colonne-d'eau-dure-mais-pas-froide.

Quand il fut devant elle, il regarda au-dessus de lui, dans le puits qui la contenait. En dépit de la courbure qui empêchait de voir au-delà d'une certaine distance, il resta un moment les yeux en l'air, se demandant vers quel monde inconnu cela conduisait. Cette courbure, très faible, se dirigeait vers le tunnel qu'il venait de prendre. Comme si le puits et la colonne s'incurvaient pour passer au-dessus du monde de Pooo.

Il dut faire un terrible effort sur lui-même pour résister à la tentation d'aller voir sur-le-champ ce qu'il y avait plus haut.

*

Après avoir pris une douche, une de ces douches aussi inopportunes qu'exaspérantes, Vouzzz se retrouva dans le tunnel, puis dans la grotte qui le ramenait dans son monde. Il n'avait qu'une idée très approximative du temps qui s'était écoulé depuis son départ. Ni lui, ni aucun des siens ne se préoccupaient de mesurer le temps. Pas plus que de mesurer, quantifier, calculer quoi que ce fût, au demeurant ! Il faut dire qu'au lieu d'employer leur temps à essayer de le mesurer, ils préféraient tous l'utiliser pour chanter.

Quand il sortit de la grotte, il faisait jour. Il lui eût été très difficile de dire si c'était le début, le milieu ou la fin de la journée. Ne sachant pas combien de temps il avait dormi dans le monde de Pooo, il lui était impossible d'en avoir la moindre idée. En ce lieu, il n'y avait que l'aube et le crépuscule qui se signalaient par une variation progressive de l'ambiance lumineuse générale.

Vouzzz attribua à un moment de fatigue la désagréable sensation de se sentir alourdi. Décidé à revoir les siens le plus tôt possible, il se mit en marche vers son village, nommé le village des Tonalités. Il commença à descendre vers le lac. Celui-ci lui sembla minuscule, vu d'en haut ; il ressemblait à peine à une flaque, mais il le regarda tout de même avec les yeux pleins d'une affection déjà nostalgique, et même avec un obscur sentiment de culpabilité parce qu'il en avait vu un autre beaucoup plus beau que lui. Dès qu'il arriva sur sa rive, il lui chanta ses souvenirs d'enfance quand il jouait sur ses rives et sa gratitude pour ses dons de crustacés, en s'efforçant d'oublier les deux délices qu'il avait savourés juste avant d'entrer dans le monde de Pooo.

Au fur et à mesure qu'il approchait de son village, son émotion grandissait. On allait se jeter sur lui pour lui demander où il était et ce qui s'était passé. Il avait tant de choses à raconter et surtout à chanter qu'il ne savait même pas par quoi il commencerait.

*

Quand il eut parcouru un quart de la circonférence du lac, il remarqua sur sa gauche un habitant de son village qui venait à sa rencontre. Il marchait sur le chemin du village des Vibrations. Vouzzz s'arrêta pour l'attendre. Dès que cette connaissance arriva près de lui, elle le salua :

— Bonjour !

Personne n'avait de nom ici. Nous verrons plus tard que, dans ce monde, Vouzzz ne portait pas ce nom-là, ni pour lui-même, ni pour qui que ce soit. Aussi extraordinaire que cela pût être, ce qui faisait office de nom était la manière de dire bonjour, ou de le chanter plutôt. Dire ou chanter… on ne savait pas toujours faire la différence, du reste. Comme cela a déjà été dit, plus ce qu'on voulait exprimer était objectif, plus on le disait. Plus cela faisait appel au domaine de la sensibilité, plus on le chantait, mais il n'y avait pas de frontière précise. Par exemple, dans la phrase : « Ces dix fleurs sont très belles ! », « Ces dix fleurs » était dit, « sont très belles ! » était chanté, « belles ! » avec une envolée lyrique particulièrement appuyée.

Au lieu d'utiliser un nom, on ne chantait pas le même « bonjour » selon à qui l'on s'adressait. Et il en était de même pour tout ce qu'on avait à dire ou chanter. Il y avait donc autant de manières de dire-chanter « Ces dix fleurs sont très belles ! » qu'il y avait de personnes dans ce monde.

— Bonjour ! lui chanta Vouzzz.

— Je reviens du village des Vibrations.

— Oui, j'ai vu ! Que faisais-tu chez eux ?

— Où étais-tu ? demanda son voisin, sur un ton presque distrait, en ignorant sa question.

Vouzzz fut étonné qu'il ne manifestât pas plus de surprise et d'émotion à le revoir.

— Je reviens d'un autre monde, chanta-t-il.

Cette information capitale ne parut même pas avoir été entendue.

— Tu sais, c'est grave ! Je viens de porter une déclaration de guerre au nom de notre village au Grand Sage des Vibrations.

— Encore la guerre ! s'exclama Vouzzz. Les Tonalités contre les Vibrations ! Qu'est-ce qui a déclenché les hostilités, cette fois-ci ? Si c'est toujours pour la couleur du créateur, j'ai une réponse qui mettra tout le monde d'accord.

— Non, c'est beaucoup plus grave qu'une simple question religieuse, hélas ! Leur Grand Sage prétend que le nôtre chante comme un crustacé !

Vouzzz en fut sans voix. Une telle grossièreté était inimaginable !

Ils se remirent en route tous les deux en direction de leur village. Il leur restait environ deux bonnes heures de marche avant d'y arriver.

Chemin faisant, son voisin lui confia que sa disparition avait beaucoup inquiété ses parents et tous ceux du village des Tonalités.

Ah ! tout de même ! pensa Vouzzz.

— Quand commencera la confrontation ? demanda-t-il.

— Les Vibrations proposent que le combat ait lieu tout de suite. Ils ont dit qu'ils nous attendent. Je vais porter leur réponse à notre Grand Sage et nous repartirons tous ensemble pour les affronter.

*

Vouzzz retrouva ses parents. Ils lui chantèrent leur bonheur et leur soulagement et il leur vocalisa son affection. Tous les villageois eurent une note de bienvenue pour lui, mais tout le monde était visiblement fort préoccupé par le conflit qui allait avoir lieu. Vouzzz s'approcha du Grand Sage et proposa :

— Grand Sage, je veux représenter le village des Tonalités.

— Quoi !? s'étonna le Grand Sage. Toi ! mais…

— Je sais que cela a de quoi interloquer tout le monde, Grand Sage. Mais je vous assure que je le désire vraiment ! chanta Vouzzz.

Il le lyrisa si bien que le Grand Sage ainsi que tous les villageois en furent retournés.

— Dans ce cas… répondit le Grand Sage. Mais, j'étais loin de m'attendre à ça…

Tout le monde partageait la surprise du Grand Sage. Les parents de Vouzzz étaient très fiers, mais sous l'emprise de la plus grande stupéfaction.

*

Quand les Tonalités arrivèrent sur le lieu du combat, les Vibrations étaient tous là, comme ils l'avaient promis. Le champ de bataille se situait environ à mi-chemin entre les deux villages, assez loin du lac, sur un terrain pentu. Sans atteindre la taille des géants du monde de Pooo, les arbres ici étaient plus grands qu'au bord de l'eau, mais ils étaient clairsemés. L'herbe était courte. Tous ceux des Mélodies, le troisième village de ce monde, étaient là aussi pour assister à la bataille et pour l'encadrer. C'était à leur Grand Sage de déclarer le début de l'affrontement.

26. Les humains ne savaient pas…

La voix… En était-ce vraiment une ? N'eût été l'écrasante surprise provoquée par ce qu'ils virent soudainement, les passagers du Youri-Neil eussent pris le temps d'en douter. Ce qui, à la première impression, ressemblait à une voix répéta quelque chose comme :

« Bienvenue à bord du vaisseau spatial Symbiose. N'ayez aucune crainte. Vous ne courez aucun danger. ».

Le gigantisme les frappa tous. Il ne s'agissait pourtant que d'une toute petite partie de cette prodigieuse chose, qui selon la « voix » s'appelait Symbiose. Tout autour d'eux s'enroulait un cylindre d'au moins trois kilomètres de rayon et qui s'étirait à perte de vue. Toujours guidé par une force inconnue, le Cébéfour 750 avançait au centre de cet inconcevable tunnel spatial. Pour l'œil, tout était encore parfaitement noir. Mais grâce au radar, l'intérieur du cylindre était bien visible sur la baie qui fonctionnait en mode-écran. La paroi, qui défilait rapidement malgré sa distance, révélait des dispositifs aux détails complexes, notamment des formes en longueur ressemblant à des conduites ou à des câbles. Certains allaient dans le sens de la longueur du cylindre, d'autres décrivaient des arcs de cercle sur sa circonférence. Tous à bord étaient fascinés par une seule chose : la taille.

Il est des perceptions qui paralysent l'esprit. Celle de Symbiose en était une. De même qu'une lumière trop vive éblouit le regard, une conception trop grande aveugle l'entendement.

Aussi, ne prêtaient-ils qu'une attention distraite à la chose qui leur répétait de temps en temps qu'ils n'avaient rien à craindre. Elle était pourtant à elle seule un sujet d'étonnement. En effet, bien qu'ils l'entendissent tous clairement, aucun mot n'était réellement prononcé.

Ils approchèrent d'une épaisseur qui cerclait l'intérieur de Symbiose. Le Youri-Neil la dépassa. Ils en virent bientôt une autre, loin devant eux. Le petit gravitant la traversa aussi. Quand la troisième de ces structures annulaires fut visible, ils sentirent une légère décélération. Le Cébéfour se rapprocha du troisième anneau de plus en plus lentement et finit par s'immobiliser en son centre. Là, le vaisseau cessa progressivement de tourner sur lui-même, privant les passagers de la faible pesanteur artificielle qui régnait à bord.

Le cerceau de section rectangulaire apparaissait comme un épaississement de la paroi du cylindre. D'après le radar qui indiquait quelques distances et dimensions, ils se trouvaient effectivement dans un volume d'un peu plus de six kilomètres de diamètre intérieur, au centre d'un anneau qui faisait approximativement trois cents mètres d'épaisseur. Approximativement, car aucune des mesures que donnait l'appareil ne tombait sur des grandeurs métriques entières ; elles étaient au contraire toujours accompagnées d'un grand nombre de décimales.

Le Youri-Neil se remit en mouvement relatif par rapport à Symbiose, mais cette fois ce fut pour se déplacer radialement. Ils quittèrent le centre de l'anneau pour approcher un point de sa circonférence.

« *Vous arrivez à destination* », fit entendre la chose. « *N'ayez aucune crainte. Vous ne courez aucun danger.* » Leur faisait-elle entendre ? ou leur faisait-elle penser ? Ils étaient encore bien trop subjugués pour se poser la question.

Au fur et à mesure que leur vaisseau approchait de l'intérieur de l'anneau, ils sentaient une faible accélération latérale. La force inconnue qui les dirigeait les synchronisait avec le mou-

vement giratoire de Symbiose. Le Youri-Neil se posa doucement sur ce qui apparaissait à présent comme un sol presque
plat, tant le rayon de la courbure était grand. Une très légère
pesanteur, causée par la rotation de Symbiose, était revenue.

*

Sur l'image radar, le Youri-Neil était sur un sol blanc. Plutôt
gris très clair. Lisse. Un peu satiné. Haut, très haut, au-dessus,
s'incurvait une arche géante. Le Cébéfour 750 était une
minuscule poussière, sous la plus grande voûte de la plus grande
des cathédrales ! Mais qui avait construit celle-ci ? La question
occupait toutes les consciences. Personne ne bougeait. Personne
ne parlait. C'est à peine si l'on pensait. Les corps et les esprits
étaient figés. Seule demeurait la très forte sensation d'être
dépassé. Dépassé par quelque chose de beaucoup plus grand,
beaucoup plus puissant, que tout ce qui était connu. Ce qu'ils
éprouvaient n'était pas comparable avec ce que ressentent pour
leur Dieu tous les croyants, car ces derniers ont tout leur temps
pour se faire à cette idée de grandeur et d'humilité. Dans le cas
présent, il s'agissait de la brutale découverte d'un fait indéniable. D'une révélation immédiate, sans la moindre prépa-
ration. Il était question d'une expérience vécue, non d'une
conviction inculquée par une éducation ou l'adoption d'une
culture religieuse.

Un cercle de matière transparente entoura le vaisseau,
comme un petit mur de verre. Ce mur, sorti du sol, continua à
croître autour d'eux. En montant, il s'incurva vers l'intérieur et
se referma au-dessus du Youri-Neil qui se retrouva ainsi
enfermé dans un dôme hémisphérique transparent. Quelque
chose fit savoir :

« *Vous êtes arrivé à destination. N'ayez aucune crainte. Vous ne courez aucun danger. Bon séjour à bord du gravitant Symbiose.* »

« Fit savoir », était le meilleur terme, finalement. Car la chose en question ne parlait pas. Elle ne faisait même pas entendre, non plus, de quelque manière que ce fut. Non. Aucun mot n'était employé. Mais tout se passait dans l'esprit des passagers du Youri-Neil, comme si les mots eussent été prononcés. Ils en avaient le souvenir sans les avoir véritablement entendus.

Un silence pur régnait. Seuls les yeux dirigés sur l'image radar bougeaient. Sandrila Robatiny fut la première à réagir. Lentement et avec précaution, à cause de la pesanteur extrêmement faible, elle alla devant le tableau de commande manuelle que le gravipilote avait ouvert et dit :

— Abir ! comment peut-on rendre la baie de nouveau transparente ? Je voudrais voir dans le visible, tout simplement à travers.

Abir Gandy allait répondre, mais elle s'exclama :

— Ah ! mais je n'ai plus besoin de vous, ma céph s'est remise à fonctionner. Pour les commandes du Youri-Neil, en tout cas.

Sur une céph commande de l'Éternelle, la baie quitta le mode-écran pour retrouver sa transparence. Ils constatèrent alors que tout avait autour d'eux une apparence proche de celle de l'image radar. Tout était blanc avec certains détails de structure gris clair, les espèces de canalisations ou de câbles par exemple. Ils restèrent longtemps la tête en l'air à contempler la paroi concave qui avait la taille d'un flanc de montagne. La vision de la voûte au-dessus d'eux était à proprement parler renversante. Ils avaient l'impression d'être des fourmis dans un énorme tuyau.

Les lèvres tremblantes, Bartol se mit à murmurer des « Grande géanture ! », des « Géantissimage ! » et autres « Géanturage ! ». S'il y avait une chose que l'on eût pu affirmer, c'est que de tous ceux qu'il avait prononcés durant toute son existence ceux-là furent, à n'en pas douter, les plus de circonstance !

— Il y a un petit dôme transparent autour du Youri-Neil, dit l'Éternelle. J'aimerais savoir s'il est pressurisé et s'il contient une atmosphère respirable... ... pour nous.

Tout le monde comprit ce que laissait entendre ce « pour nous ». Tous avaient déjà cette idée en tête.

Les humains n'auraient pu construire ce géant. Et en imaginant que certains d'entre eux en eussent été capables, il leur eût alors été encore plus difficile de dissimuler une telle entreprise aux yeux des autres.

Les humains n'auraient su capturer un vaisseau en exerçant sur lui une force à distance pour le soumettre à leur volonté.

Les humains ne savaient pas communiquer avec un esprit sans aucune action physique.

Qui étaient ceux qui pouvaient faire tout cela ?

27. Déposer nos voix à ses pieds

Quand le Grand Sage des Mélodies vit arriver les Tonalités, il fit un signe aux deux autres Grands Sages. Ils se rencontrèrent tous les trois au centre du terrain de l'affrontement, les deux Grands Sages des villages belligérants étant accompagnés de leur représentant.

Le Grand Sage des Mélodies, à qui incombait le devoir d'arbitrer le combat entre les Tonalités et les Vibrations, s'adressa au Grand Sage de Vouzzz :

— Bonjour ! Es-tu prêt ? Les Vibrations le sont.

— Oui, nous le sommes, répondit le Grand Sage de Vouzzz.

— Qui as-tu choisi comme représentant ?

Le Grand Sage des Tonalités chanta les mots « J'ai choisi » sur une courte mélodie, à des fréquences précises et avec quelques harmoniques, le tout voulant dire qu'il avait choisi celui qui sera bientôt nommé Vouzzz par certains.

Le Grand Sage des Mélodies chanta « Les Vibrations ont choisi » sur une courte mélodie, à des fréquences précises et avec quelques harmoniques, le tout voulant dire quel était le choix des Vibrations. Ne voulant pas adresser la parole à ses ennemis, le Grand Sage des Vibrations acquiesça d'une simple mimique. Tout le monde savait déjà qui étaient les deux représentants puisque ceux-ci accompagnaient leur Grand Sage, mais la coutume voulait qu'on le confirme.

Le Grand Sage des Tonalités regarda Vouzzz. Ce dernier émit une courte note indiquant qu'il était d'accord pour affronter le représentant des Vibrations et qu'il souhaitait commencer.

Le Grand Sage des Mélodies lâcha à son tour un bref son à l'adresse du Grand Sage des Vibrations pour lui demander s'il acceptait de se mesurer à Vouzzz et de le laisser commencer.

Personne n'exprima de désaccord. Il appartenait à Vouzzz qui représentait les Tonalités de commencer.

*

Un grand silence régnait sur le lieu de l'affrontement. Les habitants des trois villages étaient regroupés près d'un gros rocher, sur lequel Vouzzz était juché. L'ensemble des assistants occupait un tiers de cercle autour de lui sur une vingtaine de rangées. Ils étaient tous là, quel que fût leur âge. Les Tonalités, ceux de son village, se trouvaient à sa droite. Les Vibrations, ses ennemis, étaient à sa gauche. Et les Mélodies, arbitres du combat, séparaient les belligérants au centre, devant lui.

Le Grand Sage arbitre émit une petite mélodie qui était le signal du début du combat.

Vouzzz les observa tous quelques secondes. Son dernier regard fut pour le représentant adverse qui était installé seul devant le premier rang des Vibrations. Il leva ensuite les yeux vers le ciel, en direction du monde du dessus qu'il venait de visiter, puis il chanta au maximum de sa puissance et avec toute son affectivité.

Sa voix se chargea de suspense quand il chanta la grotte, là-haut dans la montagne, les choses qui respirent, le tunnel et la colonne-d'eau-dure-mais-pas-froide. Sa voix se chargea de mystère quand il chanta ses questions, ses peurs, ses doutes, ses surprises, ses réflexions. Sa voix s'exalta, transportant un torrent de félicité, quand il chanta son arrivée dans le monde d'en haut, son émerveillement, la sensation de légèreté, la chaleur, la luxuriance, l'immensité du lac, la beauté des couleurs et des formes, la douceur du vent, l'éblouissante lumière de la boule lumineuse, les arbres géants et magnifiques… Sa voix devint brusquement effrayante quand il chanta la brutale attaque du monstre volant, son voyage forcé pendu dans les airs, sa chute dans le nid, les quarante yeux qui le fixaient, son évasion… Sa voix s'orna de volupté quand il chanta la succulence des étranges fruits, la large et belle rivière, mais elle claqua soudainement comme un terrible coup de tonnerre quand il chanta son réveil et la terreur qui le fit courir à perdre haleine sur la plage. Enfin, sa voix s'empreint d'une chaleureuse tendresse quand il chanta le touchant geste bienveillant que Pooo lui avait témoigné en lui offrant des fruits et en le suivant comme un ami fidèle.

Durant toute cette narration lyrique, pas un seul mot ne fut prononcé. Vouzzz n'émit que des mélodies incroyablement riches, chargées de nuances et d'harmoniques infiniment subtiles. Des sons d'une finesse que seuls ceux de son monde étaient capables de pleinement appréhender. Une construction vocale si riche qu'elle pouvait évoquer plus d'images, de sensations et d'émotions que tous les mots de toutes les langues réunies.

Tandis que Vouzzz avait ainsi communiqué, des vagues émotives avaient submergé l'auditoire. Tout le monde resta silencieux plusieurs minutes. Puis, le Grand Sage des Vibrations se leva et se dirigea vers le grand rocher. Surpris, Vouzzz descendit pour lui laisser la place. Cette manière d'agir n'était pas habituelle. Normalement, cela eût dû être à présent au tour du représentant des Vibrations de monter pour chanter.

Vouzzz alla rejoindre ceux de son village, seul devant le premier rang. Son Grand Sage lui adressa un regard chargé d'étonnement et d'émotion qu'il retrouva dans tous les autres yeux ici présents, quelles que fussent les appartenances. Oui, même ses ennemis l'observaient avec révérence.

Le Grand Sage des Vibrations chanta très fort une mélodie qui signifia : « C'est pour faire une déclaration exceptionnelle qu'exceptionnellement j'ai rompu avec le protocole. Nous, les Vibrations, nous inclinons devant le représentant de nos ennemis. Nous ne présenterons pas notre propre représentant, car nous déclarons forfait. Il est important de préciser que nous ne ressentons aucune honte à avoir été battus par un tel maître. Nous considérons même que c'est pour nous un grand honneur de déposer nos voix à ses pieds.... »

Le discours-chant de reddition sans conditions fut un peu plus long qu'il n'est ici relaté. Il se termina sur des éloges dithy-rambiques adressés à Vouzzz et fut suivi de grandes festivités durant lesquelles on chanta beaucoup en l'honneur de la musique, de l'amitié entre les trois villages et de tout ce qui est beau de manière générale. On se garda bien de s'exprimer sur la couleur du Créateur et tout se passa pour le mieux.

Ainsi fut rapidement réglé le conflit qui avait à peine eu le temps d'opposer les Vibrations aux Tonalités. Bien entendu, aucun ne porta le moindre crédit à cette fantastique histoire de monde du dessus ! Loin s'en fallait ! Personne ne crut à rien, ne fût-ce qu'à l'existence de la grotte, alors... On considéra que son inventeur était le plus grand chanteur de tous les temps et qu'il avait besoin de s'isoler pour concevoir ses œuvres étourdis-santes. Les parents de Vouzzz étaient si fiers ! Plus personne ne risquerait de s'étonner du comportement « étrange » de leur enfant.

Quand Vouzzz dit qu'il devait repartir et qu'il demanda si quelqu'un voulait l'accompagner pour voir les autres mondes, il ne reçut que des mimiques entendues et des refus polis : « Va ! et reviens vite nous chanter de nouveaux récits prodigieux ! ». Qu'il s'adressât à ceux de son village, ou aux habitants des deux autres, il obtenait les mêmes réactions et recevait toujours un type de réponses identique. Il finit par décider de repartir seul.

28. Moi, je pars ! ajouta l'Éternelle

Le désir exprimé par Sandrila Robatiny de savoir si le dôme dans lequel le gravitant était enfermé était pressurisé avec une atmosphère respirable resta sans réponse immédiate. Le Cébéfour 750 n'était pas prévu pour atterrir sur un sol inconnu, pour lequel il serait pertinent de se poser une telle question au sujet de son atmosphère ! Et il va sans dire qu'il était encore moins prévu pour se retrouver incidemment sous un dôme pressurisé. Contrairement aux astronefs visiteurs de mondes des œuvres d'anticipation, il ne bénéficiait donc, malgré sa sophistication, d'aucun moyen d'analyse de l'atmosphère extérieure. Il était aussi probable que cette faculté lui fût utile que la capacité pour un navire d'analyser le fluide se trouvant sous sa ligne de flottaison pour s'assurer que ce fût de l'eau.

L'Éternelle savait cela bien sûr, aussi sa question ne s'adressait-elle pas au gravipilote en particulier.

— Quelqu'un a-t-il une idée ? lança-t-elle à la ronde.

Elle avait changé d'apparence. Remplaçant la jupe courte, les bottes hautes et le bustier par une combinaison moulante caméléon qui alternait ses couleurs dans les tons bleus, en accord avec son biogrimage. Cela lui conférait une allure plus sportive qui seyait à son attitude déterminée.

— N'y a-t-il pas un spectroscope qui traîne à bord qu'on pourrait bricoler ? demanda Bartol…

Une exclamation d'Abir Gandy détourna l'attention de tous :

— Je pense pouvoir répondre à la question sans effectuer de mesures…

On se tourna vers lui. Il poursuivit :

— Je viens de constater que les deux portes du sas sont grandes ouvertes. La pression extérieure est donc égale à celle de l'intérieur. Et si l'atmosphère était dangereuse, nous serions déjà morts.

— Qui a ouvert les deux portes du sas ? Elles ne sont pas prévues pour être ouvertes en même temps, qui plus est ! s'étonna l'Éternelle.

— Je ne sais pas, répondit Abir Gandy…

— Ça ne rajoute pas grand-chose à tout ce qui nous arrive, Géante géanture ! s'écria qui l'on devine. Sortons !

Le Marsalè fut devancé par l'Éternelle qui venait de franchir la première porte du sas. Il la suivit et tous sortirent derrière lui.

À l'extérieur du gravitant, l'impression d'immensité se faisait encore plus ressentir. Ils restèrent longtemps en contemplation, la tête en l'air. Rien ne permettait de se rendre compte que le côté diamétralement opposé se trouvait six kilomètres plus haut parce qu'il n'y avait rien de connu qui pût donner une idée de l'échelle de ce qu'on voyait si loin. Malgré cela, on se rendait bien compte que ce cylindre avait une taille écrasante. C'était inhabituel de voir une construction possédant des proportions que n'atteignent normalement que les œuvres naturelles, telles que les montagnes, les vallées, les mers… Les humains savaient pourtant fabriquer de très grandes choses grâce aux nanorobots répliquants qui transformaient en quelques mois un astéroïde en gravitant géant. Mais ces géants-là n'étaient que des nains en regard de Symbiose. Ils eussent tous contenu dans ce cylindre de quelque mille cent kilomètres de long, qui n'était en plus qu'une toute petite partie de ce mastodonte spatial !

Daniol était atteint d'un malaise qui variait d'intensité d'un instant à l'autre ; un vertige mitigé qui allait et venait selon sa façon de concevoir ce que lui rapportaient ses yeux. C'était immense, certes ! mais il n'était pas non plus dans le vide cosmique ! Il n'était pas dans le vide cosmique, certes ! mais c'était grand ! Mais alors, comme c'était grand !

Les deux C12 restaient près de lui. Ils ne semblaient pas plus concernés que ça par ce qui se passait, occupés qu'ils étaient à choisir un nom pour C12/2.

L'Éternelle s'approcha discrètement de Quader et murmura :

— Pensez-vous qu'il y ait un rapport avec ce que vous savez ?

— … ? Je ne comprends pas ce que vous voulez dire !

— Mais enfin ! Ne m'avez-vous pas dit qu'ils sont des milliers de fois plus rapides que nous ? Que la vitesse de leur esprit est proportionnelle aux ressources informatiques dont ils disposent !…

— Je… C'est vrai ! Je n'y avais pas songé… Je suis stupide de ne pas y avoir pensé avant vous.

Quader se sentit troublé par cette idée qu'elle venait littéralement de lui jeter en tête. Qu'est-ce qui interdisait, en effet, de supposer que les nums aient obtenu de grandes puissances de calcul et qu'elles aient techniquement évolué en quelques jours terrestres au point de concevoir Symbiose ?

— C'est possible, c'est vrai, concéda-t-il, devant son regard toujours interrogatif.

— Ce qui expliquerait aussi pourquoi c'est nous qu'ils ont capturés et non pas d'autres, n'est-ce pas ? Nous sommes leurs bios. L'occasion était trop belle ! Toutes leurs bios d'un seul coup de filet !

— En effet ! Vous avez raison ! Cela rend cette possibilité encore plus vraisemblable.

Quader se sentit on ne peut plus confus. C'eût été normalement à lui d'offrir cette hypothèse et ces réflexions aux autres !

Bartol, qui n'était pas loin et qui avait tout entendu, murmura quelques « Grande géanture ! ».

— Soit ! dit l'impératrice du gène. Si c'est bien le cas, souhaitons qu'ils nous contactent le plus tôt possible. J'ai quelques mots dissonants au possible à adresser à ma num. Juste pour lui rappeler que, même seulement biologique, j'ai droit à des égards que je revendique !

— De quoi s'agit-il, ami Terrien ? demanda Solmar en approchant.

Bartol, embarrassé, ne sut que répondre. Il regarda Quader en espérant que celui-ci s'en chargerait.

— Bah ! fit celui-ci. Au point où nous en sommes… Pourquoi ne pas tout lui dire ?…

— Me dire quoi ?

La conversation fut interrompue par Abir Gandy :

— Venez voir ce qu'il y a de l'autre côté du Youri-Neil !

Ils contournèrent tous le gravitant et découvrirent ce dont parlait le gravipilote. Il s'agissait d'un volume cylindrique vertical trois fois plus haut qu'une personne et de huit mètres de diamètre environ. Grise, cette chose semblait faite de métal. En un endroit de sa circonférence, à hauteur d'homme, se trouvait un petit hémisphère rouge lumineux qui variait lentement d'intensité selon des pulsations rythmiques.

— Ça ressemble à un bouton, dit Abir Gandy. Si c'est le cas, je me demande quelle est sa fonction.

En considérant les expressions des uns et des autres, une prudente méfiance régnait visiblement dans les rangs, mais Sandrila Robatiny ne semblait pas plus impressionnée que ça. Elle fit un geste pour désigner tout ce qu'il y avait autour d'eux et dit :

— Ce ne doit pas être dangereux ! S'ils avaient voulu nous faire du mal, force est de constater qu'ils en ont les moyens.

Nous avons assez perdu de temps avec cette bande de grossiers personnages ! Leur insolence est aussi grande que leur Symbiose !

Elle leva son index droit en ajoutant :

— Faisons ce qu'ils attendent de nous, pour l'heure. Mais, j'ai hâte de les avoir en face de moi !

Son doigt toucha ce qui avait effectivement tout l'air d'être un bouton. La chose disparut tout bonnement et un trou se creusa dans la paroi à la place qu'elle occupait. Ce trou circulaire augmenta de diamètre, à la manière d'un iris qui s'ouvre, découvrant l'intérieur du volume. Il arrêta de grandir quand son diamètre atteignit la hauteur de ce dernier.

— Qu'est-ce que ! Mais... ? bougonna Bartol. Ils nous offrent une maison ! Ils se figurent que nous allons nous installer ici toute notre vie !

— Il y a d'autres boutons à l'intérieur, fit remarquer C.

— Géantissime ! Plein de boutons, c'est merveilleux ! On nous donne un appartement avec tout le confort !

— Ne serait-ce pas plutôt une sorte d'ascenseur ? dit Abir Gandy. Je me souviens que ce tube géant fait dans les dix kilomètres de diamètre à l'extérieur. Nous savons qu'il n'en fait que six à l'intérieur. J'en déduis que sa paroi fait deux kilomètres d'épaisseur. Il peut y avoir beaucoup de choses dans deux kilomètres de profondeur !

— Oui ! fit Quader, pensif, surtout sur mille cent kilomètres de longueur. Et n'oublions pas les sphères, qui sont bien plus considérables encore ! Bien plus considérables !

— Si c'est bel et bien un ascenseur, dit l'Éternelle, et c'est vrai que ça y ressemble beaucoup, il va nous falloir faire un choix. Tout de suite !

Les yeux se tournant vers elle, elle poursuivit :

— Soit, nous laissons le Youri-Neil pour le prendre tous ensemble, soit, nous nous divisons. Un certain nombre d'entre nous restant près du gravitant pendant que les autres descendront dans cette cabine.

Ils s'interrogèrent du regard les uns les autres.

— Quoi qu'il en soit, moi, je pars ! ajouta l'Éternelle. Je vais essayer un de ces boutons. Nous verrons bien si c'est un ascenseur. Déterminez-vous rapidement, je n'attendrais pas mille ans !

29. Ça me zombifie l'âme ! Ça me digère l'esprit !

Vouzzz était un peu perplexe. Songeant au séjour qu'il venait de passer dans son monde, il avait autant de raisons d'être content que de motifs de déception. Il était devenu en quelques minutes une véritable personnalité. Tous s'enflammaient pour son talent, le considérant comme l'orgueil de ses parents et de tout son village. Malgré cela, personne n'avait voulu l'accompagner. Il ne pourrait donc pas partager le plaisir de sa découverte. Après une nuit de repos, il était à nouveau en route vers cet autre monde. Tandis qu'il gravissait la montagne en direction de la grotte, une pensée lui vint en tête. Et s'il leur ramenait Pooo ! Ils seraient bien obligés de le croire ! Ce ne serait certainement pas facile de faire monter son ami jusqu'au tunnel, mais ça valait la peine d'essayer ! Restait aussi à convaincre Pooo. Déjà que même avec son consentement ce ne serait pas chose aisée !

***

Il avait été convenu que Daniol, Cong, C12/2, Abir Gandy et Solmar resteraient dans ou près du Youri-Neil, tandis que les autres, c'est-à-dire Sandrila Robatiny, C, Bartol, Drill, Ols et Quader essaieraient d'utiliser ce qui, selon toute vraisemblance, avait toutes les chances d'être un ascenseur. Pressé par l'impatience de Sandrila Robatiny, ce choix s'était effectué en moins d'une minute. Les deux groupes seraient dans l'impossibilité de se donner des nouvelles. Isolées de tous les relais du système solaire par l'épaisse paroi de Symbiose, les céphs ne pouvaient pas établir de communication.

Dès que ceux qui avaient choisi de tester la chose y furent tous entrés, l'Éternelle dit :

— De toute façon, il ne s'agit que de vérifier que ceci est un ascenseur. Nous ne partons pas pour un long voyage !

Il n'y avait que deux boutons à l'intérieur. Placés l'un sous l'autre, ils avaient la même forme et étaient animés du même comportement lumineux de clignotement progressif que celui qui avait ouvert la porte en iris. Seule différence : ceux-ci étaient verts. L'Éternelle leva l'index et demanda :

— Lequel essayons-nous ?

— Celui du haut, dit Bartol.

— Celui du bas, si l'on veut descendre, dit Quader.

— Quelle importance ? fit C. L'un des deux, nous verrons bien !

— Celui du haut, insista Bartol. Il est évident qu'il nous fera descendre aussi, puisqu'il ne pourra pas nous faire monter plus haut ! Ils ne vont pas mettre un bouton qui sert à rester sur place, grande géanture !

— J'en conviens, reconnu Quader.

— Bon ! Essayons celui-ci, fit L'Éternelle en touchant celui du haut.

Le trou de l'entrée se referma, en se rétrécissant radialement.

— Grand raffinement dans la maîtrise des nanotechnologies, en tout cas ! fit Quader, en observant le phénomène. C'est effectivement certain qu'ils ne sont pas du genre à fabriquer des boutons inutiles !

***

Vouzzz arriva dans le monde d'en haut en plein jour. Il fut agréablement surpris de constater que la chose qui brille beaucoup dans le ciel avait retrouvé toute sa superbe. La chaleur était écrasante, mais inexplicablement Vouzzz se sentait malgré tout léger. C'était une sensation très agréable qui compensait l'effet harassant de cette température. Il chercha Pooo du regard un moment, mais ne le vit pas. On distinguait bien un petit point au loin sur la plage, mais à une si grande distance... ? De plus, Pooo était plutôt jaune clair dans l'ensemble. Difficile à distinguer sur le sable !

Vouzzz se sentait repu. Avant de le laisser sortir, la chose-qui-respire lui avait encore offert deux magnifiques crustacés. Comme la première fois, il n'avait pas pu s'empêcher de les dévorer l'un après l'autre sans la moindre retenue.

Il commença à descendre en s'agrippant aux lianes, comme il en prenait l'habitude.

***

Dès que la porte en forme d'iris se fut refermée, le plancher se déroba sous leurs pieds. La pesanteur qui était déjà extrêmement faible le devint encore plus ; ils se mirent tous à flotter, effleurant à peine le sol.

— Ça me rappelle mon séjour sur Phobos, dit Bartol. Là-bas non plus, il ne fallait pas avoir le hoquet, au risque de s'envoler.

Fort heureusement, des poignées étaient apparues sur la paroi. Ils s'y cramponnèrent.

— En tout cas, répondit Quader, cela indique que nous sommes en train de descendre de plus en plus vite, et que nous sommes donc bel et bien dans un ascenseur. Je ne sais pas où nous nous arrêterons, mais la pesanteur y sera plus grande qu'au niveau d'où nous sommes partis.

— Qu'importe la pesanteur ! s'exclama l'Éternelle. Je souhaite avoir l'occasion de réclamer des comptes à ceux qui nous ont mis dans cette situation, sans rien nous demander. Numériques, ou pas ! Ma propre num, ou pas ! On va comprendre que je ne suis pas un docile sujet d'expérimentation. S'ils ne veulent pas que je leur coupe le courant, ils ont intérêt à l'apprendre vite !

— Nonobstant votre légitime courroux, fit remarquer Quader, j'ai bien peur que personne ici ne soit en mesure de leur donner des leçons, fussent-elles méritées ! Regarder ce qu'ils sont capables de construire devrait vous en convaincre !

Drill s'étonna :

— Mais, visquer... heu... Je veux dire, mais vous soupçonnez les numanthropes de nous avoir capturés et d'avoir fabriqué cet énorme gravitant ?

***

Vouzzz venait d'arriver sur la plage. Très déçu de ne pas apercevoir Pooo dans les environs, il décida d'aller voir s'il n'était pas à l'endroit où ils s'étaient rencontrés. C'est-à-dire là où il s'était endormi, en fait. Il fut amusé à l'idée qu'il en avait eu si peur, alors qu'à présent il avait hâte de le revoir. Sans oublier de rester sous la protection des premiers arbres qui bordaient la plage, et non sans jeter quelques coups d'œil inquiets dans le ciel, il se mit en route. Il avait tant de choses à raconter à son compagnon ! Comment lui demander s'il voulait bien venir visiter son monde natif ? Il ramassa un de ces fruits succulents, que cette étonnante nature offrait avec tant de prodigalité, et poursuivit son chemin en le savourant. Pooo le comprendrait. Ils sauraient communiquer ensemble. Vouzzz en était certain.

***

Regard Furieux ne décolère pas. Je ne sais pas où nous descendons, mais ce qui est certain c'est que nous descendons long-temps ! Voilà plus de vingt minutes déjà que ça dure ! La pesanteur est revenue.

— Il est plus que probable que nous avons depuis dépassé l'épaisseur du tube géant, dit Quader. Nous devons continuer à l'intérieur d'une de ces branches porteuses de sphères.

— Vous pensez ? demande C.

— Oui. Ça me semble certain. C'est la seule explication que je trouve à la durée de ce voyage vertical.

— Mais ces branches, comme vous dites, doivent bien mesurer deux ou trois cents kilomètres !

— Environ, oui. Deux cents pour les plus courtes et cinq cents pour les plus longues, d'après ce que nous avons vu ! Vous noterez que la pesanteur que nous ressentons doit être due à la force de Coriolis. Nous sommes soumis à une accélération cir-culaire, car plus nous descendons, plus le rayon du cercle que nous décrivons autour du tube central augmente. Nous par-courons de ce fait une circonférence de plus en plus grande. C'est pourquoi nous accélérons circulairement.

— Je ne sens aucune accélération latérale, pourtant, objecte Drill. Nous devrions nous sentir poussés sur le côté de la cabine.

— Je pense que celle-ci doit s'orienter de manière à main-tenir le sol perpendiculaire à la direction de cette force.

— À quelle vitesse descendons-nous, alors ?

— Je n'en ai aucune idée. Mais certainement de plus en plus rapidement.

J'ai beau me mordre les neurones, je ne cerveaute pas toutes les explications de Quader ! Mais je suis bien conscient que nous avons affaire à plus fort que nous. Tout ce que nous vivons est décerveautant ! La taille de cette station ! Ça me zombifie l'âme ! Ça me digère l'esprit !

***

Vouzzz jugea être arrivé à peu près à l'endroit où il avait dormi. Hélas, toujours pas de Pooo en vue ! C'était décevant, mais il n'en fut pas pour autant découragé. Il avait tout son temps. Pooo était déjà venu ici. Il était donc raisonnable d'espérer que, à un moment ou à un autre, son chemin passât encore par là. Vouzzz fit un petit creux dans le sable et s'y installa confortablement. Quelle terrible chaleur ! Cela donnait envie de se relaxer. La forêt était habitée par des dizaines de sons divers. Outre le vent qui faisait frissonner les frondaisons, on entendait une exubérance de cris. Voilà de quoi ne pas s'ennuyer en attendant Pooo ! Il les écouta avec attention, essayant de distinguer différentes sources dans ce mélange sonore. Exercice loin d'être facile, car il y avait de nombreux cris d'animaux et chants d'oiseaux. Or, aucune de ces formes de vie n'existait dans le monde de Vouzzz. Tout à sa concentration, ce dernier finit par s'endormir.

30. Cyclone dans les tréfonds de l'esprit !

D'un seul coup, d'un seul, la cabine devient transparente ! Je vois alors que nous chutons à grande vitesse dans un puits. Dans le même temps, je me sens de plus en plus lourd. Nous ralentissons. Plus nous décélérons, plus nous pesons. Il vient un moment où notre vitesse est suffisamment réduite pour que je puisse discerner des espèces de barreaux qui défilent sur la paroi du conduit dans lequel nous descendons. Il semble que ce soit des échelons. Nous allons de moins en moins vite... La cabine s'immobilise. Sa porte circulaire s'ouvre. J'ai les jambes qui tremblent, j'avoue. Ce n'est pas que j'ai peur, non... Enfin, si, un peu disons... Mais pas beaucoup, visquerie !

Regard Furieux sort la première. Puis Bartol, puis la sœur de Regard Furieux, Quader, Drill et moi. La porte de la cabine se referme. Un bouton qui clignote apparaît à l'endroit où le trou circulaire a disparu. Je réalise alors que nous étions dans un tube transparent. Nous nous retrouvons dans un tunnel.

— Que fait-on ? demande Quader. Nous explorons un peu les lieux où nous remontons pour rendre compte de ce que nous avons déjà découvert ?

— Mais, nous n'avons encore rien découvert, rétorque Regard Furieux. Prenons ce tunnel et voyons où il nous conduira !

Nous la suivons.

— T'as vu le décervautage furieux, p'tit fécal ? me murmure Drill.

— Oui. Ça me superlative l'étonnement d'esprit !

Il prend un air du genre… Comme dire ? Genre, je me donne un genre, pour me demander :

— T'as pas peur, au moins !

— Arrête de faire le costaud ! Je vois bien que c'est toi qui te griffes l'inquiétude !

Il sourit comme un benêt sans répondre. Le tunnel est éclairé par des bandes lumineuses en haut. Il est parfaitement cylindrique. Nous arrivons au fond. Tiens, ça finit là, c'est bouché ! Il y a encore un de ces boutons qui clignote sur la paroi circulaire.

— À quoi peut bien servir celui-là ? s'étonne Regard Furieux.

— Comment le savoir ? demande Quader.

— En faisant comme ça ! rétorque-t-elle, en le touchant.

Un léger ronronnement se fait entendre. Le bouton disparaît laissant la place à un petit trou qui grandit, comme pour la cabine de l'ascenseur. Il n'y a bientôt plus trace de ce qui à l'instant était le fond du tunnel. Mais, il y a un autre fond un peu plus loin avec le même bouton dessus. Regard Furieux se remet en courroux, comme dit Quader :

— Ils ne vont pas nous faire le coup tous les vingt mètres !

— Ça ressemble à un sas, il me semble, dit Quader.

Regard Furieux touche le deuxième bouton. La porte-dia-phragme que nous venons de franchir se referme. Et… ! Vis-querie géante !

— Que, qu'est-ce que mais… ? crie Bartol.

Furieuse surprise ! Nous sommes soudainement inondés de tous les côtés par des jets puissants. Ça dure une minute, peut-être moins ; je ne sais pas trop. Nous sommes tous trempés de la tête aux pieds.

Regard Furieux et sa sœur se passent les mains sur le visage et dans les cheveux. Drill et moi, nous nous essuyons la tête avec notre chemise. Quader reste stoïque. Bartol lâche des collections d'énormes insultes. Il est pointu dans ce domaine ! Je n'avais jamais entendu des imprécations comparables jusqu'à présent ! Il est question de relations sexuelles avec les pires créatures, trolls et autres monstres, qui hantent les mondagines les plus sordides. C le dévisage avec un étonnement authentique, Quader avec un rien de désapprobation, Drill et moi avec amusement non dissimulé. Regard Furieux en oublie son propre courroux. Elle lui adresse un regard indigné.

— Euh... Oui, excusez ce petit emportement, bredouille Bartol, en s'essuyant le visage avec l'avant-bras. Je crois que je me suis un peu irrité...

La deuxième porte commence à s'ouvrir... Non, quelque chose est différent cette fois. Un simple trou se creuse, là où se trouvait le bouton et... ! Le renfoncement contient des friandises et des pâtisseries ! Nous nous étonnons à nous déboîter les sourcils.

— Ce bouton-là était celui d'un distributeur de nourriture ! s'exclame Bartol. L'endroit est aussi surprenant qu'imprévisible ! Pourquoi pas un distributeur de slips dans l'ascenseur ?

Quader propose une explication :

— Après la douche qu'on nous a imposée, je pense qu'on veut à présent nous aseptiser à l'intérieur. Je suppose que nous venons d'être arrosés avec un antiseptique et qu'on cherche à tuer tous les germes qui sont en nous avant de nous laisser aller plus loin.

Bartol est sur le point de manifester sa mauvaise humeur, mais Regard Furieux lui demande de broncher mini :

— Je te prie de ne pas exprimer ta désapprobation. Faisons ce qu'il faut pour rencontrer ceux qui sont responsables de toutes ces humiliations et nous réglerons nos comptes à ce moment-là.

— Bon ! s'exclame la sœur de Regard Furieux. Si Quader voit juste, je subodore que nous sommes obligés d'ingérer un de ces aliments, si nous voulons voir ce qu'il y a plus loin.

— Il y a aussi des boissons, fait remarquer Drill.

— En tant que Mécan, je pense être le seul à être exempté de cette obligation, dit Quader.

Choisissant de boire, je prends une petite bouteille. Drill s'enfourne un gâteau derrière les dents. Regard Furieux et sa sœur optent aussi pour une boisson. Bartol mange ce qui ressemble à un bonbon et mâchonne en même temps quelques paroles de mauvaise humeur ; il maîtrise toutefois son langage, cette fois. Nous convenons tous que c'est très bon. Sur ma bouteille il y a écrit : « Jus d'orange ». Excellent, visquerie ! Je la vide complètement. Bartol enfourne un deuxième bonbon en maugréant avec moins de conviction. Drill s'empiffre avec un autre gâteau. J'en ingère un aussi. Regard Furieux perd momentanément sa superlative dignité pour engouffrer une friandise. Sa sœur en fait de même. Mécan ou pas, Quader se jette sur une pâtisserie qui succombe rapidement quelque part au fond de lui. Visquerie ! c'est à peine si nous ne nous battons pas pour finir ce qui reste. Quand il n'y a plus rien, nous nous regardons tous avec un bestial morceau d'embêtage dans l'âme. Il semble que je ne sois pas le seul à avoir l'impression que nous nous sommes laissé cycloniser l'esprit par les tréfonds de l'estomac. L'ambiance n'étant toutefois pas propice à une profonde introspection, nous ne nous attardons pas plus que ça sur notre incerveautable comportement. D'autant que la porte-diaphragme s'ouvre pour nous laisser passer.

*

Nous sortons d'une grotte qui prolongeait le tunnel.

Choquagerie furieuse ! Plein choquage décerveautant ! J'ai de l'ahurissement abasourdi qui me galope dedans ! Nous sommes en haut d'une montagne. Ce que nous voyons de là n'est rien de moins qu'un paysage. On se croirait à l'extérieur, sur Terre, quelque part aux tropiques ou à l'équateur, dans une région luxuriante en tout cas. Cyclone dans les tréfonds de l'esprit ! Par quelle visquerie de sortilège avons-nous été soudainement projetés sur Terre ? En bas, s'étendent une mer, à gauche, et une forêt, à droite. C'est tellement grand, que j'ai beau m'exorbiter les globes, je ne parviens à voir ni l'autre rive de l'étendue d'eau ni la fin de la forêt. Je me demande si Regard Furieux et Quader y parviennent avec leur super regard. Loin, très loin devant nous, il y a une autre montagne.

— Nonobstant les apparences, nous ne sommes pas quelque part sur Terre, dit Quader.

Il pointe l'index pour balayer l'horizon au-dessus de la forêt et ajoute :

— Nous sommes à l'intérieur d'une sphère. Je distingue le bord de ce monde, là-bas et là-bas.

— Je le vois aussi, affirme Regard Furieux.

Bartol interrompt son murmure de collection de « Grande géanture ! » pour demander :

— Que faisons-nous ? Nous descendons faire un tour ou nous remontons informer les autres ?

*

Il nous a fallu une bonne demi-heure pour arriver en bas. Là, nous marchons sur le sable mouillé. Durant la descente, personne n'a dit un mot. Je pense que nous sommes tous un peu écrasés par la conscience de notre petitesse par rapport à ceux qui ont construit cette chose démesurée. Regard Furieux déchire le silence. Je sais qu'on dit plus couramment « briser » le silence, mais bon… Je préfère ne pas faire systématiquement comme les autres. Je disais que Regard Furieux déchire le silence :

— Symbiose… Pourquoi Symbiose ?

— Je ne cesse de me poser la question, répond Quader.

— Moi, je me demandais ce qu'il y a dans les autres sphères, confie Drill.

— Tiens ! Je pensais à la même chose ! s'exclame la sœur de Regard Furieux.

— Moi, dit Bartol, je me demandais depuis combien de temps cette construction gigantesque est en orbite jovienne. Et comment a-t-elle pu arriver là, ou être assemblée là, sans que personne n'en fasse la moindre mention ?

Je demande :

— Vous entendez ces cris dans la forêt ?

— Oui, répond Bartol. Il semble qu'il y ait du monde sous ces arb… Ah ! Là ! Là ! Là ! Une créature, Grande géanture ! Une créature ! Une chose là, comment dire ? Une créature, quoi !

Il m'a hurlé comme un dragon dans l'oreille gauche. Nous regardons tous dans la direction de son doigt tendu. Il a raison ! À l'orée de la forêt se trouve un… une… une créature extraordinaire.

Elle est ronde comme une boule. C'est même une boule, en fait ! Elle est verte. Elle possède trois longues pattes roses, fines et souples. Trois « bras » également longs roses et souples. Ces six membres n'ont pas d'articulations à proprement parler, ils se plient comme du caoutchouc. Sur le corps sphérique, trois organes disposés en triangle, un en haut et deux en bas, semblent être des yeux.

31. Ce monde battait à son unisson et sous son contrôle

Selon toute vraisemblance, la créature arrivait de l'intérieur de la forêt. Ils s'étaient tous les six immobilisés face à l'incroyable apparition qui venait elle aussi de se figer.

— Je ne vois que deux explications à ce que nous sommes en train de voir, murmura Quader.

— Moi aussi, répondit à voix basse l'Éternelle. Soit je rêve, soit je suis folle.

Le corps de la créature avait approximativement le volume d'un œuf d'autruche. Ses six membres roses, qui ne devaient pas atteindre un mètre, avaient l'épaisseur d'un doigt.

— Ma première hypothèse est proche de la vôtre : tout ceci n'a rien de réel. Nous sommes dans un mondagine ou je ne sais quel monde virtuel du même genre.

Ils parlaient très doucement. L'être se trouvait à une dizaine de mètres à peine. Ils se sentirent tour à tour intensément observés par ses trois yeux qui passaient rapidement de l'un à l'autre.

— Et la seconde hypothèse ? demanda l'Éternelle en chuchotant.

— Ce que nous vivons est réel. Dans ce cas, les numanthropes ont fait aussi d'énormes progrès en biologie.

L'être semblait avoir l'ouïe très fine, car son triple regard se dirigeait chaque fois sur l'humain qui parlait.

— Je suppose que nous devons être également très surprenants pour lui, fit remarquer Bartol. Tout autant qu'il l'est pour nous, en tout cas.

— Ou alors… poursuivit Quader, je vois une troisième possibilité : L'existence de Symbiose n'a aucun rapport avec l'humanité.

— Pensez-vous que nous sommes en face d'un de ses concepteurs ? demanda Sandrila Robatiny.

— Ce n'est pas improbable, chuchota Bartol. Cette boule tripode porte quelque chose. Quelque chose de façonné. Regardez !

Effectivement, une des trois mains de l'être tenait un objet qu'ils n'étudièrent pas avec plus d'attention, car deux autres créatures, sortant également du couvert des arbres, apparurent. Elles étaient très différentes de la première, mais elles se ressemblaient toutes les deux, bien qu'elles n'eussent pas le même volume. L'une avait à peine la taille d'un éléphanteau, la plus imposante devait être aussi massive qu'un gros éléphant adulte. Comparaisons du reste opportunes, car ces dernières venues évoquaient ces pachydermes. Hormis le fait qu'elles disposassent de huit yeux montés sur des pédoncules qui jaillissaient du milieu d'une crinière verte embroussaillée.

Les six humains commencèrent à reculer, lentement, sans se retourner. La plus grande créature pouvait être extrêmement dangereuse. Un simple coup de trompe eût manifestement pu tuer. Ils n'avaient pas d'armes. Or il était facile de deviner qu'elle devait courir beaucoup plus vite qu'eux. À la rigueur, peut-être que Quader et Sandrila Robatiny eussent été capables de lui échapper, mais certainement pas les autres.

Alors qu'ils continuaient à reculer prudemment, le petit éléphant à huit yeux leva la trompe et émit un son. Ils entendirent une sorte de « Po » prolongé. Puis, il trottina lourdement vers eux. Le mastodonte se mit également en mouvement dans la même direction, d'un pas moins empressé, mais considérablement plus impressionnant.

— Vite ! Courons en zigzag sous les arbres ! cria Bartol en s'élançant.

C'est alors que quelque chose d'extrêmement singulier se produisit. Le Marsalè n'avait pas fait dix pas qu'il s'arrêta de courir. Sur le point de le suivre, les autres avaient à peine amorcé leur mouvement de fuite, mais eux aussi s'immobilisèrent instantanément. Inexplicablement, la peur avait quitté tous les esprits.

Dans un état proche de la fascination, ils se mirent à écouter la première créature. La petite boule aux membres grêles émettait des sons. Au-dessus de son corps sphérique, un organe venait de sortir. Il avait une forme très oblongue, de la taille d'une oreille de lapin. En vibrant, cette sorte de membrane produisait d'étonnantes modulations sonores. La créature les regardait tour à tour, comme si elle leur signifiait qu'elle s'adressait à tous.

Les six humains furent si puissamment captivés par ce qui atteignait leur ouïe qu'ils perdirent toute volonté autre que celle d'écouter. Des flots de sentiments et d'impressions les envahissaient. Ils n'avaient plus du tout peur de l'énorme bête qui était pourtant à présent si près d'eux qu'elle les touchait, avec sa trompe, allant de l'un à l'autre. Pendant que les deux éléphants octoculaires les palpaient de la tête aux pieds, ils n'éprouvaient plus la moindre crainte, si fascinés qu'ils étaient par les subtiles inflexions sonores. Ils eurent l'impression qu'elle leur demandait de ne pas fuir, car on ne leur voulait aucun mal. Cela n'était pas dit, bien sûr, mais ils le ressentirent comme si c'était pourtant le cas.

Bientôt, les deux éléphants cessèrent de les palper. Ils retournèrent près de la boule qui poursuivait sa production sonore. Les humains approchèrent eux aussi de l'étonnante petite créature. Sans trop s'en rendre compte, Bartol s'assit dans le sable face à elle. Drill en fit de même, suivi par Ols, puis tous les autres. Ils restèrent ainsi, à écouter, complètement détendus, la tête vide de tous soucis, de toutes inquiétudes, de toutes questions, de toutes intentions, submergés par l'ataraxie du moment.

Les trois grands yeux clairs les regardaient toujours, passant aléatoirement de l'un à l'autre. Ils se tournaient aussi vers les deux pachydermes qui paraissaient suivre avec la même concentration que les humains.

La lumière était vive et belle. De douces rafales tièdes caressaient la plage et faisaient danser les feuillages. Derrière eux, les vagues moussues bruissaient rythmiquement. En haut de la boule tripode, la membrane ovale produisait des modulations exquises s'accordant si bien avec tout ce qui était autour d'eux qu'on eût juré que le pouls de ce monde battait à son unisson et sous son contrôle.

Un son dominant revenait par moments dans ce prodigieux édifice sonore chargé de sereines impressions. Cela faisait un peu « Vouzzz ».

32. Seul l'amour compte dans cette visquerie de vie !

Confortablement calé dans un petit creux dans le sable, Vouzzz s'était endormi en attendant Pooo. Quand il se reposait, ses six membres rétractiles entraient complètement dans son corps tout à fait sphérique. Pour éviter de rouler malencontreusement durant leur sommeil, ceux de son espèce avaient l'habitude de s'immobiliser dans une dépression.

Exactement comme la première fois qu'il s'était endormi là, des palpations l'avaient tiré de ses songes. Émergeant lentement, il avait reconnu la manière d'agir de Pooo. Mais dès que ses trois grands yeux vert clair s'étaient complètement ouverts, il avait eu un brusque sursaut. Les premières secondes, il crut que Pooo avait démesurément grandi. Il en fut terrifié. Surtout quand l'énorme réplique de son ami avait levé la trompe pour émettre un terrible « Puuurr » qui fit vibrer toute la forêt. Vouzzz s'était précipitamment levé et se serait enfui, s'il n'avait pas vu derrière lui son petit Pooo tant attendu. Comprenant alors que l'immense monstre devait être un parent de son ami, il avait eu un peu moins peur. Il avait été en tout cas suffisamment rassuré pour résister à sa forte envie de détaler.

Puuurr était en fait aussi pacifique que Pooo. Vouzzz s'était laissé palper par la grosse trompe qui l'avait touché avec une douceur inattendue. Après avoir ainsi fait connaissance avec l'ami de sa progéniture, le monstre, sans doute tranquillisé par l'apparente gentillesse de Vouzzz, avait paru disposé à les laisser jouer ensemble. C'est à ce moment-là que des sons en provenance de la plage étaient parvenus jusqu'à eux. Vouzzz, toujours aussi curieux, avait couru pour aller voir ce qui pouvait en être la cause, d'autant plus intrigué qu'il n'avait jamais entendu des sons à ce point étranges.

Il avait été frappé d'étonnement à la vue de six créatures tout à fait remarquables. Bien qu'elles fussent d'une extrême laideur, elles n'étaient pourtant pas très effrayantes pour autant. Leur physique disgracieux inspirait en effet plus de pitié que de peur. Et pour cause ! leur pauvre corps montrait plus d'infirmités que de menaces ou même de simples performances. Seulement deux jambes et deux bras. Elles ne possédaient également que deux yeux. Si c'était un luxe catégoriquement ostentatoire d'en avoir huit, aussi gentils que fussent Pooo et son parent, il fallait reconnaître que c'était une disgrâce manifeste de n'en avoir que deux ! Trois était de toute évidence le nombre idéal !

Vouzzz avait observé les six créatures handicapées avec une grande attention. Les sons qu'elles émettaient l'avaient fasciné. Quand Pooo et Puuurr étaient arrivés derrière lui, elles avaient visiblement eu peur. Et quand les deux huit-yeux avaient voulu faire leur connaissance, elles avaient été prises de panique. En ressentant leur frayeur, Vouzzz avait été touché par une profonde empathie.

C'est pour cette raison qu'il avait tant souhaité les rassurer. Il avait commencé par leur chanter la gentillesse de ses compagnons et la beauté de ce monde, mais, peu à peu, son chant devenait de plus en plus chargé de signification. Son sens se précisait. Et, aussi paradoxal que cela pût paraître, il devenait plus humain, d'une certaine manière. Cette étonnante chose était due au fait que son empathie pour les six créatures qui l'écoutaient ne cessait de croître. Il était lui-même troublé d'avoir l'impression de lire en elles.

Tous assis dans le sable, à l'ombre des grands arbres, ils formaient un quart de cercle autour de Vouzzz. Ils n'étaient qu'à quelque cinq mètres de lui, seulement. Ce qui, à s'y méprendre, avait toutes les apparences du Soleil commençait à descendre au-dessus de la forêt. Sa hauteur correspondait approximativement à trois heures.

La petite créature ronde émettait des sons d'une richesse surprenante, en tout état de cause, des sonorités les plus hautes aux fréquences les plus basses perceptibles par l'oreille humaine et sans doute bien au-delà de ces deux limites.

L'Éternelle se sentait envahie par des vagues d'émotions qui semblaient déferler en elle au rythme de celles qui s'étalaient sur la plage. Sa cuirasse, cet épais bouclier derrière lequel elle se cachait et qui faisait qu'aux yeux des autres elle était Sandrila Robatiny, la Sandrila Robatiny redoutable et redoutée, respectée et courtisée, ce rempart qu'elle avait érigé entre elle et le monde pour s'en protéger, ce blindage qu'elle avait boulonné sur son cœur pour éviter d'être faible, sa cuirasse, qui était tout cela, avait soudainement disparu. Complètement. Intégralement. Il n'en restait absolument rien. Elle avait déjà éprouvé, mais en partie seulement, une telle incroyable libération. C'était lorsqu'elle avait rencontré Bartol. Mais, la délivrance, bien que très enivrante, n'avait pas été aussi inconditionnelle. Elle se souvenait du combat qu'elle avait mené contre cet amour. Non pas pour le détruire, mais pour le contrôler, le piloter, le gérer... À présent, en l'absence du pesant carcan de ses défenses, elle pensait que cette manière d'agir avait été ridicule.

La petite créature aux trois grands yeux clairs produisait des sons si bouleversants ! L'Éternelle n'avait jamais rien entendu de tel. Sa poitrine était soulevée par de puissantes émotions. Ses yeux étaient des fontaines d'exaltation. Une joie, qui faisait presque mal au cœur tant elle était considérable, la transportait.

Le bonheur de découvrir soudain le sens de son existence, après plus de deux cents années d'errance, de féroces et stériles combats et de frustrantes vacuités. Nulle certitude n'était plus grande pour elle. Seul l'amour comptait.

Bartol pleurait d'allégresse. Le chant merveilleux de la petite créature l'émouvait tant que l'essence même de sa personne, de son esprit, de sa pensée venait brusquement de changer. Il se sentait purifié. Purifié de toutes les impuretés qui jusqu'alors encombraient son cœur. Toutes les incertitudes, toutes les dérisoires ambitions, tous les fardeaux de l'ego. Combattre les méchants puissants ! Comme cela lui semblait insignifiant, à présent ! Car quoi ! lui appartenait-il de bonifier l'Univers ?! Lui qui n'en était qu'un infinitésimal produit ! Non, grande géanture ! Il s'était toujours trompé, bien sûr !

La découverte de ses origines, de son être multiple et complexe l'avait beaucoup préoccupé, beaucoup torturé. Il avait eu beau se répéter ce que lui avait dit Sandrila pour le rassurer : « Nous sommes tous faits d'un peu de tous ! », il avait souffert.

Mais à présent, plus rien de tout cela n'avait de l'importance ! Emporté par la musique bouleversante de la petite boule tripode, il sentait, avec une force et une conviction étourdissante, le sens profond de son existence. Rien n'était plus clair pour lui : seul l'amour existait.

C avait le visage inondé de larmes de joie. Toutes les souffrances, toutes les frustrations, toutes les profondes blessures que la lame cruelle de son absence d'identité lui avait infligées le long de sa vie, avaient disparu. De la dualité entre l'amour et la rancœur qu'elle éprouvait pour celle qui lui avait donné la vie, mais lui avait refusé une reconnaissance légale, il ne restait plus que le premier terme, l'amour.

Quader avait fait ce qu'il avait pu pour Ols et Drill. Pour les sortir du ghetto, leur offrir une éducation, une chance d'échapper à la misère. Mais il n'avait pas su tout expliquer à Ols. Il ne lui avait pas encore confié le secret de ses origines. Ceci l'avait beaucoup préoccupé ces derniers temps. Il s'était souvent demandé quand il aurait le courage et l'occasion d'aborder le sujet avec Ols. En tant que spécialiste des RPRV, être devenu un Mécan ne lui posait pas de grands problèmes d'adaptation physique. Quelque chose lui avait causé de la souffrance pourtant. Il n'avait plus la possibilité de « revenir » dans son vrai corps pour serrer Ols et Drill dans ses « vrais » bras.

Mais en ce moment, rien de tout cela n'existait. Une incroyable exultation le remplissait. Plus que d'être heureux, il avait l'impression d'être le bonheur personnifié. Son cœur avait beau n'être qu'une pompe artificielle, il le sentait empli d'émotions. Prouvant par là même que le prétendu siège émotif donné à cet organe n'a rien de rationnel. Mais ça... il n'était pas en état de s'en faire la réflexion, tant tout à sa joie il appartenait ! Tout ce temps perdu consacré à la raison, alors que seul l'amour justifiait une existence !

Drill n'aspirait qu'à une seule chose : être un gravipilote. Cet ardent désir s'était renforcé depuis la première fois qu'il avait eu la chance d'être à bord du formidable Cébéfour 750 de Sandrila Robatiny. Son ambition était de diriger sa propre compagnie spatiale, équipée des plus grands et des plus prestigieux gravitants. Il s'imaginait riche et influent et concevait le rêve d'utiliser ses pouvoirs pour galvaniser la conquête spatiale, étendre ses limites le plus loin possible.

Tandis que les sonorités ensorcelantes raisonnaient en lui, atteignant les tréfonds de sa sensibilité, il voulait porter, dans le cosmos, un fort message d'amour sans frontières au nom de l'humanité. Il rêvait de rencontrer d'autres formes de vie afin que tous les humains s'unissent à elles dans un élan de pure fraternité universel. Cette pensée enflammait tant son esprit qu'il avait du mal à respirer sous les spasmes de bonheur qui gonflaient sa poitrine et des difficultés à voir la créature qui chantait à travers les rideaux de ses larmes. Oui, il serait l'émissaire cosmique de l'amour. Ce dernier seul justifiait l'existence de tout !

Ah ! Visquerie ! Comme ça me sucre le cœur d'entendre cette drôle de petite boule ! J'ai de l'ardeur jubilatoire qui me galope dedans ! Je pleure de joie comme un hystérique de la félicité. J'ai tant de douce extase qui me dégouline des yeux ! Quel est donc ce bestial enchantage qui parvient à mes oreilles ? Je l'aime cette petite boule ! Les deux monstres pleins d'yeux aussi je les aime. J'aime Quader, Drill et tous les autres ! J'aime tout le monde !

Pourquoi se faire saigner l'esprit ? Visquerie, seul l'amour compte dans cette visquerie de vie !

33. Quand Vouzzz arrêta de chanter

Quand Vouzzz arrêta de chanter... Même si l'on ne pouvait pas à proprement parler employer ce verbe, « Chant » était malgré tout le terme le plus proche pour nommer en langage humain les modulations sonores qu'il venait d'émettre. Par leur extrême richesse, ses œuvres ressemblaient plus à de la musique qu'à du chant. Cependant, comme elles étaient produites sans instrument, avec la seule ressource d'un organe vocal, elles s'apparentaient davantage à du chant. Quand Vouzzz arrêta de chanter, donc, l'énorme créature pachyderme n'était plus là. Aucun des humains n'avait remarqué son départ ; aucun des humains n'eût rien remarqué, de toute manière, quoi qu'il se fût passé.

Vouzzz restait immobile en les regardant, tandis qu'ils parlaient de nouveau entre eux en se remettant peu à peu de leurs émotions. Pooo restait couché dans le sable près de lui, un œil ne quittant pas son ami, six autres dirigés chacun vers un humain, le huitième se consacrant à diverses observations périphériques.

— Je n'avais jamais entendu quelque chose d'aussi géantissimement émouvant ! s'écria le Marsalè.

— Moi, non plus, répondit Quader.

— J'en ai pleuré comme un bébé, visquerie ! gémit Drill.

— Est-il envisageable que les numanthropes aient pu concevoir une œuvre aussi bouleversante ? dit Quader. Je

BORIS TZAPRENKO

n'aurais jamais cru que cela fût possible, nonobstant tout ce que j'étais prêt à croire à leur sujet ! J'en suis encore tout retourné !

Il se remit à penser à sa num, espérant ardemment qu'elle entrât de nouveau en contact avec lui.

Les humains s'étaient relevés. Alors qu'ils continuaient à échanger leurs impressions, Vouzzz les écoutait avec la plus grande attention. Il fut rapidement convaincu que ces créatures communiquaient à l'aide d'un support sonore très rustique. Le fait qu'elles fussent couvertes sur une partie de leur corps d'une sorte de seconde peau était quelque peu étrange et inexplicable.

— Pooo ! fit Pooo.

Vouzzz lui gratta la tignasse et lui répondit :

— Toi aussi, tu les trouves surprenants, mais pas du tout effrayants !

En si peu de temps, sa très fine « oreille » apprenait déjà à distinguer les subtiles intonations de l'éléphanteau octoculaire.

— Pooo ! fit à nouveau Pooo, sur un ton qui cette fois exprimait indubitablement sa satisfaction d'être gratté.

— J'ai compris tant de choses, répétait Sandrila Robatiny en étreignant C. Je te demande pardon pour tout.

— Moi aussi ! Ma conscience vient de s'ouvrir, insistait C. C'est moi qui te demande pardon !

Quader et les deux enfants se serraient également dans les bras. Puis ce fut le tour de Bartol et de l'Éternelle de s'enlacer. Les mêmes effusions reprirent encore et encore. Lentement, ils reprirent prosaïquement conscience de leur situation. Mais, s'ils se remirent à parler d'autres sujets que de leur amour, il n'en demeurait pas moins vrai que quelque chose d'essentiel avait changé au fond d'eux.

— Que faire à présent ? s'interrogea l'Éternelle, le visage montrant encore en partie les intenses émotions qu'elle venait de vivre. Pensez-vous qu'il faille remonter pour faire le point avec les autres ? Ou… ?

— On a la réelle impression de se trouver sur Terre ! fit remarquer Quader, qui n'avait apparemment même pas entendu la question. Je me demande comment fonctionne la source de lumière qui simule si bien le soleil ! En tout cas, même si les numanthropes ont fini par oublier leur corps humain, ils semblent encore attachés à la Terre puisqu'ils reproduisent ses paysages.

— Manifestement ! Mais, n'avez-vous pas entendu ce que je disais ? s'enquit l'Éternelle.

— Non point la moindre goutte !

— Sandrila demande si on reste là ou si on remonte, intervint Bartol. Je pense qu'il faudrait aller voir Solmar et Daniol. Ils doivent s'inquiéter de notre absence prolongée. D'un autre côté, je n'ai pas envie de perdre le contact avec cette géantissime petite boule. Ce serait dommage !

— Je pense aussi, approuva l'Éternelle.

— Certains d'entre nous peuvent rester là et d'autres remonter, proposa Quader.

Pendant que les humains conversaient, Vouzzz concevait l'idée qu'ils seraient sans doute plus faciles à montrer à ses semblables que Pooo. Ces créatures devaient être capables de gravir la montagne jusqu'au tunnel plus aisément que ce dernier. Dommage qu'elles fussent si laides ! Pooo eût été bien plus à même de témoigner des merveilles de ce monde !

Tout en continuant à discuter de la conduite qu'il convenait de tenir, les humains découvraient Vouzzz avec une attention du regard qu'ils n'avaient pas encore pu lui accorder sous l'effet des vives émotions par lesquelles ils avaient été transportés.

Les trois membres locomoteurs de la petite créature disposés en triangle, comme sur un trépied, possédaient des palmes orange. Deux de ses bras étaient de part et d'autre de son corps sphérique, à peu près à la place occupée par les oreilles sur une tête d'homme. Par son emplacement, le troisième y eût figuré le nez. À droite et à gauche de ce membre se trouvaient les deux yeux inférieurs, tandis que l'œil supérieur était au milieu du « front ».

S'il leur était tout à fait impossible d'interpréter une expression sur un tel « visage », la vive curiosité qui se dégageait du regard triangulaire était sans ambiguïté. Il était extrêmement troublant de se sentir sous cet examen assidu, car on ne pouvait imaginer l'esprit qui était derrière. Quelles étaient ses pensées ? Quels étaient ses critères de jugement ? Quels étaient ses mécanismes de réflexion ? La créature était-elle aussi performante dans son fonctionnement rationnel que dans ses extériorisations émotionnelles ? Si c'était le cas, elle devait deviner plus de choses à leur sujet qu'ils n'en comprenaient d'elle ! Comment savoir ? Elle semblait en tout cas capable de fabriquer des objets ; même si cela ne prouvait pas pour autant qu'elle maîtrisât les hautes technologies, elle portait quelque chose qui ressemblait tout à fait à un sac. De quoi était-il fait ? Tissu ? Comment ses parties étaient-elles assemblées ? Cousues ? Collées ? Ils étaient trop loin pour s'en rendre compte et aucun n'osait approcher. Pas une seule fois, l'idée qu'elle pût être dangereuse ne leur vint à l'esprit.

34. Bouquet de Yeux Fous revient

Il n'y a pas que la boule à trois pattes qui est décerveautante ! Nous sommes aussi exorbités par les huit yeux de l'éléphanteau coiffé comme un cyclone délinquant. C'est tant choquage de voir cette espèce de bouquet de tiges oculaires se tordre dans toutes les directions ! Décerveauterie extrême, le mecdule ! À trop le regarder, j'ai l'impression d'avoir mes propres billes qui se dévissent ! De temps en temps, il lève sa petite trompinette et lance un son auquel la boule paraît répondre.

Quader a proposé que nous ne remontions pas tous au You-ri-Neil. Je pense qu'il préfère faire partie de ceux qui resteront ici. Drill et moi nous ne sommes pas pressés de partir. Bartol ne se manifeste pas et ni Regard Furieux ni sa sœur ne semblent décidées.

— Oui, c'est une bonne idée ça ! s'exclame Bartol, presque cinq minutes après la proposition de Quader. Un seul suffit pour aller prévenir les autres.

Il regarde autour de lui, mais personne ne se détermine à être le seul en question.

— Bon… Toujours moi, géante géanture ! J'y vais, alors !

À ce moment, Cyclone Délinquant lève sa trompinette pour émettre son petit cri nasal, fait demi-tour et s'enfonce dans la forêt en se dandinant comme un lourdaud. Nous avons à peine le temps d'en être surpris que la boule lui emboîte le pas. Nous restons seuls à nous regarder, sans savoir que faire. Pour ma part, je suis déçu. Heureusement pas pour une grosse lurette, car Bouquet de Yeux Fous revient. Il porte des trucs dans sa trompinette enroulée. C'est quoi ce super schéma ? Il s'approche de nous et laisse tomber son chargement dans le sable. Il y a trois objets posés devant nos pieds. Il nous fixe, chacun avec un œil. Malgré ça, il lui en reste assez pour regarder derrière lui la boule qui revient à son tour, une chose identique dans chacune de ses mains à trois doigts. Elle les dépose au sol avec les autres.

— Ce sont des fruits, il me semble, constate Bartol. Ils nous offrent des fruits ! C'est géantissimesque ça !

— Visquerie ! s'écrie Drill. Ils veulent se faire amis avec nous, on dirait !

— Euh… Merci les copains ! Dit Bartol, visiblement un peu intimidé d'embêtage.

Nous prenons chacun une de ces choses et nous l'examinons. C'est vert, conique, plein de gros points rouge foncé. Aucun de nous n'ose commencer à le consommer. Ils finissent vraisemblablement par le comprendre, car la boule va chercher un septième fruit et elle se met à le dévorer devant nous. C'est alors que nous découvrons qu'au milieu du triangle que forment ses trois yeux, au-dessus de son bras central, se trouve sa bouche. Elle ne s'en sert probablement que pour s'alimenter, puisqu'elle produit des sons avec une espèce d'oreille de lapin escamotable qui est à présent invisible.

— Si nous ne suivons pas son exemple, dit Quader, il va nous prendre soit pour des idiots, soit pour de fieffés ingrats.

— Et si nous le suivons, grogne Bartol, nous risquons soit de mourir dans des coliques grandissimales, soit d'être couverts des pires pustules que l'on puisse imaginer.

— Je vais prendre ce risque, dit Regard Furieux. Mon système immunitaire et mes défenses en général ne craignent pas grand-chose. Il faut bien que tout ce qui est artificiel en moi me donne quelques avantages !

— Arrête d'évoquer ce sujet, dit Bartol en mordant le fruit sauvagement.

— Stupide ! lui crie Quader. J'aurais pu essayer moi !

— Idiot ! ajoute Regard Furieux. En tirant sur son bras droit pour lui enlever le fruit de la bouche.

Mais, il a gardé la chose serrée entre ses dents et la reprend avec la main gauche.

— À quoi ça nous servirait de savoir qu'un Mécan peut avaler cette chose ? ... Hum ! un délice, dit-il. Vous devriez goûter ça !

Je remarque que Boule Sympa et Touffe Hystérique ne perdent pas une miette de ce qui se passe entre nous. Regard Furieux est en nerfs contre Bartol. Elle hausse les épaules puis elle mord son fruit. Sa sœur, Drill et moi, nous les regardons un moment avant de faire pareil. Quader n'est pas content, ça lui superlative l'énervement d'esprit. Il se griffe l'inquiétude pour nous. Je ne sais pas comment j'arrive à le voir sur ces regards qui embrouillent le mien, mais j'ai l'impression que nos nouveaux amis sont contents. Quader se résout à faire mine de manger le sien. Boule Qui Chante nous observe en produisant quelques sons avec son oreille de lapin qui sort au-dessus de sa tête.

— Vous entendez ? dit Bartol en terminant son fruit. Cette sorte de « Vouzzzzzz » qui revient de temps en temps dans ce qu'exprime cette créature ?

Tout le monde dit que oui.

— Je propose qu'on l'appelle Vouzzz. Je trouve que ça lui va bien, Vouzzz ! Qu'en dites-vous ? Hein ? Vouzzz avec trois z !

Nous sommes tous d'accord. Nous convenons également tous que les fruits sont délicieux, à nous faire saliver comme des cascades.

— Bon ! Je pense que nous sommes amis à présent, poursuit le Marsalè. Mais il faut toujours que quelqu'un remonte au Youri-Neil.

— Ce ne sera pas nécessaire, dirait-on, s'exclame Quader en regardant vers la montagne que nous avons descendue.

— En effet ! confirme Regard Furieux, la tête tournée dans la même direction.

— Ah, oui ! fit sa sœur, joignant son regard aux deux autres. Moi, j'ai beau me faire saigner les rétines, je ne vois rien.

35. Aussi surréalistes que chaotiques

Vouzzz écoutait avec une attention soutenue tous les sons que produisaient les créatures. Sa très grande capacité à appréhender les plus fines subtilités des ondes acoustiques lui avait rapidement donné la conviction que les humains codifiaient leur langage à un niveau très primitif, n'employant que des fréquences fondamentales. Leurs émotions modulaient à peine les intonations. Le spectre de leur voix était très réduit, surtout dans les aigus.

Trois nouvelles créatures qui arrivaient au loin retinrent son attention. Pooo prononça un « pooo » indiquant qu'il venait aussi de les remarquer. Vouzzz lui répondit par un autre « pooo » qui signifiait quelque chose comme : « Oui, je les vois. Pas de risque. » Pooo acquiesça d'un troisième son, qui pour toute oreille humaine n'eût toujours été que le même simple « pooo », mais que Vouzzz comprit comme : « Oui, pas de danger. Ce sont sûrement des amis à eux, ils leur ressemblent. ». Comme tout langage que l'on apprend, il est plus facile de comprendre que de s'exprimer, mais Vouzzz était si doué dans la matière qu'il progressait à une vitesse stupéfiante.

Daniol et les deux C12 arrivaient au loin.

— Que se passe-t-il ? s'étonna Bartol. Pourquoi vient-il ?

— Nous allons bientôt le savoir. Je suppose qu'il va nous l'expliquer, répondit l'Éternelle.

Il était surprenant de voir l'éthologue marcher entre les deux C12 qu'il tenait par la main. À sa droite, Cong paraissait tout petit. Alors qu'à sa gauche, avec son corps de méca à l'effigie de Vassian Cox, C12/2 le dépassait de plus d'une tête.

— Je suis bien content de vous trouver, dit-il en arrivant.

— Mais que faites-vous là Daniol ? s'étonna l'Éternelle. Pourquoi n'avez-vous pas attendu ?

— Je me faisais du souci parce qu'Abir Gandy a disparu subitement.

— Comment ça, Grande géanture ? demanda le Marsalè.

— Il est sorti du gravitant sans rien dire. Comme il ne revenait pas, je suis allé voir à l'extérieur. J'ai fait le tour du You-ri-Neil, mais il n'était plus là. Comment expliquer sa disparition, sinon qu'il ait pris l'ascenseur ? Je me suis dit que j'allais faire pareil pour vous retrouver tous.

— Le problème est qu'il n'est pas là, dit Bartol. Où est-il passé, ce trublion ?

Daniol remarqua seulement à ce moment Vouzzz et Pooo. Il tendit le doigt dans leur direction et s'exclama :

— Vous avez fait de drôles de connaissances !

— Oui, géantissime ! confirma Bartol.

En montrant du doigt, il ajouta :

— Lui, là, c'est Vouzzz et lui là… euh… Comment va-t-on l'appeler, ce mecdule ?

— Appeler lui Pooo, dit Vouzzz.

Tous sursautèrent.

— Tu… Vous… parlez notre langue ! s'étonna le Marsalè.

Vouzzz pointa son bras central vers lui-même et prononça :

— Appeler Vouzzz.

Puis, il désigna son compagnon pour ajouter :

— Appeler Pooo.

— Êtes-vous un produit de la technologie biologique des numanthropes ? demanda Quader.

Vouzzz se contenta de reproduire les mêmes gestes associés aux mêmes paroles. Daniol s'adressa à l'impératrice du gène :

— Comment avez-vous rencontré ces créatures ?

— Par hasard, en passant par là.

— Étonnantes !

— N'est-ce pas ! Et encore vous ne savez pas tout. La boule, là, que nous venons de nommer Vouzzz est particulièrement émouvante !

— Émouvante ?

— Émouvante, oui. Je vous expliquerai. Peut-être allez-vous avoir une occasion de vous en rendre compte par vous-même.

Daniol se méprit en croyant qu'elle était fière d'un de ses produits.

— S'agit-il d'une de vos créations ? demanda-t-il. Je veux dire de vos transformations ? Sont-ce des sortes d'angémos ?

— Non, Daniol, non ! Vous devriez vous douter que je n'y suis pour rien. Je ne sais rien de Symbiose. Je découvre comme vous.

Daniol trouva quelque chose de changé dans sa manière de répondre. Il en fut presque aussi surpris que de voir les deux étranges créatures. Sa patronne s'exprimait en effet avec moins de… Il lui était difficile de le dire. Moins de dureté, moins de fermeté, moins d'impatience. Oui, c'était cela ! Elle parlait plus calmement, sans donner l'impression que chaque mot lui coûtait un temps précieux et qu'il fallait donc éviter de lui poser des questions qui ne fussent pas indispensables. Il crut avoir un mirage auditif quand elle ajouta une seconde fois :

— Je découvre comme vous, mon bon Daniol !

Son étonnement fut réellement considérable, mais les deux surprenantes créatures captivèrent son attention. Cong portait Copain dans sa main droite.

— Regarde, lui dit-il. C'est un éléphant, comme toi, mais avec beaucoup d'yeux.

Pooo braqua plusieurs secondes les huit yeux en question sur le minuscule pachyderme et émit un « pooo » auquel Vouzzz répondit.

Daniol frotta ses propres yeux :

Ces créatures sont vraiment stupéfiantes. La boule communique avec cette espèce de membrane rétractile !

— La boule s'appelle Vouzzz et son copain c'est Pooo ! dit Bartol. Pooo avec trois o pour ne pas faire de jaloux puisque Vouzzz a trois z. Cela dit, je pense que nous n'aurons pas souvent besoin de l'écrire…

— Comment connaissez-vous leurs noms ?

— Vouzzz, c'est moi qui viens de proposer qu'on le nomme ainsi. Pooo, c'est Vouzzz qui vient de nous dire son nom.

Daniol se gratta le menton en fronçant les sourcils. Il apprenait et découvrait trop de choses en trop peu de temps. Copain lança un petit barrissement auquel Pooo répondit. C12/2, visiblement intrigué par tout ça, lui aussi, gardait le bras droit sur la tête et l'index gauche dans la bouche, attitude étonnamment simiesque dans son corps d'homme. Daniol s'adressa à Vouzzz :

— Bonjour, monsi… heu… Bonjour ! Habitez-vous ici, ou dans les environs ? Je veux dire dans ce… ce gravitant géant ?

Pour toute réponse Vouzzz tendit son bras central vers l'éthologue et prononça :

— Appeler lui ?

— Euh… moi, Daniol.

— Euh… moi, Vouzzz, dit Vouzzz.

Sur ce, Copain lâcha un second barrissement à son échelle, auquel Vouzzz et Pooo répondirent. Puis tout le monde se mit à parler, à poser des questions et à s'exclamer en même temps. Daniol demanda si on savait ce que Vouzzz portait dans son sac. Cong tâchait de dire à Pooo que le minuscule angémo s'appelait Copain. C12/2 essayait d'expliquer aux deux créatures qu'il n'avait pas encore de nom, mais qu'il y réfléchissait. Pooo s'absenta quelques secondes pour ramener des fruits aux trois nouveaux venus. Bartol rassura Daniol en ce qui concernait leur comestibilité. Vouzzz demandait à chacun « Appeler lui ? ». On fit parallèlement diverses suppositions au sujet de la disparition du gravipilote. Cong se crut en devoir de tout tenter pour faire savoir à Vouzzz et à Pooo qu'avant son nom était C12/5 et qu'il appelait Daniol Poils sur le Crâne. Bartol faisait fuser toutes sortes de « géanture » dans tous les sens, chaque fois que Vouzzz répétait un de leurs mots, pendant que Quader distribuait quelques « nonobstant » à la ronde et que Daniol ajoutait à la confusion en injectant des « c'est comme si » dans le système. Bref, il régna un long moment des conversations croisées aussi surréalistes que chaotiques.

Vouzzz était content d'avoir appris quelques détails de la structure de communication de ces créatures. Il finissait par les trouver moins repoussantes qu'aux premiers instants. Elles utilisaient l'amusante méthode de relier un son à chacune des leurs. Dans son monde, ça se faisait pour les objets ou pour les diverses créatures, jamais pour les membres de sa propre espèce. Dès qu'il avait réalisé cela, il avait proposé le son « Pooo » pour Pooo. Les créatures avaient apparemment accepté cette proposition. Il n'en était pas peu fier.

36. Voir un œuf s'enfuir

Les ombres s'allongeaient. Celles des grands arbres s'étalaient à présent sur presque toute la plage, mais la frange d'écume des vagues qui s'épandaient sur le sable moussait encore dans la vive lumière du soleil artificiel.

Tous avaient du mal à s'exprimer en restant sur un sujet bien déterminé plus de quelques secondes. Les paroles changeaient au rythme des idées et des pensées désordonnées. Il y avait tant de questions dans les esprits et tant de suppositions à faire ! Où était Abir Gandy ? Peut-être était-il revenu dans le gravitant, depuis ! Avait-il découvert, lui aussi, un monde fantastique ? Qui leur avait fait savoir que cette titanesque construction se nommait Symbiose ? Pourquoi Symbiose ? Par quel moyen leur avait-on communiqué ce nom ? Dans quel dessein avaient-ils été capturés par les maîtres des lieux ? Car ils avaient bien été capturés, selon les apparences, en tout cas ! Étaient-ils définitivement prisonniers, ou allait-on s'apercevoir d'une méprise et les libérer en leur présentant des excuses ?... Pourquoi les numanthropes, si c'était bien eux, investiraient-ils tant de moyens à construire de si grandes structures dans le monde de la matière, puisqu'eux-mêmes n'étaient plus matériels ?

Toutes les hypothèses étaient envisagées. Seul Daniol semblait échapper à cette fièvre spéculative. Il avait entrepris d'apprendre à Vouzzz à s'exprimer dans leur langage. On l'entendait prononcer soigneusement des substantifs en montrant du doigt ce à quoi ils étaient raccordés. Après avoir nommé les grandes choses : forêt... plage... ciel... eau... il en était au stade des détails : arbre... branches... feuilles... fruits... mains... pieds...

Bartol s'approcha de Quader :

— Tu sais, dit-il, je pense qu'il faut aller voir Solmar. Il va se sentir bien seul, là-haut. Nous pourrions faire ça tous les deux ! Pas la peine de remonter tous ! J'en profiterais pour te parler de lui. J'ai quelque chose d'important à te dire à son sujet.

— D'accord, Choléra ! Allons-y.

Bartol était sur le point d'élever la voix pour prévenir les autres de leur intention et de leur départ, mais Drill tendit le doigt vers les vagues en criant :

— Regardez, là !

On se retourna pour voir sortir de l'eau un animal que deux grandes pinces rendaient assez semblable à un crabe, mais dont la carapace et la taille évoquaient aussi une grosse tortue. Le fait qu'il possédât, à l'instar de Pooo, huit pédoncules oculaires sur ce qui devait être sa tête ajoutait encore à l'exotisme de son aspect. Le nouveau venu se traîna sur le sable à l'aide de ses six pattes sans se préoccuper le moins de monde de ceux qui le regardaient ramper, bien que quelques-uns de ses yeux fussent de toute évidence braqués vers eux. Il faut croire qu'il devait s'estimer de taille à se défendre et qu'il n'y avait par conséquent pas lieu de s'inquiéter de leur présence. De fait, sa taille imposait un respect certain ; il était, de plus, fort bien armé et protégé grâce à ses pinces redoutables et sa carapace qui avait tout l'air d'un blindage à toute épreuve.

La créature marine s'arrêta près des premiers arbres à moins de vingt mètres d'eux, du côté de la montagne lointaine. Elle creusa le sable, pondit et repartit toujours sans leur porter la moindre attention. Elle n'avait apparemment laissé qu'un seul œuf à demi ensablé. Quand elle eut disparu dans les flots, ils se risquèrent à s'approcher du produit de sa ponte pour l'observer. Il était presque sphérique, couvert d'une sorte de velours vert foncé. Sa ressemblance avec Vouzzz était frappante : même taille, même forme, même couleur et même aspect. Personne ne put remarquer que leur tout nouvel ami tripode, réalisant pourquoi il avait été capturé par le monstre volant, se sentait un peu humilié d'avoir été pris pour un œuf. Il se souvint des quarante yeux qui l'avaient regardé sortir de leur nid. L'occasion de voir un œuf s'enfuir ne devait pas leur être donnée tous les jours !

— Œuf, dit Daniol à l'attention de Vouzzz, le doigt tendu vers la chose qui rendait ce dernier songeur.

On se désintéressa de la future créature enfermée dans sa coquille et on recommença à parler de tout et à se demander ce qu'il serait bon de faire à présent. Au moment où Bartol se décidait, pour la deuxième fois, à remonter chercher son ami Martien, Quader lui dit :

— Ce ne sera pas nécessaire de prendre l'ascenseur pour rejoindre Solmar. Je le vois qui descend. Il aura fini par s'impatienter, comme Daniol !

Bartol regarda le flanc de la montagne, mais ne vit rien à cette distance.

— J'ai du mal à réaliser que tu es devenu un surhomme qui arrive même à rivaliser avec Sandrila, dit-il.

— La différence entre elle et moi, à ce sujet, est que je suis un Mécan, alors qu'elle conserve tout de même une partie de son corps biologique.

— Qu'importe ! pourquoi attacher de l'importance à cette différence ?

— Parce que nous sommes des hommes. Des humains.

— … ?

— Que ressentirais-tu, quand tu la tiens dans tes bras, si tu savais que tu étreins un RPRV ? Même si la machine était très… euh… Tu vois ce que je veux dire !? Bien faite, quoi !

— … Je ne me suis pas posé la question, grande géanture !

— Moi, je me la pose, parce que je suis un Mécan. Mais parlons d'autre chose. Que voulais-tu me dire au sujet de Solmar ?

— Oui. Je pense que tu devrais lui révéler l'existence des numanthropes, à lui aussi.

— Pourquoi ça ?

— Connais-tu sa croyance ?

— Non.

— Il est tondolite.

— … Et alors ?

— Sais-tu ce que cette foi prêche et comment elle est apparue ?

— Je sais que cette confession est si récente que beaucoup prétendent qu'il est prématuré de la considérer comme une religion. Mais je ne sais rien d'autre à son sujet.

— Demande-lui de t'en parler. Tu seras géantissimement étonné.

*

La haute et filiforme silhouette du Martien approchait. Il avait visiblement un peu de difficulté à se déplacer dans le sable.

— Je suis épuisé, ami Terrien ! confia-t-il à Bartol qui était parti à sa rencontre. J'ai fini par m'habituer à la pesanteur de Mère Terre, mais je n'étais plus soumis à son affectueuse étreinte gravitationnelle depuis quelques jours. Alors, descendre cette montagne avec un corps aussi pesant a été une épreuve !

— Tiens ! c'est vrai que nous sommes à peu près à un g, ici ! Je n'en avais même pas clairement fait le constat, grande géanture !

— C'est que le poids de ton corps est beaucoup moins important pour toi que pour moi, Terrien, mon ami !

— C'est surtout que bien trop de surprises ont détourné mon attention, ami Martien ! Tu vas d'ailleurs dans quelques secondes rencontrer deux géantissimes mecdules qui valent le détour ! Sinon, Abir Gandy est-il revenu ?

— Abir Gandy, non ! Il n'était toujours pas là quand j'ai décidé de partir à votre recherche. Daniol aussi a disparu ! Mais je suppose qu'il doit être avec vous puisque tu sais que le gravi-pilote est parti.

— Daniol est avec nous, oui. Il nous l'a dit.

— Vous avez tous eu droit à une douche et à une distribution de nourriture ?

— Oui, mille géantures ! Quader pense que c'est pour nous aseptiser.

— Ça semble probable... Nous ne savons donc pas où est passé notre gravipi...

Il s'interrompit en apercevant Vouzzz et Pooo.

37. Enlever une écharde

— Marcher, dit Daniol en se mettant à marcher.

— Marcher, répéta Vouzzz en le suivant.

Daniol se mit à courir et cria :

— Courir !

— Courir ! cria Vouzzz, en s'élançant derrière l'éthologue.

Daniol revint devant lui et se mit à tourner sur lui-même :

— Tourner à droite.

Son élève tourna aussi sur lui-même dans le même sens tout en répétant les trois mots.

— Tourner à gauche, prononça Daniol en changeant de sens.

Vouzzz fit exactement comme lui. Pooo lançait quelques « pooo » de temps à autre, soit en les imitant tous les deux, soit en regardant de ses huit yeux Copain dans la main de Cong.

Le jour commençait à décliner. Après avoir beaucoup discuté, les humains avaient pris plusieurs décisions. Ils passeraient la plupart de leur temps à l'intérieur de Symbiose. Rester à bord du Youri-Neil ne leur apporterait rien d'autre que de l'ennui et leur ôterait toute chance de percer les secrets du gigantesque vaisseau spatial. Pour éviter de remonter régulièrement pour voir si Abir Gandy était de retour, on lui laisserait un message bien visible dans le gravitant qui lui expliquerait où ils se trouvaient. Ce qui n'était pas facile puisqu'ils n'avaient pas l'intention de rester au même endroit, mais que bien au contraire ils voulaient explorer les lieux dans toutes les directions. Solmar avait émis l'idée de laisser un second message à la sortie de la grotte invitant Abir à attendre au pied de la montagne. Il suffirait alors de venir, au moins une fois par jour, pour voir s'il s'y trouvait. L'absence du gravipilote les préoccupait tous. Outre le fait que sa propre disparition était une perte humaine qui ne pouvait laisser indifférent, on ne pouvait par ailleurs que se demander avec inquiétude quel avait été son sort. Était-on en danger dans Symbiose ? L'avait-on capturé ? Était-il retenu prisonnier quelque part ?

Bien que tous leurs moyens de défense réunis parussent dérisoires, comparés à d'éventuelles menaces dont la puissance serait en rapport avec la taille et la sophistication de Symbiose, ils décidèrent de se séparer le moins possible. Seule l'Éternelle possédait une arme, l'œuf tueur qu'elle gardait presque toujours sur elle.

Quader et Bartol entretenaient l'espoir d'employer une partie du matériel radio du Youri-Neil pour communiquer. Ils comptaient le démonter et le transporter dans l'espoir de fabriquer un relais qui pourrait leur permettre d'utiliser leurs céphs pour rester en contact à l'intérieur de ce monde clos, dans l'éventualité où ils seraient obligés de se séparer malgré leur décision.

Quand le « soleil » eut entièrement disparu, après avoir admiré son coucher et s'être grandement étonnés de sa ressemblance avec un vrai coucher de soleil, ils prirent le parti de monter au Youri-Neil.

Daniol resta en compagnie de Vouzzz et de Pooo avec les deux C12 et Copain. La douce pâleur d'une « lune » presque pleine éclairait le merveilleux paysage avec une parcimonie intimiste. Pendant que les deux C12 jouaient avec Pooo, le psychologue continuait à instruire Vouzzz qui ne relâchait pas son attention ; il apprenait à une vitesse fulgurante. Pooo s'était visiblement pris de passion pour Copain, qui se donnait en spectacle en trottinant dans le sable et en microbarrissant de temps en temps. La créature octoculaire braquait quatre de ses yeux vers le minuscule géant. Ce vif intérêt n'avait pas échappé à l'éthologue, mais il était trop occupé par Vouzzz pour se consacrer pleinement à son observation. N'eût été le privilège que lui accordait Pooo en le laissant monter sur son dos, Cong eût été un peu jaloux de cette sympathie manifestement réciproque. C12/2, debout dans son grand corps d'homme, regardait tout ça sans vraiment le voir. Pour Daniol, il était extrêmement troublant de voir Vassian Cox, son ancien collaborateur. Il s'était souvent disputé avec l'éducateur à l'époque de la formation des C12. Alan Blador, le grand directeur d'Amis Angémos, avait plus d'une fois dû arbitrer leurs différends. Aujourd'hui, Daniol se retrouvait face à l'image corporelle de l'éducateur défunt, mais seule son apparence était parfaitement réaliste. Outre les attitudes et les gestes simiesques du C12 qui transparaissaient tant, ce Vassian-là avait le regard perdu et il ne cessait de se ronger les ongles. L'éthologue savait que l'angémo était en pleine souffrance dans ce corps humain si différent du sien. Il ne voyait pas d'autre solution que de lui faire retrouver son apparence d'origine le plus vite possible pour le sauver d'une névrose inévitable. Sa patronne serait certainement d'accord pour assumer une recorporation, mais C12/2 restait à convaincre et pour cela il lui faudrait savoir ce qui avait décidé l'angémo à vivre dans « la peau » de son bourreau.

— Eau, sable, ciel, lune, forêt, fruit, pied, main... dit Vouzzz, en montrant chaque chose avec un des trois doigts de son bras central.

Daniol allait lui confirmer avec enthousiasme que chaque mot était le bon, mais il se produisit quelque chose qui le rendit muet. Il y avait tant de quoi alimenter les discussions que personne n'avait raconté à Daniol ce qui s'était déjà passé à ce sujet.

Vouzzz était content. La créature lui apprenait à communiquer avec elle. Il lui serait bientôt possible de lui demander de venir voir les siens afin qu'ils pussent tous se rendre compte qu'il existait bel et bien un autre monde. L'envie de partager avec son professeur était très forte. Il chanta uniquement pour Daniol. Quelque chose de difficile à nommer en langage humain, une sorte d'intuition très efficace, faisait ressentir à Vouzzz ce qui se passait émotivement dans l'homme. Son chant s'accorda sur cette perception, cette clairvoyance propre à l'espèce de Vouzzz.

Daniol sentit aussitôt une énorme vague d'émotion l'envahir.

Oui, il aimait Malaïca. Oui, il avait désiré une autre femme, mais c'était uniquement parce qu'elle était jeune et attirante. Il se sentait coupable parce qu'il avait cru tomber amoureux. Mais non, il n'avait ressenti qu'un succédané d'amour pour Ka, pas de l'amour véritable. Son cœur appartenait pour toujours à Malaïca. Pourtant, il y avait si longtemps qu'il ne l'avait pas tenue dans ses bras ! Ils n'arrivaient plus à le faire, car ils éprouvaient de la gêne dans leurs étreintes. Elle se trouvait trop âgée pour lui ; elle avait honte de ses flétrissures. Daniol se souvenait du moment où il avait commencé à remarquer qu'elle évitait de se montrer nue. Ce complexe grandissant avait complètement inhibé sa libido.

Malaïca était siphalienne, rien ne pourrait la convaincre de ne pas accepter le vieillissement. Il avait choisi de ne pas la suivre dans son choix de laisser le temps dégrader son corps. Elle ne le lui avait pas demandé, pourtant il en éprouvait malgré tout une mauvaise conscience oppressante.

Mais le chant magique, la merveilleuse musique, que Vouzzz lui adressait avait un effet de délivrance qui dissipait toute cette culpabilité. Il n'aurait su dire de quelle manière cela se faisait, mais en écoutant ces modulations, il eut la certitude que son amour pour Malaïca n'était en rien terni par ce qu'il avait pu faire ou penser, que ce sentiment était au contraire le plus éblouissant et que ses souffrances en étaient même une preuve.

Vouzzz n'avait pas d'idée précise de ce qui faisait souffrir la créature, il n'était bien sûr pas télépathe. Il ressentait seulement ses émotions avec l'acuité empathique de ceux de son espèce. Chanter pour libérer cette forme de vie du fardeau émotif qui l'étouffait était pour lui comme enlever une écharde qui fait mal à quelqu'un qu'on aime bien.

Daniol n'avait pas le souvenir d'avoir été plus heureux. C'était en tout cas la toute première fois qu'il pleurait de bonheur.

38. Tout le monde tourna la tête

Les deux C12 et Pooo s'étaient endormis dans le sable. Copain dormait aussi, dans la main de Cong. Vouzzz avait veillé un peu plus longtemps pour tenir compagnie à Daniol ; il n'était pas habitué au cycle diurne de ce monde là. Ils s'étaient tenus tous les deux face à face sans rien dire. Bouleversé par le chant qu'il venait d'écouter, le psychologue avait besoin de silence, de recueillement, d'intériorisation. Vouzzz était resté « à l'écoute » des émotions de l'homme, le guidant vers la sérénité en émettant de temps à autres de très faibles ronronnements dans lesquels on entendait par moments « vouzzz ». Quand l'humain fut totalement apaisé, le petit être sphérique creusa un renfoncement dans le sable et s'y endormit. Ses trois membres rétractés, les yeux fermés, il n'apparaissait plus de lui qu'une boule vert foncé.

Resté seul éveillé, Daniol l'avait longtemps regardé avec tendresse et gratitude. Au milieu de la nuit, il entendit ses compagnons qui revenaient. En dépit de la clarté apportée par la lune artificielle, il ne put les distinguer, car ils étaient encore loin, mais il pensa reconnaître les voix de Bartol et de l'Éternelle qui devaient marcher en tête.

*

— Ils se sont tous endormis, dit Daniol, en s'adressant au Marsalè et à Sandrila Robatiny.

Il était venu à leur rencontre pour les prévenir afin qu'ils baissent la voix.

— C'est bien ! Qu'ils dorment ! répondit l'Éternelle. Le temps n'a pas été trop long, mon bon Daniol ?

— Non. Pas long du tout.

En lisant sur son visage les traces laissées par les émotions qu'il venait de ressentir, l'Éternelle comprit tout de suite ce que son éthologue avait vécu durant leur absence, et Daniol savait désormais qui avait changé la redoutable patronne de Génética Sapiens, au point qu'elle lui distribuât des « mon bon Daniol ».

— J'ai comme l'impression que maître Vouzzz a poussé la chansonnette, dit Bartol.

— Oui, avoua Daniol, confus de réaliser qu'on pouvait encore le lire autant sur sa figure. Vous aviez oublié de me parler de ça.

— C'est vrai, grande géanture ! Mais… il y a tant de choses qui nous arrivent, n'est-ce pas ?

— En effet ! Des nouvelles du gravipilote, à ce propos ?

— Toujours aucune.

*

Quader et Bartol n'avaient pas encore descendu le matériel qui pourrait leur permettre de communiquer dans ce monde. Le relais de communication interne du Cébéfour 750 eût pu s'acquitter de cette tâche, mais en partie seulement, car sa puissance n'était pas prévue pour couvrir de telles distances. De plus, ils hésitaient à le démonter. Pour commencer à dépareiller le gravitant, il fallait accepter l'idée de ne plus l'utiliser avant longtemps, voire plus du tout, d'être à tout jamais captifs dans Symbiose ; or la prison avait beau être indéniablement belle, confortable et de très grande dimension, être prisonnier était bien ce qu'ils redoutaient de plus en plus.

Ils étaient tous de nouveau assis dans le sable, à l'orée de la forêt et un peu à l'écart des dormeurs. Les discussions tournaient sans cesse sur les mêmes sujets. Ils se demandaient surtout qui étaient les bâtisseurs de Symbiose. Pourquoi étaient-ils retenus ? Quelle serait la durée de cette captivité ? Dans combien de temps remarquerait-on leur disparition ? Les mondes avaient-ils finalement repéré l'existence de cette titanesque construction ? Si oui, pouvaient-ils espérer une aide extérieure ? À supposer que des sauveteurs vinssent les chercher, parviendraient-ils à les libérer ? Était-il possible de briser le dôme transparent qui couvrait le Youri-Neil, de reprendre le contrôle du gravitant et de s'enfuir ? Toutes les questions étaient posées et les réponses envisagées, comparées, soupesées. Ils s'étaient aperçus que la vaste étendue d'eau était salée. N'ayant pas encore découvert la rivière que Vouzzz connaissait déjà, le problème de l'approvisionnement en eau douce était posé.

Une agréable brise chargée de senteurs maritimes leur caressait la peau. Le bruissement des vagues était apaisant. La longue traînée miroitante des flots sous la lune artificielle charmait le regard. Les cris d'animaux inconnus provenant de la forêt éveillaient la curiosité.

Comme le lui avait recommandé Bartol, Quader interrogea Solmar au sujet de sa croyance. Le Martien résuma ce qu'était le tondolisme devant tous. Il parla de l'esprit Tondoli qui était déjà formé par l'union de plusieurs esprits humains et qui ne cesserait de s'agrandir au fur et à mesure que d'autres esprits humains se joindraient à lui. Le rapprochement qu'on pouvait faire avec Poly était si évident, que Quader eut envie de mettre Solmar dans la confidence au sujet des Numanthropes.

Mais ils envisageaient aussi que les Numanthropes n'avaient peut-être rien à voir avec cet artefact aux proportions colossales, bien au-dessus de l'ingénierie humaine. C avait été la première à évoquer sérieusement une autre possibilité quant à l'origine de Symbiose. L'idée avait déjà traversé l'esprit de tous, mais personne ne l'avait encore formulée. Les bâtisseurs pouvaient être d'une race extra solaire. Une forme de vie née dans quelque profondeur de l'espace, autour d'une autre étoile.

Le jour commençait à se lever quand ils parlaient toujours de cette éventualité qui enflammait les imaginations :

— Si les concepteurs de Symbiose ne sont pas originaires de Mère Terre, demanda Solmar, pourquoi ce monde artificiel lui ressemble-t-il tant ? Même pesanteur, apparemment même atmosphère, parfaite imitation du soleil et de la lune…

— Je ne vois que deux explications, répondit l'Éternelle. Soit, leur monde d'origine est également très proche de la Terre, soit cette partie de Symbiose… n'oublions pas que ce que nous voyons là n'en est qu'un seul élément constitutif… soit, cette partie de Symbiose a été volontairement aménagée pour nous accueillir.

— Géantissime ! Les deux explications sont géantissimes-quement géantes !

— J'aimerais bien savoir quelle est la source de ce soleil plus vrai que nature, dit Quader, et aussi comment fonctionne le mécanisme qui lui fait parcourir le ciel. L'illusion d'être sur Terre est si parfaite ! Je suis vraiment admi…

Bartol lui coupa la parole :

— Mille grandes géantures ! Abir ! Que, qu'est-ce que mais ! … Que faites-vous ici ?

Tout le monde tourna la tête vers le couvert des arbres, dans la direction indiquée par le regard du Marsalè pour voir arriver Abir Gandy du fond de la forêt. Il semblait essoufflé et épuisé.

39. Mais quoi, donc ? hurla le Marsalè

Tout le monde se leva pour entourer le gravipilote.

— Où étiez-vous donc passé ? demanda l'Éternelle.

L'homme s'effondra à genoux. Il s'assit, dos contre un arbre, et répondit :

— Je vous prie de m'excuser, j'aurais dû rester à bord du You-ri-Neil. Je sais qu'en tant que gravipilote c'était mon devoir, mais au bout d'un moment, je n'ai pas pu résister à l'envie d'entrer dans l'ascenseur et de toucher le bouton.

Il tendit l'index vers la montagne proche et poursuivit :

— Je me suis retrouvé en haut, comme vous j'imagine, après avoir été douché et nourri. Revenu de ma surprise provoquée par la découverte de ce monde intérieur, je me suis dit que vous deviez être dans les environs… à moins que vous n'ayez touché l'autre bouton, celui du bas. J'avais l'impression de distinguer un groupe de personnes sur la plage en bordure de la forêt, là où nous sommes en ce moment en fait, mais vous étiez trop loin. Je n'étais pas certain de ce que je voyais. Ce pouvait être n'importe quoi. J'ai pensé que ça ne me prendrait pas beaucoup de temps pour descendre afin de m'en assurer et peut-être de venir à votre rencontre. Me promettant de revenir le plus vite possible au gravitant si je me trompais, je suis donc descendu. Quand je suis arrivé sur la plage, j'ai très distinctement remarqué quelqu'un à ma droite, sous le premier arbre. Une femme. Une jeune inconnue.

— Ainsi, vous avez vu une femme que vous ne connaissez pas ? hurla Bartol.

— Euh… Oui. Comme je vous le disais, en fait…

— Oui, bon… Je voulais dire : où ? Hein ? Où donc ?

— Au pied de la montagne, sous le premier arbre de la forêt. À gauche vu d'ici, mais à droite quand on arrive sur la plage après la descente.

Il tendit de nouveau le doigt pour montrer :

— Là-bas…

— Qu'avez-vous fait alors ?

— C'est ce que je m'apprêtais à vous expliquer. Je l'ai appelée en levant le bras, mais il semble qu'elle ne m'ait pas vu et qu'elle ne m'ait pas entendu non plus.

— Mais, vous étiez proches, pourtant, grande géanture ! Puisque vous avez très distinctement vu une femme ! Vous avez même précisé qu'elle était jeune !

— Oui, c'est exact ! mais… elle s'est cependant comportée comme si elle ne m'avait pas remarqué.

— Qu'avez-vous fait alors ?

— Je m'apprêtais à vous le dire.

Quader souffla discrètement à Bartol :

— Dis, Choléra, laisse-le parler cinq minutes sans l'interrompre ou nous n'en sortirons pas !

Le Marsalè eut une expression d'agacement, mais il se tut. Abir Gandy qui retrouvait peu à peu son souffle reprit :

— Où en étais-je ?

— Vous disiez que vous avez appelé la femme, mais qu'elle ne vous a pas remarqué, lui vint en aide C.

— Oui, donc… Au lieu de me répondre, elle me tourna le dos et partit dans la forêt. Je me suis lancé à ses trousses en hurlant et en la hélant de toutes mes forces. Il ne m'a fallu qu'une minute tout au plus pour entrer à mon tour sous les arbres, mais quand j'y suis arrivé, elle n'était plus en vue.

— Qu'avez-vous fait alors, cria le Marsalè ?

Quader lui donna un coup de coude dans les côtes.

— Elle n'était plus en vue, poursuivit le gravipilote. Elle n'était plus en vue, mais je crus furtivement la voir disparaître derrière un tronc au moment même où j'arrivais dans la forêt. Je me suis élancé à la poursuite de celle que je pensais avoir entraperçue, mais je ne suis pas arrivé à la rattraper. J'ai continué à courir longtemps dans la même direction en criant de temps en temps, espérant enfin la rejoindre. Quand j'ai fini par m'arrêter, hors d'haleine, ce fut pour réaliser que je m'étais totalement égaré. Je n'étais plus du tout sûr de savoir de quel côté je devais marcher pour revenir sur mes pas.

— Mille géantures géantissimes ! Ce n'est pas de chance ! Bon, vous avez fini par retrouver votre chemin, heureusement ! Mais on a perdu la femme !

— Je n'ai pas fini. Laissez-moi vous dire la suite. J'ai essayé de repérer où se trouvait dans le ciel la source de lumière qui ressemble au soleil. Je me souvenais qu'elle était du côté de la forêt vue de la plage. J'ai pensé qu'il me suffirait de marcher avec cet astre dans le dos pour me diriger à peu près dans la bonne direction. C'est ce que je fis. Je ne pus malheureusement le faire bien longtemps, car le soleil en question, comme sur Terre, descendait de plus en plus bas et il fit bientôt nuit. J'ai continué à progresser un moment dans la direction que je pensais être la bonne quand je suis tombé sur quelque chose d'incroyable. Je n'en reviens toujours pas !

— Quoi ? Mais quoi, donc ? hurla le Marsalè.

Abir Gandy ignora Bartol et se tourna vers Sandrila Robatiny :

— C'est tellement inattendu que j'hésite à vous le dire. Je me demande même, après coup, si je n'ai pas été victime d'une hallucination, comme on dit. C'est surtout à vous, Madame

Robatiny, que la chose paraîtra incroyable ! C'est surtout à vous !

— Parlez, Abir ! Dites-moi.

— Pourquoi, surtout à elle ? C'est géantissimesque ça ! Parlez, Abir ! on vous dit !

— Je vous propose de vous le montrer, Madame. Vous vous en rendrez compte par vous-même.

— Est-ce loin ? s'enquit l'Éternelle.

— À une heure de marche à peu près.

— Terminez votre récit et nous irons voir.

— Eh bien… Il faisait nuit depuis une demi-heure environ, quand je suis tombé sur votre… sur la chose en question. J'ai attendu près d'elle que le jour revienne. J'ai passé la nuit, entouré de cris étranges, à me demander qui était la femme que j'avais vue et surtout comment et pourquoi ce que je venais de découvrir était là. Oui, pourquoi cette chose est-elle là ? Je me le demande encore.

Bartol libéra une explosion de jurons de très mauvais aloi qui lui valut le regard admiratif de Drill et de Ols, amicalement réprobateur de Quader, distant de Solmar, curieux de C, interloqué du gravipilote et affectueusement outré de Sandrila Robatiny.

— Quelle chose, Abir ? s'égosilla-t-il, au beau milieu de sa tirade musclée.

— La maison de madame Sandrila Robatiny, lâcha Abir Gandy.

40. Je n'ai jamais été aussi…

Sous les questions incrédules, les manifestations d'étonnement et les exclamations hurlées de Bartol, Abir Gandy avait plusieurs fois confirmé qu'il pensait avoir vu la maison de Sandrila Robatiny. Il avait été décidé que Daniol resterait sur la plage avec les deux C12, Copain, Vouzzz et Pooo, pendant que les autres iraient voir sur place ce que le gravipilote avait réellement découvert. Agir de la sorte allait à l'encontre du choix qu'ils avaient fait de ne pas se quitter, mais Abir Gandy disait que ce n'était qu'à une heure et demie de marche environ. Ils étaient en outre trop impatients pour attendre le réveil de Vouzzz et de Pooo et personne ne pensa à les tirer de leur sommeil. Daniol ne voulant à aucun prix s'éloigner de Vouzzz, il eût été difficile de faire autrement.

Ils avançaient depuis plus d'une heure derrière Abir Gandy. L'Éternelle et Quader ne montraient bien sûr aucune trace de fatigue. Bien qu'encouragé, soutenu et remorqué par Bartol, Solmar soufflait comme les forges de vulcain en essayant de suivre. C lui venait également en aide de temps en temps. La terrianisation du martien était toujours en cours. Son squelette était déjà plus léger. Ses ostéoblastes étaient modifiés, et la force de ces muscles s'était accrue grâce aux protéines d'actine et de myosine fabriquées par son nouvel endosynthétiseur protéique. Cette transformation n'était toutefois pas tout à fait terminée. Il souffrirait encore quelque temps des fortes gravitations.

Les deux enfants suivaient, en parlant de choses et d'autres au sujet de Pooo et de Vouzzz, du riche lexique de Bartol et du crédit qu'il convenait d'attribuer au témoignage du gravipilote, qui selon eux avait du subir de sérieux dommages cérébraux.

La forêt s'ouvrit devant eux sur une vaste clairière. Vaste clairière au centre de laquelle on pouvait bel et bien voir… la maison de Sandrila Robatiny. Ils s'arrêtèrent tous. Abir Gandy tendit le bras vers la prestigieuse demeure. Il se passa de parole, son geste étant suffisamment éloquent. Bartol ne put retenir un train de diverses « grande géanture ! ». Sandrila Robatiny resta sans rien dire, figée de stupeur. C eut la même réaction. Solmar était trop près de l'effondrement pour remarquer quoi que ce fût. Quader murmurait que c'était tout bonnement incroyable bien que ce fut nonobstant devant lui. Drill et Ols regardaient alternativement la maison, Sandrila Robatiny et les uns et les autres, sans savoir quoi faire.

L'Éternelle et C furent les premières à réagir en se précipitant vers la villa dans le but de vérifier qu'elle était bel et bien réelle. Après s'en être assurées en touchant ses murs, elles y entrèrent pour voir si son intérieur était aussi ressemblant que son extérieur. La surprise de l'Éternelle fut bien plus grande encore, car il était totalement impossible de faire la différence entre sa maison sur Terre et celle-ci. Tout y était parfaitement semblable. Où que ce fût, dans toutes les pièces, elle ne put repérer un seul détail lui permettant de noter un défaut dans l'imitation. Elle visita méthodiquement tous les recoins durant plus d'une heure sans remarquer la plus petite erreur. En utilisant les incroyables performances de son regard pour scruter divers objets, tels que des verres, des assiettes ou les poignées des portes, sous différentes longueurs d'onde et avec de forts, très forts, grossissements, elle trouva des traces de doigts connues. Les siennes, celles de C, de Bartol… La salle de réception était exactement dans l'état où elle l'avait laissée en quittant la maison. Les empreintes digitales de Bartol étaient visibles sur la télécommande qu'il avait utilisée pour jouer avec le décor à six écrans de la pièce. Elle demanda à Solmar, qui récupérait lentement, de lui montrer ses mains et retrouva, entre autres sur la rampe de la terrasse, les empreintes d'acide gras de ses doigts sur tout ce qu'il avait touché. C'était à croire qu'on avait déplacé toute l'habitation jusqu'ici.

C, qui connaissait presque aussi bien les lieux, fut également incapable de trouver quelque chose pouvant démontrer qu'elles ne visitaient pas la vraie maison de Sandrila Robatiny. Bien au contraire, tout l'attestait : la maison elle-même, du sol au plafond, mais de plus tout ce qu'elle contenait au moindre objet près. La jeune copie de Sandrila Robatiny fut même très troublée de retrouver ses jouets d'enfant, dans le placard de sa chambre, précisément à l'endroit même où elle les avait rangés. L'Éternelle qui arriva dans cette pièce alors que C regardait encore une de ses peluches d'un air ému, s'assit sur le lit et dit :

— Ma fille !... Je n'ai jamais été aussi... Comment dire ?...

— T'inquiètes, mam... J'imagine qu'il n'y a pas de mot pour compléter ton « Je n'ai jamais été aussi... ». Moi, pareil, d'ailleurs, je n'ai jamais été aussi... C'est la deuxième fois de ma vie que tu m'appelles spontanément et sincèrement « ma fille ». La première c'était après que cette petite boule nous bouleverse tous... Ce qui s'est passé à ce moment-là est, pour moi, encore plus extraordinaire que de retrouver notre maison ici ! Je reconnais que c'est pourtant incroyable ! Décerveautant ! comme diraient Drill et Ols...

— Pourquoi a-t-on déplacé notre maison ici ? murmura l'Éternelle. Pourquoi ? Qui ? Qui et pourquoi ?

— La déplacer... Ou la reproduire parfaitement. Comment savoir ?

— Comment aurait-on pu la reproduire avec autant de détails ?

— Comment aurait-on pu la déplacer, si vite, sur une si grande distance ?

— C'est vrai que déplacer ou reproduire parfaitement… Les deux semblent aussi difficiles à réaliser. Pourtant…

Elles entendirent des exclamations « géantissimes ». Bartol et Quader se présentèrent dans l'ouverture de la pièce.

— Venez voir ce qu'ont découvert Drill et Ols ! cria le marsalè, au milieu d'une série de ces sortes d'interjections qu'il avait faites siennes.

Quader précisa :

— Il veut dire que, nonobstant l'étonnement légitime que vous avez ressenti toutes les deux en visitant votre maison, nous avons des raisons d'être aussi abasourdis que vous.

— J'en suis assommé ! appuya Bartol.

— Comment cela ? s'enquit C. De quoi s'agit-il ?

— Et moi aussi, au demeurant ! ajouta Quader.

— Oui, mais je vous demande de quoi il s'agit !?

— C'est géantissimesquement incroyable ! crut pertinent de préciser Bartol.

— Nous aussi, nous avons notre maison dans Symbiose. Nous aussi, finit par lâcher Quader. Notre appartement, dans son immeuble, en plus ! Venez voir ! Le mieux, c'est que vous veniez vous en rendre compte…

41. Le Maître du Chaos

Pendant que Regard Furieux et sa sœur visitaient leur habitation, Drill et moi, nous sommes allés voir ses environs. La baraque des Robatiny étant très grande, nous avons marché un moment avant de découvrir ce qu'il y avait derrière. C'est Drill qui l'a vu le premier. J'étais en train de lui parler quand j'ai soudain remarqué que ses billes se dilataient. Les miennes ont bien failli tomber quand je les ai tournées dans la direction de son regard. Je vis alors deux immeubles. Ce qui nous a fait tonitruer la stupéfaction était l'un d'eux. Car il ne s'agissait pas de n'importe quel immeuble. C'était notre immeuble. Celui où se trouve l'appartement de Quader, mon père adoptif. Le foyer dans lequel j'ai passé les dernières années de ma vie. Nous nous sommes regardés, plus ahuris que de voir un pseudopode déguisé en mille pattes. L'étonnement hypertrophié, nous sommes restés un moment sans réagir, puis nous avons foncé à toutes jambes surexcitées chercher Quader.

Il est venu voir, accompagné de Bartol. Ce dernier nous a hurlé à bout portant des « géanture ! » dans tous les sens parce qu'il a reconnu que l'autre immeuble était le sien. Après s'être à leur tour déchiré la stupeur, ils sont partis en courant pour avertir Regard Furieux et sa sœur.

Les voilà tous les quatre ici. Ils viennent de nous apprendre que Solmar préférait se reposer, car il n'a pas encore récupéré.

Nous sommes à présent tous les six devant les deux immeubles.

— Je vais voir mon appartement, déclare Bartol.

— Et moi le mien, répond Quader.

— Je me doute de ce que vous constaterez, leur dit Regard Furieux. Il y a de très fortes chances pour que vous soyez incapables de trouver une différence avec votre habitation qui est sur Terre.

— Visitons les deux domiciles tous ensemble, propose Quader.

— D'accord, mais commençons par le mien, dit Bartol.

Nous entrons tous les six dans son immeuble. L'ascenseur fonctionne. Nous débarquons au douzième étage. Bartol est déjà en mode décerveauterie extrême, car il reconnaît tout autour de lui. Il pose son doigt sur l'identificateur de son appartement. C'est la porte à droite en sortant de l'ascenseur. Elle s'ouvre sans poser de problème. Nous entrons. Je me souviens de l'endroit. Il y a des plantes partout. Une vraie jungle ! Une jungle habitée par des petits oiseaux extraordinaires au plumage luminescent qui cuicuitent et pioupioutent comme des furieux.

— Ne les laissez pas s'échapper, dit Bartol. Ils ne pourraient pas survivre seuls. Faites géantement attention !

Bon, à part la jungle, des oiseaux et la table basse, rien ne me permet de me prononcer sur la ressemblance de cet appartement avec l'original. Je suis déjà venu ici, mais je ne connais pas suffisamment les lieux. En revanche, Bartol constate cette similitude pour tous ! Une pluie de géantures s'abat sur nous. Regard Furieux observe tout en détail, elle aussi. Avant de venir ici, la première fois, je n'avais jamais vu un désordre pareil ! À croire qu'on a secoué sa baraque dans tous les sens pendant des heures ! Il n'y a aucune autre explication possible. À moins qu'un cyclone hyperactif ait habité là quelques jours.

— C'est géantissimesquement incroyable ! Tout est là ! même mes plantes et mes colibris ! C'est exactement comme si on avait transporté mon appartement ici.

Je me dis que ça expliquerait un tel fouillis. On aurait retourné la maison plusieurs fois durant le transport. Mais l'explication n'est pas satisfaisante puisque ce chaos existait déjà avant.

— Oui, dit Quader. Personne n'a touché à ton rangement entropique, en tout cas !

Bartol hausse les épaules, mais Regard Furieux a un sourire. Elle ne dit rien, mais continue à tout scruter avec son regard furieux.

— Comment les oiseaux ont-ils pu se nourrir et boire ? demande sa sœur.

— J'ai créé un équilibre autarcique, dit Bartol, avec de la fierté sur la figure. Les plantes produisent des baies qui surviennent à leurs besoins de nourriture et d'eau.

— Ah ! magnifique ! Mais comment les plantes sont-elles arrosées ?

Bartol nous montre de petits tubes souples qui courent sous le tapis et sur le sol un peu partout et qui vont alimenter les racines en eau.

— D'accord, dit C. Ce qui est extraordinaire c'est que tout ceci semble continuer à fonctionner.

— C'est bien ce qui m'étonne. Comme je le disais, c'est exactement comme si on avait transporté mon appartement ici. Mon appartement, mais aussi l'ensemble de l'immeuble qui est autour de lui ! Je me demande si on a aussi amené mes voisins !

— À ce sujet, j'ai l'impression que nous sommes seuls dans tout l'immeuble, dit Regard Furieux. Je n'entends aucun son venant des autres logis. Vous entendez quelque chose, vous, Quader ?

— Non point la moindre goutte ! Même avec mes capteurs poussés au maximum ! Je capte quelques craquements dans la structure, ici ou là, sans doute dus à des dilatations ou aux effets du vent, mais je n'identifie aucune activité humaine.

— Moi non plus, rien, répond Regard Furieux. Je me demande s'il est possible d'entrer dans les autres appartements.

— Allons voir, dit Pagaille Désordonnée.

Il sort, traverse le palier et touche l'identificateur de la porte d'en face. Quand il ne reconnaît pas le propriétaire, ou un familier autorisé à entrer, l'appareil se comporte normalement comme une sonnette. Comme rien ne se passe, au bout d'un moment, Chaos Géantissime tape sur la porte et s'exclame :

— Ben, ça ! Grande géanture !

— Que se passe-t-il ? je lui demande.

— Ce n'est pas une vraie porte. Ça sonne plein. Je me suis fait mal aux doigts.

Il lance un grand coup de pied qui produit un bruit effectivement mat, comme dans un mur. Je tapote aussi sur ce qu'on pourrait pourtant prendre pour une porte, mais c'est vrai qu'on sent bien que ce n'en est pas une. Mes propres coups de pieds produisent également un son qui me donne la même conviction. Regard Furieux, qui est venue nous rejoindre, dit :

— C'est creux derrière, mais ce n'est effectivement pas une porte. Ça semble être un mur. L'entrée est factice et sans doute que l'appartement l'est aussi.

Quader, qui utilise le radar de son méca, le confirme :

— Oui, c'est creux, mais il n'y a aucun aménagement. Pas de cloison, pas de meuble, rien… Il n'y a même pas de plancher.

— Je vais voir en haut, dit le Maître du Chaos.

Il prend l'escalier. Je le suis. À l'étage du dessus, nous testons la résonance des deux portes. Il s'avère que, de toute évidence, elles n'en sont pas, des portes, celles-ci non plus. Nous effectuons la même expérience un étage plus haut, même résultat… Je m'apprête à monter encore au-dessus.

— Laissons tomber, s'exclame Désordre Tout Mélangé. C'est sûrement pareil jusqu'en haut.

Les méninges tordues, nous redescendons voir les autres. Nous les rejoignons au moment où Drill et Quader reviennent des paliers inférieurs.

— C'est pareil en bas, visquerie ! déclare Drill.

— Idem en haut, je leur affirme.

— C'est quoi, ce géantissimal schéma de fous furieux ?! demande et s'exclame Rangement Aléatoire. Si je comprends bien, tout ceci a été construit ici uniquement pour moi !

— C'est bien ce qu'il est raisonnable de penser, dit Quader. Ton immeuble pour toi, le mien pour moi et…

— Et notre maison pour nous, complète Regard Furieux.

Je suppose qu'elle parle aussi au nom de sa sœur.

— Une conclusion tombe sous le sens, dit celle-ci. Nous avons bel et bien été capturés d'une manière préméditée et même assez méticuleusement préparée. Nous n'avons pas été pris au piège parce que nous passions par là ! C'est bien nous que les Symbiosiens voulaient !

Nous nous regardons tous avec une perplexité hypertrophiée qui erre dans les tréfonds de nos esprits, dont les coulisses sont déjà encombrées de questions interrogatives. Plus simplement, on se gratte le cerveau comme des furieux.

42. Solie Robatiny

Nous sommes à présent au cinquième étage de l'autre immeuble. Dans notre appartement. Celui dans lequel, Drill et moi, nous avons un jour débarqué de force en menaçant Quader avec un couteau. À cette époque, notre victime n'était qu'un simple Dehors comme les autres. Parfois, Drill et moi nous en reparlons. Nous avons alors un bestial morceau d'embêtage dans l'âme ! Que de choses ont changé depuis ! Drill et Quader sont aussi remués que moi. Nous avons de l'émotion qui nous galope dedans ! Ça se voit dans nos yeux qui brillent. C'est cette visquerie de nostalgie qui les mouille ! Je reconnais sans la moindre erreur possible toutes les pièces et leur contenu : la table, les fauteuils, tous les meubles, la grande vidéo-plaque, le cuisinier, le petit robot ménager qui se promène lentement partout, la lampe du salon... je retrouve tous les objets personnels que j'ai laissés. Par exemple, le couteau que Drill m'avait offert, le fameux jour où nous avons connu Quader. Et aussi, mon sac. Le sac que nous utilisions pour ne pas être repérés par les zarks. Je l'avais gardé en souvenir. Il est là. Avec les mêmes traces d'usure. Le couteau aussi. C'est bien ce couteau-là, j'en suis certain. Je reconnais les petites brisures du fil de sa lame et les rayures sur le manche. Du coup, je me le fourre dans la poche, pour le tripoter affectueusement. Quader touche et caresse pensivement le RPRV noir satiné. Je vais près de lui et je prends la main de la machine dans la mienne. Je ressens quelque chose de très fort. Quader le voit et me sourit. Nous nous souvenons que c'est avec ce robot-là qu'il m'a appris à piloter mon premier RPRV. Mais aussi, et surtout, que c'est dans ce corps artificiel que, juste après avoir perdu son corps biologique, il m'a pour la première fois repris dans ses bras. Je garderai toujours en mémoire cette étreinte paternelle avec une émotion qui me sucre le cœur et me câline l'âme. Je suis si touché par ces pensées que, pour moi, le pseudo visage tout lisse, sans nez, sans bouche et sans oreilles, semble partager mon émotion, même à travers ces objectifs qui ne ressemblent absolument pas à des yeux. Nous sommes tous dans le salon. Grand Maître du Chaos s'est assis dans un des fauteuils. Il semble cerveauter comme un esprit dératé. Va savoir à quoi ! Drill et moi, nous sommes avec Quader, à côté du RPRV, occupés à nous souvenir. Le Dehors, qui est devenu notre père, nous tient tous les deux par les épaules.

Les deux femmes sont debout près du couloir. Je remarque que Regard Furieux nous observe. Elle, elle remarque que je remarque qu'elle nous observe. Que se passe-t-il dans sa caisse ronde ? C'est une question qui me démange l'esprit !

— Te souviens-tu que je suis déjà venue ici, chez toi ? me dit-elle. Je me sens très… Comment dire ? Très heu…

— Je te propose « émue », mère, intervint C. On peut dire émue. N'aie plus peur de prononcer ce mot, en parlant de toi.

Mère !? Visquerie ! Ce n'est donc pas sa sœur ! Regard Furieux est visiblement troublée. Je vois bien qu'elle est très intimidée d'embêtage. Sa fille reprend en s'adressant à nous tous :

— Mère, oui ! Ça vient de m'échapper… Je vois que Drill et Ols sont surpris. Ce n'est sans doute encore pas le moment, mais… ça n'a jamais été le moment.

Elle s'est tournée vers sa mère pour prononcer la fin de cette phrase, mais à présent elle s'adresse de nouveau à tous pour essayer de poursuivre. Seulement les mots semblent ne pas vouloir sortir de sa bouche. On devine qu'elle fait de gros efforts pour exprimer quelque chose qui est très important pour elle, quelque chose qui lui griffe l'âme.

C'est Regard Furieux qui prend alors la parole, avec une figure pleine de furieux désarroi que je ne lui ai jamais vue.

— Ma fille a raison ! Je ne sais pas ce qui me décide enfin à assumer mes responsabilités envers elle, sans doute les circonstances exceptionnelles que nous sommes en train de vivre, mais toujours est-il que, jusqu'à présent, j'ai caché mon clone aux yeux des mondes. Aujourd'hui, je reconnais cette personne comme étant ma fille. Si les Symbiosiens nous permettent un jour de revenir chez nous, je fais devant vous le serment de révéler son existence aux mondes et d'assumer pleinement ma maternité. C'est une chose que j'aurai dû faire il y a si longtemps déjà !

Elle se tait. Elle se tait, mais son visage continue à nous parler. Sa fille est tout aussi volubile qu'elle, également sans dire un mot. Ah, visquerie ! Sont-ce des gouttes de tristesse ou de joie que je vois pendues sous ses yeux ? Nous, on est tous intimidés d'embêtage. C'est si déroutant de voir de la sensibilité sur des personnes habituellement si fières, si distantes, si dans les hauteurs ! On a l'impression de voir des blindages fondre, de regarder d'épaisses forteresses qui s'écroulent.

Grand Maître du Chaos arrête de cerveauter comme un furieux dans son fauteuil pour aller prendre Regard Furieux dans ses bras. Il semble tout aussi intimidé d'embêtage qu'elle. Finalement, il reste debout derrière elle et pose ses mains sur ses épaules.

— Je profite de ce moment qui semble propice pour vous dire que je me nomme Solie, nous révèle la jeune Robatiny. Solie Robatiny.

Je vois que ses lèvres tremblent légèrement et que Regard Furieux n'a plus du tout le regard furieux, en fait. Il donne plus dans le genre : « Arrêtez de me regarder, visquerie ! vous voyez bien que je ne sais plus où tourner ma figure ! » Bon ! Faudrait qu'elles arrêtent là, parce que sinon je vais bientôt pleurer comme un bébé, moi !

Quader qui, même mécan, a facilement de la gentillesse qui lui fait briller les billes, s'efforce de trouver une diversion qui nous sauve d'une inondation lacrymale :

— Eh bien, Solie ! dit-il, la visite de cet appartement confirme votre réflexion. Nonobstant l'apparence fortuite de notre rencontre avec Symbiose, au premier abord, tout semble à présent indiquer que nous étions attendus.

— Heum ! intervient Grand Maître du Chaos, qui paraît lui aussi désireux d'alléger l'atmosphère. En ce qui concerne le fait que c'est bien nous que les Symbiosiens voulaient, je suis tout à fait d'accord avec Solie, mais étions-nous vraiment attendus ? Je n'en suis pas si sûr !

Nous le regardons tous avec des visages de points d'interrogation. Il complète :

— Soit nous avons été attendus, soit nous avons été guidés jusqu'au piège.

— Comment cela ? demande Regard Furieux.

— Je me comprends ! J'étais en train de réfléchir à tout ce qui nous est arrivé. Avant de vous faire part de mes cogitations, j'aimerais interroger quelqu'un de la bande.

43. Chacun étant dans ses pensées

La position du soleil artificiel indiquait qu'il était déjà le milieu de l'après-midi ; de découvertes en surprises, ils n'avaient pas vu le temps passer. Ils marchaient sous les arbres en direction de la plage où les attendait Daniol. Abir Gandy avait encore disparu. Solmar disait qu'il ne l'avait pas vu partir. Après l'avoir attendu en vain plus d'une heure dans la maison de l'impératrice du gène, ils avaient fini par se décider à partir sans lui.

Solmar faisait ce qu'il pouvait pour ne pas trop les ralentir. Bien que le retour fût moins rapide que l'aller, il accomplissait un réel effort, car des courbatures faisaient souffrir ses jambes et son dos. Bartol venait d'informer son ami Martien de tout ce qu'ils avaient vu et de ce qui s'était passé dans les deux immeubles, sans oublier bien sûr ce qui concernait Solie. À part cela, très peu de paroles étaient échangées, chacun étant dans ses pensées.

L'Éternelle ne se souvenait pas d'avoir déjà atteint un tel sommet émotionnel. Des dizaines d'années d'extrême misère, plus de deux cents ans de farouche combat pour édifier Génética Sapiens, les quelques amours traversant sa vie, découvrir qu'elle avait été tuée puis ressuscitée, apprendre qu'elle avait un double numérique et dernièrement prendre conscience de sa capture préméditée dans Symbiose, tout cela réuni l'avait moins affectée que de reconnaître devant témoins l'existence et l'identité de son clone. À présent, tout n'était plus que confusion en elle. Il lui était difficile de faire le point dans l'imbroglio de ses sentiments, mais il s'en dégageait tout de même au moins quelque chose de bien clair : elle se sentait libérée. Après l'avoir porté plus de trente ans, elle venait de poser un fardeau qui s'alourdissait chaque jour. Elle éprouvait un certain dépit aussi, un dépit d'elle-même. Enfin, pourquoi avait-elle attendu si longtemps ? Cela paraissait à présent si facile, maintenant que c'était fait ! Qu'est-ce qui avait pu la bloquer durant toutes ces années ? Était-il donc possible de se connaître soi-même, aussi mal ? Que devait penser Bartol de tout ça ? Allait-il finir par la prendre pour une folle ? Pourquoi, mais pourquoi donc avait-elle attendu si longtemps ? Son cerveau accusait plus de deux cents ans !… plus de deux cents ans ! Y avait-il un rapport entre son âge et ce blocage vis-à-vis de Solie ?

Solie Robatiny était elle aussi sur la plus haute altitude émotionnelle de son existence. Marchant nu-pieds dans le sable, les chaussures à la main, elle se concentrait sur la sensation d'être une personne. Une personne comme les humains ont l'habitude de les concevoir. C'est-à-dire possédant un nom et une origine reconnue. Elle focalisait sa conscience sur le sentiment d'être Solie Robatiny, la fille de Sandrila Robatiny. Sa mère venait de lui promettre que cette identité serait officiellement déclarée dès que possible plus largement.

Bartol semblait toujours réfléchir. Personne ne savait à quoi. Il l'expliquerait bientôt, avait-il dit. Outre ses réflexions dont il révélerait sous peu la teneur donc, le Marsalè était préoccupé par autre chose. Il repassait sur l'écran virtuel de sa céph des images du visage de Sandrila Robatiny au moment où elle s'était exprimée au sujet de Solie. Jamais il n'avait vu la redoutable patronne de Génética Sapiens si fragile et si perdue. Il réalisait que même dans les moments de plus grande intimité qu'ils avaient partagés, elle ne s'était pas entièrement dévoilée.

Bien sûr, il s'était très tôt douté que Solie était un problème de conscience pour Sandrila, mais il était très loin de se douter à quel point. Il en ressentait un double sentiment : la déception de n'avoir pas su lui inspirer une confiance suffisante pour qu'elle se confiât, et de l'embarras, car il ne savait que faire à présent pour la soutenir dans cette épreuve. Il ne pouvait, de plus, s'empêcher de penser qu'il existait probablement tout au fond du cœur de celle qu'il aimait éperdument quelques autres secrets qu'il ne connaîtrait peut-être jamais. Cette pensée engendrait beaucoup de questions. Pourrait-il un jour tout obtenir d'elle ? Était-ce à sa portée ? Pouvait-elle ouvrir entièrement son cœur à l'enfant qu'il était pour elle ? L'aimait-elle comme son égal masculin ou éprouvait-elle pour lui une sorte d'affection maternelle ? Il eût tant aimé avoir au moins deux cents ans, lui aussi, pour qu'elle le prît au sérieux.

Solmar se demandait ce qui allait changer dans Solie, à présent que sa « mère » avait enfin accepté son identité. Depuis quelque temps, C était distante, toujours aimable, mais beaucoup moins aimante. Tout à l'espoir que cet heureux événement la changeât dans le bon sens, il laissa un moment ces pensées de côté pour s'adonner à sa pratique quotidienne. Il murmura :

« Tu es ce que nous sommes.

Tu es en partie ce que je suis.

Si je m'améliore, tu t'améliores, si je me dégrade, tu te dégrades.

Je te promets de tout faire pour nous transcender. »

Apprendre que celle qu'ils prenaient pour la sœur de Sandrila Robatiny était en fait son clone les avait beaucoup surpris, mais Ols et Drill se sentaient beaucoup plus concernés par la découverte de l'appartement de Quader. Ils pensaient aussi beaucoup à celle qu'ils appelaient tous les deux Maman, se disant que sans nouvelles d'eux, elle « se grifferait l'inquiétude ».

En plus de leurs pensées personnelles, tous s'interrogeaient sur les raisons de leur présence dans Symbiose. Que les habitations des uns et des autres fussent à son bord rendait leurs réflexions encore plus confuses.

44. Coiffé par Grand Maître du Chaos

Quand nous sortons de la forêt, l'ombre des arbres s'étend déjà loin sur la plage, dans la direction que nous considérons comme étant l'est, puisque le soleil de ce monde s'y lève. Notre longue absence ne semble pas avoir inquiété Daniol plus que ça. Plutôt tranquille comme mecdule !

— Ah, vous voilà ! dit-il simplement.

Pooo court sur la frange des vagues. Cong est encore sur son dos. Je suppose qu'il doit avoir Copain en main. Vouzzz est calé dans un creux de sable, à côté de Daniol qui est assis en tailleur.

— Vous trouver maison de Sandrila ? demande Vouzzz.

Alors là, plein choquage décerveautant ! Nous en avons les tympans qui bégayent ! Grand Maître du Chaos est le premier à exprimer son étonnement :

— Géanturage ! Tu parles, Vouzzz ?

La petite boule tripode répond en faisant vibrer l'organe en forme d'oreille de lapin qui est tout en haut d'elle :

— Oui. Daniol apprendre moi parler. Je parle pour demander. Vous trouver maison de Sandrila ?

Sa « voix » est étrange. La fin de certaines syllabes se termine par un léger sifflement qui ressemble à son nom. Nous nous asseyons tous près de Vouzzz et Daniol. Ce dernier a l'air plus que content de notre ébahissement. On voit que de la fierté lui galope dedans !

— Oui, répond Regard Furieux. Nous avons même trouvé la maison de Bartol et celle de Quader.

— Comment maisons de votre monde la Terre venir ici dans monde de Pooo ?

Regard Furieux marque encore une seconde de surprise avant d'avouer :

— Nous ne le savons pas.

— J'ai essayé de lui expliquer d'où nous venons, dit Daniol. Il semble qu'il ait compris le principal.

Je m'étonne :

— Il est en tout cas plus que doué pour les langues !

— Oui, me répond Homme Tranquille. Beaucoup plus encore qu'il ne paraît. En fait, il est très doué pour relier de la signification et des impressions aux sons. Ses chants qui nous ont tant troublés en sont une démonstration.

Une petite voix bien connue s'exprime dans mon dos :

— Tu as remarqué comme Vouzzz parle bien !

Je me retourne. C'est Cong qui vient de me parler. Je l'attrape par le buste et le pose sur mes genoux. Une grosse racine me sert de siège.

— Oui, j'ai entendu ça.

— Il est fort, hein ? Il apprend vite !

— En effet ! Il est très doué !

Il se penche pour poser Copain dans le sable devant nous et dit :

— Pour moi, c'était bien plus long de retenir beaucoup de mots, autant que lui.

L'angémo fait allusion à son apprentissage forcé. Je note qu'Homme Tranquille a un regard triste et tendre envers lui et que Regard Furieux semble un peu intimidée d'embêtage. Je caresse la tête du petit chimpanzé. Vouzzz fait diversion :

— Maintenant, vous venir dans monde de moi.

— Oui, dit Homme Tranquille. Vouzzz m'a aussi expliqué d'où il vient. Je n'ai pas tout saisi, mais j'ai tout de même compris que comme nous il est d'un autre monde.

Deuxième tournée de plein choquage décerveautant pour tous ! Une pluie torrentielle de « comment ça ? » s'abat sur le pauvre Homme Tranquille.

— Comme je vous le disais, répond-il, je n'ai pas réussi à interpréter tous ses propos. Il est notamment question de colonne d'eau dure pourtant pas froide et de choses qui respirent qui restent mystérieuses pour moi. Ce n'est pas facile de donner un sens à tout ce qu'il exprime, car nous n'avons pas la même expérience des choses, pas la même culture, pas la même... C'est comme si heu... comme si on montrait une image à une oreille ou qu'on faisait écouter un son à un œil, vous comprenez ?... ?

Euh... Il m'a décerveauté avec son histoire d'œil, d'image et de son ! C'est un super décerveauteur, ce mecdule !

— Jusqu'à cette histoire d'oreille et œil, oui, dit Bartol. Mais, après ! géantissimesquement incerveautable, cette affaire !

Regard Furieux a un sourire avant d'intervenir :

— Cher Daniol, faites-nous grâce de votre « c'est comme si ». Gardez-le pour une prochaine occasion. Essayez de nous expliquer au mieux ce que vous avez cru comprendre des révélations de Vouzzz.

C'est ce denier qui prend la parole :

— Vous venir avec moi dans monde de moi. Vous avec moi monter montagne, marcher dans tunnel, toucher chose-qui-respire, aller dans colonne-d'eau-dure-mais-pas-froide, toucher chose-qui-respire, marcher dans tunnel, toucher chose-qui-respire, manger crustacés, marcher dans tunnel.

— Heum... fait Regard Furieux. En effet ! Quelques-unes de ses explications nous échappent. Mais on comprend le principal. On l'entend parler de montagne et de tunnel. Il a vraisemblablement pris le même chemin que nous pour venir ici. Mais cela ne nous dit pas de quel monde il vient. Comment lui demander où il se trouve, son monde ?

— Monde de moi, plus bas, dit Vouzzz.

— Plus bas ? Plus bas que quoi ? demande Super Décerveauteur.

— Plus bas que monde ici. Plus bas que monde de Pooo. Vous marcher avec moi. Vous suivre moi dans monde de moi. Vous monter montagne avec moi et aller dans colonne-d'eau-dure-mais-pas-froide pour toucher chose-qui-respire.

— Suivons cette gentille petite boule, s'écrie Grand Maître du Chaos.

— Oui, faisons comme il faut les choses ! s'exclame Solmar. Suivons Vouzzz puisqu'il le demande !

— Je suis d'accord, dit Regard Furieux. Suivons Vouzzz. Vous avez fait un excellent travail, mon cher Daniol. Vraiment ! Je veux bien croire que votre élève est doué, mais je suis certaine que votre talent est pour beaucoup dans son apprentissage rapide de notre langue.

Super Décerveauteur sourit avec un air intimidé d'embêtage, mais il semble apprécier le compliment.

— Je lui ai fait écouter de la musique, dit-il. À l'aide d'une petite vidéo-plaque que j'utilise souvent pour mes expériences pédagogiques. Il adore ça. Je n'ai pas eu le cœur de lui reprendre l'objet, tant il lui plaît. Il le garde dans son sac.

Un barrissement de souris me fait baisser la tête. Copain trottine dans le sable. Je constate qu'il est poursuivi par une sorte de tortue équipée de pinces de crabe. Elle est à peine plus grande que celui qu'elle terrorise. Cong se penche et saisit le miniéléphant qui est très content de se réfugier dans la main de son protecteur. Le supposé prédateur fait demi-tour et s'enfuit plus vite qu'il est venu.

— C'est sûr que tu as bien bossé, Daniol, renchérit Grand Maître du Chaos.

Puis il se lève et déclare :

— Ami Vouzzz, nous sommes prêts à te suivre dans ton monde ! Allez, debout, vous autres !

Nous nous levons tous.

— Que faisons-nous ? demande Super Décerveauteur. Y allons-nous tous ensemble ?

— En tout cas, moi, j'y vais ! répond Grand Maître du Chaos.

Tout le monde, moi le premier, s'écrie « Oui, moi aussi ! ».

— Montre-nous où est ton monde, Vouzzz ! dit Super Décerveauteur.

Vouzzz se met en route vers la montagne. Nous lui emboîtons le pas. Pooo nous suit. En fait, il suit particulièrement Vouzzz. Ce dernier se retourne et émet une série de « Pooo » de différentes tonalités. Pooo y répond. S'en suit une conversation pooophonique.

— Je dire à Pooo, lui attendre, nous revenir, nous explique Vouzzz.

Je passe une main dans la tignasse verte de l'éléphant à huit yeux et je l'ébouriffe affectueusement. Enfin, je l'ébouriffe ! Ce n'est qu'une façon de parler parce qu'il est plus qu'impossible de mettre sa touffe encore plus en désordre. On le croirait déjà coiffé par Grand Maître du Chaos, lui-même !

— Pooo ! me dit-il, en braquant une seconde ses huit billes vers moi.

Très impressionnant ! Je sursaute et recule. Trop de mal à m'y faire ! Drill rit comme un hydrocéphale de ma réaction. Celui-là ne perd jamais une occasion de partir en secouage de ventre sur mon compte.

Nous nous remettons en route. Pooo nous regarde nous éloigner sans nous suivre cette fois, mais toutes les ressources octoculaires sont dirigées vers nous.

— Ainsi, vous avez vu vos maisons ! s'étonne enfin Super Décerveauteur.

— Oui, lui réponds-je.

— Vous ne m'en avez rien dit, continue-t-il à s'étonner. Pouvez-vous m'en parler un peu ?

Chemin faisant, je lui explique en détail ce que nous avons découvert.

— Tout ceci est fou ! conclut-il. C'est comme si euh... comme si un escargot retrouvait sa coquille loin de chez lui et comment dire...

Ouf... euh... Comment dire ? oui ! Je me demande s'il ne saigne pas un peu de l'esprit tout de même le cher Daniol de Regard Furieux !

45. Elles étaient si épouvantablement laides

Tous savaient à présent ce qu'étaient les choses-qui-respirent et la colonne-d'eau-dure-mais-pas-froide. Vouzzz le leur avait montré. Dès la sortie de l'ascenseur, Solmar avait déjà ressenti l'augmentation prévisible de la pseudogravité.

— Pour dire comme il faut les choses, avait-il déclaré, j'avais beau m'y attendre, je n'avais pas besoin de ça. J'ai vraiment l'impression de porter une montagne sur les épaules ! Ce cruel monde de Vouzzz ne fait rien pour accueillir les aimables Martiens ! Ne comptez pas sur moi pour courir chargé d'un tel poids. Autant essayer de se mordre les dents !

Bartol avait ri et l'avait soutenu une partie du trajet. C l'avait également aidé. Ils venaient de subir l'habituelle douche obligatoire, qui n'arrachait plus une longue liste de jurons imagés au Marsalè, suivie de la distribution de nourriture tout aussi obligatoire. La grotte dans laquelle ils se trouvaient à présent était très sombre. Ceci faisait maugréer Bartol, mais cette relative obscurité était aisément percée par les yeux des deux Robatiny et par ceux des Mécans. Vouzzz avait pris l'habitude de se repérer grâce à la forme du sol et ceux qui n'y voyaient rien se laissaient guider par ceux qui disposaient d'un regard surhumain.

Une petite tache de lumière apparut bientôt au loin et il fit peu à peu de moins en moins sombre. L'imminence de la découverte du monde de Vouzzz faisait monter la tension. Suivant toujours l'attachant tripode, ils se demandaient quelle serait la nature des surprises qui les attendaient.

*

Ils débouchèrent au milieu de rochers de belle taille qui dissimulaient l'entrée de la grotte. Tous constatèrent qu'il faisait nettement plus froid dans le monde de Vouzzz que dans le monde de Pooo, c'est ainsi qu'ils prenaient l'habitude de nommer chacun d'eux. Leur guide les entraîna dans un court dédale de rocs à la fin duquel ils découvrirent le point de vue en haut de la montagne que nous connaissons bien.

— Regardez ce lac presque circulaire ! dit Quader. Il est en plein centre de ce monde, dans la courbure de la sphère.

En pointant un doigt vers le ciel, il ajouta :

— Le plancher du monde de Pooo, en haut, doit se trouver à peu près sur l'équateur.

— Je capture le concept, dit Solmar en s'asseyant sur une pierre plate. Il est facile de voir que nous sommes dans une sphère ici, on a tout à fait l'impression d'être dans un bol géant.

— Maison moi loin là-bas, dit Vouzzz en tendant son bras central.

Tandis que Bartol, Solmar, Daniol, Drill et Ols plissaient en vain leurs yeux pour essayer de distinguer quelque chose, les deux Robatiny et Quader allongèrent la focale de leur regard et virent distinctement ce qui devait être un village. Il s'agissait de constructions de chaume vaguement coniques. L'Éternelle enregistra une image dans sa céphmémoire et l'envoya à Bartol. Les communications à courte distance étaient possibles, car elles n'utilisaient pas de relais.

— Très belles maisons, Vouzzz ! dit le Marsalè.

— Comprends pas « belles », répondit Vouzzz.

— Euh…

— Je ne lui ai pas appris la signification de ce mot, intervint Daniol. J'avais des priorités pratiques et ce n'est pas facile d'expliquer l'abstraction de la beauté. C'est comme si euh...

— Pas de problème, Daniol, mon ami ! Ne t'explose pas le bocal pour me trouver un « c'est comme si ». Je t'assure que j'ai capturé le concept, comme on dit sur Mars !

— Vous suivre moi, articula Vouzzz.

Ils se remirent en marche et commencèrent à descendre. Vouzzz se faisait un peu de soucis. Les créatures qui l'accompagnaient étaient toutes très gentilles ; elles ne présentaient vraiment aucun danger, mais elles étaient si épouvantablement laides qu'il ne pouvait savoir d'avance quelle serait la réaction de ses congénères. Avec le temps, il avait fini par s'habituer à leur physique disgracieux, mais il imaginait le choc que ressentiraient tous les autres en voyant arriver de tels monstres. Il pensa que ce serait sans doute une bonne idée de demander aux humains d'attendre un moment dans un coin reculé pour lui donner le temps d'aller parler à ses semblables afin de les préparer à cette vision, de les rassurer. Mais il ne savait pas comment s'y prendre pour demander aux créatures de se cacher. Il n'allait tout de même pas leur dire qu'elles étaient si affreuses qu'elles risquaient de créer la panique dans son monde ! Leur mentir était tout à fait impossible. Le mensonge n'existait pas dans le monde de Vouzzz. Il n'existait pas, non, tout simplement parce qu'il était extrêmement difficile de dissimuler quoi que ce fût à qui que ce fût. L'empathie était si grande entre les individus que chacun voyait en l'autre comme s'ils étaient tous faits de cristal. Pour cette raison, le mensonge était bien loin d'être imaginable pour un tripode.

Par moments discutant de choses et d'autres, concernant bien entendu Symbiose et ses mystères, par moments perdus dans leurs pensées, ils arrivèrent en bas de la montagne. Quader portait Solmar sur le dos. Le Martien était dans un état d'épuisement qui lui interdisait de se tenir simplement debout. Il restait encore le lac à contourner, ce qui représentait quelque vingt kilomètres. Malgré la petite taille de son corps sphérique, Vouzzz se déplaçait avec une aisance surprenante. Ses triples jambes, longues et flexibles étaient manifestement très efficaces ; elles lui permettaient de marcher bien plus vite et bien plus longtemps qu'un humain ordinaire.

Le lac était une patinoire. La température de l'air était de - 30° Celsius. De par leur constitution, Sandrila Robatiny et bien sûr les deux Mécans n'en ressentaient nul inconfort, mais sans leurs vêtements climatisés les autres eussent grandement souffert du froid.

— Voyez cette étendue que je présume être de l'eau, dit Quader. Elle est dure et froide, contrairement à la colonne-d'eau-dure-mais-pas-froide. Je comprends l'étonnement de notre ami Vouzzz lorsqu'il a découvert le tube transparent de l'ascenseur et pourquoi il l'a nommé ainsi. Je suppose qu'il y a des saisons dans ce monde et que l'eau se liquéfie quand la température le permet.

— Je vois, répondit Solmar sur son dos. Mais bien qu'il n'y ait aucun rapport avec ce que tu viens d'observer, pour dire comme il faut les choses, je me sens très humilié de me faire transporter comme un infirme.

— Tu ne devrais pas ressentir cette humiliation, Solmar. Nonobstant les apparences, je ne te porte pas vraiment, en fait.

— Comment cela, tu ne me portes pas vraiment ? Je capture mal le concept !

— Mon corps n'est qu'une machine. Un RPRV. C'est lui qui te porte. Qui nous porte tous les deux. Toi, sur son dos, et ce qu'il reste de moi, à l'intérieur de son buste. Nous nous faisons tous les deux transporter par la même machine. Situation on ne peut plus courante, n'est-il pas ? On est souvent plus d'un dans un roulant, par exemple.

— Ta grande générosité et ton extrême gentillesse te font déployer des trésors de diplomatie qui me vont droit au cœur.

La végétation alentour était constituée d'une herbe souffreteuse, de rares arbustes et buissons. Quelques collines très arrondies et peu hautes formaient l'unique relief, si ce n'était les bords de ce petit monde que l'on voyait tout autour monter jusqu'au ciel. Ce dernier ne semblait investi par aucun oiseau ou autre créature volante.

Ils marchaient à quelques mètres du lac gelé sur une terre durcie par le froid. Vouzzz ne savait toujours pas comment organiser la rencontre pour éviter de terrifier tous ses semblables.

46. Vous plus faire marcher pieds de vous

Un heureux événement vint au secours de Vouzzz. Alors que, marchant en tête, il venait de dépasser un épais buisson qui se trouvait en bordure du lac, il vit le Grand Sage du village des Tonalités, c'est-à-dire son Grand Sage. Celui-ci était en train de retirer son filet du trou qu'il avait fait dans la glace. Vouzzz recula vivement pour ne pas être vu de lui et, se retournant, il prononça :

— Vous attendre là. Moi venir bientôt. Vous plus avancer. Vous plus faire marcher pieds de vous.

L'Éternelle et C, qui suivaient juste derrière lui, s'arrêtèrent brusquement. Après avoir marqué deux secondes d'étonnement, elles se retournèrent pour expliquer aux autres ce que leur demandait Vouzzz. L'étrange cohorte stoppa. Étrange cohorte composée de la femme la plus puissante des mondes et de son jeune clone, de deux Mécans, dont l'un était à l'origine mi-homme mi-chimpanzé, d'un autre angémo chimpanzé dans son corps d'origine qui tenait un éléphant lilliputien dans une de ses quatre mains, d'un Marsalè aux origines identitaires plus que complexes, d'un Martien anéanti par la pesanteur présente, de deux adolescents nés au ghetto de Marsa dont le destin s'emballait et d'un éthologue au grand cœur écrasé par la culpabilité. Étrange cohorte d'êtres qui s'apprêtaient très bientôt à représenter les Terriens lors d'une rencontre avec une espèce venant d'un monde inconnu d'eux.

— Je revenir, répéta Vouzzz.

Constatant qu'ils semblaient tous avoir compris ce qu'il attendait d'eux, il fut rassuré et reprit sa marche. Il contourna le buisson et se dirigea vers son Grand Sage.

— Ah ! te revoilà ! dit-chanta ce dernier.

S'en suivit une conversation, à demi dite à demi chantée, qui traduite en langage humain eût donné quelque chose comme ceci :

— Oui, répondit Vouzzz en l'aidant à retirer le filet du trou. J'ai quelque chose d'important à vous montrer, Grand Sage.

— Quelque chose à me montrer ! Je suis très curieux de savoir de quoi il s'agit. Quand me le montreras-tu ?

— Dès que je vous aurai préparé à le voir, Grand Sage.

— Tiens ! Quelle est donc cette chose qui demande à ce qu'on soit préparé pour la regarder ? J'avoue que tu excites ma curiosité ! Prépare-moi donc au plus vite, et montre-la-moi !

— Je dois d'abord vous dire que ce sont des créatures que je vais vous présenter. Des créatures d'un autre monde.

— Le monde que tu nous as chanté, lors de la dernière guerre ?

— Oui, Grand Sage. Je sais que personne ne m'a cru…

— Moi, je t'avoue que je t'ai un peu cru.

— Un peu ?

— Oui. Je me suis dit que tu chantais peut-être une chose qui existe vraiment.

— Dans ce cas, vous m'encouragez à poursuivre Grand Sage. J'ai eu beaucoup de chance de tomber sur vous !

— Montre-les-moi. Je suis prêt.

— Je dois vous chanter quelque chose à leur sujet avant de vous les faire rencontrer.

Le Grand Sage prit un crustacé entortillé dans les mailles de son filet et le jeta dans son sac en répondant :

— Ne me fais pas mourir d'impatience ! Chante-moi ce que tu veux et amène-moi près de ces créatures.

Vouzzz se mit à chanter combien les monstres étaient disgracieux. Il chanta leur laideur physique, mais il chanta aussi leur fragilité et leur égarement intérieur. Le Grand Sage fut, sinon effrayé, grandement impressionné par l'aspect repoussant des prétendues entités que lui décrivit Vouzzz. À tel point qu'il douta fortement que de tels êtres pussent réellement exister et qu'ils n'étaient vraisemblablement que le produit d'une imagination certes féconde, mais quelque peu inquiétante également. La description du côté intérieur de leur esprit fut toutefois si touchante qu'il eut définitivement envie d'accorder toute son attention au jeune Vouzzz, que ces formes de vie existassent ou pas. Dans le premier cas, il s'agissait d'une rencontre extraordinairement exaltante, dans l'autre, ce qui se passait dans l'esprit de Vouzzz méritait qu'on s'y intéressât.

*

Pendant ce temps, les créatures en question étaient également en grande discussion. Pour la troisième fois, Bartol avançait tout doucement en tendant le cou pour essayer de voir ce qui se passait derrière le buisson.

— Cesse de te comporter comme un enfant ! lui dit l'Éternelle, en le tirant en arrière par le bras. Il nous a demandé d'attendre ici. Faisons preuve de respect !

Le Marsalè se retourna et revint vers le groupe en grommelant un peu pour la forme.

— Sandrila a raison, ami Terrien ! lança le Martien qui était descendu du dos de Quader. Faisons comme il faut les choses ! Si tu profitais de ce moment pour nous parler de ce qui te faisait tant réfléchir, il n'y a pas longtemps. Tu as promis de nous tenir au courant. S'agit-il de soupçons au sujet de l'un d'entre nous ?

— C'est vrai, au fait ! dit C. De quoi s'agit-il ?

Daniol détourna ses yeux de C12/2 et de Cong, le premier portant le second sur ses épaules de Mécan, pour interroger lui aussi Bartol du regard.

— Hé bien… Comment commencer ? … essayons de répondre à quelques questions. Qui était aux commandes du Youri-Neil quand une prétendue force inconnue nous a attirés vers Symbiose ? Qui nous a fait remarquer que les deux portes du sas étaient ouvertes quand nous nous demandions si nous pouvions sortir du gravitant ? Qui a découvert le premier l'ascenseur que nous avons pris pour arriver ici ? Qui nous a signalé que nos maisons étaient dans la forêt ? À toutes ces questions, je réponds : Abir Gandy. Pour sa première disparition, je trouve qu'il nous a donné une visquerie d'explication tout à fait louche ! Comment n'a-t-il pas pu se faire remarquer de cette femme en criant et en gesticulant ? Ensuite, comment se fait-il qu'il n'ait pas réussi à la rattraper ? Il semblait en bonne forme physique et contrairement à Solmar parfaitement à l'aise sous un g ! Comment, également, un homme suffisamment compétent et intelligent pour piloter un gravitant peut-il se perdre si facilement dans une forêt depuis laquelle il peut voir ce qui nous tient lieu de soleil et qui est un parfait repère d'orientation ? Pourquoi, en retrouvant soi-disant son chemin le lendemain, est-il tombé par coïncidence juste sur nous en sortant de la forêt ? Pourquoi n'avons-nous vu aucune trace de la personne qu'il aurait poursuivie et pourquoi ne nous en a-t-il même pas reparlé en nous guidant vers nos maisons ? Et enfin, pourquoi a-t-il à nouveau disparu ?

Tous restèrent un moment silencieux. L'Éternelle parla la première :

— Qu'en déduis-tu ?

— Qu'il est de connivence avec ceux qui nous retiennent ici, bien sûr !

— Tout à fait impossible !

— Pourquoi ? Qu'est-ce qui te permet d'être si sûre de ce mecdule ?

— Ce n'est pas que je sois sûre de lui, c'est tout simplement impossible parce qu'il ne pouvait pas savoir qu'il serait du voyage !

— Comment ça ?

— Il est venu avec nous sur ma propre décision, tout à fait spontanée. C'est moi qui ai souhaité, au tout dernier moment, changer de gravipilote. Il ne pouvait donc pas prévoir qu'il serait de ce voyage !

— Ah !... fit le Marsalè. Dans ce cas, je ne comprends pas son comportement... Peut-être que je me suis trompé, grande géanture !

— Peut-être pas malgré tout, fit l'Éternelle d'un ton songeur.

— ?...

— Je me souviens, à présent, que quelque chose m'avait étonnée sur le moment...

— ? ...

— Quand j'ai appelé Fujiko, mon habituelle gravipilote, dans le but de lui expliquer que je désirais me passer d'elle pour un temps, elle n'a fait aucune difficulté. Je n'ai décelé aucune contrariété dans sa voix. Au contraire, même ! On aurait dit que ma demande tombait bien. C'est en outre elle qui m'a proposé quelqu'un pour la remplacer, cet Abir Gandy que je ne connaissais pas... Maintenant que j'y songe, il y a effectivement quelque chose de troublant dans tout ça...

— Ah ! J'étais sûr que ce mecdule était flou ! Mais pourquoi as-tu voulu changer de gravipilote ?

Malgré son exceptionnelle performance, l'ouïe de l'Éternelle semblait présenter le défaut de ne pas entendre cette dernière question. En effet, bien que le Marsalè la lui posât une seconde fois, elle resta tout bonnement sans réponse.

47. Grand Pas Salerie

Vouzzz avait transmis tout ce qu'il savait sur le langage primitif des humains à son Grand Sage. Il lui avait également résumé quelques centaines des œuvres musicales contenues dans l'objet que lui avait donné Daniol. Cela ne lui avait pris qu'une dizaine de minutes. Au bout de ce laps de temps, le Grand Sage en savait tout autant que lui.

Le vieux tripode mit le dernier crustacé pris dans ses mailles à l'intérieur de son sac, puis il plia ensuite le filet pour le ranger dans une poche séparée du même sac.

Le moyen de communication qu'il venait d'apprendre et les œuvres sonores qu'il venait d'entendre étaient si rudimentaires, qu'il douta encore de la réelle existence des êtres supposés les avoir créés. Il pensa que Vouzzz venait probablement d'inventer tout ça à l'instant même, mais il décida de jouer le jeu. Il dit :

— Je suis prêt.

— Attendez-moi ici, Grand Sage. Je vais chercher les créatures.

— Je t'attends.

Vouzzz disparut derrière le gros buisson.

— Il faudrait retourner au Youri-Neil pour inspecter la cabine d'Abir, voir si nous pouvons trouver des indices, quelque chose... disait Quader.

Vouzzz lui coupa la parole :

— Vous faire marcher pieds de vous. Je vais montrer vous à...

Vouzzz éprouva deux secondes de difficulté à traduire la notion de Grand Sage en langage humain. Il reprit :

— Je vais montrer vous Grand Pas Salerie de mon village.

Les créatures originaires de la Terre se regardèrent.

— Grand Pas Salerie ? murmura Bartol.

— Oui, dit Daniol. Je pense comprendre ce qu'il veut exprimer. Il vous a entendu dire le mot salerie, je ne me souviens plus en quelle occasion, et il m'a demandé ce que cela signifiait. J'ai essayé de le lui apprendre… Je lui ai dit qu'on utilisait ce terme quand on n'était pas content de quelque chose. Je ne sais pas vraiment comment il a compris mes explications. Je pense qu'il nous dit qu'il va nous montrer quelque chose de son village dont il est content, ou qui a de la valeur. Quelque chose comme ça.

— Peu importe, il nous attend ! fit remarquer C.

— Solie a raison, approuva l'Éternelle. Allons-y !

Ils se remirent en marche derrière Vouzzz.

Quand le Grand Sage vit arriver ceux qui suivaient celui qui prétendait avoir découvert un autre monde, il ne put que se rendre à l'évidence : cela était bel et bien vrai. Vouzzz n'avait rien inventé, ni l'existence de ces créatures, ni leur épouvantable aspect. Il lui fallut tout son courage pour ne pas s'enfuir à toutes jambes. Assez rapidement cependant, elles lui inspirèrent bien plus de pitié que de frayeur.

— Moi, content voir vous, leur dit-il.

C'était une tentative d'exprimer une sorte de « bienvenue ! » en langage humain.

Il émit ensuite quelques modulations d'une exquise beauté. Ce qui dans son mode d'expression était tout à fait l'équivalent de « bienvenue ! ».

Les membres de la délégation d'origine terrienne ressentirent étrangement bien le deuxième message.

— C'est un autre Vouzzz, un peu plus gros et rouge, murmura Bartol.

Tous regardaient, comme hypnotisés, la sphère tripode qui les observait tour à tour de ses trois yeux. L'Éternelle répondit la première :

— Nous sommes aussi très contents de vous voir.

Puis, s'adressant à Vouzzz :

— Est-ce le Grand Pas Salerie ?

— Oui. Lui Grand Pas Salerie de village de moi.

— Bonjour, Grand Pas Salerie du village de Vouzzz, dit Bartol.

Dire que c'est grâce à moi qu'il porte ce nom ! songea le Marsalè.

Tous les autres se contentèrent de dire simplement bonjour, en se demandant si ce mot serait compris.

— Celui que vous appeler Vouzzz dit à moi que vous venir autre monde que notre. Cette chose vraie ?

— Oui, dit Daniol. Nous venons d'un monde qui s'appelle la Terre.

— Vous venons de Laterre comment ?

— C'est difficile à dire. Il faut du temps pour vous expliquer cela, répondit l'éthologue, en parlant très lentement.

Les humains étaient très remués par ce qu'ils étaient en train de vivre. Les deux regards triangulaires qui leur faisaient face les troublaient beaucoup. De plus, le fait que cette nouvelle créature pût si rapidement apprendre suffisamment de rudiments de leur propre langage pour être en mesure de communiquer ne pouvait que les impressionner encore plus.

— Vous venons dans village de nous pour prendre temps expliquer à nous. Si vous vouloir, moi content.

— Nous voulons bien, dit Daniol. Nous sommes prêts à vous suivre.

La créature émit une courte série de modulations qui semblaient destinées à Vouzzz, car celui-ci dit :

— Vous suivre Grand Pas Salerie de village de moi. Moi aller village de moi attendre vous là-bas.

Sur ce, il partit en courant à grande vitesse.

Vouzzz avait pour mission de préparer tous ceux de son village à recevoir les monstres. Le Grand Sage le lui avait demandé. Il courut aussi vite qu'il put.

Alors que le Grand Sage du village des Tonalités avançait lentement dans l'intention de laisser du temps à Vouzzz, les humains et les angémos marchaient à ses côtés sur la rive du lac circulaire pétrifié par le gel.

— Comment s'appelle, chez vous, celui que nous appelons Vouzzz, Grand Pas Fécalerie ? demanda Bartol.

L'Éternelle lui toucha discrètement le bras et lui souffla :

— Salerie, pas Fécalerie !

— Celui que vous appelons Vouzzz s'appelle rien. Nous pas donner nom. Nous chanter pas pareil pour chaque nous. Nous donner nom pour tout mais pas pour nous.

— Oui, dit Daniol. Vouzzz m'a expliqué ça. Je crois que je commence à mieux comprendre. Je suppose que pour dire l'équivalent de « Vouzzz est à la pêche » on chante simplement « est à la pêche » de la manière qui correspond à Vouzzz.

— Rien cerveauté ! se plaignit Bartol en se grattant la tête.

— Moi compris, dit le Grand Sage. Daniol bien expliqué. Daniol bien suppose.

Mille grandes géantures géantissimesques ! se dit le Marsalè. Cette petite boule sur trois pattes me ridiculise. Elle comprend mieux que moi ce qui est exprimé dans ma propre langue !

— Le sac qu'il porte ressemble à celui de Vouzzz, fit observer Solmar à voix basse.

Quader l'avait repris sur son dos. La grande taille du Martien faisait que ses pieds effleuraient le sol et que sa tête culminait largement au-dessus de celle de son porteur, la moitié de son buste dépassant de celle-ci.

48. Pas très facile à dire !

Durant le trajet, le Grand Sage du village des Tonalités avait progressé dans sa connaissance du langage des hommes, en partie en communiquant avec eux, en partie en les écoutant seulement parler entre eux. Ses capacités en matière de communication étaient bien plus grandes encore que celles de Vouzzz, qui étaient pourtant déjà elles-mêmes très au-dessus de celles des humains. Le Grand Sage avait parfaitement conscience de l'infériorité de ces entités en la matière, mais il se gardait cependant de considérer ses hôtes comme des primitifs. Contrairement à ce que font d'habitude les humains, il ne lui venait pas à l'idée d'évaluer le degré d'évolution d'une forme de vie en mesurant sa capacité à lui ressembler. Au contraire, il se disait que ces affreuses créatures devaient avoir des dispositions dans des domaines qui lui étaient inconnus, ou presque inconnus. Quant à leur laideur… quelque disgracieuses qu'elles fussent, il savait que cette notion n'avait qu'une valeur subjective liée à sa propre sensibilité et à celle de ceux de son espèce. Sans doute me trouvent-ils aussi peu engageant ! se disait-il.

Le Grand Sage changea de direction. Il tourna à gauche et s'éloigna du lac.

— Nous tourner pour aller village, expliqua-t-il.

— C'est encore loin, Grand Pas Salerie ? demanda Bartol.

— Non. Nous plus loin, répondit le Grand Sage, avant de demander :

— Pourquoi un de vous porter par un de vous ?

— Celui qui se fait porter est fatigué, dit Bartol, sans rentrer dans des détails pas faciles à expliquer malgré les ahurissants progrès que faisait son interlocuteur.

— Toi venir aussi de Laterre ? voulut ensuite savoir le Grand Sage, en s'adressant à Cong qui marchait juste à sa droite en le regardant.

— Moi, oui. Je suis aussi une créature de la Terre, comme tous les autres sauf Solmar qui vient d'un autre monde qui s'appelle Mars, répondit Cong.

— Mars loin de Laterre ? Beaucoup faire marcher pieds ?

— Euh… Ça dépend des moments, dit l'angémo. Mais je ne sais pas en ce moment et on ne peut pas aller d'un monde à l'autre à pieds.

Le fait que des mondes pussent se déplacer l'un par rapport à l'autre parut étonner le Grand Sage, ou du moins le faire réfléchir. C'est en tout cas ce qu'ils crurent deviner, mais comment savoir ce qu'il pensait ? Il était si difficile d'interpréter une expression dans son regard triangulaire ! et pour peu qu'on s'y risquât rien ne garantissait que ce qui ressemblait pour un humain, par exemple, à un sourire en était vraiment un pour lui.

Ils approchaient du village composé de petites habitations coniques en chaume. Grâce aux performances de leurs yeux, les deux Robatiny et Quader observaient déjà depuis un moment les détails de ces constructions. Quelques-unes d'entre elles laissaient même voir une partie de leur intérieur. Ils virent également Vouzzz qui les attendait, entouré de nombreuses autres créatures de la même espèce. Étant toutes de tailles et de couleurs différentes, on pouvait assez aisément les distinguer. Aucune n'était beaucoup plus grande que Vouzzz et les plus petites faisaient environ le quart de sa taille. L'Éternelle donnait certains de ces détails à Bartol, qui plissait des yeux en forçant son regard pour essayer d'apercevoir ce qu'elle lui décrivait.

*

Après les avoir rassurés, en prétendant que ces créatures n'étaient pas dangereuses, Vouzzz avait enseigné à ses semblables tout ce qu'il savait sur leur mode de communication.

— Oui, avait-il expliqué dans son propre langage, leur capacité d'expression semble à peine supérieure à celle des crustacés, mais notre Grand Sage suppose que leur intellect est peut-être plus développé dans d'autres domaines qui nous échappent.

Beaucoup avaient voulu savoir dans quels domaines, mais Vouzzz avait dû avouer qu'il n'en savait rien.

À présent, les créatures en question étaient en train d'approcher et, dans le village des tripodes, les enfants se cramponnaient aux parents. Vouzzz n'avait donc rien inventé ! Heureusement qu'il était venu les prévenir ! Ces êtres étaient effectivement de véritables visions de cauchemar ! Bon ! le fait qu'elles fussent accompagnées du Grand Sage était tout de même un élément fortement rassurant, mais les moins courageux faisaient malgré tout de réels efforts pour ne pas s'enfuir le plus loin possible.

*

En arrivant quelque dix mètres devant les représentants de l'espèce terrienne, le Grand Sage chanta aux siens :

— Soyez sans crainte ! Ces créatures ne vous feront aucun mal. Réservons-leur un accueil chaleureux.

Tous les tripodes émirent des modulations ; bien que les humains ne pussent comprendre ces sons verbatim, ils les ressentirent pourtant comme des messages de bienvenue. Daniol se dit qu'entre les deux espèces qui se rencontraient il existait apparemment quelque chose de commun en ce qui concernait la sensibilité et les sons. C'était pour lui une découverte exaltante. Qui aurait pu prédire, lorsqu'il commençait ses études d'éthologie, qu'il serait un jour en situation d'être le premier à faire de l'exopsychologie ?

Les habitations des tripodes étaient bien trop basses pour accueillir confortablement un humain. Au centre du village, le Grand Sage dit :

— Vous de Laterre et Mars, tous ici contents de voir vous. Vous trop grands pour maisons de nous. Vous plier vos jambes pour asseoir vous confortable ici.

Il montra une surface dégagée couverte de sable, qui semblait en quelque sorte être la place du village. On voyait de nombreux creux dans le sable dont certains étaient déjà occupés par des créatures sphériques, parmi lesquelles figurait Vouzzz, bien reconnaissable à son pelage vert, ses yeux vert très clair et ses membres rosés. Tous différents dans leurs couleurs et leurs nuances, les tripodes se différenciaient nettement les uns des autres. Ils étaient en revanche tous semblables par leur forme parfaitement sphérique.

Les êtres d'origine terrienne s'assirent sur le sol parmi eux.

— Ici endroit où nous être ensemble, expliqua Le Grand Sage.

Son corps était pourpre, ses yeux et ses membres orange.

Il monta sur un petit tas de sable conique au sommet duquel était un creux. Ses jambes se rétractèrent quand il s'y installa, le tiers inférieur de son volume disparaissant dans la dépression.

— Vous pouvoir poser questions à nous, dit-il. Et nous contents si nous pouvoir poser questions à vous.

— Nous serons très heureux de répondre à toutes vos questions, l'assura Bartol, d'une voix forte portée par l'enthousiasme.

— Comment vous appeler monde de nous ? voulut savoir le Grand Sage.

— Nous ne lui avons pas encore donné de nom, Grand Pas Fécalerie, répondit Bartol. Mais je profite de votre question pour vous demander à mon tour comment vous le nommez vous-même. Je suis certain que tous mes amis ici présents seront d'accord pour utiliser le même nom.

Sandrila Robatiny pinça Bartol au bras en murmurant : « C'est Grand Pas Salerie, et non pas Grand Pas Fécalerie. C'est la deuxième fois que je te le dis ! ». Le Marsalè prit un air désolé. Le Grand Sage attendit le dernier mot de l'Éternelle pour répondre :

— Pour nous, le nom de notre monde est :

Le Grand Sage émit une modulation totalement impossible à prononcer. Impossible à prononcer et encore moins à écrire, bien entendu. Elle débutait par un étrange sifflement qui commençait dans les graves pour devenir extrêmement aigu, le tout en vibrato. Cette incroyable acrobatie sonore finissait par une sorte de détonation si puissante et si grave que tous en ressentirent l'onde de choc sur la poitrine ; on eût dit le bang du mur du son.

— Ah !... Euh... fit Bartol. Pas très facile à dire !... pas simple comme langue !

49. Un événement inattendu coupa la parole au Marsalè

Au bout d'une cinquantaine d'heures passées en compagnie des Vouzzziens…

C'est ainsi que Bartol avait proposé de nommer les créatures tripodes et tous avaient trouvé que c'était là une bonne idée. Par ailleurs, devant la manifeste impossibilité de prononcer « monde » en Vouzzzien, le Marsalè avait dû renoncer à sa propre proposition d'utiliser le « mot » employé par les créatures. Mais, comme il semblait décidément prendre à cœur de donner des noms, c'est sans laisser retomber son enthousiasme qu'il avait proposé que l'on appelât le monde des Vouzzziens « Monde de Vouzzz », tout simplement, et le premier monde dans lequel il avait débarqué « Monde de Pooo ». Sa satisfaction fut bien visible quand il rencontra l'approbation générale. C'est donc nantis de ces nouveaux termes que nous pouvons poursuivre.

Au bout d'une cinquantaine d'heures passées en compagnie des Vouzzziens, tous les membres de l'équipage du Youri-Neil revenaient dans le Monde de Pooo. Tous sauf Daniol, les C12 et Copain. L'éthologue avait choisi de rester parmi les Vouzzziens pour enrichir, disait-il, leur connaissance de la langue humaine. Ce qui permettrait par la suite aux deux espèces d'apprendre beaucoup plus l'une de l'autre. En toute humilité, les humains ne purent que reconnaître leur incapacité à maîtriser la « langue » des Vouzzziens. Ils ne pouvaient donc que compter sur les surprenantes facultés d'apprentissage de ces derniers pour améliorer la communication entre les deux peuples.

Après les inévitables douches et distributions de nourriture, ceux qui revenaient dans le Monde de Pooo descendaient le flanc de la montagne en pleine nuit. Très impatient de revoir Pooo, Vouzzz les accompagnait. Quader portait Solmar sur son dos. Ils étaient sur le point de prendre pied sur la plage. Les humains projetaient de visiter la plus grande surface possible de ce monde, espérant trouver des réponses aux questions qu'ils se posaient. Ayant choisi de commencer par les abords des maisons, ils arrivèrent sur la plage et longèrent la lisière des arbres avec l'intention d'entrer dans la forêt un peu plus loin, à l'endroit où ils avaient fait la connaissance de Vouzzz.

Sandrila Robatiny et Bartol étaient en tête. Une forme allongée près de l'eau, à quelque cinq cents mètres d'eux, retint l'attention de l'Éternelle.

— Il y a quelque chose, là-bas, droit devant nous, dit-elle, alors qu'ils marchaient dans le sable.

Bartol suivit la direction de son regard. Malgré la pleine lune, il ne distingua rien de particulier. En revanche, avec un facteur de grossissement de cinquante, l'amplificateur de lumière et le stabilisateur d'image de sa vision, l'Éternelle était comme à côté de la chose.

— Je ne vois rien ! avoua Bartol.

— Étrange ! C'est le mastodonte semblable à Pooo que nous avions vu. Tu sais ? … Un de ses géniteurs, sans doute.

— Ah bon ! Est-ce que Pooo est là aussi ? demanda le Marsalè en fronçant les sourcils dans son effort pour distinguer quelque chose.

— Je ne le vois pas. Mais ce qui est curieux, c'est que la créature est allongée. C'est un endroit bien insolite pour dormir.

— Allongée ? Où ? Où est-elle allongée ?

— Tout près de l'eau. Les vagues la touchent, même… J'ai le pressentiment qu'elle est morte…

— Morte !

— Oui. À moins que ce soit normal pour cette forme de vie de dormir en partie dans l'eau. Mais, ça me semble peu probable !

Ils entendirent derrière eux :

— Pooo n'est pas ici ! Lui était plus loin, là-bas, quand je trouvais lui les autres fois.

C'était Vouzzz qui parlait. Les longues discussions entre les deux peuples avaient énormément fait progresser les Vouzzziens en langue humaine. Ils n'étaient plus qu'à deux cents mètres de l'énorme corps étendu quand Vouzzz le remarqua :

— Qu'est-ce qui est sur la plage, là-bas ? demanda-t-il, son bras central tendu.

— Il a de meilleurs yeux que moi ! dit Bartol. J'ai beau m'interroger les rétines, elles ne me disent rien, à moi.

L'Éternelle hésita à répondre, mais C dit :

— Il semble que ce soit la grande créature qui ressemble à Pooo.

Vouzzz se mit aussitôt à courir et ils le suivirent en forçant le pas.

Près du mastodonte, il apparut tout à fait évident qu'il était inanimé. Trois de ses longs pédoncules oculaires étaient sous son crâne, deux étaient ensablés et les trois derniers étaient ballottés par les vagues. Vouzzz dit :

— C'est le parent de Pooo. Je l'appelais Puuurr parce qu'il faisait puuurr avec son tuyau.

— Son tuyau ? Quel tuyau ? demanda Bartol.

— Ça, dit Vouzzz en montrant ce dont il parlait sur la créature.

— Ah ! ceci s'appelle la trompe, l'informa le Marsalè.

— Trompe, répétait Vouzzz. J'espère que Pooo va bien. Pas normal que Puuurr dorme là.

— Non, ce n'est pas normal, fit remarquer Quader. Puuurr ne dort pas. Regardez, là…

Sur le côté de la tête du pachyderme octoculaire, on pouvait voir un trou. Il avait le diamètre d'un petit doigt. Du sang en coulait encore et une grosse tache sombre maculait ce qui correspondait plus ou moins à la tempe.

— Étrange blessure, s'étonna Quader. Ça ressemble à l'impact d'une arme primitive à projectile.

— Il y a beaucoup de traces de pas dans les environs, vers les arbres. Regardez ! appela Drill.

Tous constatèrent en effet que le sable avait été foulé par un grand nombre d'individus.

— Toutes ces traces sont différentes ! s'exclama Ols. Certains étaient pieds nus, d'autres avaient des chaussures… Il y avait au moins dix personnes.

— Exactement douze ! affirma l'Éternelle qui venait de charger sa céph de compter les formes distinctes.

— Pourquoi Puuurr est comme ça ? demanda Vouzzz.

— Nous pensons qu'il est mort, répondit Solmar.

— Pourquoi est-il mort ?

— Il semble qu'on l'ait tué.

— Qui a tué Puuurr ?

— Les marques de pas disent que ce sont sans doute des humains.

— Des humains que vous connaissez ? s'enquit Vouzzz.

— Non, assura l'Éternelle. Nous ne savons pas qui ils sont. Ces empreintes ne sont pas les nôtres.

— Je vois beaucoup traces de Puuurr partout, émit Vouzzz.

Bartol murmura à l'oreille de Sandrila Robatiny :

— Tu es certaine qu'il n'y a pas celles d'Abir parmi elles ?

— Certaine. À moins qu'il ait changé de chaussures.

— Je vois aussi beaucoup traces de Pooo, ajouta Vouzzz. Pooo en danger. Pooo peut-être mort, lui aussi !

Bartol continua à interroger l'impératrice du gène.

— À part les marques de pas, ne discernes-tu pas d'autres indices avec tes super-yeux ? Il n'y a rien sur le corps de...

Un événement inattendu coupa la parole au Marsalè. Une modulation émouvante emplit soudain la nuit. La substance intime de la tristesse devint pure mélodie. Jamais humain n'avait entendu plus poignant. Une écrasante affliction étreignit les cœurs. Pour la première fois, des hommes écoutaient un Vouzzzien pleurer. On ne voyait aucune larme dans ses trois yeux et rien de particulier ne se passait sur ce « visage » qui était en même temps presque tout son corps. Pourtant, tous furent certains qu'à la manière de son espèce, Vouzzz versait des pleurs.

50. Ce sont assurément des voix

Les humains durent faire un considérable effort pour surmonter le spleen qui s'abattait sur eux. Le Marsalè rassura Vouzzz :

— Nous allons retrouver Pooo, promit-il, au bord des larmes.

Drill et Ols, les yeux déjà rougis et gonflés, se placèrent chacun d'un côté du tripode et posèrent une main affectueuse sur lui, comme s'ils eussent voulu lui passer un bras sur des épaules qu'il n'avait pas.

— Ne sois pas triste, Vouzzz, lui dit Drill. Tu nous griffes le cœur ! Bartol a raison, nous allons retrouver Pooo.

Ils eurent tous quelques paroles de réconfort pour la créature qui les avaient si profondément touchés. Le tripode redevint silencieux, mais son chant douloureux restait imprimé dans la sensibilité des bipèdes. C'était une chose extraordinaire de voir ces humains qui, bien qu'ils eussent toutes les raisons légitimes de se préoccuper de leur propre sort, ne pensaient plus qu'à soulager la douleur d'une créature qu'ils connaissaient depuis si peu de temps et qui était par ailleurs si différente d'eux. En un instant, leur plus grande préoccupation devint en effet de retrouver Pooo sain et sauf, et ce, dans l'unique dessein que Vouzzz ne souffrît plus.

Les empreintes de pas humains continuaient le long de la plage, côté sud, vers la montagne lointaine que Vouzzz avait en partie survolée sous les ailes du monstre volant. En s'éloignant du corps de Puuurr, dans cette direction, il était plus facile de discerner les douze traces de pas, plus ou moins parallèles. Bien que certaines fussent par endroits effacées par les vagues, il n'y avait aucun doute : douze personnes avaient manifestement marché là, dans un sens puis dans l'autre. Des empreintes de Pooo étaient également bien visibles. Vu ce qui était arrivé à Puuurr, on ne pouvait que supposer que c'était sous la contrainte qu'il avait suivi les hommes.

Outre le souhait, à ce point sincère qu'il en était même prioritaire, de retrouver le compagnon de Vouzzz, ils étaient motivés par une vive curiosité. Qui étaient donc ces autres humains dans Symbiose ? Et pouvait-on se fier simplement à leurs traces pour être certain qu'ils fussent des humains ? Avec si peu d'informations, il était permis de faire tant de suppositions ! Ceux qui avaient laissé ces empreintes étaient-ils de ceux qui maîtrisaient Symbiose ?

Ils décidèrent de suivre les traces sans attendre. Solmar se sentait toutefois bien trop épuisé pour se joindre à eux. Ne voulant pas être une charge pour ses amis, il préféra rejoindre Daniol pour le tenir informé. Les encouragements de Bartol et de Quader ne parvinrent pas à le convaincre de les accompagner. Ils le saluèrent donc tous et après l'avoir quelques secondes regardé s'éloigner vers le nord, ils commencèrent à suivre les empreintes vers le sud.

Suivant l'exemple de Quader, Drill et Ols avaient depuis longtemps pris l'habitude de dormir une dizaine d'heures tous les quinze jours. Depuis peu, Quader s'était calé sur le cycle de l'Éternelle et de C : une douzaine d'heures tous les vingt jours. Ils avaient tous sur eux quelques grammes de la substance produite par Génética Sapiens qui permettrait d'imposer ce rythme à l'organisme pendant plusieurs années. Étant tous à moins de la moitié de leur période d'éveil, ils avaient plusieurs jours d'activité devant eux pour se lancer à la découverte de ce qui les attendait au bout de ces traces de pas.

— Nous avons besoin de nourriture pour ceux d'entre nous qui ne possèdent pas un endosynthétiseur protéique, dit Quader. Nous ne savons pas combien de temps va durer notre expédition. Je vais aller en chercher dans ce chez-moi d'ici, et je vous rattraperai.

— Pourquoi toi ? demanda Bartol, se sentant concerné, car il faisait partie de ceux qui avaient besoin de s'alimenter.

Drill et Ols posèrent la même question pour la même raison en ajoutant que la forêt était très généreuse en fruits.

— Les fruits risquent de ne pas suffire, répondit Quader. En tant que Mécan, c'est à moi que revient cette mission, car je suis beaucoup plus rapide que vous tous. Je vous rattraperai facilement et sans effort. À tout à l'heure.

Sur ces derniers mots, il disparut en courant sous les arbres.

*

Drill, Ols et Bartol mangeaient des fruits. Bien qu'elles n'eussent aucun besoin de s'alimenter, les deux Robatiny en consommaient aussi. Ils étaient savoureux et cela leur donnait l'impression d'être plus proches de leurs compagnons en leur ressemblant davantage.

Ils marchaient depuis une heure environ, suivant toujours sur la plage les empreintes qui les conduisaient vers le sud, quand Quader surgit de la nuit derrière eux, à si bonne allure qu'ils eurent à peine le temps de l'entendre arriver.

— Me voilà ! dit-il, montrant un sac de toile. J'ai pris de quoi nourrir ceux qui ont faim.

*

Ils poursuivirent leur chemin, en échangeant toutes les spéculations possibles au sujet de Symbiose. Les Vouzzziens avaient appris aux créatures terriennes qu'ils étaient dans leur monde depuis des milliers de générations, au moins. Ils n'avaient en fait aucun souvenir d'avoir jamais vécu ailleurs. À la question que leur avait posé Bartol : « D'où venez-vous, quel est votre monde d'origine ? », ils avaient réagi comme réagirait un Terrien à qui l'on poserait la même question sur Terre.

Ces êtres avaient également surpris les humains par leur mode de reproduction qui impliquait trois sexes. Vouzzz avait de ce fait trois parents.

Bartol et Quader avaient mesuré la durée du jour vouzzzien ; elle était à peine supérieure à vingt-cinq heures. Par ailleurs, ils avaient appris que les tripodes vivaient en moyenne quatre cent mille de ces jours, c'est-à-dire un peu plus de mille ans. Outre l'étonnement, quelque peu admiratif et envieux, qu'elle avait suscité, cette révélation avait conduit les humains à étayer de nouvelles hypothèses :

Symbiose était là depuis des lustres et avait toujours su se dissimuler aux regards des hommes. Dans ce cas, pourquoi se manifester seulement à présent, après ces milliers d'années de présence discrète ?

Symbiose venait d'arriver dans le système solaire. Dans ce cas, d'où venait cette chose ? Était-elle déjà en train de repartir, les entraînant vers une destination inconnue ?

Symbiose n'avait pas des milliers d'années d'existence. Cet artefact était au contraire très récent, quelques années, voire quelques mois à peine. Les Vouzzziens mentaient... ou ils croyaient en toute sincérité vivre ici depuis toujours, mais ils se trompaient. On leur avait mis cette croyance en mémoire. Dans ce cas, dans quel but ?

Ils s'interrogeaient beaucoup à leur propre sujet ; en conclusion, arrivaient tout le temps les mêmes questions : que faisaient-ils ici ? Qu'est-ce que Symbiose attendait d'eux ?

Quand le jour commença à poindre, les céphs leur indiquèrent qu'ils avaient parcouru trente-cinq kilomètres. La montagne du sud était beaucoup plus proche. Celle du nord, qu'ils appelaient parfois aussi : « Montagne de l'ascenseur », apparaissait dans les premières lueurs, voilée par la distance.

Bien qu'ils n'eussent pas besoin de dormir, Bartol, Drill et Ols sentaient que les muscles de leurs jambes demandaient une petite halte. Vouzzz restait silencieux. Il n'avait plus prononcé un mot depuis qu'il avait vu le cadavre de Puuurr. Personne ne savait comment le faire sortir de son mutisme.

Ils décidèrent de s'accorder une pause pour que tous les quatre reprennent des forces. Le Marsalè, Ols et Drill s'allongèrent dans le sable. Vouzzz s'y enfonça légèrement. Quader et les deux Robatiny restèrent debout.

Venant de régler sa sensibilité auditive au maximum, l'Éternelle s'adressa à son clone et au Mécan :

— Entendez-vous ?

— Oui, dit Quader. Cela paraît provenir du fond de la forêt. Sont-ce des voix ?

— J'entends aussi, assura C. Oui, ce sont assurément des voix.

— En effet, répondit L'Éternelle. Des voix, c'est ce qu'il me semble également. Je pense que nous ne sommes pas loin de rencontrer d'autres humains.

51. Tout est en ordre, Plus Grand Des Divins !

Une expression méditative plissait le front rouge du Plus Grand Des Divins. Il se massa machinalement le lobe de l'oreille droite entre le pouce et l'index et demanda :

— Quel est ton sentiment, Aspic Vaillant ? Penses-tu que le moment est venu ?

Les deux hommes au biogrimage d'Éternité Divine se trouvaient dans les appartements martiens du Plus Grand Des Divins. Ce dernier était allongé dans son épouse-formes, face à son aquarium. Son regard y errait. À sa droite, Aspic Vaillant occupait l'unique fauteuil supplémentaire du lieu.

— Tout est en ordre, Plus Grand Des Divins ! Toutes nos forces sont en place, prêtes à agir sur votre vouloir. Il n'y a qu'une seule chose qui m'inquiète un peu, dois-je avouer…

— La disparition toujours inexpliquée de Sandrila Robatiny, n'est-ce pas ?

— Oui, Plus Grand Des Divins.

— J'ai le même souci.

— Ses moyens sont grands, nous le savons.

— Ceux de So Zolss aussi !

— Oui, mais, nous pensons qu'il ne se doute de rien. Au cœur de son système, Crotale Voyageur a toute sa confiance… Ou du moins, disons qu'il ne semble pas se méfier de lui. Trente des nôtres sont à présent employés par Méga-Standard. S'il se doutait de quelque chose, nous le saurions. En revanche, il est troublant que Sandrila Robatiny ait soudainement disparu, juste à ce moment-là. Si peu de temps avant le jour J.

Les écailles rouges des deux hommes luisaient légèrement sous le faible éclairage que diffusait l'aquarium.

— Combien sommes-nous, déjà, chez elle ?

— Un peu plus de cent, Plus Grand Des Divins. Cent trois exactement, dans les différentes branches de Génética Sapiens.

Aspic Vaillant savait que le Plus Grand Des Divins connaissait déjà ces chiffres, mais qu'il posait ces questions pour se les faire confirmer et aussi pour canaliser ses réflexions.

— Il est vrai que cette disparition semble étrange, Aspic Vaillant. Mais je n'arrive pas à comprendre ce qu'elle présage. Pourquoi disparaître quand on veut et qu'on peut se défendre ? Que pouvons-nous craindre d'elle ? Qu'à la dernière minute elle réapparaisse soudainement et que... Et que quoi ? Que peut-elle faire contre nous ?

— Je ne sais pas, Plus Grand Des Divins. Je ne sais pas. Je suis simplement un peu inquiet, car elle nous a déjà montré de quoi elle était capable !

— Certes ! Je ne suis pas près d'oublier l'humiliation qu'elle m'a personnellement infligée. Je pense cependant qu'elle ne pourra rien faire en resurgissant brusquement, de je ne sais où. Quand bien même aurait-elle une idée géniale en tête pour sauver son empire ! Car quand nous aurons terrassé So Zolss, nous aurons le Réseau. Et quand nous aurons le Réseau... Comment pourrait-elle résister ? Avec le Réseau à nous, nous pourrons tout lui imposer, n'est-ce pas ?

— Si c'était une certitude, nous n'aurions pas eu besoin d'introduire plus de cent des nôtres chez Génética Sapiens, Plus Grand Des Divins. Si So Zolss lui-même n'a pas su dominer Sandrila Robatiny, alors qu'il dirige le Réseau depuis si longtemps, comment être certain que nous le pourrons ?

— Heum, oui... fit le Plus Grand Des Divins. Je me suis plus d'une fois demandé ce qui empêchait le maître du Réseau d'imposer sa volonté à l'impératrice du gène : bloquer toutes ses transactions financières, par exemple. Peut-être que SR possède un moyen de pression sur Zolss. Un moyen de pression tout à fait personnel, qui ne marche que contre lui, mais qui sera sans effet sur nous !

— C'est possible, Plus Grand Des Divins !

— Quoi qu'il en soit, rien ne prouve qu'il y ait un rapport entre la disparition soudaine et inexpliquée de SR et ce que nous préparons. On dit qu'on a perdu la trace de son gravitant, le Youri-Neil, près de Jupiter. N'est-ce pas ?

— C'est bien ce qu'on dit, en effet.

— On a déjà signalé une autre disparition dans les environs. Il y a un mois de ça, je crois. Non ?

Le fait divers étant connu, Aspic Vaillant avait du mal à croire que le Plus Grand Des Divins ne possédait pas déjà tous les éléments de cette information. Mais comme ce dernier semblait malgré tout vouloir l'entendre de sa bouche, il répondit :

— Oui. Il s'agit d'un prestigieux gravitant de tourisme, le Grand Félin.

— Oui, oui… Mais combien de personnes ont disparu, déjà ?

— Deux cent dix-sept personnes, Plus Grand Des Divins, une des plus connues étant Még Ryplait.

— Le Grand Félin a disparu quelque part autour de Jupiter, c'est-à-dire au même endroit que le Youri-Neil, n'est-ce pas ?

— Oui, Plus Grand Des Divins. À peu près au même endroit.

— Sandrila Robatiny ne réapparaîtra probablement pas plus que Még Ryplait et ses compagnons d'infortune. Les accidents dans l'espace sont de plus en plus rares, mais ils existent toujours. Ce qui a provoqué la perte du Grand Félin aura aussi causé la disparition du Youri-Neil. Je pense que nous n'avons rien à craindre. Prenons le contrôle des mondes, comme prévu, au moment prévu.

— Entendu, Plus Grand Des Divins !

52. Qui êtes-vous ? D'où venez-vous ?

Vouzzz était toujours silencieux. Ses trois bras filiformes pendaient mollement, son triple regard était étrangement fixe et vague. Drill et Ols lui avaient proposé un des fruits qu'il aimait, mais la petite créature sphérique était restée sans réactions. La seule chose qui semblait traverser sa totale indifférence était qu'on lui parlât de son ami perdu. Quand pour le rasséréner on lui disait par exemple : « Nous allons retrouver Pooo, ne t'inquiète pas ! », on pouvait noter que son regard s'allumait brièvement.

— Allons voir ce qui se passe sous les arbres, dans cette direction ! dit Quader à l'attention de Bartol, Drill et Ols qui ne disposaient que d'une ouïe humaine ordinaire. Des voix se font entendre.

Ils reprirent leur marche en entrant dans la forêt. Au bout de cinq minutes, les voix commencèrent à être perceptibles même pour les trois simples humains. Ils entendirent tout d'abord des cris qui sonnaient comme des ordres, des injonctions. Puis, des mots devinrent compréhensibles : « Détaché ! … Barrière ! … Attention, là-bas ! Renforcez la barrière ! ».

Une clairière s'ouvrit soudainement devant eux. Sept hommes et deux femmes s'y agitaient autour d'un petit enclos grossièrement constitué de branches horizontales fixées à trois arbres servant de poteaux. Leurs vêtements n'avaient rien de spécial ; ils étaient de ceux que l'on portait en ce moment. Certains étaient biogrimés, d'autres non. Selon leur apparence, il s'agissait d'un échantillon de population tout à fait ordinaire.

Le côté opposé de la clairière était occupé par une vingtaine d'habitations.

Un homme qui avait un large cou et un triple menton se tenait légèrement à l'écart pour hurler des ordres. C'était celui qu'on entendait crier le plus fort. Tous s'efforçaient de retenir Pooo prisonnier. Le petit éléphant octoculaire courait dans l'enclos donnant des coups de tête d'une barrière à l'autre. Un bout de câble enroulé autour de sa patte avant droite montrait qu'il avait été attaché. Par ailleurs, du sang inondait son flanc gauche, maculait sa trompe et collait sa touffe capillaire. Il avait visiblement souffert durant sa capture.

Vouzzz émit un son grave et tomba lourdement dans l'herbe, les six membres complètement rétractés, les yeux fermés. Tous ceux qui, avec moult gesticulations et force cris, s'efforçaient de consolider la prison de Pooo cessèrent soudain de s'agiter pour considérer les nouveaux venus avec effarement. Celui qui semblait être leur chef se retourna en voyant la mine étonnée des autres. Il regarda les passagers du Youri-Neil avec une stupeur qui lui coupa la parole deux secondes. Deux secondes au bout desquelles il demanda :

— ?… Qui êtes-vous ? D'où venez-vous ?

— Que faites-vous à Pooo ? fut la première réponse qu'il reçut.

Elle avait été émise par Bartol, sur un ton quelque peu agressif.

L'homme braqua un objet dans sa direction, une sorte de tube avec une poignée.

— Dis-moi qui tu es et d'où tu viens ou…

— C'est une arme primitive à projectiles, reconnut l'Éternelle. Probablement celle qui a abattu Puuurr.

— Cette arme peut tuer ! affirma l'inconnu. Je ne vous conseille pas de m'obliger à en venir à cette extrémité, mais si vous me cherchez… Répondez ! Je veux savoir qui vous êtes et d'où vous venez.

Sans attendre une réponse immédiate, il cria à l'adresse de ses compagnons :

— Gardez le huit-yeux, vous autres ! Qu'il ne s'échappe pas, pendant que je m'occupe de ceux-là !

Il eut un regard rapide vers un des siens pour lui ordonner :

— Fouille les hommes ! Soigneusement !

À une femme, il dit :

— Occupe-toi des deux beautés ! Soigneusement, aussi !

Pendant que les deux complices s'exécutaient, il répéta durement :

— Qui êtes-vous ? D'où venez-vous ? Depuis quand êtes-vous ici, dans Symbiose ?

— Ah ! Vous l'appelez Symbiose, vous aussi ! s'écria Bartol, à moitié parce qu'il s'en étonnait, à moitié pour essayer de distraire l'agressivité de l'individu.

Le visage de ce dernier exprima son intérêt pour cette parole :

— On vous a parlé dans la tête, aussi ? demanda-t-il au Marsalè.

— Oui, répondit Bartol. Nous avons entendu quelque chose du genre : « Bienvenue à bord de Symbiose. N'ayez aucune crainte. Vous ne courez aucun danger. » Vous êtes ceux du Grand Félin, le gravitant porté disparu, n'est-ce pas ?

— Peut-être bien. Et vous, qui êtes vous ? pour la millième fois !

— Nous sommes les passagers du…

Bartol hésita à prononcer le nom du Cébéfour 750 de Sandrila Robatiny, car cela revenait à révéler l'identité de cette dernière. Le changement si facile de l'apparence permis par les biogrimages faisait qu'il était impossible d'identifier quelqu'un à sa seule image. Aussi célèbre fût-elle, Sandrila Robatiny était donc pour l'heure une simple inconnue. Rien ne permettait de savoir quelle serait la réaction de l'homme s'il apprenait qui elle était.

— … du… ? demanda l'homme, redevenant menaçant en pointant son arme vers Bartol.

— Du Grand Voilier, dit Quader. Nous sommes des passagers du Grand Voilier.

— Grand Voilier ? Connais pas !… En êtes-vous sûr ? Pourquoi avez-vous hésité ?

— J'ai des trous de mémoire, tenta Bartol.

— Des trous de mémoire ! Si vous essayez de me prendre pour un imbécile, ce ne sera pas dans la mémoire que je vous ferai un trou, croyez-moi !

Dans son enclos, Pooo s'épuisait. Ses geôliers renforçaient les trois barrières qui l'entouraient. L'homme armé lança un bref regard satisfait à la créature prisonnière avant de poursuivre son interrogatoire :

— Depuis quand êtes-vous…

Il fut interrompu par la femme qui venait de fouiller l'Éternelle.

— Celle-ci avait ça sur elle, lui dit-elle en lui remettant l'œuf tueur.

— Magnifique ! s'exclama-t-il.

Après avoir observé l'arme une seconde, il en débloqua la sécurité, porta le petit trou du viseur devant son œil droit et tenta de tirer sur une fleur située à vingt mètres de lui, à sa droite. Il ne se passa rien. Devant son air interrogatif, l'Éternelle l'informa :

— Moi seule peux l'utiliser. Il est assujetti à ma reconnaissance génétique.

— Ah ! fit l'homme, en empochant l'objet. Justement, j'aimerais éclaircir le mystère de votre identité à tous.

— Voilà Még ! lui dit l'homme qui venait de terminer sa fouille et lui tendait le couteau de Ols. C'est tout ce que j'ai trouvé d'intéressant. J'ai aussi repéré ce sac à terre, mais il ne contient qu'un filet, une vidéo-plaque et un fruit.

— Un couteau ! fit le dénommé Még. Beaucoup moins sophistiqué que l'œuf tueur de la dame ! Y aurait-il une grande disparité de niveau social entre vous ?!

Pour toute réponse à cette question ironique, Bartol demanda :

— Que voulez-vous faire à ce pauvre bestiau ? Pourquoi l'avez-vous capturé ?

— Pourquoi ne pas collaborer, au lieu de nous menacer ? proposa C.

Még eut un rire bref :

— Pourquoi collaborer puisque je peux vous soumettre ?!

— Que comptez-vous faire à cette pauvre créature ? Insista Bartol en haussant le ton.

— Monsieur est un gros nerveux, je vois ! Il le veut son plomb dans la tête !

Még ordonna à l'homme qui venait de lui rapporter le couteau :

— Yom ! Va dans le gravitant me chercher un identificateur. Fais vite ! Je veux savoir qui ils sont.

— Inutile d'avoir recours à un identificateur, Még Ryplait ! lança l'Éternelle. Nous sommes arrivés ici avec mon gravitant personnel, le Youri-Neil.

L'homme au gros cou eut un sursaut visible.

— Le Youri-Neil !... Votre gravitant ! Vous êtes Sandrila Robatiny ?!

— Oui.

53. Mamba Patient enleva la sécurité et tira

Crotale Voyageur (Panagiotis Trolin, de son ancien nom) reçut un signal sonore dans son aire auditive. C'était LE signal sonore. Parallèlement, le sigle d'Éternité Divine apparut dans son champ de vision virtuel, changeant rapidement de couleur en passant alternativement du rouge au vert. Ce signal visuel était lui aussi LE signal visuel. Il eut une pensée : c'était incroyable que, justement à ce moment-là, le jour prévu, le grand patron, So Zolss en personne, ne fut point là ! Lui qui s'absentait si rarement de sa station spatiale. Le Plus Grand Des Divins avait vraiment des pouvoirs extraordinaires ! Comment expliquer cela autrement ?

Crotale Voyageur se leva du fauteuil qu'il occupait dans la salle des ingénieurs réseaulogues et s'approcha de Mamba Patient. Celle-ci faisait mine de vérifier le bon fonctionnement du radar principal, en attendant le moment crucial. Responsable de la sécurité à bord de Divinité, la station spatiale siège de Méga-Standard, elle était un rouage très important au service de la grande cause en laquelle elle croyait. Crotale Voyageur, qui comptait sur elle, lui fit simplement un discret signe de tête en murmurant :

— Maintenant…

Ces deux membres d'Éternité Divine ne portaient bien sûr pas ici le biogrimage rouge de leur appartenance. Mais, ils savaient tous les deux qu'ils pourraient bientôt l'arborer sans crainte et avec fierté partout dans les mondes et même céans. Dans quelques minutes, le Réseau servirait leur communauté en passant sous le contrôle total du Plus Grand Des Divins. Or, contrôler le Réseau donnait le pouvoir de dominer les mondes. Éternité Divine deviendrait une congrégation reconnue et respectée. Le Plus Grand Des Divins ne serait pas un ingrat ! Crotale Voyageur et Mamba Patient occuperaient un poste envié auprès de lui.

Mamba Patient répondit par un regard entendu tout en appelant en céph un des deux agents de sécurité qui étaient sous ses ordres.

—:: Respect, Marry Joaf ! Besoin de vous voir d'urgence dans ma cabine.

—:: Respect, Madame. J'arrive sur-le-champ !

Les deux fidèles du Plus Grand Des Divins se dirigèrent rapidement vers la cabine de Mamba Patient. Elle était située au niveau de pesanteur 0,5 g. Ils prirent l'ascenseur. Quand ils arrivèrent, Marry attendait déjà devant la porte depuis une dizaine de secondes. Elle salua sa chef avec respect, mais n'accorda qu'un regard distrait à Crotale Voyageur. Mamba Patient toucha du doigt l'identificateur de sa cabine pour l'ouvrir.

— Entrez, Marry, dit-elle. J'ai quelque chose à vous montrer à l'intérieur. Quelque chose de très important !

La femme s'exécuta. Crotale Voyageur et Mamba Patient la suivirent. Cette dernière regarda sa subalterne et dit :

— Ne faites pas attention à Panagiotis, Marry. Je réponds de sa présence. Êtes-vous au courant du problème au sujet des lance sphérules ?

— Problème ? Lance sphérules ? Non ! Que se passe-t-il ?

— Donnez-moi le vôtre. Je vais vous montrer de quoi il s'agit.

Marry tendit son arme. Mamba Patient enleva la sécurité et tira dans l'épaule gauche de sa subordonnée. Celle-ci sentit instantanément son corps se ramollir. Elle s'écroula dans les bras de Crotale Voyageur qui attendait derrière elle. Il étendit la femme sur le dos, lui enleva son nucle à l'aide d'un nucleur et lui dit en souriant gentiment :

— Que ta route vitale t'achemine vers la lumière, Marry. Ne te fais pas de soucis, ce qui arrive est pour une cause juste. En t'y opposant, tu aurais lutté contre le Bien.

La femme paralysée entendait, mais elle ne pouvait ni agir ni répondre. Mamba Patient cépha au deuxième agent de sécurité :

—:: Respect, Még Antof ! Besoin de vous voir d'urgence dans ma cabine.

—:: Respect, Madame. J'arrive !

Quand Még arriva, sa chef l'attendait devant la porte ouverte. Elle l'invita à entrer. Il sursauta en voyant sa collègue étendue sur le sol.

— Savez-vous ce qui lui est arrivé ? demanda Mamba Patient.

— Non ! Que s'est-il passé ?

— Ceci, dit Mamba Patient en tirant sur son épaule.

Még fut allongé près de Marry. Crotale Voyageur lui ôta son nucle, s'empara de son lance sphérules et le rassura à sa manière. Manipulant quelques commandes céphgraphiques, Mamba Patient indiqua au système de défense automatique l'identifiant d'un gravitant autorisé à accoster la station. Ceci fait, elle déclara :

— Tout est en ordre. L'autorisation est enregistrée.

— Merci pour ton aide Mamba Patient ! Merci d'avoir écrit avec moi le début de cette merveilleuse histoire qui commence. Je fais suivre cette bonne nouvelle tout de suite.

Sur ces paroles enthousiastes, Crotale Voyageur cépha :

—:: La voie est libre.

—:: Bien, répondit quelqu'un. Nous arrivons.

Moins de cinq minutes plus tard, le sas du gravitant attendu vint se verrouiller au moyeu de la station. Crotale Voyageur et Mamba Patient étaient là. La porte du sas s'ouvrit. Le Plus Grand Des Divins apparut, flottant entre deux hommes tout d'écailles rouges biogrimés qui l'aidaient à se mouvoir dans cet environnement zéro g auquel il n'était pas habitué.

— Que votre route vitale vous achemine vers la lumière, Crotale Voyageur et Mamba Patient ! dit-il, en pointant son sceptre dans leur direction. Merci de nous avoir ouvert la voie vers notre glorieuse destinée. Je suis bien embarrassé de me montrer devant vous dans une aussi humiliante posture. Amenez-moi vite là où règne un semblant de pesanteur afin que je retrouve le minimum de dignité que je me dois d'arborer pour représenter notre communauté.

Le chef spirituel se laissait remorquer par les deux gardes qui le tenaient chacun par un bras. Sa grande cape rouge, qui flottait dans son dos presque perpendiculairement à son corps, semblait raide comme du carton.

— Très grand respect, Plus Grand Des Divins, répondirent avec déférence Crotale Voyageur et Mamba Patient.

Outre les deux gardes, quinze autres personnes en bio-grimage rouge à écailles l'escortaient, huit femmes et sept hommes qui attendaient dans le fond du sas.

D'un signe de la main accompagné d'un sourire, ils saluèrent tous Crotale Voyageur et Mamba Patient qui leur répondirent pareillement.

— Prenons l'ascenseur jusqu'à l'étage un demi-g, dit Crotale Voyageur en montrant une porte.

***

Les deux cent trente-six personnes, qui représentaient tout le personnel dans la station spatiale de Méga-Standard, étaient regroupées dans la plus grande salle, située à l'étage 0,5 g. Marry Joaf et Még Antof, qui avaient retrouvé l'usage de leur corps, participaient à la réunion. Debout comme les autres, ils attendaient en chuchotant, se demandant et se racontant l'un l'autre ce qui s'était passé pour chacun d'entre eux.

Toute la surface de la grande baie était occupée par une demi-Terre qui s'étrécissait, lentement mais à vue d'œil, suivant la vitesse orbitale correspondant à cette altitude. Au fur et à mesure que la nuit avançait sur son terminateur, de minuscules points de lumière d'origine humaine s'allumaient pour lutter contre les ténèbres.

Le Plus Grand Des Divins était installé dans le plus confortable fauteuil que Crotale Voyageur et Mamba Patient avaient pu trouver et qu'ils avaient posé sur un bureau afin que le nouveau maître des lieux dominât tout le monde. Devant ce bureau se tenaient Mamba Patient, Crotale Voyageur et les sept autres disciples armés qui venaient d'arriver avec lui.

Juché sur ce trône improvisé, son sceptre en main, sa cape rouge tombant de nouveau autour de lui, il avait retrouvé sa superbe et son assurance. Aussi fut-ce avec la voix melliflue, mais sentencieuse qu'on lui connaissait, qu'il parla ainsi :

— Respect à vous tous, gens d'ici ! Que votre route vitale vous achemine tous vers la lumière. Je me présente : je suis le Plus Grand Des Divins, représentant d'Éternité Divine, une communauté spirituelle qui vient à l'instant de prendre les rênes des mondes et de l'humanité toute entière pour son plus grand bien. Voyez le monde des hommes qui tourne devant vous ! Il est sur le point de s'éveiller sur une nouvelle ère. Vous avez tous beaucoup de choses à apprendre, mais avant de commencer à apprendre il va vous falloir désapprendre tout autant de choses, si ce n'est plus encore. Heureusement, de nombreux instructeurs, compétents et dévoués à notre cause suprême, m'assisteront dans cette tâche essentielle, mais ardue. Dans un premier temps, je vais vous demander à tous de me montrer votre sagesse en vous courbant devant ma puissance, comme le roseau respectueux devant la force du vent, et de me faire don de votre allégeance dans l'allégresse.

54. J'aime les pastèques !

— Vous êtes Még Ryplait ? hurla Bartol.

Décontenancé, l'homme au gros cou dirigea son regard une demi-seconde vers le Marsalè avant de le planter dans celui de l'Éternelle.

— Vous êtes vraiment Sandrila Robatiny ? redemanda-t-il.

— Oui.

Toutes les personnes présentes écoutaient avec attention.

— Vous êtes Még Ryplait ? cria de nouveau Bartol.

Még Ryplait fit un geste devant son visage, du côté du Marsalè, comme s'il voulait chasser un moucheron qui l'importunait.

Pooo ne bougeait presque plus dans sa prison de bois. Il haletait en titubant. Ses huit pédoncules oculaires pendaient vers le sol. Vouzzz ne donnait toujours aucun signe de vie. Rien ne dépassait de lui. Il offrait toujours l'aspect d'une sphère vert foncé. Le visage de Még Ryplait était le siège d'une rapide série d'expressions. Surprise, doute, crainte, soumission puis hésitation se succédèrent, mais un sourire de mauvais augure finit par se répandre lentement sur sa figure adipeuse.

— Vous êtes Még Ryplait ? s'entêta Bartol. Le président de l'immonde Traditions de Nos Racines !? Ce parti de dangereux psychopathes !

L'homme, offensé, leva son arme dans sa direction.

— Si vous lui faites le moindre mal, je vous abats sur-le-champ ! cria l'Éternelle.

Még Ryplait laissa retomber son bras.

— Avec quoi comptez-vous m'abattre, Madame l'impératrice du gène ? J'ai votre arme dans ma poche. Vous êtes à présent sans pouvoir ! C'est moi qui commande ici ! Par quel moyen pourriez-vous me résister ? Je tuerai cet homme quand je le déciderai.

Le regard de l'Éternelle pénétra ses yeux aux paupières épaisses lourdement mi-closes :

— Essayez…

— Oui, bon… Qu'il se taise alors…

L'Éternelle fixa Bartol qui maugréa indistinctement, puis se tut.

Még Ryplait se tourna vers un des hommes et dit :

— Yom, je t'ai demandé d'aller chercher un identificateur dans le gravitant. Je sais que madame a dit que ce n'était pas la peine, mais c'est moi qui ordonne ici. Pas elle ! Va le chercher et rejoins-nous chez moi. J'y emmène tout ce joli monde.

— Bien Még ! répondit l'homme avant de partir en courant dans les bois.

*

Yom Koland se dirigeait vers l'ascenseur conduisant au Grand Félin, qui comme le Youri-Neil attendait dans le moyeu de Symbiose, cent kilomètres plus haut. L'aller-retour lui prendrait plus d'une heure. Il était pensif. En se soumettant aux ordres de Még Ryplait, dont il avait fait la connaissance dans la bullune des Polikant, il avait dans cet étrange monde qu'était Symbiose une vie qui ressemblait à celle d'un notable. Il était en effet reconnu comme étant le numéro deux. Ce titre lui conférait de nombreux privilèges. Il lui donnait surtout la satisfaction d'être quelqu'un d'envié et respecté. Bien sûr, sa popularité ne s'étendait que sur deux cent dix-sept personnes, tous les passagers du Grand Félin. Mais, dans son ancienne vie, hors de Symbiose, il était pratiquement inconnu de tout le monde. Il avait tant de peine à se faire accepter dans les réunions mondaines et plus de mal encore à afficher un train de vie ne suscitant pas ces sourires condescendants qu'il haïssait. Dans Symbiose, il était quelqu'un ! Hors de Symbiose il n'était personne. Pour cette raison, Még Ryplait pouvait compter sur son indéfectible fidélité intéressée. Empêcher le Grand Félin de repartir était leur intérêt commun. Quelque chose cependant venait de troubler l'esprit de Yom Koland. Il n'était plus tout à fait certain d'être toujours dévoué à Még Ryplait, finalement. Si cette personne qui prétendait être la femme la plus puissante des mondes disait la vérité… tout changeait ! Se ranger de son côté pouvait ouvrir des perspectives étourdissantes en cas de succès. Quand je pense que je peine à figurer dans la bullune des Polikant, se dit-il, alors que ceux-là se plient en mille courbettes pour lui adresser des invitations auxquelles elle ne daigne même pas répondre ! Obtenir la gratitude, quelques faveurs, voire la protection de Sandrila Robatiny était assurément une très heureuse perspective qui faisait saliver ce besoin de reconnaissance qui avait toujours piloté son existence.

*

Még Ryplait leur avait fait traverser la clairière. Il leur montra une grande maison parmi les autres habitations.

— C'est ma maison, leur avait-il dit. Celle que j'avais sur Terre. Incroyable, mais vrai ! C'est exactement la même. Tout ce qui était à l'intérieur est également identique… Pareil pour nous tous… Entrez, nous parlerons de ça dedans.

Tandis qu'il les gardait toujours en respect avec son arme, ils entrèrent dans une salle de séjour.

— Reposez-vous, si le cœur vous en dit, proposa Még Ryplait en désignant un canapé et des fauteuils.

Ils s'assirent.

— Que faites-vous avec cette pastèque sous le bras, vous ? demanda l'homme à Bartol. Est-ce le moment de prendre si grand soin d'une pastèque ?

— J'aime les pastèques ! répondit simplement Bartol, d'un air renfrogné, en gardant précautionneusement la boule verte sur ses jambes.

Még Ryplait le considéra quelques secondes comme on regarde quelqu'un en s'interrogeant sur son état mental, puis il s'adressa à l'Éternelle :

— Je vérifierai votre identité dès que Yom, mon second, reviendra, mais pour l'heure je vais faire comme s'il était établi que vous êtes Sandrila Robatiny.

Personne ne dit mot.

— Je suis bien content de vous retrouver ici, poursuivit-il, Madame Sandrila Robatiny. À croire que le sort est avec moi ces derniers temps. Il m'offre un empire pour moi tout seul et voilà qu'il m'envoie celle qui fait trembler les mondes. Les autres mondes, pas le mien ! Ici, c'est moi qui fais trembler.

— Moi, je ne tremble pas, fit observer le Marsalè d'une voix forte.

Még Ryplait eut un léger mouvement du bras armé, mais il eut à nouveau l'expression de quelqu'un qui considère un simple d'esprit.

— Je disais donc que le pouvoir ici, c'est moi, reprit-il. Il se trouve que j'ai quelque chose sur le cœur à régler avec vous. Pas avec vous précisément, mais avec un de vos employés : Alan Blador. Vous n'avez pas été juste avec moi quand vous l'avez désigné à la direction d'Amis Angémos à ma place ! Il a conspiré contre moi et vous vous êtes laissée influencer. Je vous aurais aimé plus perspicace. Vous ! la grande Sandrila Robatiny ! Quand on dirige une entreprise aussi vaste que la vôtre, est-il permis de faire des erreurs aussi graves ?! Je me le demande encore !

— Demandez-vous ce que vous voulez et finissons là une conversation sans intérêt Még, dit l'Éternelle. J'espère que vous n'avez pas l'intention de nous raconter votre vie toute entière ! N'est-ce pas ? Je vais placer dans votre esprit une petite réflexion qui aurait dû y naître sans mon intervention. La voici : dites-vous qu'on est déjà à notre recherche. Ma disparition remonte à quelques heures à peine. Vous connaissez mes moyens ! Prenez les risques qu'il vous semblera bon de prendre, mais si on me retrouve, vous pensez bien que votre minuscule règne cessera d'une manière on ne peut plus désagréable pour vous. Pour l'instant, rien encore n'a fait naître ma rancœur. Je suis prête à considérer que ce que vous avez vécu ici vous a fait perdre un instant la tête. Je n'ai pas besoin de continuer n'est-ce pas ? Vous comprenez ?...

Még Ryplait gardait volontairement son visage et son cou adipeux, ce biogrimage étant un signe de reconnaissance dans le milieu politique qui portait ses valeurs et dont le parti officiel se nommait : Traditions de Nos Racines. Sa face flasque fut le siège d'une expression révélant l'hésitation. Il accusait perceptiblement le coup. Deux pensées antagonistes l'écartelaient. Le plaisir d'imposer sa volonté à Sandrila Robatiny promettait d'être ineffable. Mais si, comme cette dernière le suggérait, l'extérieur finissait par entrer dans Symbiose pour mettre fin à son contrôle et libérer tout le monde... Mieux valait dans cette éventualité soit gagner tout de suite ses faveurs, soit s'en débarrasser discrètement en faisant croire à un malheureux accident.

Cette deuxième option n'interdisait pas de s'amuser un peu avec elle avant...

55. Rien de plus beau ne pouvait arriver

So Zolss apprit la nouvelle comme tout le monde, en même temps que tout le monde. En même temps que tout le monde n'était pas tout à fait exact toutefois, tant il est vrai que les distances séparant les différents lieux dans le système solaire faisaient qu'une information ne pouvait être reçue simultanément par tous. Entendons donc par cette expression que, sans le moindre privilège, il fut informé par la même émission d'information que tout le monde. Le Réseau diffusa un message audio qui fut envoyé à toutes les céphs et toutes les vidéo-plaques. Tous ces appareils sans exception interrompirent leur activité s'ils en avaient une, ou s'allumèrent s'ils étaient éteints, pour faire entendre un message en boucle :

« Respect à vous tous, gens des mondes ! Que votre route vitale vous achemine tous vers la lumière ! Je me présente : je suis le Plus Grand Des Divins, représentant d'Éternité Divine, une communauté spirituelle qui vient à l'instant de prendre les rênes du destin de l'humanité toute entière pour son plus grand bien. Où que vous soyez, qui que vous soyez, vous qui m'entendez, réjouissez-vous, un jour nouveau est arrivé. Désormais, les puissants n'oppresseront plus les faibles. Désormais, personne ne sera dans le besoin, la précarité. Désormais, vous aurez tous un avenir radieux. Désormais, les esprits seront lavés de la fange de notre ancienne société uniquement basée sur l'égoïsme et l'ambition personnelle. Une seule chose comptera pour tous. Une chose qui vous rendra tous heureux : me montrer votre sagesse en vous courbant devant ma puissance, comme le roseau respectueux devant la force du vent, et me faire don de

votre allégeance dans l'allégresse. Dès que vous serez disciple de moi, votre avenir sera entièrement pris en charge par l'ensemble de vos frères d'Éternité Divine. L'avenir ne vous fera plus jamais peur, car il sera synonyme de sécurité dans la fraternité et l'amour de nous.

D'autres messages suivront pour vous tenir au courant de ce que vous devrez faire. Pour l'instant, soyez heureux, fêtez ce merveilleux avènement, donnez libre cours à votre liesse, car rien de plus beau ne pouvait arriver ! »

Émis depuis l'orbite terrestre, par l'émetteur de la station siège de Méga-Standard, le message parvint à Jupiter quelque quarante-cinq minutes plus tard. Quand il atteignit la céph de So Zolss, toujours dans les parages de ce monde géant à bord de sa station spatiale privée Maison Tranquille en orbite autour de Io, celui-ci était en train de méditer sur la disparition du Youri-Neil et surtout sur celle de Sandrila Robatiny. Il se demandait s'il y avait un lien avec ce qui était arrivé au Grand Félin ou si la patronne de Génética Sapiens avait justement utilisé cet événement pour faire croire à sa propre disparition. La voix du Plus Grand Des Divins le sortit brutalement de ses réflexions. Il écouta le message jusqu'au bout, mais comprit dès les premières secondes qu'on avait pris le contrôle de son siège. Éternité Divine ! ce nom ne lui était pas inconnu. Il lança une recherche dans sa céphmémoire et trouva un extrait de conversation qu'il avait eue avec Panagiotis Trolin :

— *Que faisiez-vous, et où viviez-vous avant d'être parmi nous, Monsieur Trolin ?*

— *Je vivais dans une communauté, Monsieur.*

— *Et... ... ... quel type de communauté, Monsieur Trolin ?*

— *Une communauté spirituelle, Monsieur.*

— *J'imagine que cette communauté spirituelle doit être très secrète, car il n'y a aucune trace de votre existence dans le Réseau depuis vingt ans. Comment une telle chose peut-elle être possible, Monsieur Trolin ?*

— *Oui, Monsieur, cette communauté est très secrète. Elle n'a aucun contact avec l'extérieur. Elle dispose d'un réseau interne qui n'a jamais été connecté au Réseau.*

— *Quel est le nom de cette communauté, Monsieur Trolin ?*

— *Éternité Divine.*

Ainsi, Panagiotis Trolin m'a trahi, se dit-il. Mais ce Plus Grand Des Divins devait avoir au moins un autre complice introduit dans Divinité ; Panagiotis ne pouvait rien faire seul. Quelqu'un de la sécurité a dû l'aider.

Allons voir ce que ce meneur mystique a dans le ventre ! pensa-t-il. Il se leva et appela de vive voix, car mieux valait à présent éviter d'utiliser le Réseau pour communiquer :

— Lussien !

L'asex qui avait reçu Sandrila Robatiny auparavant arriva dans la seconde.

— Monsieur ? demanda-t-il.

— Préviens mon gravipilote que je veux rentrer. Que mon gravitant soit prêt le plus vite possible. Va le prévenir sur place. Jusqu'à nouvel ordre, interdiction formelle d'utiliser le Réseau. Pas de céph. Pas de vidéo-plaque. Rien. N'oublie pas de le lui dire, qu'il le sache aussi.

— Compris, Monsieur ! Je vais le prévenir tout de suite et de vive voix.

*

Moins d'un quart d'heure plus tard, le gravitant de So Zolss se détacha de Maison Tranquille et accéléra vers la Terre. Au bout de trois minutes, bien qu'il fut déjà à plus de cent cinquante kilomètres, il apparaissait très nettement sur l'écran du télescope de la station orbitale, sous le regard concentré de l'asex resté à son bord. C'est alors qu'il disparut au milieu de l'éclair lumineux d'une formidable explosion dans le silence total du vide.

Devant cette image, un sourire de satisfaction s'étira sur la bouche de Naja Malin, de son ancien nom Lussien Derubinprait.

56. Torturer l'Éternelle

— Que voulez-vous faire avec l'éléphanteau que vous avez capturé ? demanda Drill.

Még Ryplait mit deux secondes avant de percevoir la question, tant il était plongé dans ses réflexions. Il regarda celle qui prétendait être Sandrila Robatiny, comme si c'était elle qui l'avait interrogé, et répondit :

— Nous voulons domestiquer ces animaux. Les utiliser comme moyen de transport, par exemple… utiliser leur force pour différents travaux…

Ces mots lui avaient échappé. Il s'en voulut d'avoir répondu sur un ton de justification. Soumettre la femme la plus puissante des mondes à son autorité était un fantasme qui l'enflammait. Mais, il sentait au fond de lui que la réputation de Sandrila Robatiny lui en imposait, malgré sa situation dominante ici. Irrité contre lui-même, il se rebella :

— De toute façon, je n'ai pas de comptes à vous rendre !

— Je ne vous ai rien demandé, moi ! fit observer l'Éternelle.

Még Ryplait ne sut que répondre, mais Yom Koland qui revenait du Grand Félin lui apporta une diversion qu'il apprécia.

— Voici un identificateur, dit Yom en lui remettant l'appareil : un carré blanc de dix centimètres de côté.

— Bien ! Nous allons enfin savoir qui est qui parmi ceux-là !

— Si je peux me permettre, intervint Quader, nonobstant la déception que mon propos risque de vous occasionner, il y a fort à parier que l'expérience confirmera ce que je m'apprête à vous dire.

Még Ryplait fronça interrogativement les sourcils vers le Mécan.

— Il y a toutes les chances pour que votre identificateur ne puisse fonctionner ici, expliqua celui-ci. Il a besoin de consulter une base de données pour vous donner un résultat. Or, comme les céphs, il ne pourra communiquer avec l'extérieur. Les parois de Symbiose sont bien trop épaisses.

— Essayons tout de même ! Vous, là, justement ! Posez votre doigt ! rétorqua Még Ryplait en faisant signe à son second de présenter l'identificateur à Quader.

Il se tenait toujours prudemment à distance, l'arme prête à tirer.

— Moi ? Comme vous voudrez !

Yom Koland tendit le carré blanc à Quader. Ce faisant, il jeta quelques regards rapides à l'Éternelle, essayant de se composer une mine avenante pour elle, sans se faire remarquer de son chef. Quader posa son index sur l'appareil qui reçut le petit signal électromagnétique porteur du code d'identification émis par le doigt du méca. L'écran de l'identificateur afficha : « Mécan non identifiable pour cause d'impossibilité d'accès au Réseau. ». Yom Koland le montra à son chef.

— Ah ! Vous êtes un Mécan ! J'ai bien fait de vous avoir à l'œil. Je vous affirme que si je tire dans votre poitrine cette arme est suffisamment puissante pour vous tuer. Mais vous devez le savoir, sinon, vous m'auriez déjà agressé…

— Oui, oui, je le sais, répondit Quader.

— Essaie avec elle, dit Még Ryplait, en regardant l'Éternelle.

Yom Koland s'approcha d'elle, prenant soin de tourner le dos à Még Ryplait. Il tendit l'identificateur en murmurant :

— Bonjour, Madame… Je suis Yom Koland.

— Que racontes-tu ? demanda l'homme au gros cou.

— Je me présente, simplement !

Yom espérait que l'Éternelle se souvînt de lui. D'une commande mentale et graphique, celle-ci fit une recherche de ce nom dans sa céphmémoire et retrouva quelqu'un qui s'appelait ainsi. Elle toucha l'appareil en écoutant un extrait de la conversation qu'elle avait eu avec lui :

—:: J'ai un service à vous demander.

—:: Un service, Mademoiselle Sandrila Robatiny ? Un service, que... ?

—:: Oui, c'est assez urgent. Je souhaiterais observer le nord de la ville d'Olympe, sans limitation de moyens et sans limitation de temps. Je vous en serais très reconnaissante. Je vous l'ai déjà dit, c'est urgent. Veuillez m'excuser pour le dérangement. Je vous dédommage sur-le-champ. Dix millions vous paraîtraient-ils opportuns ?

L'identificateur avait bien analysé l'ADN prélevé au bout du doigt, mais son écran affichait : « Personne non identifiable pour cause d'impossibilité d'accès au Réseau. ». L'Éternelle décocha un furtif sourire à Yom, pour lui indiquer qu'elle l'avait reconnu. Cet homme offrait, semblait-il, quelques probabilités de trahir son clan. Elle mit à profit le moment d'hésitation de son chef pour confier à sa céph une comparaison du timbre de voix et de syntaxe du langage entre la conversation enregistrée et ses paroles actuelles. Le logiciel lui confirma que c'était bien le même individu.

Még Ryplait était ennuyé. Dans l'impossibilité d'identifier ces six personnes de manière certaine, il ne pouvait que leur demander qui elles étaient et leur faire confiance. Quelque chose lui disait qu'il avait bel et bien affaire à Sandrila Robatiny. Il avait déjà eu l'occasion de la rencontrer et comme tout le monde de l'observer dans les sources d'informations diverses et variées. Quelque chose dans sa gestuelle, dans sa tenue, dans son langage, dans sa manière d'être en général lui disait que c'était bien elle. Fait troublant : l'autre femme lui ressemblait aussi dans ses attitudes. Une parente, peut-être ?... Que devait-il faire ? Donner libre cours à sa fièvre de vengeance et de domination ? Conquérir son amitié au cas où les choses tourneraient mal ? S'amuser avec elle, sans témoin, et la faire disparaître, pour éviter de subir les conséquences de ses actes dans le cas où on viendrait les libérer de Symbiose ? Indécis, il prit le parti de les interroger un à un et de se donner un peu de temps pour peser le pour et le contre de chaque option.

— Vous, qui êtes vous ? demanda-t-il à C.

C hésita.

— Elle s'appelle Solie, dit l'Éternelle. C'est ma fille.

— Votre fille ! s'étonna le président de Traditions de Nos Racines. Je ne savais pas que...

— Personne ne le savait ! Vous êtes un des premiers à l'apprendre. Comprenez que je ne tiens pas les gens au courant des moindres détails de ma vie ! Les circonstances exceptionnelles que nous sommes en train de vivre vous auront mis dans une confidence à laquelle vous n'auriez jamais eu normalement accès. C'est tout !

Még Ryplait parut décontenancé. Voilà qu'il avait affaire à non pas une, mais deux Robatiny ! Cela commençait à faire beaucoup. Tant qu'il n'avait pas pris de décision à leur sujet mieux valait leur être un minimum agréable. Il pourrait éventuellement leur faire payer cette politesse forcée s'il décidait plus tard de s'en débarrasser.

Il regarda Drill.

— Bien, dit-il, sur un ton neutre. Et vous, qui êtes vous ?

— Je m'appelle Drill. Que puis-je dire d'autre ? visquerie !

— Drill... Heum... Bon ! Et vous ? demanda-t-il à Ols.

— Moi, je suis Ols.

— J'ai l'impression que vous vous connaissez tous les deux.

— Nous sommes frères, dit Ols.

— Ah ! et d'où venez-vous ?

— Du ghetto.

— Hein ! Vous... Mais qu'est-ce que deux Prébéats font ici ? Avec Sandrila Robatiny et sa fille ?

L'Éternelle intervint :

— Drill et Ols sont mes amis, Még Ryplait ! Je vous serais reconnaissante de ne pas leur manquer de respect. Ils étaient des Dedans, c'est vrai. Mais ne dites plus des Prébéats, s'il vous plaît. Ce terme est péjoratif, vous le savez très bien !

Még Ryplait contint sa colère à grand-peine et dans la plus grande souffrance. Il n'aimait pas perdre la face devant son second, mais il n'avait cependant pas assez de courage pour affronter Sandrila Robatiny. Des années d'assujettissement à la hiérarchie sociale laissaient forcément des réflexes de soumission qu'il était difficile de combattre. Sa réaction fut un maladroit mélange d'une rébellion de son ego et d'une prudente humilité forcée par la peur du puissant.

— C'est pareil ! maugréa-t-il confusément, en rêvant de torturer l'Éternelle quelque part au fond d'un bois avant de l'abattre. N'attachons pas d'importance aux mots ! Et vous, qui êtes vous, l'homme à la pastèque ?

Cette question visait Bartol qui caressait doucement Vouzzz, toujours posé sur ses genoux.

— Je suis un grand garçon ! répondit le Marsalè.

— Hein ?

Még Ryplait adressa un regard rapide aux autres comme pour demander une explication à pareille réplique.

— Je suis un grand garçon qui aime les pastèques, précisa Bartol.

— Laissez mon ami tranquille, dit à mi-voix Quader qui avait saisi le clin d'œil du Marsalè. Il n'a plus tout son esprit, vous le voyez bien !

— Heum !… se contenta d'émettre Még Ryplait.

Décidément, se dit-il, je n'aurais pas cru que Sandrila Robatiny se déplace avec deux Prébéats et un idiot !

À ce moment-là, un homme se présenta devant la porte.

— Que veux-tu, Chunk ? l'interrogea Még Ryplait, sur un ton assez rude, par trop content qu'il était de redorer son autorité en faisant montre d'une certaine hauteur envers quelqu'un.

Ils eurent une conversation en aparté :

— Je ramène ce sac, Még. Je pensais que ça pourrait t'intéresser.

— Un sac ? Que contient-il ?

— Un filet et des fruits.

— Que veux-tu que j'en fasse ? D'où sort-il, ce sac ?

— C'est le sac que portait la créature qui accompagnait ces gens.

— Créature ? Quelle créature ?

— Celle que cet homme porte sur ses genoux. Cette boule verte, là !

— Cette pastèque ? de quoi parles-tu ? Es-tu devenu fou à lier ?

— Non, je ne suis pas fou. J'ai clairement vu que cette boule avait trois pattes et trois bras et qu'elle portait ce sac. J'ai aussi vu qu'elle a brutalement rétracté ses membres et qu'elle est tombée sur le sol.

Ah bon ! médita Még Ryplait, en serrant son arme dans sa main. Ainsi donc, l'idiot ne le serait pas du tout. En revanche, c'est moi qu'il comptait prendre pour un idiot !

57. Le sanctuaire interdit

Deux secondes à peine après avoir regardé le gravitant exploser, Naja Malin cépha un message :

« Que votre route vitale vous achemine vers la lumière, Plus Grand Des Divins ! J'ai la très grande joie de vous dire que la mission que vous m'aviez confiée est accomplie. L'ancien maître du Réseau n'est plus. Je suis dès à présent libre d'agir à votre convenance en ce lieu. À votre disposition, je reste dans l'attente de vos nouvelles instructions. »

À trois cent mille kilomètres par seconde, ces paroles mettraient trois quarts d'heure à atteindre leur destinataire. À supposer que celui-ci réagisse presque tout de suite, sa réponse prendrait autant de temps pour faire le voyage inverse jusqu'à Maison Tranquille. Naja Malin savait qu'il avait au minimum une heure et demie à attendre pour connaître les éventuelles nouvelles instructions de son maître. Il décida d'employer ce temps à visiter la pièce privée que So Zolss s'était réservée. Personne n'était normalement autorisé à y entrer. Juste avant sa disparition, Sandrila Robatiny y avait été exceptionnellement reçue, mais c'était la seule personne, à part So Zolss lui-même, à y avoir mis les pieds. La porte de cette pièce ne s'ouvrait que pour ce dernier. Mais Naja Malin n'avait pas l'intention de toucher l'identificateur. Il avait plus d'une heure devant lui pour forcer l'ouverture. C'est ce qu'il se disait, avec un sentiment de griserie, en marchant dans le couloir qui conduisait à ce lieu interdit. Il devait forcément y avoir une solution pour ouvrir...

un bras de levier quelconque… un explosif même, quoique ce moyen était dangereux dans une station spatiale, mieux valait savoir maîtriser la quantité… Quoi qu'il en fût, l'entrée défendue ne l'était déjà plus !

Pénétré de l'idée qu'il vivait soudainement quelque chose de déterminant, il se sentait dans un état d'âme complexe qu'il n'avait jamais connu. Alors qu'à peine quelques minutes auparavant, il n'était qu'un sombre inconnu sans la moindre importance, il entrait magistralement et définitivement dans l'histoire. Dans l'histoire des hommes et surtout dans l'histoire d'Éternité Divine ! On se souviendrait de lui comme étant celui qui aurait, sur les instructions du Plus Grand Des Divins, supprimé le maître du Réseau, participant ainsi au grand avènement, à la puissance du Plus Grand Des Divins, à la gloire d'Éternité Divine. Il était à présent quelqu'un d'important ! Par anticipation, il goûtait déjà la considération qui lui était due et qu'on ne tarderait pas à lui manifester. Cela se voyait sur sa manière de se tenir. Sans être exagérément altière, sa posture était plus droite, plus fière, sa tête plus haute.

L'imagination enflammée, il espérait également faire des découvertes dans la salle interdite. Peut-être mettrait-il la main sur quelque secret, une information majeure, qui lui apporterait l'estime renforcée du Plus Grand Des Divins !

L'excitation et l'espoir habitaient donc son esprit, mais ils cohabitaient tous les deux avec une certaine crainte, une anxiété. Naja Malin se sentait en effet comme un agneau se tenant devant un lion qu'il vient de tuer. Cela avait été si facile ! Il était tellement étonné que quelque chose au fond de lui ne pouvait l'empêcher de redouter un châtiment implacable, une riposte finale qui lui rappelât qu'il n'était pas dans l'ordre des choses que les lions mourussent sous la patte des agneaux.

En arrivant, il fut surpris de constater que nul recours à la force ne serait nécessaire, la porte était ouverte. Il est vraiment parti dans la plus grande précipitation ! se dit-il. L'idée de sa violation imminente du sanctuaire interdit le fit s'arrêter et légèrement trembler à quelques mètres du seuil. Il hésita trois secondes puis avança et entra.

Son cœur reçut un terrible coup de bélier. Debout au milieu de la pièce, face à lui, se tenait quelqu'un qu'il connaissait très bien. Il braquait une arme dans sa direction en lui tendant un extracteur. Ses yeux de Mécan n'exprimaient ni cruauté, ni triomphe. Ils étaient tout aussi neutres que s'ils eussent considéré un objet. Et c'était encore plus effrayant !

— Donne-moi ton nucle, Lussien, dit froidement So Zolss.

L'étau de la panique broya la poitrine de Naja Malin.

58. Une nouvelle crise poétique de Bartol

Még Ryplait approcha de Bartol l'arme tendue.

— Donnez-moi cette pastèque, que je l'examine !

Ne sachant rien de ce qui venait d'être dit à ce sujet, le Marsalè s'obstina dans son rôle de simple d'esprit, dans l'espoir de garder Vouzzz avec lui pour le protéger. Il regarda l'homme et l'interrogea :

— Vous voulez la manger ?

L'arme se dirigea précisément dans la direction du front de Bartol tandis que le gros visage flasque était envahi par une expression cruelle et déterminée.

— Chunk ! Prends la pastèque ! cria-t-il, à celui qui lui avait parlé près de l'entrée vitrée.

Enchanté d'avoir un rôle dans cette excitante affaire, Chunk arracha vivement la sphère verte des mains de Bartol qui se contint à grand mal.

— Où vois-tu des membres dans cette boule ? s'énerva Még Ryplait. Si tu me fais perdre mon temps pour rien !...

— Meg, je te jure que... Regarde, là et là... Tu vois ces espèces de ronds plus foncés ? Ce doit être là que cette chose a caché ses pattes et ses bras.

Yom Koland restait légèrement en retrait. Il guettait chaque occasion de croiser le regard de l'Éternelle dans l'espoir de lui faire comprendre qu'elle pouvait compter sur lui.

Chunk, qui était plutôt petit et maigre, avait des gestes très nerveux. Sortant un couteau d'une de ses poches, il entreprit d'essayer d'extraire un des membres en enfonçant sa lame dans un interstice pour faire levier. Ols et Drill ne purent réprimer un cri qui fut heureusement couvert par un hurlement de Bartol. Le Marsalè éructa une gerbe de grossièretés à l'encontre de Chunk, mettant ce dernier en scène dans les situations les plus lubriques qui puissent être imaginées. La cible de ces violentes verbalisations, toutes formulées à l'impératif, dut sentir ses oreilles portées à incandescence, car il se figea sur place. Même Még Ryplait, qui l'instant d'avant semblait si déterminé à imposer enfin sa volonté, parut de nouveau un peu flottant. L'intervention de Bartol eut au moins l'indéniable mérite de retarder la lame de Chunk.

L'Éternelle qui, comme C et Quader, avait forcé son ouïe pour suivre la conversation qui venait d'avoir lieu près de la fenêtre intervint :

— Écoutez, Meg ! Ce que vient de vous dire Chunk est exact. Cette boule verte est effectivement une petite créature qui de temps en temps se rétracte ainsi sur elle-même. Et alors ? La belle affaire ! Que ce soit une pastèque ou un petit animal quelle différence cela fait-il pour vous ? N'avez-vous pas plus important à penser ? Vous savez qu'on va d'un moment à l'autre venir me libérer. Au lieu de me préciser ce que vous a fait Alan Blador, vous vous laissez distraire par ce Chunk qui semble être persuadé qu'il a fait une découverte extraordinaire. Pour quelle raison vous dérangera-t-il, la prochaine fois ? Parce qu'il aura vu un oiseau piailler dans la direction de l'un d'entre nous et que ça lui paraîtra suspect ? D'après ce que je vois, vous vous êtes imposé parmi les passagers du Grand Félin. Un peu plus de deux cents personnes comptent sur vous en attendant les secours de l'extérieur. Je suis certaine que vous avez autre chose à faire que de vous occuper d'un simple d'esprit et de son animal de compagnie ! Quelle importance cela peut-il avoir, qu'il le prenne pour une sorte de pastèque ? En tout cas, quand nous sortirons d'ici, c'est Alan Blador qui sera soulagé d'apprendre que vous ne m'avez rien confié de sa traîtrise envers vous. Déjà que je me demandais justement si je ne ferais pas bien de le remplacer et qu'il le sait !

Még Ryplait regarda Chunk.

— Cette chose portait le sac que je t'ai montré, insista ce dernier.

— Laisse-moi tranquille avec cette histoire ! le rabroua son chef. J'ai trop de choses à faire. Je ne veux plus en entendre parler ! Occupe-toi de dresser le huit yeux, au lieu de penser à ce sac dont je n'ai que faire ! Et rends la pastèque au demeuré.

Chunk tendit la boule verte à Bartol et partit, visiblement contrarié. Még Ryplait posa un regard fatigué sur l'assistance. Il se sentait de plus en plus indécis. Il se demandait pourquoi Sandrila Robatiny tenait tant à ce simple d'esprit. Car c'était manifestement pour lui qu'elle était encore intervenue. Elle avait déjà essayé de le protéger, une première fois en proférant une menace : « Si vous lui faites le moindre mal, je vous abats sur-le-champ ! ». Avec quoi ? s'interrogea-t-il de nouveau. Pourquoi resterait-elle sous la contrainte de mon arme si elle disposait d'un moyen de s'y soustraire ? Malgré cette question sans réponse, Még Ryplait se sentait inexplicablement impressionné par cette menace, pourtant très certainement inoffensive. Pourquoi ? Il n'aurait su le dire. L'obscure appréhension que Sandrila Robatiny avait le pouvoir de le foudroyer errait en lui, mais il n'en avait pas suffisamment conscience pour s'en étonner.

Il ne savait pas si elle était sincère en prétendant qu'elle était prête à l'écouter au sujet de la trahison d'Alan Blador. Elle avait déjà songé à le remplacer, disait-elle ! Ça paraissait un peu gros, mais il avait tellement envie d'y croire ! L'option qui consistait à se débarrasser de Sandrila Robatiny après avoir pris du plaisir à l'entendre implorer sa pitié devenait moins envisageable. Il eût été dommage de gâcher une éventuelle chance de se venger d'Alan Blador.

— Je ne sais pas que faire de vous tous, dit-il. Je n'ai pas encore pris de décision. J'ai besoin de réfléchir. En attendant, je vais vous enfermer quelque part.

Il leur fit signe de sortir en faisant des gestes de sa main armée, vers la baie restée ouverte.

— Je veillerai à ce que vous ne manquiez pas de confort, ajouta-t-il à l'adresse de l'Éternelle, en se promettant de lui faire durement payer toute ces politesses forcées, s'il venait à apprendre qu'elle n'était pas celle qu'elle prétendait être.

Toujours sous la menace de l'arme, ils commencèrent à sortir.

— Yom, viens ! Je vais te confier leur garde. Tu prendras particulièrement soin de madame Sandrila Robatiny et de sa fille, n'est-ce pas ?

— Bien sûr ! s'empressa de répondre Yom Koland, trop heureux que les événements prissent cette tournure inespérée.

Il accompagna son chef, marchant derrière les prisonniers.

Ce devait être le milieu de l'après-midi. Ils virent Pooo dans son enclos. Quatre hommes profitaient de son manque de combativité, visiblement dû à un grand épuisement, pour s'efforcer de passer une sorte de harnais tout autour de son corps.

— Que lui font-ils ? demanda l'Éternelle, espérant par cette question, sinon éviter, au moins retarder une nouvelle crise poétique de Bartol.

— Sur mes ordres, ils essaient de l'habituer à porter une selle. Je vous ai expliqué que j'ai l'intention de domestiquer ces animaux.

En les voyant passer, Pooo lança un « Pooo » particulièrement poignant.

59. Qu'as-tu fait d'elle ? Je t'écoute

Naja Malin obéit. Il ouvrit sa chemise, appliqua le nucleur sur sa peau légèrement bleutée, juste sous sa clavicule gauche et pressa le bouton de l'appareil. Une légère et très courte douleur suivit ce dernier geste. Il tendit le nucle et l'appareil à So Zolss. La peur tordait toujours ses boyaux, mais il fut rassuré au moins sur un point : il ne serait pas céphtorturé. Pas dans l'immédiat, en tout cas.

— Pose ça ici, Lussien ! ordonna So Zolss en montrant une étagère contre un mur.

L'asex s'exécuta.

— Assieds-toi là !

Naja Malin prit place dans le fauteuil désigné par le Mécan. Ce dernier lui tira alors une sphérule dans l'épaule. Le disciple du Plus Grand Des Divins sentit son corps se ramollir et s'avachir au fond du fauteuil. Il ne lui resta bientôt plus que la mobilité du cou, des muscles du visage et l'usage de la parole.

— Bien, Lussien. À présent, je vais t'expliquer ce que j'attends de toi. Tu te doutes de ce que je suis prêt à te faire pour l'obtenir. Je ne suis pas cruel, tu le sais, mais je ne suis pas non plus sensible à la souffrance des autres, tu le sais aussi. N'est-ce pas ? Donc, plus tôt tu parleras, moins tu souffriras.

Les quatre membres paralysés, Naja Malin entendait ces menaces qui le terrifiaient. So Zolss s'approcha de lui. Il lui remit son nucle en place puis posa quelque chose un instant derrière sa tête. Il ne sut pas ce que c'était, mais sentit seulement un contact sur son crâne chauve. So Zolss le priva de nouveau de son nucle, recula de cinq pas et dit :

— Pour l'instant, là, tout de suite, il n'y a qu'une seule chose que je souhaite savoir. Tu me parleras de ton Plus Grand Des Divins plus tard ! Je veux que tu me dises où est Sandrila Robatiny. Qu'as-tu fait d'elle ? Je t'écoute.

Cette question paniqua l'asex. Comment pouvait-il répondre ? Il était prêt à dire tout ce qu'il savait, mais comment convaincre rapidement son tortionnaire qu'il était tout à fait incapable de fournir une explication à cette énigme ? Il fut saisi d'effroi à l'idée d'admettre qu'il ne savait pas ce qui était arrivé à Sandrila Robatiny, qu'il n'était aucunement responsable de sa disparition. Comment éviter les conséquences de cette réponse négative ? Il eût tant aimé avoir quelque chose à avouer !

So Zolss, toujours debout devant lui, le fixait droit dans les yeux. Insensible à la lassitude dans son corps artificiel, le Mécan était immobile, d'une immobilité parfaite, immobile comme un objet. Son regard, d'une apparence humaine hyperréaliste, était d'une fixité hypnotique. Rien ne transparaissant dans son visage figé, on était en droit de tout imaginer en ce qui concernait son état d'âme. Naja Malin souffrait plus de sa propre peur que de n'importe quelle torture qu'on eût pu lui infliger. Pendant qu'il subissait les affres de sa terreur, So Zolss se livrait à l'examen d'une copie de sa céphmémoire à l'aide d'un céphlogiciel d'exploration qui recherchait tous les mots clés voisins ou ayant un rapport avec : « Sandrila Robatiny ».

— Je jure que je ne sais rien, finit par dire Naja Malin.

Le message suivant s'afficha dans le champ de vision virtuel de So Zolss : « Les analyses de la voix et des expressions faciales révèlent un sujet dans un état d'anxiété extrême. ».

Les quelques mots péniblement articulés par l'asex avaient eu tant de difficulté à franchir l'obstacle de sa gorge nouée, que

So Zolss n'avait pas eu besoin des conclusions de son céphlogiciel d'interprétation faciale et phonique pour juger du niveau d'émotion dans lequel son employé se trouvait.

Le maître du Réseau ouvrit un tiroir pour y prendre un petit appareil pas plus gros qu'une noisette d'où sortait une fine aiguille. D'un geste vif, il enfonça celle-ci dans le bras de Naja Malin qui frémit. Portant son angoisse sur un plus haut sommet, il se demanda ce que cette chose allait lui faire. Ce n'était en fait qu'une sonde qui envoya des informations physiologiques à la céph du Mécan. Cette fois, le céphlogiciel afficha : « Les analyses de la voix, des expressions faciales et de tous les paramètres physiologiques convergent vers la même conclusion : sujet dans un état d'anxiété extrême. Les probabilités pour qu'il soit en état de mentir sont quasi inexistantes. ».

— Écoute-moi bien, Lussien. Pour le moment, je vais faire comme si je te croyais.

Dès ces premières paroles, l'asex sentit comme un baume d'espoir passer sur son cœur broyé par les transes.

— J'oublie cette question pour l'instant, donc, confirma le Mécan.

— Oui, oui... fit le disciple du Plus Grand Des Divins, avec un soulagement dans la voix qui transparaissait tout autant que la peur l'instant d'avant.

— J'aimerais t'interroger sur un autre point.

— Oui, oui... répéta Naja Malin, en bougeant la tête de bas en haut presque frénétiquement, tant son envie de faire montre de bonne volonté était grande. Se faisant, il implorait toutes les puissances de l'Univers en lesquelles il était prêt à croire pour qu'elles l'aidassent à trouver une réponse satisfaisante à la question qui allait suivre.

— Qui m'a trahi à bord d'Éternité Divine ? Dis-le-moi.

— Je pense que c'est Crotale Voyageur, cria presque Naja Malin, heureux de ne pas être encore obligé de dire qu'il ne savait pas. Je pense que c'est Crotale Voyageur, oui, oui… Je pense que c'est lui. Crotale Voyageur !

— Crotale Voyageur ! Ce nom ne me dit rien. Je voudrais son véritable nom, pas celui qui est le sien dans le cadre d'Éternité Divine.

Des tressaillements assaillirent le visage de l'asex. Ses grands yeux verts étaient dilatés par la terreur.

— Je ne sais pas, lâcha-t-il dans un affreux râle.

« Les analyses de la voix, des expressions faciales et de tous les paramètres physiologiques convergent vers la même conclusion : sujet dans un état de totale soumission. Les probabilités pour qu'il mente sont très faibles. ».

— Quel est ton nom de disciple, au fait, Lussien ?

— Mon nom de disciple est Naja Malin. Naja Malin… C'est Naja Malin, mon nom.

— J'ai compris ! Cesse de tout répéter plusieurs fois comme si j'étais sourd ! Une seule bonne réponse suffit.

— Oui, oui. Je veux dire : oui.

— Crotale Voyageur… Ne s'agirait-il pas d'un certain Panagiotis Trolin ? Ce nom te dit-il quelque chose, Lussien ? Oui ou non ?

— Oui, oui ! Si si ! s'écria Naja Malin, passant d'un état d'homme qui se croit sur le point de trépasser dans d'épouvantables souffrances à celui qui voit soudain la providence lui venir en aide. J'ai entendu ce nom ! J'ai entendu ce nom !

— Je t'écoute !

— C'est l'ancien nom de Crotale Voyageur, sans doute. Cela me revient à présent. Je me souviens quand il l'a brûlé.

— Brûlé ? Qu'a-t-il brûlé ?

— Son nom ! Il a brûlé son ancien nom ! Tous les disciples du Plus Grand Des Divins brûlent leur ancien nom. Moi aussi, j'ai brûlé mon ancien nom.

— Parle-moi de ces rites. Tu vas me dire tout ce que tu sais sur le Plus Grand Des Divins, sur Éternité Divine et sur tous les disciples que tu connais. Ce que j'aimerais en particulier savoir c'est comment, par qui et quand tu as été contacté par Éternité Divine. N'oublie rien. Dis-moi tout.

— Oui, oui... Je n'oublierai rien, je le jure !

60. Qui êtes-vous ? demanda le Marsalè

— Pourquoi voulez-vous domestiquer ces animaux ? demanda C en s'arrêtant de marcher.

— C'est vrai ! pourquoi ? questionnèrent en même temps Drill et Ols, en stoppant également.

Finalement, tous s'arrêtèrent et se tournèrent vers Még Ryplait qui devint nerveux.

— Dans quel but ? ajouta l'Éternelle.

— Oui, pourquoi ? appuya Quader.

— Remettez-vous en marche ! menaça l'homme au gros visage. Ne me cherchez pas !

C se dirigea vers Pooo.

— Je ne supporte pas ce que vous faites à celui-ci, dit-elle. Je vais le libérer, en voilà assez !

Une détonation retentit. C tomba en avant.

— Solie ! hurla l'Éternelle, en courant s'agenouiller près de son clone.

Le canon de l'arme visa sa tête.

— Debout Madame ! ou le prochain tir sera pour vous.

L'Éternelle se remit sur pieds. C se releva aussi. Elle grimaçait en touchant son épaule gauche couverte de sang. Még Ryplait s'était reculé pour être en mesure de tenir tout le monde en joue. Il semblait totalement paniqué.

Yom Koland ne savait plus de quel côté se ranger. Il tenta de montrer une certaine complicité avec les prisonniers, mais il le fit le plus discrètement possible en prenant bien soin de ne pas le faire remarquer à son chef à qui il cherchait toujours à plaire.

Attirés par le coup de feu, des curieux venaient voir ce qui se passait. Il s'en trouva bientôt une dizaine.

— Partez ! Rentrez chez vous ! leur cria Még Ryplait. N'approchez pas ou vous pourriez le regretter !

Tous s'empressèrent d'obtempérer. Ils rentrèrent chez eux, mais on vit des visages derrière certains rideaux légèrement écartés. Még Ryplait s'adressa alors à ses prisonniers :

— Au moindre mouvement suspect… à la moindre désobéissance, je n'hésiterais pas à tirer ! Vous venez de voir que je suis capable de le faire !

Il regarda l'Éternelle avec une crainte bien visible et la questionna :

— Avez-vous vraiment quelque chose sur vous qui… Avez-vous une sorte d'arme qui aurait échappé à la fouille ? Une arme cachée ou une chose du genre ?

— Non ! répondit laconiquement l'impératrice du gène.

— Pourquoi alors m'avez-vous menacé de m'abattre tout à l'heure ?

— J'ai simplement voulu vous intimider, c'est tout.

Il parut se détendre un peu. Un timide sourire gonfla légèrement ses grosses joues.

— D'accord, fit-il. Tout le monde se calme. Remettez-vous en marche.

C'est à ce moment-là qu'un hurlement se fit entendre :

— Hooooooo ! Le petit oiseau ! Qu'il est beau !

C'est sur ce cri expulsé à pleins poumons que Bartol s'éloignait à toutes jambes vers la forêt. Il courait en zigzaguant, le nez en l'air, un doigt tendu vers les feuillages, le bras gauche tenant fermement Vouzzz contre sa taille. Még Ryplait leva son arme pour viser le fugitif, mais il la baissa presque aussitôt, pour la diriger vers les autres passagers du Youri-Neil.

— Pourquoi gaspiller des munitions pour arrêter un idiot ? fit-il, en haussant les épaules.

Sa vigilance se portait en particulier sur l'Éternelle. Une inquiétude inexplicable le perturbait. Il n'arrivait pas à oublier la menace qu'elle lui avait faite. Pourquoi ai-je peur d'elle ? se demandait-il, car il commençait à avoir conscience de ce trouble, que sa raison trouvait sans fondement.

***

Bartol pénétra sous le couvert des arbres moins de dix secondes après s'être soudainement élancé. C'est alors qu'il se retourna en courant, ce qui lui valut un choc assez violent contre un tronc qui stoppa net sa fuite et faillit lui faire lâcher Vouzzz. Il tituba un instant avant de se dissimuler derrière l'arbre pour regarder dans la clairière. Ses amis marchaient devant Még Ryplait et Yom Koland. Ils disparurent un à un de sa vue derrière l'angle d'un mur, en s'engageant dans un étroit passage entre deux maisons.

— Grande géanture ! On a réussi à se catapulter, Vouzzz ! murmura-t-il en tapotant la boule verte sous son bras. Va falloir libérer les autres...

Il porta sa main droite sur sa tête douloureuse. Ses doigts rouges lui indiquèrent qu'il saignait.

— Réveille-toi, p'tite boule ! Je te dis qu'on a échappé à ce fou furieux ! Tu sais, nous délivrerons ton copain Pooo aussi, c'est promis...

En tenant ces propos à la créature, il la caressa et la tapota, sans parvenir à obtenir une seule réaction.

— Où as-tu mis tes pattes et tes fichus bras, géante géanture ! J'espère que tu n'as rien de grave, que tu vas de nouveau chanter des trucs géantissimesques, avec ta petite feuille de fou sur ta tête de ballon !

Devant le mutisme et l'immobilité de Vouzzz, Bartol décida d'attendre un moment plus serein pour tenter de le réveiller. Il lança un dernier regard sur la droite de la clairière à l'endroit où ses amis venaient de disparaître. Még Ryplait et Yom Koland n'étaient plus visibles non plus. La maison derrière laquelle ils étaient tous passés faisait partie d'un groupe d'habitations en bordure de la forêt. Le Marsalè décida de faire un détour sous les arbres pour s'en rapprocher au maximum afin de tenter de repérer les lieux et voir où les prisonniers étaient enfermés. Il se mit donc en marche vers l'est dans cet objectif en restant suffisamment à couvert pour éviter qu'on ne le vît. Le jour commençant lentement à décliner, il régnait sous les arbres une ambiance assez obscure. À peine marchait-il depuis trois minutes qu'il vit devant lui une silhouette qui se déplaçait en courant, sous les premiers arbres, le long de l'orée de la forêt. Il se cacha vite derrière un tronc et l'observa.

— Chut... p'tite boule, chuchota-t-il. Je crois qu'on nous cherche.

En effet, la silhouette s'arrêta pour regarder dans les profondeurs de la forêt puis tout autour d'elle, avant de reprendre sa course et de recommencer un peu plus loin. Elle approchait. Il apparut bientôt évident que c'était une femme en jupe. Bartol demeura dissimulé, espérant qu'elle le croise sans le voir et qu'elle continue sa recherche dans l'autre sens. Il pourrait alors poursuivre tranquillement son chemin sans risquer d'être intercepté par elle. Mieux valait éviter tout affrontement. D'autant plus qu'elle devait avoir de bonnes raisons d'être suffisamment sûre d'elle pour le traquer toute seule. Sans doute était-elle armée ! Il en était là de ses réflexions quand il l'entendit appeler à mi-voix :

— Bartol ? Es-tu là ? Bartol !

Il fut frappé de stupeur. Qui était-elle ? Comment connaissait-elle son nom ? Il était pourtant certain de ne pas l'avoir donné à Még Ryplait !

— Bartol ? Réponds ! Où es-tu ? Je veux t'aider ! répéta la fille avant de le dépasser et de remonter le chemin que Bartol venait de prendre.

Le Marsalè sortit de sa cachette et toussa pour attirer l'attention. Elle se retourna, le vit et parut heureuse.

— Bartol ! J'ai bien cru que je ne te trouverai pas !

— Qui êtes-vous ? demanda le Marsalè, d'un ton suspicieux.

— Mais je suis Cara ! Cara Hito !

— Caca… Cara Hito ! Toi ici ! Mais… que… Qu'est-ce que mais… ?

Elle s'approcha et laissa échapper un cri à demi étouffé :

— Mais que t'est-il donc arrivé ! Tu es blessé à la tête, au visage !? Qui t'a fait ça ? Ce salaud de Még Ryplait ?

Bartol se toucha la figure et sentit du sang coagulé sur son front et sa joue. Dans l'action, il n'y avait pas porté cas, mais il avait dû pas mal saigner.

— Ce n'est rien ! Une visquerie d'arbre qui s'est jeté sur moi !

Elle eut un pâle sourire.

— Mais comment se fait-il que tu sois ici ? lui demanda-t-il.

— J'allais te poser la même question ! Et que fais-tu avec cette pastèque ?

61. Si tu résistes, je tire !

Mirille Peligoty et Mauha Bouhasi avaient un plan. Ils étaient sur le point d'agir. Ils se connaissaient depuis longtemps tous les deux. Peu de paroles avaient été nécessaires. Ils s'étaient tout de suite compris. Quand le Plus Grand Des Divins avait pris le pouvoir à bord de Divinité, dès qu'il eut terminé son discours de présentation, un simple regard entre eux avait suffi pour qu'ils se fassent comprendre l'un à l'autre : « Voici un moment à saisir ! ». Quitter la station, recouvrer la liberté, briser les chaînes qui les retenaient ici était leur rêve. Tous les deux ne pensaient qu'à ça. Ils avaient profité de la confusion qui régnait pour discuter et établir leur plan.

— Naja Malin prétend s'être acquitté de sa mission, dit le Plus Grand Des Divins à Crotale Voyageur et Aspic Vaillant.

Ils étaient tous les trois à l'étage 0,5 g, dans la cabine personnelle de So Zolss dont on avait, non sans mal, forcé la porte.

— C'est une excellente chose ! s'exclama Aspic Vaillant. Le Réseau est définitivement sous notre contrôle ! Il est important de faire savoir aux mondes que So Zolss est mort. Faisons cela le plus rapidement possible. L'impact psychologique sera très grand.

— C'est en effet une excellente chose à faire au plus tôt ! s'enthousiasma Crotale Voyageur. Cela confirmera l'implacable marche d'Éternité Divine.

— Oui, oui ! Très bonne idée ! approuva Aspic Vaillant. Je suggère de faire courir le bruit que So Zolss a tenté de résister par la force. Il a tenté de s'opposer à la marche glorieuse d'Éternité Divine avec une grande brutalité, malgré la proposition de collaboration pacifique que lui offrait le Plus Grand Des Divins.

— N'est-ce pas trop ? demanda Crotale Voyageur. J'avoue avoir peur que l'on ne nous croie pas et que cela ternisse Éternité Divine…

— Il est en effet tout à fait probable que certains ne nous croient pas, dit le Plus Grand Des Divins, mais cela n'a pas d'importance. De toute façon, ceux qui ne sont pas disposés à nous croire ne nous croiront pas, quoi qu'on leur dise. Ce qui importe c'est de fanatiser ceux qui, au contraire, sont disposés à nous croire quoi que nous leur prétendions. Ce sont eux qui font, et feront, notre force ! N'oubliez jamais que cent naïfs ont plus de pouvoir qu'un seul homme intelligent. Il est donc de notre avantage de conquérir les premiers, qui sont de très loin les plus nombreux, quitte à devoir combattre les seconds qui, eux, sont loin d'être légion.

Le Plus Grand Des Divins se tut. Il avait parlé sans regarder ses hommes, observant la Terre qui tournait lentement derrière la baie. C'était la première fois qu'il tenait des propos semblables devant quelqu'un. Habituellement, de telles réflexions restaient au fond de lui. Mais, il se sentait seul et avait besoin de complicité. À présent que la victoire était si proche, ce désir de connivence était encore plus grand. Il avait confiance en Crotale Voyageur et Aspic Vaillant et il les aimait bien. Aussi eût-il voulu en faire plus des compères que de simples subordonnés soumis, dociles, buvant toutes ses paroles comme si elles eussent été celles d'un Dieu. Il éprouvait le besoin de savourer le succès avec un ou deux amis, tant effrayante était l'idée que tous les esprits autour de lui fussent incrédules. Mentir sans cesse même à ceux qui étaient les plus proches, être tout le temps en représentation l'épuisait. Même sa fille y croyait ! Pour elle aussi, il était le Plus Grand Des Divins et devait se comporter comme tel. Elle était si fière de lui ! Ses yeux brillaient tant quand elle regardait son papa Plus Grand Des Divins ! Elle était parfois si exaltée qu'il lui était impossible d'envisager de la décevoir. C'était une chose tout à fait irréalisable ! Alors, pour elle pareillement, il jouait la comédie. Pour elle aussi, il s'efforçait d'être le Plus Grand Des Divins. Alors qu'il eût tant aimé rire avec elle de tous ces nigauds.

Il était, bien entendu, plus que singulier qu'il se plaignît de cette situation, car il en était entièrement responsable ! De cela, il en avait pleinement conscience. C'était en effet bien lui qui avait inventé ce qu'il était pour ses disciples. Mais aussi incroyable que cela pût paraître, il l'avait fait un peu malgré lui, sans s'en rendre tout à fait compte, presque machinalement. Enfant déjà, il était doué pour manipuler son entourage. Il lui suffisait de raconter ce qui lui passait par la tête avec l'envie qu'on l'écoutât pour que les gens bussent ses paroles. Ce pouvoir de convaincre le grisait. Être pour les autres celui qui sait, celui qu'il faut entendre, celui qui enseigne le flattait. Il s'en amusait. Plus on l'écoutait, plus il avait de disciples qui lui en ramenaient d'autres. Peu à peu, il avait façonné son personnage, les rites, ses discours…

Qui aurait pu prédire qu'il se retrouverait un jour au commandement de la station spatiale de So Zolss ? À quoi servait-elle cette station, en fait ? D'aucuns se le demandaient, tout ce qu'on y faisait aurait pu se faire n'importe où ailleurs, y compris sur Terre. Comme beaucoup, le Plus Grand Des Divins se disait qu'elle n'était là que pour le prestige. Il était troublé par le fait qu'elle se nommât Divinité. « Divinité », se disait-il souvent, cela s'accorde si bien avec « Le Plus Grand Des Divins » et avec « Éternité Divine » ! À croire que c'est un signe du destin qui est avec moi ! Je n'aurais même pas besoin de la renommer.

Mirille Peligoty et Mauha Bouhasi étaient tous les deux affectés à l'entretien matériel de la station spatiale. Ils s'occupaient de l'installation électrique, de la plomberie et des petits soucis divers et variés liés aux mécanismes tels que les ascenseurs et autres. Dans les faits, Mauha était relativement indépendant, mais il était officiellement sous les ordres de Mirille. L'autorité de cette dernière ne se faisait toutefois jamais sentir. Ils travaillaient ensemble en toute amitié depuis longtemps.

— Tu peux y aller, dit doucement Mirille.

— Bien… comme convenu alors, répondit Mauha en s'éloignant.

Pour toute réponse, Mirille lui fit un clin d'œil significatif. Elle regarda son complice sortir de la grande salle et chercha des yeux le dénommé Serpent Véloce. Il n'était pas loin ; il n'était jamais loin d'elle depuis qu'elle lui avait décoché quelques sourires enjôleurs. Mirille était une très jolie femme, possédant cette sorte de charme que la plastique corporelle ne pouvait offrir à toutes, et Serpent Véloce, quoique disciple du Plus Grand Des Divins, était un homme tout à fait ordinaire.

Le Plus Grand Des Divins rajusta sa cape rouge d'un mouvement d'épaule et tourna lentement son regard à droite vers ses deux disciples. Il crut voir une lueur de complicité dans leurs yeux, surtout dans ceux d'Aspic Vaillant, semblait-il. Avait-il rêvé, ou était-ce réel ? Ces deux hommes étaient ses plus proches collaborateurs. Ils l'avaient aidé à bâtir ce qui était aujourd'hui Éternité Divine : plusieurs centaines de millions de disciples occupant des postes importants dans la société. Le Plus Grand Des Divins ne savait plus combien il y en avait exactement, ce chiffre étant en constante progression. Il avait fallu allonger les noms, car il n'existait pas suffisamment de serpents et d'adjectifs pour nommer tout le monde. Pour cette raison, les derniers noms possédaient plusieurs adjectifs, « Puissant python rouge généreux » par exemple.

— Fanatisons donc sans hésiter ! s'exclama Aspic Vaillant. Le Plus Grand Des Divins est si triste que les soldats d'Éternité Divine aient été obligés d'enlever une vie. Si triste que So Zolss les ait contraints à se défendre !

— Pas les soldats, les défenseurs, rectifia le Plus Grand Des Divins en répondant au sourire de son disciple. Le mot soldat a une mauvaise connotation.

Le chef spirituel ressentit une grande satisfaction. Le rêve de partager quelque complicité avec quelqu'un semblait donc possible !

— Les défenseurs, alors, acquiesça Aspic Vaillant.

La zone cérébrale auditive de Mirille reçut le message de Mauha : « J'y suis ». Elle s'approcha de Serpent Véloce et lui souffla à l'oreille :

— J'ai besoin d'un coup de main pour ouvrir une vanne dans le secteur dix-sept. Mon assistant ne peut pas m'aider, car il s'occupe d'autre chose ailleurs.

— Le secteur dix-sept ? Ça risque d'être long ? demanda Serpent Véloce, juste pour éviter de montrer trop d'empressement et faire croire que c'était un réel souci pour lui de déserter son poste trop longtemps.

— Environ deux minutes pour s'y rendre, quinze secondes pour fermer la vanne et deux autres minutes pour revenir. Quatre minutes et quinze secondes en tout ! Théoriquement ! Mais peut-être qu'un imprévu nous fera perdre un peu de temps que nous ne regretterons pas…

Serpent Véloce sourit sous ses écailles rouges :

— Montrez-moi le chemin, je vous suis…

— Toujours aucune nouvelle de SR ? demanda le Plus Grand Des Divins.

— Aucune, répondit Aspic Vaillant. Vous aviez raison, Plus Grand Des Divins ! Il n'y avait pas lieu de s'en faire.

— Où en est la prise de commandement dans Génética Sapiens ?

— La hiérarchie se réorganise, Plus Grand Des Divins. J'aurai un rapport dans quelques heures.

Le Plus Grand Des Divins nota que Crotale Voyageur restait silencieux. Il espéra ne pas l'avoir choqué avec son dis-cours sur les naïfs et les incrédules, mais il n'y pensa pas plus que ça, se disant simplement qu'il serait dommage d'être obligé de s'en débarrasser s'il venait à poser des problèmes.

— Voilà, c'est là ! dit Mirille Peligoty en se confectionnant un petit air timide. Entrez le premier.

Serpent Véloce passa à côté d'elle. Il franchit l'ouverture en lui adressant un léger sourire qu'il voulut aimable et avenant. C'est alors qu'il sentit un bras vigoureux lui serrer le cou et un objet dur lui toucher la tempe droite. Une voix d'homme lâcha sèchement :

— Si tu résistes, je tire !

Avant qu'il ne réalisât ce qui arrivait, Mirille lui avait ôté son nucle. Mauha Bouhasi s'adressa au garde encore sous l'effet de la surprise :

— Désolé d'employer un moyen aussi peu courtois, dit-il en montrant son arme factice improvisée, un simple morceau de tube, mais je n'étais pas armé, moi. Je veux dire jusqu'à présent en tout cas.

Sur cette dernière phrase, il s'était emparé du lance sphérules de Serpent Véloce.

62. Aucun rapport avec le coup que j'ai pris sur la tête !

— Ce n'est pas une pastèque. C'est…

Cara Hito parut ne rien entendre de cette réponse, car elle coupa la parole à Bartol :

— Je t'ai vu arriver avec tes amis, les deux femmes et les autres… J'ai aussi vu que Még Ryplait vous a amené dans sa maison sous la menace de son arme. Alors, j'ai patienté, espérant pouvoir faire quelque chose pour toi. Quand vous êtes ressortis de chez ce fou et que tu t'es enfui en courant, j'ai attendu que Még Ryplait s'en aille et j'ai essayé de te retrouver. Voilà ! Et toi que fais-tu dans Symbiose ?

Elle ne portait qu'une jupe et un biogrimage que Bartol trouva extrêmement seyant. Toute sa personne, sauf le visage et les mains, était recouverte d'un court pelage d'aspect duveteux en dégradé de mauve. Ses cheveux très longs, qu'elle arrangeait de temps en temps, çà et là, par des mouvements de mains aériens, tombaient en cascade mauve sur ses épaules et dans son dos.

— Moi… Euh… C'est un peu long à raconter, grande géanture !

— Viens chez moi, tu m'expliqueras tout ça.

Sans attendre de réponse, elle le prit par la main et l'entraîna dans la direction que Bartol suivait déjà avant de la rencontrer.

*

La maison de Cara Hito était plutôt petite, mais très agréable, confortablement meublée et coquettement rangée. Bartol regardait par la fenêtre. Le « soleil » était sur le point de disparaître derrière la cime des grands arbres dont les ombres s'allongeaient démesurément dans la clairière. Il eut un mouvement de recul pour se dissimuler quand il vit quelqu'un passer non loin de là.

— Ne t'inquiète pas, les vitres sont opaques de l'extérieur vers l'intérieur, dit Cara. La douche est par là.

Le Marsalè sourit, posa délicatement Vouzzz sur le canapé du salon et entra dans la pièce indiquée. Il se déshabilla, entra dans la cabine et ferma les yeux. Un mélange d'eau et d'agents de lavage finement diffusé l'enveloppa. Il grimaça un peu quand la blessure de son cuir chevelu se fit sentir. La douche fut suivie par un tourbillon d'air chaud qui le sécha tout en couvrant sa peau d'angéblancs corporels, les indispensables acariens angémos créés par Entomogéna, branche de Génética Sapiens.

Bartol sortit de la cabine, renfila ses vêtements, quitta la salle de bain et s'assit dans le canapé du salon. Cara qui l'y attendait se leva, disparut dans une pièce et revint avec une bombe aérosol.

— Fais-moi voir ta blessure, dit-elle. Un peu de Cicatrivite ne te fera pas de mal.

Il posa une main sur Vouzzz et pencha la tête vers elle.

— Tu as l'air d'y tenir à cette pastèque, dis donc ! s'enquit-elle, en lui vaporisant la substance cicatrisante entre les cheveux qu'elle écartait délicatement.

— Ce n'est pas une pastèque !

— Ou un melon, qu'importe ! Tu as tout de même l'air d'y tenir !

Elle posa l'aérosol sur une petite table devant le canapé.

— Ce n'est pas un melon non plus, répondit-il en admirant malgré lui la finesse de sa taille vue de profil. C'est une créature que nous avons nommée Vouzzz. Normalement, Vouzzz a trois jambes et trois bras, trois yeux aussi. Mais là, il a tout rétracté et il a fermé ses yeux. Il fait toujours ça pour dormir. C'est normal. En revanche, il dort depuis anormalement longtemps, là.

Cara afficha une expression perplexe en regardant la boule verte que Bartol avait reprise sur ses genoux en lui donnant ces explications.

— Non, s'énerva le Marsalè. Tout ce que je te dis est vrai. Ça n'a aucun rapport avec le coup que j'ai pris sur la tête !

— D'accord, d'accord ! Veux-tu bien me raconter comment vous êtes arrivés dans Symbiose, toi et tes amis ?

Bartol lui détailla tout par le menu.

*

Cara raconta à son tour comment le Grand Félin avait été capturé par Symbiose. Tout s'était en fait passé comme pour le Youri-Neil. Le gravitant se trouvait en orbite jovienne quand il s'était soudainement et inexplicablement dirigé vers la structure géante. Il avait été impossible de se soustraire à la force qui les y attirait et tous leurs systèmes de communication étaient également inopérants. Le Grand Félin était entré dans le tube. Ils avaient cru entendre un message de bienvenue « Bienvenue à bord de Symbiose. N'ayez aucune crainte. Vous ne courez aucun danger. ». À la suite de quoi, ils s'étaient posés. Ils avaient alors découvert l'ascenseur qui les avait conduits ici.

— Où se trouve cet ascenseur ? demanda Bartol.

— Pas très loin d'ici. À cinq minutes de marche dans la forêt.

— Pourquoi vous laissez-vous tous dominer par Még Ryplait ? Comment un seul homme, même armé, peut-il vous assujettir si longtemps ? Il y a un mois que vous êtes ici ! Il a bien dû être obligé de dormir, non ?

— Il a un complice. Ils sont deux et ils ont une arme chacun.

— Ah ! Mais où est l'autre ? Je ne l'ai pas vu.

— Il est parti essayer de capturer de jeunes huit yeux.

— Pour quoi faire ? Que veulent-ils donc à ces gentils balourds mal coiffés ?

— Je ne le sais pas précisément. D'après ce que j'ai entendu, ils ont envie d'en faire des montures pour se déplacer et pour leur faire effectuer toutes sortes de travaux.

— Pourquoi ne vous enfuyez-vous pas ? Toi, par exemple, pourquoi ne t'es-tu pas sauvée une nuit ?

— Pour aller où ? Pour quoi faire ? Pour rester seule dans la forêt, ou au bord de la plage, à la merci de monstres à huit yeux !

— Heum… Qu'est-ce qui a bien pu se passer dans la tête de Még Ryplait ? Je n'ai jamais aimé le président de Traditions de Nos Racines, mais je ne pensais tout de même pas…

— Il est dans une mauvaise période de sa vie, je pense. J'ai entendu dire que son entreprise, Luna-Force, était en perte de vitesse. Il n'a plus de commande. Il a des dettes.

— Qu'il crève ! Et toi, que faisais-tu à bord du Grand Félin ?

— Je suis la biogrimeuse de Jymo Laya.

— De qui ?

— Jymo Laya ! Le musicien Jymo Laya !

— Connais-pas…

— Il n'est connu que depuis peu. C'est un élève et un inconditionnel de Liivero.

— Ah !

— Que comptes-tu faire, à présent ? Au fait, veux-tu boire et manger quelque chose ?

— Je veux bien un zlag, oui. J'aimerais voir où ce fou furieux a enfermé mes amis. Je réfléchirai ensuite à ce qu'il convient de faire.

Il la regarda s'éloigner vers le distributeur de boissons. Le contour de sa coiffure, extraordinairement vaporeuse, formait comme un halo éthéré qui oscillait au rythme de son léger déhanchement. Il nota qu'elle était moins grande que lors de leur dernière rencontre sur Mars. Elle avait repris la taille qu'il lui avait connue dans le salon de plastique corporelle de Marsa, où ils avaient fait connaissance. Il se rappela qu'à l'époque, il l'avait trouvée sans charme. Certes jolie, mais sans charme.

Elle revint avec deux verres pleins. Elle lui en tendit un et s'assit sur un pouf en face de lui, de l'autre côté de la table. Elle croisa les jambes. Le haut de sa cuisse forma avec le creux de sa hanche un galbe attractif.

— Merci, dit-il, en déracinant à grand-peine son regard de cette arabesque féminine. Dis-moi, c'est ta maison ça ?

— Bien sûr !

— Non, mais… Je veux dire, est-ce la même que celle que tu avais sur Terre, à Marsa ?

— Exactement la même. Surprenant ! n'est-ce pas ? Cela m'a énormément troublée au début. Surtout que tu n'imagines même pas à quel point tout y est identique dans les moindres détails.

— Je l'imagine très bien, car figure-toi que j'ai, moi aussi, mon propre appartement dans Symbiose ! Rien n'y manque ! Rien ! Même pas une seule trace de doigts ! J'espère que les plantes et les oiseaux vont bien.

Cara Hito ne posa aucune question, ni sur l'un ni sur l'autre de ces derniers, mais l'interrogea à un autre sujet qui parut l'intéresser beaucoup plus :

— Dis moi… L'une des deux femmes qui t'accompagnaient est celle qui te rendait fou à Marsa, n'est-ce pas ?

— Heu… grande géanture !

— C'est pour elle que tu es venu au salon de plastique corporelle. Pas vrai ?

— Oui, murmura Bartol.

— Est-ce celle qui prétend être Sandrila Robatiny ?

— Elle le prétend à juste titre ! Mais comment sais-tu ça ?

— Jymo Laya, habite juste à côté de Még Ryplait. J'étais chez lui. Nous avons tout entendu tous les deux.

En se penchant vers lui pour poser son verre sur la table, elle offrit deux rondeurs à son regard. Comment eût-il pu éviter de se demander quel devait être le toucher de ses seins à travers ce court pelage mauve qui paraissait si soyeux ?

63. Il voyait et sentait son corps s'animer

Serpent Véloce regardait Mirille et Mauha d'un air surpris et irrité. L'arme qu'il portait tout à l'heure à sa ceinture était à présent dirigée vers sa tempe. Il n'avait visiblement pas vraiment peur, ou alors il le cachait bien. En revanche, il ne faisait rien pour dissimuler son dépit.

— Je suppose que vous êtes un ancien fliqueur ou un gardien, quelque chose du genre, dit Mirille Peligoty. Quoi qu'il en soit, vous êtes certainement plus aguerri que nous, c'est sûr ! Vous avez cependant une arme qui vous menace. Nous ne sommes que de simples techniciens, mais vous pouvez voir que nous sommes extrêmement déterminés. Si vous réagissez mal, vous ferez probablement échouer notre plan, mais votre mort sera certaine.

Serpent Véloce ne répondit pas, mais sur son visage un peu de colère laissa de la place à un peu d'inquiétude.

— Bien, Serpent Véloce ! fit Mauha Bouhasi, sans baisser son arme. Il semble que vous compreniez la situation. Surtout, ne faites aucun geste brusque, je n'ai pas votre maîtrise des armes, je risquerais de tirer pour un oui ou pour un non.

Sur la figure du disciple, il y eut cette fois nettement plus d'inquiétude que de colère.

La suite du plan de Mirille et Mauha s'appuyait sur la complicité d'une troisième personne, Yom Bouhasi, le frère de Mauha.

Yom Bouhasi attendait, allongé sur la couchette de sa cabine, située à l'étage 0,2 g. Dans son aire auditive, la voix de son frère dit : « C'est fait. Nous t'attendons. ». Il tressaillit. Un flot d'adrénaline se répandit dans ses veines. Yom n'était pas vraiment un homme d'action, son frère non plus, mais lui encore moins. Il était ingénieur dans le domaine de la conception des céphs, ce qui demandait des connaissances très approfondies sur le névraxe et la programmation des nanocépheurs.

Il se leva, s'approcha d'un placard mural et prit dans un compartiment une petite mallette noire. Luttant contre l'émotion qui tambourinait dans sa poitrine, il marcha vers la cabine de son jeune frère, avec la lenteur inhérente aux faibles gravités et en se tenant à la main courante du mur. Il dut prendre l'ascenseur, car cette cabine se trouvait à l'étage 0,5 g. Arrivé à ce niveau, son poids ayant plus que doublé, il put se déplacer plus rapidement. Il fut content de ne rencontrer personne dans le couloir. C'était lui qui avait trouvé cet emploi de technicien pour son jeune frère à bord de Divinité, il y avait trois ans déjà. Mauha était alors en très grande difficulté, sur le point de rejoindre le ghetto. Au début, il l'avait chaudement remercié, mais très vite, il n'avait pensé qu'à s'évader. Il avait même réussi à implanter ce rêve dans la tête de Yom.

—< Yom Bouhasi demande à entrer, cépha à Mauha le système de sécurité de la cabine.

—> Autorisation accordée, répondit ce dernier, sans quitter Serpent Véloce des yeux et en gardant le lance sphérules près de sa tempe droite.

La porte s'ouvrit. Yom entra. En voyant le garde du Plus Grand Des Divins ainsi tenu en respect par Mauha, il eut un imperceptible haut-le-corps qui trahit sa nervosité.

— Pas de soucis, grand frère ! murmura Mauha à son oreille. Tout se passe bien. Fais ton travail.

Yom posa sa mallette sur la couchette de son frère, l'ouvrit et en retira un cylindre métallique pas plus gros que la première phalange d'un petit doigt. Ses mains ne tremblaient plus. Il venait soudainement de retrouver tout son calme. Son visage ne montrait plus que de la concentration. Il appliqua une seconde le cylindre sur les écailles du bras gauche de Serpent Véloce et remit l'objet à sa place dans la mallette.

— Que m'avez-vous injecté ? s'inquiéta le disciple d'Éternité Divine, en regardant vivement son bras.

— Ce sera dans quelques secondes le dernier de tes soucis, répondit Yom, avec un léger sourire et un calme qui contrastait avec la nervosité qui agitait tout son corps l'instant d'avant.

Serpent Véloce sentit en effet toutes ses tensions, toutes ses questions, toutes ses envies de résistance s'affaisser en lui. Un voile de détachement recouvrit peu à peu ses émotions.

— Il semble prêt, dit Yom, absorbé par quelques commandes et écrans qui étaient dans sa mallette.

Après avoir précautionneusement posé celle-ci sur une table, il s'allongea sur la couchette et ajouta en fermant les yeux :

— Moi aussi, je suis prêt. Essayons.

Serpent Véloce marcha vers Mirille qui le regardait avec intérêt. Il s'arrêta devant elle et lui tendit la main en articulant :

— Bonjour, Madame ! Je suis très content de faire votre connaissance. Un, deux, trois, quatre, cinq, six, sept, huit, neuf, dix. Que pourrais-je faire pour vous être agréable ? Je sais sourire. Je sais être triste. Je sais être étonné.

Tout en disant cela, le garde du Plus Grand Des Divins affichait sur son visage les expressions qui correspondaient à ces mots. Il abandonna soudainement Mirille pour se diriger vers Mauha et prononça :

— Bonjour, Monsieur mon petit frère ! dit-il. Tu peux poser ton arme ! Tu vois bien que cet homme n'est plus du tout dangereux. Regarde, il te tend la main. Serrez-moi la main, Monsieur !

Sur la couchette, Yom bougeait très légèrement les membres. Il effectuait les esquisses des mouvements qu'accomplissait l'homme qui était sous son céph-contrôle. Mauha serra la main que lui proposait Serpent Véloce avec une appréhension qu'il ne put dissimuler.

— Là, vous voyez, je suis gentil, je vous serre aimablement la main. Je peux dire et faire ce que votre grand frère me fait dire et faire. Quels sont vos ordres ? Que dois-je faire exactement ?

— Mets-toi en partage audio et vision avec nous, répondit Mauha en s'adressant à son frère à travers Serpent Véloce.

Mirille et Mauha reçurent dans un céphécran ce que voyait le garde en ce moment. Ils s'assirent tous les deux sur le sol, dos au mur, et passèrent en immersion totale de la vision.

— C'est bon pour toi, Mauha ? demanda Mirille.

— C'est parfait pour moi.

— Vas-y, Yom ! dit-elle. Nous sommes avec toi. Tu peux sortir. Je vois sur la cam de surveillance qu'il n'y a personne dans le couloir.

Serpent Véloce ouvrit la porte et sortit sans le moindre état d'âme. Il bougeait avec la même distance que si ses membres n'étaient pas vraiment les siens. En fait, il voyait et sentait son corps s'animer, mais il n'avait pas la sensation d'effectuer lui-même tous ces mouvements. Ce qui était une réalité, car il n'était plus qu'un simple RPRV au service de son pilote. Yom

Bouhasi était sans doute le plus expérimenté en matière de céph-contrôle. Pendant que l'homme téléguidé marchait dans le couloir, son pilote, Mirille et Mauha se trouvaient d'une certaine manière derrière ses yeux et entre ses oreilles. Pour tous les trois, tout se passait comme si le corps de Serpent Véloce était le leur, mais seul Yom pouvait en faire ce qu'il voulait, les autres se contentaient de voir et entendre à travers lui.

64. J'ai même de la peine à piloter mes chaussures

Il faisait nuit quand Bartol et Cara sortirent. Le Marsalè avait souhaité rencontrer le gravipilote du Grand Félin. Après lui avoir révélé que c'était en fait une gravipilote, la biogrimeuse le conduisait chez elle. La « lune » n'était pas levée, il régnait une obscurité assez dense. De magnifiques étoiles enjolivaient le ciel. L'éclair d'un instant, Bartol se demanda si ce firmament était totalement fantaisiste, ou s'il était une reproduction du ciel terrestre sous une certaine latitude. Au premier coup d'œil, il ne reconnut aucune constellation. Il aurait pu interroger sa céph, mais il avait bien d'autres soucis pour se préoccuper de cela à présent.

Ils avançaient en silence sur un tapis végétal qu'il avait du mal à distinguer dans l'ombre, sous le couvert des arbres proches de la clairière. Il marchait pensivement quand il sentit la main de Cara attraper la sienne. Cette intimité subite le gêna. Il ne s'opposa pourtant pas à ce contact sur l'instant, mais quelques mètres plus loin, il fit mine de se gratter l'épaule gauche pour lui lâcher la main.

— C'est là, dit-elle à voix basse en tournant à gauche pour quitter le couvert des arbres.

— ... Où ?

Elle ne répondit pas tout de suite, mais s'arrêta devant une porte quelque vingt pas plus loin :

— Là, fit-elle, en tapant doucement.

Personne ne se manifesta derrière le battant. Ils attendirent en s'observant. Il remarqua que dans l'obscurité ses cheveux mauves apparaissaient faiblement fluorescents. Ils éclairaient même légèrement son visage. Une mèche qui bouclait devant sa joue y projetait une courbe de lumière parme très tamisée. Elle lui sourit. Il dut se faire violence pour extirper son regard d'elle.

Comment font-elles pour nous piéger comme ça ? se demanda-t-il. Je hais la testostérone !

Il tapa plus vigoureusement pour rompre le charme et changer de situation. La porte s'ouvrit et une femme apparut.

— Bonjour, Valentie, dit Cara. Pouvons-nous parler avec toi un moment ?

*

Valentie Rechkova était une femme énergique qui ne perdait pas son temps avec des mots inutiles. Elle les fit asseoir dans son salon et, avant même de leur proposer quoi que ce fût, elle leur demanda directement :

— Que voulez-vous ? De quoi s'agit-il ?

— C'est moi qui ai souhaité vous voir, précisa Bartol. Je voudrais parler avec vous des moyens envisageables pour nous enfuir. C'est-à-dire de quitter Symbiose.

Valentie réceptionna ces paroles avec une grande économie d'expression faciale. Seul son regard sembla s'intensifier sur la durée d'un éclair. Elle parut réfléchir trois secondes au bout desquelles elle posa deux questions :

— Voulez-vous un rafraîchissement ? Que faites-vous avec cette pastèque sur les genoux ?

— Ce n'est pas une pastèque ! protesta Bartol, en maîtrisant au mieux son agacement.

Il avait failli répondre un peu fort.

— Un melon, sans doute, mais ma curiosité n'en demeure pas moins vive.

Bartol dut expliquer encore une fois ce qu'était Vouzzz. Il raconta aussi quand et comment, à bord du Youri-Neil, lui et ses amis étaient arrivés dans Symbiose.

— Que pensez-vous de l'idée de tenter de partir d'ici ? demanda-t-il ensuite.

— J'en pense que si j'en avais la possibilité, je le ferais. Vous ne m'avez pas répondu pour les rafraîchissements.

— Qu'est-ce qui vous empêche de le faire ? Le Grand Félin n'est-il pas opérationnel ?

— Si, je suis certaine qu'il l'est.

— Qu'est-ce qui vous arrête alors ? La bulle qui est autour de lui peut-être. C'est ça n'est-ce pas ? Il y a un dôme transparent autour de lui ? C'est le cas du Youri-Neil en tout cas.

— Oui, il y a bien un dôme qui l'a recouvert dès que nous nous sommes posés, en effet... mais...

— Ce n'est pas un obstacle, dit Bartol. Je suis certain que ces dômes n'empêcheront pas les gravitants de repartir.

Le visage jusqu'alors impassible de la gravipilote marqua une vive stupeur.

— Comment en êtes-vous si sûr ? demanda-t-elle.

Le paradoxe fut que le Marsalè fut frappé du même étonnement :

— Ça va vous paraître bizarre, mais je n'en ai aucune idée ! Je le sais, c'est tout ! Oui, je le sais et je m'en méduse moi-même !

Bien qu'il se rendît parfaitement compte que cette conviction n'était fondée sur rien, il la sentait comme enracinée en lui. Conscient du sentiment qu'une telle affirmation gratuite pouvait susciter, il était sur le point d'essayer de se justifier, mais à sa propre grande surprise, Valentie Rechkova avoua :

— Tout cela est bien étrange, car j'ai exactement la même certitude ! Précisément la même ! Et comme vous, sans une seule preuve.

Cara qui semblait elle aussi perplexe proposa :

— Pourquoi ne pas supposer que c'est Symbiose, lui-même, qui vous donne cette conviction ?

— … ?

— … ?

— Oui ! Symbiose nous a montré qu'il était capable de nous faire entendre un message de bienvenue sans émettre de sons et sans utiliser nos céphs. Pourquoi ne serait-il pas en mesure de nous convaincre de quelque chose sans la moindre discussion ?

— C'est vrai… reconnut le Marsalè.

— En effet… convint la gravipilote.

— Admettons donc que les dômes ne soient pas un obstacle ! Qu'est-ce qui vous empêche de fuir alors ? demanda Bartol à Valentie Rechkova.

— Le Grand Félin est sans cesse occupé par des hommes de Még Ryplait. Je n'ai pas le droit d'y aller sans être surveillée dans mes moindres gestes.

— Heum, fit Bartol en tapotant pensivement Vouzzz. Et si je vous débarrasse de ces hommes ?

— Je ne peux abandonner mon équipage à son sort. Még Ryplait se vengera sur n'importe qui. Pourquoi ne partez-vous pas chercher du secours, vous, avec le Youri-Neil ?

— Moi ? Mais… grande géanture ! Je ne suis pas un gravi-pilote !

— Le Youri-Neil est un Cébéfour 750…

— Oui, et alors ? Qu'est-ce que cela change ?

— C'est un gravitant extrêmement facile à piloter.

— Sans doute pour vous ! Mais moi, j'ai même de la peine à piloter mes chaussures, c'est pour dire ! Pas plus tard que tout à l'heure, j'ai défoncé un arbre qui a croisé mon orbite !

— Je vous garantis que je peux vous apprendre à le faire. Même un simple d'esprit y parviendrait aisément.

Bartol se demanda une seconde si elle le considérait comme tel.

***

La « lune » commençait à se lever au-dessus des flots. Bartol et Cara Hito marchaient sur la plage en direction du nord, le Marsalè portant toujours Vouzzz sous le bras.

— Tu sais, dit la biogrimeuse, j'ai compris que tu étais gêné tout à l'heure quand je t'ai pris la main…

— …

— Mais j'ai aussi remarqué que je te plaisais. Nous, les femmes, on le voit bien ce genre de choses.

— …

— Je voulais te dire que je ne veux pas être un obstacle entre toi et Sandrila Robatiny. Je ne suis pas exclusive, moi. À toi de réfléchir. L'une n'empêche pas l'autre…

Bartol émit un long grognement d'une grande complexité chargé de confusion, d'incertitude et d'embarras. Il tourna la tête à droite, vers elle. Elle lui souriait avec un mélange savant de provocation et d'ingénuité. Les petits éclats de lune sur les flots, qui faisaient apparaître son corps en ombre chinoise, soulignait le creux de ses reins et en galbaient le bas.

Je hais la testostérone ! se répéta-t-il.

65. Son prisonnier émit un râle

Le Plus Grand Des Divins était assis face à la Terre qui montrait son côté nocturne. Les concentrations urbaines, criblées par les points de lumière de l'éclairage artificiel, révélaient les continents.

Le chef spirituel d'Éternité Divine était songeur. Avant que cela ne lui arrive, il avait pensé au jour où il pénétrerait l'antre de So Zolss, persuadé qu'il en ressentirait une très vive satisfaction, un sentiment de triomphe, une exaltation, une ivresse des cimes… Mais, contrairement à toute attente, il était étonné de constater que ce n'était pas le cas. Il ne ressentait pratiquement rien finalement, sinon de l'ennui. Le berceau de l'humanité se tenait là, devant lui. Un peu plus de mille milliards d'hommes étaient à sa merci. Il lui suffisait de couper l'alimentation électrique pour que le chaos s'abatte soudainement sur cette énorme fourmilière, pour que des centaines de milliards d'êtres, dépendants de leur appareillage, trépassent. Les huit cent soixante milliards de décorporés succomberaient dans l'heure ! Or, comme tout, le circuit électrique de la planète entière se commandait par le Réseau. Et le Réseau tout entier se contrôlait ici, dans cette station. Son ennui se transforma en peur. Comment So Zolss avait-il pu vivre si longtemps avec un tel pouvoir, sans perdre totalement l'esprit ? se demanda-t-il. Et puis, comment lui-même se retrouvait-il à présent en possession de cette toute-puissance ? Cela avait été si facile ! Était-ce réel ? Ou n'était-ce qu'une illusion ? Y avait-il quelque part des garde-fous ? Il eut un sourire troublé, en pensant à quel point ce terme était de circonstance. L'humanité comptait-elle dans ses rangs quelques personnes susceptibles de veiller sur elle, de la protéger de ses folies ? Existait-il des esprits supérieurs prenant soin d'elle dans l'anonymat, s'étant réservé quelque pouvoir de la sauver ? Pouvait-il vraiment anéantir sur-le-champ presque quatre-vingt-cinq pour cent des vies humaines et plonger les autres dans le chaos ? N'y avait-il réellement personne pour empêcher une telle démence ?

Un discret bruit de pas, derrière lui, le tira de ses pensées. Faisant pivoter son fauteuil, il vit Aspic Vaillant arriver.

— Que votre route vitale vous achemine vers la lumière, Plus Grand Des Divins ! dit-il. Je venais v...

— Non ! Pas de ça avec moi, Aspic Vaillant, s'il te plaît ! Pas en privé, du moins.

L'adepte eut un air interrogateur.

— J'ai cru discerner une lueur de complicité dans tes yeux. J'espère que je ne me suis pas trompé. J'ai tant de disciples ! Tant de disciples ! J'aimerais en perdre un en échange d'un ami. Un seul. Au moins.

— ... Je... euh...

— Cesse donc ces histoires de route vitale qui acheminent vers la lumière, avec moi. Tu sais bien que tout ça c'est pour les autres !

Aspic Vaillant parut un moment troublé, mais son regard renvoya vers celui du Plus Grand Des Divins la complicité que ce dernier attendait.

— Tu étais venu me parler de quelque chose ?

— Oui, Serpent Véloce demande à vous rencontrer.

— Que veut-il ?

— Je n'en ai pas la plus petite idée, Plus Gra... Je ne sais pas. Il souhaite s'adresser à vous directement pour livrer son propos.

— Eh bien, fais-le entrer et nous verrons bien !

Serpent Véloce attendait dans le couloir. Comme dans toutes les stations, qui utilisaient la force centrifuge pour s'offrir une pseudo-pesanteur, c'était un couloir circulaire qui montait devant et derrière soi, en quelque endroit que l'on s'en trouvât, donnant ainsi l'impression de marcher à l'intérieur de la bande de roulement d'une roue.

— Tu peux entrer, Serpent Véloce, dit Aspic Vaillant en venant à sa rencontre sur le seuil et en s'effaçant pour le laisser passer.

— C'est le moment, dit Mirille Peligoty, à voix basse pour ne pas gêner Yom Bouhasi. N'oublie surtout pas leur ânerie de phrase : « Que votre route vitale vous achemine vers la lumière ».

Yom l'avait répété des dizaines de fois pour s'entraîner. Toujours dans la peau du disciple, il se dirigea vers le chef spirituel et articula avec les cordes vocales du corps qu'il pilotait :

— Que votre route vitale vous achemine vers la lumière, Plus Grand Des Divins !

— Merci, Serpent Véloce ! Que ta route vitale t'achemine vers la lumière. Que voulais-tu me dire ?

Serpent Véloce était toujours sous l'emprise de la drogue inhibitrice, mais l'effet de cette dernière avait légèrement diminué. Aussi commençait-il à ressentir une trace de contrariété et d'humiliation à être ainsi habité par une volonté extérieure. Il n'avait toutefois pas la force de s'y opposer.

Yom Bouhasi était parfaitement calme jusqu'à présent, mais sa tension nerveuse montait. Il était spécialiste du céph-contrôle, car il était chercheur dans ce domaine pour le compte de So Zolss, mais c'était la première fois que tant de choses dépendaient de son pilotage. Mauha Bouhasi et Mirille Peligoty regardaient anxieusement le Plus Grand Des Divins, à travers les yeux du disciple téléguidé. Pour l'instant, personne ne semblait soupçonner quoi que ce fût.

— Sur leur propre désir, je suis venu vous demander la libération de trois employés de Méga-Standard qui travaillent ici.

Le Plus Grand Des Divins parut réellement surpris. Yom fit légèrement et brièvement tourner la tête à son véhicule humain, pour constater qu'Aspic Vaillant fronçait également les écailles de ses arcades sourcilières en exprimant son étonnement.

— Qui donc ? s'enquit le chef spirituel en ramenant sa cape sur son ventre qui dépassait un peu.

— Mirille Peligoty, Mauha Bouhasi et Yom Bouhasi.

Un des moments les plus importants venait d'arriver. Impossible, après s'être ainsi identifiés, de faire marche arrière.

— Mais pourquoi ne viennent-ils pas me le demander eux-mêmes ?

— Je n'ai pas jugé utile de vous exposer, Plus Grand Des Divins ! C'est ma fonction de vous protéger. Si vous consentez à les laisser partir, il suffira de les autoriser à prendre une navette.

— Quelle est leur affectation ici ?

Yom hésita deux secondes.

— Dis que nous sommes de simples agents d'entretien facilement remplaçables, souffla Mauha.

— Ce ne sont que de simples agents d'entretien facilement remplaçables, Plus Grand Des Divins.

— Euh ! … peu importe… Ce qui éveille ma curiosité, Serpent Véloce, c'est que tu sembles plaider leur cause. Qu'est-ce que cela peut te faire qu'ils soient ou non libérés ? Les connaissais-tu déjà ? Ou as-tu en si peu de temps noué des liens affectifs avec eux ?

Yom ne sut comment réagir.

— Dis que tu te contentes de transmettre leurs souhaits et de répondre aux questions qu'il te pose.

— Je me contente de transmettre leurs souhaits et de répondre aux questions que vous me posez, Plus Grand Des Divins. Si j'ai l'air de considérer leur demande, c'est que je me dis que des employés retenus de force vous serviront moins bien que du personnel consentant et dévoué à notre cause.

— Bien ! souffla Mirille à Yom, en souriant pour elle-même, car il ne pouvait la voir.

— Je te sais gré de ta bonne volonté, Serpent Véloce. Je ne peux cependant laisser partir ces gens. Pas pour l'instant en tout cas ! Pas sans y réfléchir ! Car, vois-tu, je serais bien mal avisé de toucher à l'organisation qui règne ici, à peine arrivé. Mon prédécesseur devait avoir de bonnes raisons d'interdire formellement tout départ de ce lieu. Il me faudra du temps pour me faire ma propre idée à ce sujet. Il est, par conséquent, hors de question que je satisfasse la demande de ces trois personnes.

— Tu vas devoir passer à l'action, mon frère, dit Mauha. Notre liberté est entre tes mains, à présent.

Mais Yom n'avait pas eu besoin d'entendre ces mots pour faire ce qui était prévu en cas de refus. Il s'y attendait et s'était préparé à ça.

Tout en sortant son lance sphérules du revers de sa veste, il fonça derrière le Plus Grand Des Divins pour passer son bras gauche autour de son cou et poser l'arme sur sa tête. Son divin prisonnier émit un râle. Yom dut desserrer légèrement son étreinte. Surpris par la force de ce bras musculeux, il avait failli tuer sans le vouloir. Serpent Véloce était un puissant athlète atteignant deux fois le poids de Yom. Ce dernier était plutôt un cérébral de faible corpulence, aux membres frêles. Il avait l'habitude de gérer ce changement de « véhicule », mais, là, sous le feu de l'action, il s'était laissé surprendre.

— Un seul tir dans la tête à cette distance signera votre mort, fit-il dire à son disciple téléguidé. Donnez l'ordre de les libérer !

66. En faisant rouler Vouzzz

Bartol et Cara avançaient toujours sur la plage en direction de la montagne du nord. Ils avaient fait approximativement les trois quarts du chemin à parcourir pour atteindre celle-ci. L'intention du Marsalè était de ramener Vouzzz parmi les siens, de raconter à Daniol et Solmar tout ce qui était arrivé depuis qu'ils s'étaient séparés et d'essayer de sortir de Symbiose pour chercher du secours.

Ils avaient beaucoup marché, à une allure très soutenue. Aussi étaient-ils tous les deux fatigués. Bartol était sur le point de le faire, mais ce fut Cara qui proposa une halte pour prendre un peu de repos :

— Asseyons-nous un peu. Je n'en peux plus !

— D'accord ! Là ! Sur cette grosse branche au ras du sol.

Son doigt montrait une branche en effet si basse qu'elle rampait sur le sol. Ils s'y installèrent, face à la mer. La lune était déjà haute. Elle ne dessinait plus une longue traînée de petits éclats à la surface des flots, mais diffusait sa douce lumière, sans ombre, car elle trônait presque au zénith. Bartol mit Vouzzz dans le sable devant lui et souffla en étirant ses jambes. Cara posa sa jambe droite sur sa cuisse gauche pour se masser lentement le pied. Derrière eux, la forêt bruissait et résonnait de cris qui devenaient peu à peu familiers. Dans la faible clarté de l'astre lunaire, Bartol discerna des objets ronds à moitié ensablés, à quelques mètres de là. Curieux, il se leva pour aller voir ce que c'était. Il reconnut deux gros œufs de crabe-tortue et eut un sourire en remarquant à nouveau à quel point ils ressemblaient à Vouzzz. N'eût été leur forme un peu oblongue, on les eût aisément confondus avec ce dernier. Après en avoir effleuré un d'un doigt interrogateur pour goûter leur surface par le toucher, le Marsalè décida de revenir s'asseoir près de Cara. Il venait à peine de faire cinq pas quand un bruit dans son dos et un cri de la biogrimeuse lui firent faire volte-face. C'est ainsi que tous deux virent pour la première fois un des octoculaires volants qui avait emporté Vouzzz dans les airs. La créature reprenait déjà de l'altitude, un œuf de crabe-tortue dans les serres.

— Grande géanture ! Tu avais déjà vu une chose pareille, toi ?

— Non. Jamais…

Elle paraissait effrayée. Bartol s'assit près d'elle et tenta de la rassurer.

— Ce n'est rien. Cette volaille ne représente pas un danger pour toi. Elle ne peut emporter que de petites masses, comme ces œufs, mais pas une personne.

Comme elle gardait une expression apeurée, il ajouta :

— Ne t'inquiète pas. Si l'une d'elles s'approche de toi, je lui ferai un sac de nœuds avec ses huit yeux. Elle ne comprendra plus rien à ce qu'elle verra.

Il n'en fallut pas plus pour que Cara appuyât sa tête sur lui. Ce contact le mit mal à l'aise, mais il n'osa pas y mettre fin trop brusquement. Elle l'avait si gentiment aidé… Il se contenta de ne rien faire pour augmenter, de quelque manière que ce fût, l'intimité de cette situation, évitant de la regarder, demeurant immobile, occupant ses doigts à tamiser du sable afin de ne pas l'encourager à lui reprendre la main. Malgré ses efforts, ses yeux saisirent, accidentellement, ou pas, quelques fugaces images d'elle. Cette ambiance lumineuse lui allait si bien !

Il réprima un soupir. Pourquoi se sentait-il si bien avec Cara ? Il pensait aimer l'Éternelle pourtant !… Cara lui semblait plus accessible, plus à son niveau, plus son égale. Oui, pensait-il découvrir en lui-même, j'aime Sandrila, mais je me lasse de n'être qu'un enfant pour elle. Je ne suis même pas un confident pour elle. Pour Cara non plus, bien sûr ! Néanmoins, je la sens déjà tellement plus proche de moi d'une certaine manière.

Pour satisfaire sa curiosité, mais aussi pour distraire son esprit d'elle, il l'interrogea :

— Au fait, comment se fait-il que Még Ryplait soit en possession de cette arme antique ?

— Rien ne me permet d'en être certaine, mais Yom Koland m'a confié un jour que les armes sont sa passion et qu'il en posséderait toute une collection. Certaines seraient beaucoup plus anciennes que celle qu'il a sur lui en ce moment.

— Ah bon ! Où ? Où est cette collection ? Dans Symbiose ?

— Non, pas dans Symbiose. Quelque part sur Terre ou ailleurs, que sais-je ? Dans une de ses résidences. Il en avait deux avec lui dans le Grand Félin. Je ne saurais te dire pourquoi. Pour faire des échanges, les vendre, les montrer à quelqu'un… On peut tout supposer.

— Oui… Autre chose. Je ne t'ai pas dit que l'un d'entre nous a disparu.

— Ah bon ! Vraiment ?

Elle avait l'air impressionnée et elle s'était redressée en s'exclamant.

— Oui. Notre gravipilote.

— Comment cela s'est-il passé ? l'interrogea-t-elle en appuyant de nouveau sa tête sur son épaule gauche.

— Ce serait long à expliquer. Je le soupçonnais de nous avoir délibérément quittés, en fait. Mais je n'en suis plus certain. Tu n'as pas vu quelqu'un d'étranger au Grand Félin, chez vous là-bas ?

— D'abord, je ne connais pas tous les passagers du gravitant, je te rappelle qu'il y en a deux cent dix-sept, moi comprise, ensuite si je l'avais remarqué, tu penses bien que je t'en aurais parlé depuis longtemps.

— Bien sûr, conclut-il.

Elle était si proche ! Il sentait ses cheveux sur sa joue. Son parfum avait-il quelque chose d'aphrodisiaque, ou était-ce son imagination ? Il se fustigea sévèrement en pensant à Sandrila.

— Il faudrait que je te donne quelques précisions sur l'endroit où nous allons, dit-il.

Il lui décrit le Monde de Vouzzz, lui parlant des Vouzzziens, du village, du lac, du Grand Pas Salerie, dont il eut du mal à expliquer l'étrangeté du nom… Après lui avoir également parlé de Daniol, de Solmar et des C12, un quart d'heure plus tard, il lui proposa de reprendre la route. Elle l'avait écouté la tête toujours posée sur son épaule, mais sans chercher plus. Ils se remirent en marche. Pour détourner son attention de Cara, Bartol fouilla dans les tréfonds de sa mémoire à la recherche des souvenirs que lui avait offerts un jour l'Éternelle à l'aide de l'engrammateur.

Un bruit les fit se retourner. Bartol faillit être victime d'une crise cardiaque quand il vit un octoculaire volant reprendre de l'altitude. À l'endroit où cela se passait, il devina dans une pensée fulgurante comme un coup de foudre, ce que l'animal emportait. Ce ne pouvait être que Vouzzz. Le Marsalè courut puis sauta, le bras tendu pour attraper le prédateur qui très rapidement s'éloignait dans les bruyants claquements de ses ailes membraneuses. Il parvint d'extrême justesse à saisir une de ses pattes. L'animal perdit de la hauteur. Bartol tenta d'affermir sa prise, mais il tomba brutalement le visage contre le sable et la créature lui échappa. Il se releva précipitamment. Aveuglé, les yeux irrités, terrifié à l'idée que Vouzzz eût été capturé, il essaya de scruter les cieux.

— Tout va bien, dit la voix de Cara dans son dos.

Il se retourna. Elle lui souriait. Il essuya plusieurs fois son visage du revers de sa manche pour chasser le sable et regarda mieux. Elle maintenait le prédateur plaqué au sol, un genou sur son dos, l'autre genou sur son cou, la main gauche sur sa tête, la droite libérant Vouzzz des redoutables serres.

— Voilà ton ami libre ! fit-elle, en faisant rouler Vouzzz devant les pieds du Marsalè, aussi soulagé qu'ahuri.

Elle relâcha l'octoculaire qui ne demandait pas mieux que de s'enfuir, sans doute plus vite qu'il n'était venu. Bartol ramassa Vouzzz, le gratifia de quelques petites tapes affectueuses et le prit sous son bras.

— Pour quelqu'un qui avait peur de ces créatures ! fit-il.

Pour toute réponse, elle se contenta de sourire. Mais alors qu'ils avaient repris leur marche depuis à peine une minute, elle s'enquit :

— N'empêche... Tu aimais bien que j'appuie ma tête sur ton épaule, non ?

Il libéra un grognement aussi vide de sens pour qui que ce fût que pour lui-même.

67. Il se garda donc d'ouvrir ses paupières

Le Plus Grand Des Divins eut un pressentiment fulgurant. Il se vit mort. Son esprit fut soudainement frappé par la conviction qu'il était allé trop loin, que l'entité inconnue protectrice de l'humanité, qu'il avait imaginée en doutant fortement de son existence, avait décidé de le stopper brutalement. Il se demanda pourquoi So Zolss n'avait pas subi la même punition. Faisait-il partie de l'entité en question ? Ou pire encore, était-il tout simplement cette entité ? Serpent Véloce était-il sous son contrôle ? Le Plus Grand Des Divins se posa toutes ces questions en une fraction de seconde seulement.

Passé le premier sursaut de stupeur et après quelques mouvements désordonnés trahissant son affolement et son indécision, Aspic Vaillant restait dans une attitude stupidement figée.

— Je n'attendrai pas longtemps ! cria Serpent Véloce, en s'adressant aux deux hommes couverts d'écailles rouges. Donnez l'ordre de les libérer ! Immédiatement ! Donnez également l'ordre à tous vos disciples de ne venir ici sous aucun prétexte. Dites que vous ne voulez pas être dérangé.

Le Plus Grand Des Divins sentit l'arme s'enfoncer douloureusement dans sa tempe.

— Faites ce qu'il dit, Aspic Vaillant ! dit-il, d'une voix chargée de terreur. Faites-les libérer.

Serpent Véloce avait conscience de ce qu'on lui faisait faire et dire. En toute franchise, il n'était pas un réel dévot ; pour peu qu'il se fût sincèrement posé la question, il eût été obligé de se l'avouer. Il se sentait matériellement en sécurité grâce à sa fonction près du Plus Grand Des Divins. C'était pour lui un métier comme un autre. Sa fidélité était donc plus le produit de son intérêt que de sa piété. Il réalisait qu'il allait perdre cette confortable situation à cause de ce qu'on le forçait à faire, mais la drogue qui circulait dans ses veines amoindrissait tant sa volonté qu'il n'avait pas le courage de réagir. Son corps n'était pas fatigué, mais son esprit ressentait la plus grande des lassitudes. Il n'avait pas envie d'agir, surtout pas de réfléchir, seulement de rester passif.

— Ils réclament une couchette portable, ou un brancard, un moyen de transporter un homme allongé, lui fit articuler Yom Bouhasi, car l'un d'eux n'est pas en mesure de se déplacer par ses propres moyens. Agissez au plus vite ! Ils attendent dans la cabine de Mauha Bouhasi. Un seul homme suffira pour apporter la couchette. Un seul ! Entendez-vous ?

*

Un garde du Plus Grand Des Divins se présenta devant l'entrée de la cabine.

— Voilà, dit-il laconiquement en posant le brancard dans le couloir.

— Merci, répondit Mirille Peligoty. Vous pouvez partir.

L'homme obéit. Elle mit l'objet juste à côté de la couchette sur laquelle Yom était allongé, toujours concentré dans son céph-contrôle. Mauha et Mirille le soulevèrent lentement et délicatement pour le poser avec les mêmes précautions sur la civière. Cela fait, l'un devant l'autre derrière, ils saisirent le brancard par les poignées et marchèrent vers la liberté.

Yom avait senti le contact de leurs mains quand ils l'avaient déplacé, mais il s'y attendait. Il avait réussi à conserver son céph-contrôle, malgré l'étrange sensation d'être touché alors qu'il se voyait debout avec personne d'autre près de lui que le Plus Grand Des Divins, qu'il tenait toujours par le cou. Il avait résisté à l'envie de se retourner brusquement pour voir qui le touchait. À présent, il se sentait doucement ballotté, mais il savait que cette perception provenait de son vrai corps, celui que son frère et Mirille transportaient. C'était difficile de garder tout sa concentration pour « habiter » le corps de Serpent Véloce, mais il y parvenait.

— Que personne n'entrave leur progression vers le sas de la navette, fit-il articuler au larynx du disciple, sur un ton menaçant. J'ai ordre d'abattre le Plus Grand Des Divins en cas d'échec de leur libération. Je suis en liaison avec eux et j'obéirai à leurs injonctions.

Les trois fuyards étaient à présent dans l'ascenseur qui conduisait au moyeu de la station, d'où tous les départs et arrivées se faisaient. Mirille et Mauha redoublaient de précautions afin que Yom ressentît le moins possible les effets de son déplacement.

Yom sentait de petites accélérations latérales et d'avant en arrière. Il dut faire un effort afin de lutter contre les réflexes moteurs de ses jambes qui voulaient conserver l'équilibre. Aspic Vaillant, immobile à quelque pas de là, le regardait dans les yeux, comme s'il cherchait à comprendre son comportement.

— Tout sera fait selon vos désirs, dit-il. Ne faites aucun mal au Plus Grand Des Divins. Puis-je cependant vous demander comment vous en êtes venu à prendre autant à cœur la cause de ces gens ?

— Vous n'avez rien à demander. Éloignez-vous ! Vous êtes trop près de moi !

Le disciple recula docilement de plusieurs pas. Crotale Voyageur entra, mais resta devant le seuil, derrière Aspic Vaillant. Son visage exprimait un grand bouleversement.

— Serpent Véloce ! s'écria-t-il. Seriez-vous vraiment capable de tuer notre guide ?

— Oui ! hurla Yom par les cordes vocales de l'homme qu'il pilotait.

Il commençait à éprouver une sensation de flottement qui lui annonça qu'ils approchaient de la zone 0 g du moyeu. Il ne restait plus que deux à trois minutes à tenir avant qu'ils arrivassent à bord de la navette.

— Vous sentez-vous bien ? demanda Aspic Vaillant.

Yom réalisa qu'il devait leur donner l'impression inverse, car il tanguait légèrement de droite à gauche et d'avant en arrière à cause des indications contradictoires que ressentait l'oreille interne de son vrai corps avec ce qu'il percevait à travers les yeux de Serpent Véloce. Il savait que son système kinesthésique était en ce moment mis à rude épreuve.

— Si vous tentez quoi que ce soit pour faire échouer leur libération, c'est le Plus Grand Des Divins qui ne se sentira pas bien du tout ! parvint-il à répliquer durement.

Mirille et Mauha abandonnèrent la couchette portable. À 0 g ils n'en avaient plus besoin pour déplacer Yom. Il suffisait de le pousser doucement pour le guider tandis qu'il flottait, comme eux, entre deux airs. Ils entrèrent dans le sas et refermèrent la première porte derrière eux. Mauha ouvrit aussitôt la deuxième et, sans perdre de temps, ils pénétrèrent dans la navette en partance pour la Terre.

— Nous sommes dans le gravitant, dit Mirille à l'intention de Yom. Plus que quelques secondes de préparatifs et nous serons libres.

— Ils sont dans la navette, articula malgré lui Serpent Véloce. Dans quelques secondes, je libérerai le Plus Grand Des Divins. Ne tentez surtout rien pour entraver leur fuite sinon il mourra bêtement et vous en serez responsables.

— Plus Grand Des Divins ! cria soudainement Crotale Voyageur. Ne pouvez-vous donc rien faire contre cet homme qui menace votre vie ? Allez-vous obéir à ces gens qui ne veulent pas se soumettre à votre volonté ?

Le Plus Grand Des Divins ne sentait que le bras musclé qui lui broyait la gorge et l'arme appuyée sur sa tempe. Il n'entendit pas son disciple lui poser ces questions, ou du moins il n'y porta pas cas, bien trop effrayé qu'il était pour s'y intéresser.

— Plus Grand Des Divins ! soumettez-les ! Utilisez votre puissance ! insista Crotale Voyageur en hurlant, les doigts crispés devant son visage.

Il semblait se trouver aux prises d'une incroyable transe. Aspic Vaillant essaya de le calmer.

Mirille et Mauha avaient assis Yom dans son fauteuil et avaient pris place dans le leur. Les parties intérieures des accoudoirs s'étaient plaquées autour des trois ventres pour former une ceinture. Le décompte des secondes avant le départ avait commencé.

Par les tympans de Serpent Véloce, Yom entendait les cris de Crotale Voyageur et les supplications d'Aspic Vaillant, qui faisait tout pour l'inciter à se maîtriser, tandis que les secondes s'égrenaient dans ses propres oreilles : « … cinq… quatre… trois… deux… un… départ. ». L'envie de regarder où il était, réellement, était forte, mais mieux valait maintenir le céph-contrôle jusqu'au dernier moment ; or il eût été extrêmement difficile de le conserver en essayant de gérer simultanément deux points de vue : celui perçu par ses propres yeux et celui qui passait par le regard de l'homme qu'il pilotait. Il se garda donc d'ouvrir ses paupières.

Le verrouillage électromagnétique du sas libéra le gravitant. À l'aide de ses petits réacteurs d'attitude, celui-ci s'écarta de la station. Puis il cracha une traînée incandescente de plasma, pour réduire sa vitesse orbitale afin de plonger dans l'atmosphère terrestre.

68. Bartol dut se battre contre lui-même

C'était le matin. Du pied de la montagne, Daniol vit deux personnes marcher dans sa direction sur la plage. Il se demanda s'il s'agissait de deux membres du Youri-Neil qu'il ne pouvait reconnaître à cette distance ou si c'était d'autres gens, ceux dont Solmar lui avait parlé au sujet de traces près du cadavre de Puuurr. Regrettant de ne pas avoir les yeux de Sandrila Robatiny, il décida d'attendre sans se montrer pour voir ce qu'ils allaient faire. Il resta derrière un rocher et les observa en mangeant un fruit.

*

Cinq minutes plus tard, Daniol reconnut Bartol. Il sortit de sa cachette et attendit que les deux personnes arrivent à son niveau en se demandant qui était la femme.

— Géantissime géanture ! Daniol ! s'écria le Marsalè en voyant l'éthologue. Vous n'êtes plus chez nos amis les Vouzz-ziens ?

Daniol montra le sac qui pendait à son épaule.

— Bonjour, Bartol ! Je suis venu faire le plein de nourriture. Le menu du Monde de Vouzzz est un peu maigre.

— Je comprends ! Je vous présente Cara Hito. Elle fait partie des deux cent dix-sept passagers du Grand Félin. Solmar a dû vous parler des traces...

— Il m'a parlé des traces, oui.

Daniol serra la main de Cara :

— Bonjour, Madame Hito !

— Bonjour, Monsieur Daniol ! fit Cara en exagérant ironiquement le ton protocolaire de son salut. Vous pouvez m'appeler Cara, sinon.

L'éthologue accusa réception en bredouillant quelques syllabes qu'aucun des deux ne comprirent puis demanda à Bartol :

— Est-ce bien Vouzzz que vous portez là ?

— Oui, évidemment Daniol ! Que croyez-vous que ce soit ? Ne me dites surtout pas une pastèque ou je me défenestre !

— Non, mais pourquoi dort-il ainsi sous votre bras ? J'ai passé beaucoup de temps avec les Vouzzziens et je ne les ai pas encore observés se reposer dans de telles conditions.

— Je ne sais pas Daniol. Il est comme ça depuis qu'il a vu Pooo en difficulté. J'espère que le Grand Pas Visquerie pourra faire quelque chose pour lui !

— Le terme exact proposé par Vouzzz était : « Grand Pas Salerie » répondit Daniol sur un ton quelque peu agacé. Mais la traduction précise que les Vouzzziens recommandent, à présent qu'ils possèdent parfaitement notre langue, est : « Grand Sage ».

— Bien, Daniol, bien ! Quoi qu'il en soit, allons vite voir le Grand Sage, alors.

— Votre amie risque de souffrir des rigueurs du monde des Vouzzziens, si peu vêtue ! L'avez-vous prévenue ?

— Vous avez raison, géantissimesque distraction ! s'exclama Bartol en considérant Cara qui ne portait toujours qu'une courte jupe et son biogrimage.

— Que voulez-vous dire ? s'enquit-elle.

— Que la température actuelle y est de l'ordre de moins trente degrés Celsius, l'informa Daniol.

— Tu aurais pu m'avertir ! dit-elle à Bartol, sur un ton un peu indigné. Comment vais-je faire ? Retourner chez moi chercher de quoi me vêtir ? Après toutes ces heures de marche !

Le Marsalè ne put que prendre un air penaud.

— Je peux vous proposer une combinaison, si vous voulez, dit Daniol. J'en ai chez moi. Je ne vous ai pas dit, au fait !

— Quoi donc ?

— Comme vous, j'ai découvert ma maison. Au même endroit, près de chez vous, de Quader et de Sandrila.

— Ah bon !

— Oui ! Je disais donc que je peux vous prêter un vêtement, si vous voulez, Madame Cara.

— Merci, Monsieur Daniol !

— C'est une bonne idée ! s'exclama Bartol. Moi aussi j'ai des habits chez moi. Allons-y tout de suite !

— Bartol est plus grand que vous, alors que vous avez à peu de chose près ma corpulence et ma taille, mais je n'ai que des vêtements d'homme, parut s'excuser Daniol.

Le Marsalè eut envie de dire à Daniol qu'il en faisait trop, mais il n'osa intervenir. Il ne se voyait pas lui crier : « Qu'est-ce que ça peut vous faire que mes vêtements lui soient trop grands ? ». Déjà que Cara semblait lui signifier par le regard que son ami était visiblement plus disposé que lui à satisfaire la légitime coquetterie d'une femme !

En route vers les maisons, l'éthologue s'adressa à Bartol :

— Sinon, j'y pense, il y a aussi une autre solution ! Vous pourriez éventuellement lui prêter un vêtement de Sandrila. Je ne crois pas qu'elle y verrait un inconvénient.

Là, Bartol dut se battre contre lui-même pour juguler une formidable envie de l'assommer. Comme ils entraient dans la forêt, Cara lui vint sans le savoir en aide :

— Non, merci, Monsieur Daniol ! Finalement, je préfère un habit trop grand de Bartol. Je choisirais même un simple sac !

Sur cette réplique quelque peu cinglante, Bartol eut un large sourire intérieur. Comment peut-on être psychologue et si mal connaître les femmes ? se demanda-t-il.

*

Cara était vêtue d'une combinaison climatisée noire prêtée par Bartol, qu'elle portait retroussée aux bras et aux jambes. Elle découvrait le dénuement du Monde de Vouzzz sans faire de commentaires, mais elle s'était étonnée de constater une légère, mais indéniable augmentation de son poids. Bartol lui avait expliqué que ce phénomène était dû au fait qu'ils étaient en ce lieu plus loin du moyeu de Symbiose.

Quand ils arrivèrent au village des Tonalités, Solmar accueillit Bartol avec effusion. Le Marsalè lui présenta Cara. Après l'avoir saluée respectueusement, le Martien se préparait à la presser aussitôt de questions, mais la vue de Vouzzz détourna son attention :

— Pourquoi Vouzzz dort sous ton bras, ami Terrien ?

— Je ne le sais pas ! C'est pour cette raison que je passe ici.

Les C12 vinrent aussi saluer le Marsalè et l'inconnue qui l'accompagnait. Des dizaines de tripodes arrivaient entourant Bartol et Cara de modulations de bienvenue. Découvrant pour la première fois des Vouzzziens avec les membres apparents, la biogrimeuse écarquillait les yeux.

— J'avais du mal à les imaginer avec tes explications, souffla-t-elle au Marsalè. Ils sont vraiment étonnants ! Et puis, il y a ces étranges sortes de chants pour nous accueillir courtoisement.

Bartol s'adressa au Grand Sage qui approchait en « chantant » lui aussi :

— Bonjour, Grand Sage ! Je vous présente Cara. Comme vous pouvez le voir, Vouzzz est entièrement rétracté, comme s'il dormait. Je suis inquiet, car cela dure presque depuis le moment où nous vous avons quitté.

— Bonjour, Cara ! Bonjour, Bartol ! Que s'est-il passé, juste avant qu'il se rétracte ? A-t-il vu ou entendu quelque chose de spécial ?

— Il a commencé à devenir taciturne quand nous avons découvert le cadavre d'un parent de son ami Pooo sur la plage. Mais, il a soudainement rentré bras et jambes quand il a vu qu'on maltraitait Pooo, lui-même. Il est comme ça depuis ce moment.

— Je comprends ! Venez le poser sur la place publique. Nous allons le réveiller.

Les humains suivirent les Vouzzziens.

— Comment se fait-il qu'il parle si bien notre langue ? s'étonna Cara, en remontant la capuche de sa combinaison.

Il faisait particulièrement froid aujourd'hui dans le Monde de Vouzzz.

69. Mal à la tête ! murmura Serpent Véloce

Serpent Véloce libéra le cou du Plus Grand Des Divins et baissa son arme. Il resta sur place les deux bras ballants et le regard absent. Aspic Vaillant se précipita sur le supérieur spirituel et après s'être brièvement assuré qu'il allait à peu près bien, il le confia aux soins de Crotale Voyageur pour se jeter sur Serpent Véloce afin de le désarmer. Ce qu'il n'eut au demeurant aucune peine à faire, tant ce dernier demeurait passif.

— Que s'est-il passé dans votre tête, Serpent Véloce ? cria Aspic Vaillant, en le tenant en respect avec le lance sphérules qu'il venait de lui arracher des mains. Pourquoi avez-vous ainsi menacé…

Des hurlements l'interrompirent. Il se retourna pour assister à une scène incroyable. Crotale Voyageur, ayant selon toutes vraisemblances totalement perdu la raison, secouait violemment le Plus Grand Des Divins par le cou en vociférant :

— Où est votre pouvoir, Maître ! Pourquoi n'avez-vous pas foudroyé le traître par votre seule volonté ? Vous ne seriez donc qu'un usurpateur ? Vous avez trahi ma confiance !

Complètement débordé, Aspic Vaillant eut un moment d'hésitation, de quelques secondes seulement, mais il fut déterminant pour l'Histoire. Sous l'impulsion d'une rage insane, Crotale Voyageur tira à pleine puissance et à bout portant dans la tête du Plus Grand Des Divins avec une arme à rayon. Sous les yeux effarés d'Aspic Vaillant, le Maître d'Éternité Divine s'écroula de tout son long sur le dos. Son front présentait un horrible trou parfaitement rond d'un centimètre de diamètre. Cautérisé, il ne saignait pas, mais il traversait le crâne de part en part, ne laissant aucun doute sur le fait que le tir fut létal. Une répugnante odeur de chair calcinée accompagnait la morbide image. Cette vision frappante fit à nouveau perdre quelques précieuses secondes à Aspic Vaillant. Une douleur fulgurante le tira d'une paralysie hypnotique provoquée par ce tableau surréaliste. Sa main droite, celle qui tenait le lance sphérules de Serpent Véloce, n'était plus qu'un affreux moignon. Cette blessure non plus ne saignait pas. Le puissant rayon cohérent l'avait également cautérisée, mais la souffrance était insupportable.

— Crotale Voyageur ! Qu'as-tu fait ? Pourquoi ? gémit Aspic Vaillant.

Courbé sous la douleur, le visage crispé, le blessé serra son bras droit tronqué dans sa main gauche. Il s'efforça de retrouver suffisamment de contrôle de lui-même pour appeler les gardes en céph, mais Crotale Voyageur plaqua brutalement un nucleur sous sa clavicule pour lui arracher son nucle.

— Crotale Voyageur ! Pourquoi ? Je ne comprends pas !

— Je t'ai entendu échanger des propos impies avec cet usurpateur ! Je fais mon devoir ! Je prépare la venue du vrai Plus Grand Des Divins en éliminant tous les traîtres de ton espèce ! Serpent Véloce m'a ouvert les yeux. Je témoignerai en sa faveur afin qu'il soit traité comme un héros par tous les disciples et justement récompensé par le Plus Grand Des Divins. Le vrai.

Visualisant le trou dans la tête du Plus Grand Des Divins, Aspic Vaillant pensa que sa dernière seconde était arrivée. Dans un réflexe désespéré, il compta sur sa main valide pour s'emparer de son arme dans le revers de sa veste, mais une deuxième douleur fulgurante sanctionna l'amorce de son geste. Il poussa un hurlement, ses deux moignons devant le visage. Aussi fort que pussent retentir ses cris, personne ne viendrait, car aucun son n'atteindrait quelque oreille que ce fût. La pièce où se déroulait ce drame était totalement isolée. C'était le lieu de So Zolss. Tout était prévu pour que tous les habitants de la station en fussent tenus à l'écart, quoi qu'il s'y passât.

— Que ta route vitale t'achemine vers la lumière, Serpent Véloce, mon frère de conviction ! Je ne te demanderai pas pourquoi tu as tenu à faire libérer ces trois personnes. En t'opposant si fermement à l'usurpateur, tu as fait preuve d'une loyauté qui suscite toute ma confiance et aussi mon émotion. Je suis certain que tu œuvres pour notre Plus Grand Des Divins.

Les effets de la drogue qui circulait dans les veines de Serpent Véloce commençaient à diminuer. Il considérait toute cette agitation avec détachement, mais les hurlements d'Aspic Vaillant dérangeaient toutefois son désir de calme.

— Je te rends ton arme, Serpent Véloce, poursuivait Aspic Vaillant en lui tendant le lance sphérules qu'il avait récupéré. Je suis à ta disposition si tu as besoin de moi pour servir notre Maître. Les choses sont trompeuses ! Comme le dit souvent le Plus Grand Des Divins : le plus long chemin est celui qui conduit vers l'humilité ! Je viens de réaliser que je me croyais plus proche de lui que toi, car je te prenais pour un simple garde ! Mais, je découvre, dans un éclatant et salutaire éclair de lumière, que tu es plus important que moi, puisque tu œuvres pour le Maître dans une mission dont j'ignore tout. Je te le répète, je suis à ta disposition en espérant de tout mon cœur t'être utile.

Serpent Véloce fronça les sourcils. Un inconfortable mal de tête s'installait peu à peu dans son crâne. Les cris d'Aspic Vaillant étaient insupportables ! Il leva son lance sphérules et visa l'homme qui continuait à hurler en donnant l'impression de fixer ses mains devenues invisibles. Il tira plusieurs fois très rapidement, dix sphérules au moins, jusqu'à ce que les cris cessent. Ce silence lui offrit un répit, durant lequel les élancements palpitants de sa céphalée refluèrent un peu.

Crotale Voyageur regarda une seconde le cadavre d'Aspic Vaillant et dit :

— Que les félons périssent ! Je serais heureux de participer à l'ultime ascension de notre vrai Plus Grand Des Divins ! En toute humilité, bien sûr ! Si j'en suis digne, évidemment ! Je ne commettrais plus l'erreur de me croire à une place privilégiée parmi ses serviteurs. Mais, je me livre à toi, Serpent Véloce, toi qui sembles investi de sa confiance, je veux que tu connaisses ma sincère ferveur et si…

Le lance sphérules cracha une nouvelle salve d'une dizaine de projectiles.

— Mal à la tête ! murmura Serpent Véloce.

70. Ne t'avise surtout plus d'y mettre un pied !

So Zolss observait ce qui se passait dans sa station spatiale, Divinité. Il avait les moyens de voir et d'entendre tout ce qui s'y déroulait en tout lieu. Aussi fiables qu'ils fussent, ces moyens ne pouvaient toutefois pas s'affranchir des lois de la physique. Aussi recevait-il, à cause de la distance, ces images et ces sons avec trois quarts d'heure de retard.

— Crotale Voyageur est bien Panagiotis Trolin, dit-il à Lussien.

Le Mécan était toujours debout totalement immobile face à Naja Malin, crispé dans son fauteuil.

— Ah ! répondit celui-ci, ne sachant que rajouter.

Ne voyant rien des événements que So Zolss suivait en céph, il supposa que ce dernier avait obtenu cette information par quelque moyen qui lui était inconnu.

— Oui. Il vient de tuer ton Maître.

En deux ou trois secondes seulement Naja Malin fut traversé par des pensées et des états différents. Vive surprise. Impression de vacuité, avec l'envol de tous ses projets. Abattement à cause de la certitude qu'il était de nouveau seul, que personne ne viendrait à son secours. Puis, concevant l'idée que So Zolss mentait peut-être pour le déstabiliser, il se raccrocha à cet espoir.

Le Mécan s'approcha de lui en tendant un bras. L'asex eut un mouvement marquant la panique. Mais So Zolss ne fit que lui tourner son fauteuil pour le mettre face à un mur-écran qu'il alluma.

— Regarde, Lussien ! Regarde, je te dis la vérité !

L'écran montra Crotale Voyageur qui tirait sur son maître spirituel. La même scène repassa trois fois sous trois angles différents. À la suite de cela, So Zolss figea la dernière image sur le cadavre du Plus Grand Des Divins.

— Tu es seul à présent, Lussien Derubinprait, ex Naja Malin. Il n'y a plus de raison de garder ton nom d'Éternité Divine, n'est-ce pas ? Tout est fini. Je ne pense pas que tu sois un vrai grand mystique au fond de toi. Je crois plutôt que tu es un opportuniste en manque de reconnaissance. Le Plus Grand Des Divins t'offrait l'espoir d'être quelqu'un parmi quelques-uns et même un notable pour beaucoup.

Lussien Derubinprait ne sut que répondre. Il regardait alternativement la dépouille mortelle de l'homme qui lui avait effectivement apporté cette espérance et le Mécan. Sachant que So Zolss ne se donnait jamais la peine de parler pour rien, il se demandait pourquoi il lui disait tout ça. Où voulait-il en venir ? Après quelques secondes de silence, le Mécan reprit :

— Lussien, tu étais là quand Sandrila Robatiny est venue ici me rendre visite, c'est même toi qui l'as reçue.

— … ?

— Je te propose de t'apporter ce à quoi tu aspires, la considération et le respect. Tu as vu ce qui se passe dans Divinité ! Pour l'heure, cela me laisse indifférent, mais j'y mettrai bon ordre dès que je le déciderai. Quand ça sera fait, au lieu de me venger de toi, alors que tu as tenté de me tuer, je te nommerais chef de la sécurité de Divinité, si…

So Zolss suspendit ses paroles un moment. Lussien regarda le Mécan avec des yeux écarquillés d'étonnement. Que devait-il faire pour obtenir cela ? Si quoi ?

— … si tu m'aides d'une manière quelconque à expliquer la disparition du Youri-Neil. Si tu as une idée au sujet de celle du

Grand Félin, j'apprécierais aussi beaucoup, car les deux disparitions ont vraisemblablement la même cause. Je saurai également récompenser toutes les informations que tu pourras me donner sur Sandrila Robatiny depuis le moment où elle a mis les pieds ici. Si tu l'as entendue dire quelque chose ou cépher à quelqu'un quand tu étais près d'elle... Je vais te laisser réfléchir calmement à tout ça. Tu es libre de circuler où tu veux. Sauf ici, bien sûr ! Ne t'avise surtout plus d'y mettre un pied !

*

So Zolls était physiquement à des dizaines de mètres de son méca. Son névraxe se trouvait très rarement à bord d'un de ses corps artificiels. Il estimait inutilement dangereux de s'exposer face à qui que ce soit. C'était en outre bien pratique de changer de méca pour se retrouver quasi instantanément en différents lieux. Il utilisait pas moins de cinq corps dans Maison Tranquille et douze dans Divinité.

Il eut une pensée qui chez un être humain émotivement ordinaire eût probablement engendré un sourire intérieur : « Divinité », ce Plus Grand Des Divins a dû croire que ma station lui était prédestinée ! Il se souvint qu'il avait choisi ce nom parmi d'autres pour faire plaisir à un très gros actionnaire dont il avait besoin.

Désertant tous ses corps, il s'immergea en céph, de réseaucam en réseaucam, pour prendre des nouvelles des mondes.

*

Pour l'heure, les mondes n'étaient pas au courant du décès du Plus Grand Des Divins. Même Cobra Malicieux, devenu sans le savoir numéro un dans l'organisation hiérarchique d'Éternité Divine depuis que les trois plus hauts prélats avaient dramatiquement succombé, ne se doutait de rien. Appliquant le plan prévu, il donnait les ordres nécessaires à sa réalisation au personnel de Divinité. Réquisition des sources d'information, diffusion de la propagande, pression sur les mouvements financiers…

Dans les lieux les plus importants des grandes concentrations urbaines, des meneurs charismatiques s'efforçaient de conquérir des foules de curieux. Les disciples du défunt Plus Grand Des Divins étaient quelques centaines de millions, mais qu'est-ce que quelques centaines de millions comparativement aux mille milliards d'humains ? Un très petit pourcentage. Même proportionnellement aux seuls cent soixante milliards d'Anciens, ils ne représentaient même pas un pour cent de la population. Bien que beaucoup d'entre eux occupassent des postes influents de la société, ils n'étaient pas très visibles. Le plan de conquête du Plus Grand Des Divins avait prévu de rapides conversions en masse, chez les Anciens tout d'abord. Le Réseau diffusait déjà en boucle toutes sortes de programmes de propagande et des disciples passionnés, ou opportunistes zélés, organisaient des concerts géants et autres spectacles. Des artistes, appuyés par les moyens d'Éternité Divine, arborant avec ostentation le biogrimage rouge à écailles, composaient des œuvres musicales bon enfant à la grandeur du Plus Grand Des Divins, à la joie de vivre dans la communauté qu'il représentait, à la fraternité entre disciples, au bonheur de l'humanité, au plaisir de faire des dons à la congrégation dans le but de partager et d'apporter de l'aide aux frères les plus démunis.

71. Je peux vous aider à vous évader, si vous voulez

Quader, Drill, Ols et les deux Robatiny se trouvaient dans une maison confortablement meublée. Ils disposaient de tout ce dont ils pouvaient avoir besoin pour le repos, l'hygiène et la nourriture, mais ils étaient prisonniers. La porte était fermée et gardée.

La blessure de C n'était que superficielle. Son système immunitaire renforcé évitait toute infection et l'endosynthétiseur de cicatrisant remplissait sa fonction. La plaie était déjà presque refermée.

— Qu'est-ce qui peut bien rendre Még Ryplait si nerveux, vis-à-vis de vous, nonobstant le fait qu'il soit armé et vous non ? demanda Quader en parlant à voix basse. Ne me dites pas que votre seule réputation…

L'Éternelle, presque assise sur le bord d'une table, regardait par une fenêtre. Il faisait nuit, mais ses amplificateurs de lumière oculaires annihilaient l'obscurité.

Elle se retourna, sourit et répondit :

— Je vais vous le dire, mais, de grâce, cessez de rester planté debout au milieu de la pièce ! Faites semblant d'avoir mal aux jambes et asseyez-vous quelque part. Vous éviterez ainsi de me donner l'impression que je dialogue avec une statue.

Quader rit et posa le postérieur de son méca sur le canapé à côté de C.

— Veuillez agréer mon intention de vous satisfaire, Sandrila ! Je vous écoute, dit-il.

Intéressés, Drill et Ols tendirent l'oreille. L'Éternelle approcha du groupe pour parler plus doucement.

— Il y a quelque chose, en effet, avoua-t-elle.

— Je m'en doutais, affirma Quader.

— L'arme que m'a confisquée Még Ryplait refuse de fonctionner si ce n'est pas moi qui la tiens, comme vous le saviez déjà, mais elle fait plus que ça. Quand notre ravisseur a tenté de l'utiliser, il a déclenché, sans s'en douter, l'émission d'un rayonnement qui a été visiblement bien capté par sa céph. Il a reçu des engrammes. Des engrammes qui lui donnent le souvenir confus d'avoir déjà essayé de me nuire, mais que ma riposte immédiate a failli le tuer. Cela provoque un réflexe de crainte. Mais comme ce faux souvenir n'est pas relié à d'autres vrais souvenirs placés avant et après et qu'il est plus composé d'impressions que d'images précises, il s'en trouve déconcerté, dérouté. Quelque chose en lui qu'il ne connaît pas le dissuade de s'en prendre à moi.

Drill et Ols portaient un regard brillant sur l'Éternelle comme s'ils eussent vu une terrible machine de guerre que rien n'eût pu abattre. C eut un sourire discret en remarquant leur expression.

— Je comprends qu'il en soit déstabilisé, dit Quader. La technologie des engrammes permet de faire bien des choses ! Vous n'avez pas été loquace sur ce sujet, au fait ! J'avoue que j'aimerais en savoir un peu plus… Puisque les circonstances nous en donnent le temps, je vous poserais volontiers quelques questions, si vous m'y autorisez.

— Je vous autorise à me poser les questions que vous voulez, mon cher Invisible ! En revanche, je ne puis vous garantir que je m'autoriserai moi-même à répondre à toutes. Mais à propos de questions, je m'en pose aussi, figurez-vous. Je me demande, entre autres, comment fonctionnent les piranhas, par exemple.

Le Mécan sourit.

— Vous traitez donc les questions comme les affaires ! Donnant, donnant...

Au moment où l'Éternelle allait s'exprimer, la porte s'ouvrit livrant passage à Yom Koland.

— Bonjour ! dit-il sur un ton intimidé.

Cinq regards se tournèrent vers lui, mais personne ne lui répondit.

— Puis-je vous parler en privé ? demanda-t-il à l'impératrice du gène.

— Vous pouvez parler devant eux, assura-t-elle. Ils ont tous ma confiance.

— Voilà, euh... Je viens vous voir discrètement, car c'est moi qui suis de garde. Je suis vraiment désolé de ce qui vous arrive et j'aimerais faire quelque chose pour vous sortir d'ici.

— C'est bien aimable, Monsieur Koland, fit l'Éternelle. Et que proposez-vous ?

— Je peux vous aider à vous évader, si vous voulez.

— Je veux.

— Euh... Que...

— Oui ?

— Non, je veux dire, comment faire ?

— Je comptais sur vous pour me le dire !

— Oui, bien sûr, excusez-moi. Suis-je bête ! Je peux vous rendre la liberté tout de suite, là. Mais j'aimerais venir avec vous. Je ne peux pas rester ici ! J'aurais des comptes à rendre si vous disparaissez. Vous comprenez ?

— Évidemment ! Partez avec nous dans ce cas.

Yom Koland parut se détendre un peu, bien que son élocution laissât non moins à désirer :

— Euh... En fait... Euh...

— Mais encore, Monsieur Koland ?

— Je fais cela uniquement pour vous, vous savez ? Personnellement, je ne suis pas trop mal ici. Je veux dire que…

— Je comprends très bien ce que vous voulez dire, Monsieur Koland. Il est inutile de le reformuler. N'ayez crainte, je ne suis pas une ingrate. J'espère que vous avez pu le constater, car vous devez vous souvenir que j'ai déjà crédité votre compte, pour un autre service que je vous avais demandé. N'est-ce pas ?

— Oui, en effet ! Bien sûr !

— Dans ce cas, je n'ai plus rien à exprimer à ce sujet, si ce n'est de synthétiser cette petite conversation : premièrement, vous pouvez venir avec nous, deuxièmement, je n'oublierai pas votre aide. Quelle est votre décision ?

— Hé bien… Je…

— C'est-à-dire ? Pourriez-vous développer un peu ?

— Suivez-moi. Nous contournerons la maison pour entrer dans la forêt. Ensuite, nous irons où vous voudrez et c'est moi qui vous suivrai. Tâchez de ne faire aucun bruit.

72. Ne traînons pas ici

Serpent Véloce retrouvait peu à peu son état normal. Après avoir abattu Aspic Vaillant puis Crotale Voyageur, il s'était assis dans le fauteuil qu'avait utilisé le Plus Grand Des Divins, goûtant enfin le silence. Il n'avait presque plus mal à la tête. Sa volonté et toutes ses facultés intellectuelles se remettaient en route. Il regardait les trois cadavres, prenant de plus en plus conscience qu'il était seul avec eux. Le crâne atrocement percé du Plus Grand Des Divins et les moignons racornis d'Aspic Vaillant le saisirent d'horreur. Il réalisa qu'en l'absence prolongée de nouvelles on finirait par venir en chercher sur place et qu'il aurait alors du mal à expliquer ce qui s'était passé. Il lui serait difficile de prétendre qu'il n'en avait qu'une idée très confuse. La seule chose dont il se souvenait, c'était d'avoir suivi de plein gré cette femme, une certaine Mirille, et d'avoir été menacé par son complice. Puis ils lui avaient fait une injection… Trou noir… Il s'était retrouvé là. Par réflexe parce qu'ils étaient trop bruyants, il avait tiré sur Aspic Vaillant et Crotale Voyageur… Mais il ne lui semblait pas avoir tué le Plus Grand Des Divins. Il regarda le lance sphérules qu'il avait en main et fut un peu soulagé de se dire qu'avec cela il n'aurait pu provoquer ni la blessure mortelle du Plus Grand Des Divins, ni les atroces lésions thermiques d'Aspic Vaillant. Était-il possible qu'il eût changé d'arme sans s'en rendre compte ? L'avait-on manipulé, sous l'influence d'une drogue ? Que lui avaient injecté cette femme et son complice ?

Il se leva et lutta contre son dégoût pour observer les cadavres. Voir l'arme à rayon entre le buste et le bras gauche de

Crotale Voyageur lui apporta l'espoir de ne pas être l'auteur des brûlures. Restaient tout de même deux meurtres qu'il se souvenait clairement avoir commis.

*

— Moi, je n'ai tué personne ! dit Yom Bouhasi. Ils se sont entretués tout seuls.

— Ne t'inquiète pas mon grand frère ! répondit Mauha. Je sais que tu n'es pas la cause de ces morts.

— Non seulement tu n'y es pour rien, approuva Mirille, mais en plus… Hein ! Vous comprenez ce que je veux dire ?…

— Tu veux dire que leur Plus Grand Des Divins n'est plus de ce monde et que c'est tant mieux, dit Mauha.

— Exactement ! confirma Mirille. Yom tu n'es pas responsable de ces morts. Et même si tu l'étais, tu pourrais en être fier, car tu as rendu un sacré service à l'humanité !

Tous les trois dans un roulant, ils continuaient à regarder dans un céphécran à travers les yeux de Serpent Véloce.

— Ne parlons pas trop dans ce roulant, dit Yom.

— Pas de danger, répondit Mirille.

— Comment cela, pas de danger ?

— Pas de danger, te dis-je.

Ils la scrutèrent avec étonnement, car elle semblait très sûre d'elle et elle arborait un sourire énigmatique.

— J'avoue que c'est le bordel en ce moment au central de Divinité, mais…

Mirille interrompit Yom :

— Je sais ce que vous pensez. C'est la pagaille, là-haut, mais les collecteurs de données continuent à fonctionner et tôt ou tard notre conversation sera écoutée par on ne sait qui.

Ils eurent tous les deux une petite mimique exprimant l'évidence. Elle poursuivit :

— Vous souvenez-vous de Bima Terron ?

— Oui, affirma Yom, je m'en souviens... Mais Mauha n'a pas dû la connaître longtemps.

— Peu importe, dit Mirille. La mission la plus pressante que lui avait confiée So Zolss était de décoder les datagrammes de l'Organisation. À son grand désespoir, Bima n'a obtenu aucun résultat, comme tu le sais.

Yom opina du chef.

— Pourtant, poursuivit-elle. Bima a parfois été proche de faire quelques découvertes en ce sens. Heureusement que j'étais là pour lui compliquer la tâche en coulisse. J'ai même délibérément plusieurs fois saboté ses travaux en modifiant discrètement des données. Je me permets de te le dire aujourd'hui, car tu m'as donné quelques fois l'impression d'être de notre côté.

— De notre côté ? Tu veux dire !... Non ! Tu ne veux tout de même pas dire que...

— Si ! C'est bien ce que je veux dire ! Je fais partie de l'Organisation. Je peux l'avouer maintenant. Si tu désires apporter de l'aide pour libérer le Réseau, non plus de So Zolss, mais de ce qui reste d'Éternité Divine à présent, tes compétences seront appréciées.

Yom Bouhasi ne répondit pas : son visage ahuri le faisait pour lui. Elle lui laissa le temps de digérer la surprise. Mauha regardait son aîné en quête de ses impressions et de sa réaction. Il ne savait que penser de cette information qui, à voir la tête de Yom, semblait aussi stupéfiante qu'inattendue. Comme tout le monde à bord de Divinité, il avait entendu parler de l'Organisation et il savait également que son frère lui portait secrètement une très grande sympathie, quoiqu'il eût prudemment toujours évité de le montrer. Il se demandait malgré tout comment Yom allait réagir.

Ils s'étaient posés à l'astroport de Reuvail, la capitale africaine, dite « la gigantesque », deuxième métropole par la taille juste derrière Marsa, dite « la titanesque ». Leur roulant se rendait à l'adresse que Mirille lui avait indiquée et que Mauha et Yom ne connaissaient pas. Ils n'avaient par conséquent aucune idée de leur destination.

Mirille Peligoty continuait à suivre ce qui se passait dans le céphécran relié au regard de Serpent Véloce, mais comme il ne s'y passait justement plus grand-chose, elle n'y jetait qu'un coup d'œil de temps en temps. Le disciple était visiblement en train de découvrir sa situation et de se demander ce qu'il allait faire pour s'en sortir. D'une manœuvre oculaire, elle réduit la taille du céphécran et le plaça en bas à droite de son champ de vision virtuel, pour dégager sa vision réelle. Elle s'intéressa à ce qui se passait à l'extérieur du véhicule.

Alors qu'ils longeaient un des côtés d'une vaste place, dans un quartier populaire, elle vit un très grand attroupement. Sur une scène surélevée, dix personnes en biogrimage d'Éternité Divine étaient les acteurs d'un concert de musique ancienne antécéph. Les stratèges d'Éternité Divine avaient dû penser que les passéistes, relativement nombreux, seraient plus faciles à convertir. Des cris et des mouvements dans la foule très dense indiquèrent qu'il s'y déroulait quelque chose d'anormal.

—> Roulant, stop ! dit Mirille.

Le véhicule s'arrêta et demanda confirmation :

—< Confirmez-vous que je dois m'arrêter, madame ?

—> Je confirme.

Des individus posèrent une échelle sur le bord de la haute estrade pour monter à l'assaut de la scène. Avant que les artistes n'eussent le temps de réaliser ce qui se passait, plus de la moitié fut brutalement précipité dans la foule, d'autres furent sauvagement battus et exécutés devant elle à l'aide de gourdins et d'armes blanches. L'écran géant placé au-dessus du plateau montrait en détails toute la violence de l'agression. Un des attaquants parla dans un des micros :

— Mort à tous les serpents ! Ne nous laissons pas hypnotiser par ces créatures ! Traquons-les et tuons-les tous ! Nous sommes les Antiserpents ! Mort à tous les serpents !

Les malheureux qui étaient tombés près de l'estrade étaient en train de succomber entre les mains des Antiserpents mêlés à la foule que ces opposants à Éternité Divine essayaient de galvaniser.

— Ne traînons pas ici, murmura Mirille. Qu'en pensez-vous ?

— Comme toi, répondit Yom.

— Oui, filons ! appuya Mauha.

—> Roulant, poursuivre la route.

—< Confirmez-vous que je dois redémarrer, Madame ?

—> Je confirme.

Comme le véhicule prenait de la vitesse, Mirille dit :

— Je crois que l'Organisation a plus que jamais un rôle à jouer. Je n'ose pas imaginer ce qui se passerait si, pour une raison ou une autre, le Réseau tombait en panne.

73. Tu devrais te calmer, Serpent Véloce !

Depuis plus de six heures, Cobra Malicieux n'avait aucune nouvelle de ses supérieurs. Le Plus Grand Des Divins, Aspic Vaillant et Crotale Voyageur demeuraient désespérément silencieux. Aucun des trois n'avait communiqué et ils ne répondaient pas aux appels en céph. Le Plus Grand Des Divins avait donné l'ordre qu'on ne les dérangeât sous aucun prétexte, mais tout de même, depuis le temps cela commençait à devenir préoccupant. Ce long silence ne lui causait pas que de l'inquiétude, pour l'instant. Il se sentait également flatté par le fait qu'ils lui témoignassent tous les trois une confiance si évidente en le laissant tout seul pour conduire les opérations. Mais... que pouvaient-ils bien se dire de si secret, durant tout ce temps ? Pourquoi avaient-ils donné des ordres pour faire libérer trois personnes ? Pourquoi l'une d'entre elles avait-elle eu besoin d'être transportée couchée ? Était-elle malade ?

Il cépha :

—:: Que ta route vitale t'achemine vers la lumière, Nasique Grimpant ! Peux-tu passer me voir, s'il te plaît ?

—:: Que ta route vitale t'achemine vers la lumière, Cobra Malicieux ! J'arrive.

Cobra Malicieux était assez satisfait. On lui avait alloué un bureau particulier assez luxueux dans lequel il était plutôt fier de recevoir ses subordonnés. Debout devant la cloison transparente, mains dans le dos, il laissa son regard se perdre dans les profondeurs abyssales de l'espace en se disant qu'à peine plus de la moitié seulement du personnel de la station avait été renommé ; restait une centaine de noms à brûler.

Le disciple qui avait apporté le brancard pour transporter Yom Bouhasi apparut devant l'encadrement de la porte du bureau resté ouvert.

— Entre, Nasique Grimpant ! Entre ! fit Cobra Malicieux en lui désignant un fauteuil en face de son bureau. Il vint lui-même s'asseoir à sa place devant le meuble et tapota quelques fois sur la surface du plateau d'un majeur distrait avant de demander :

— Pourrais-tu me renseigner sur ce que tu as vu exactement quand tu as amené cette couchette portable ?

— Ha ! j'ai cru que tu allais me parler d'autre chose…

— De quoi donc ?

— Des violences.

— Quelles violences ? Celles de Reuvail ?

— Non, les autres ! N'es-tu pas au courant ?

— Non !

— Beaucoup de nos frères se font assassiner en public. À Reuvail, mais aussi Marsa… à beaucoup d'endroits.

— Ah bon ! J'étais seulement au courant de la tuerie de Reuvail, mais je ne savais pas que le phénomène s'étendait.

— Nous venons de l'apprendre. Je m'apprêtais à te le dire quand tu m'as appelé.

— Ah ! Mauvaise nouvelle ! Très mauvaise nouvelle ! Toujours le même groupe, les Antiserpents ?

— Oui, toujours eux. Plus de deux cents disciples ont été cruellement exécutés publiquement.

— C'est horrible ! Voilà qui explique sans doute ce pour quoi je voulais te voir. Peut-être que nos dirigeants en discutent en ce moment. Mais je n'arrive pas à le relier à la libération de ces trois personnes. Quel rapport pourrait-il y avoir entre ces deux choses ?

— De quoi parles-tu ? s'étonna Nasique Grimpant.

— Voilà plus de six heures que le Plus Grand Des Divins, Crotale Voyageur et Aspic Vaillant sont enfermés et je n'ai aucune nouvelle.

— Certes ! Mais nous avons ordre de ne pas les déranger.

— Je suis bien au courant ! Mais…

— Je comprends ton questionnement. J'avoue que moi-même… Tu voulais donc savoir ce que j'ai vu en apportant le brancard…

— Oui.

— À vrai dire rien. Je l'ai posé dans le couloir près de l'entrée de la cabine. Ils m'ont demandé de partir aussitôt. Comme tu le sais, grâce aux réseaucams on peut les observer sortir avec l'un d'entre eux couché. Il s'agit d'un certain Yom Bouhasi.

— Connais-tu la fonction qu'ils occupaient ?

— Non. Je me renseigne, attends.

Nasique Grimpant ferma un moment les yeux pour manipuler son interface céphgraphique.

— Mirille Peligoty et Mauha Bouhasi sont de simples techniciens de maintenance, dit-il dix secondes plus tard. Yom Bouhasi est extrêmement pointu dans le domaine neurologique et des nanocépheurs.

— Ça ne nous apprend pas grand-chose… J'ai bien peur que nous n'ayons pas d'autre choix que d'attendre.

— Tu sais que Serpent Véloce est toujours avec eux ?

— Ah, non ! s'exclama Cobra Malicieux. Je n'étais même pas au courant qu'il était en leur compagnie. C'est lui qui te l'a dit ?

— Non. Je l'ai vu entrer. Et comme il n'est pas parmi nous, j'en déduis qu'il est encore là-bas. À moins qu'il soit sorti pour se cacher quelque part dans la station ! Mais pourquoi ferait-il ça ? N'est-ce pas ?

— En effet ! Je me demande ce qu'il fait avec eux. Tout cela ne me semble pas normal… Je me dois de respecter les ordres du Plus Grand Des Divins, mais je t'avoue que je m'inquiète un peu. Je trouve curieux qu'il reste si longtemps sans se manifester.

— C'est troublant, en effet. Tu as essayé d'appeler…

Nasique Grimpant s'interrompit. Le regard de son interlocuteur s'étant soudainement dirigé vers l'entrée du bureau, il se retourna pour voir ce qui avait attiré son attention.

— Puis-je vous parler un instant, Cobra Malicieux ? demanda Serpent Véloce depuis le pas de la porte.

Son visage tourmenté, sa voix tremblante et le fait que, contre tout usage, il n'eut pas prononcé la rituelle phrase « Que ta route vitale t'achemine vers la lumière ! » leur fit savoir que quelque chose de grave se passait. La chose était si évidente que Cobra Malicieux en oublia aussi le même protocole en répondant simplement et laconiquement :

— Bien sûr ! Entre !

Serpent Véloce fit quelques pas et s'arrêta. On pouvait se rendre compte qu'il était sur le point de s'exprimer, mais les mots semblaient ne pas pouvoir franchir ses lèvres.

— Cela te dérange-t-il de parler en ma présence ? s'enquit Nasique Grimpant. Veux-tu que je te laisse seul avec Cobra Malicieux ?

Serpent Véloce lui accorda un court regard absent, mais ne répondit pas. Les yeux vides tournés vers la paroi transparente qui montrait à présent la Terre, il lâcha sur un ton lugubre :

— Le Plus Grand Des Divins est mort !

Sans donner un peu de temps à Nasique Grimpant et Cobra Malicieux pour assimiler pleinement ce qu'ils venaient d'entendre, il ajouta :

— Aspic Vaillant aussi. Ainsi que Crotale Voyageur. Ils sont morts tous les trois.

Au bout de quelques secondes, Cobra Malicieux fut le premier à réagir :

— Tu devrais te calmer, Serpent Véloce ! Assieds-toi quelque part et repose-toi. Nous allons voir ce qui se passe et nous aviserons.

Déjà debout, Cobra Malicieux s'apprêtait à courir se rendre compte sur place de la réalité des choses quand son bureau fut envahi par quatre disciples qui criaient tous en même temps :

— Le Plus Grand Des Divins est mort ! Le Plus Grand Des Divins est mort !

Ils se rendirent tous dans la salle du drame et ce fut rapidement la cohue. Serpent Véloce avait laissé la porte ouverte en sortant. D'autres disciples étaient là, poussant des exclamations déchirantes accompagnées de mains sur le front et autres gestes du même style.

74. Comme cela s'était déjà si souvent produit

Les dix-sept disciples, arrivés avec feu le Plus Grand Des Divins, étaient dans la salle de commandement qui contenait les trois cadavres. Les expressions qui animaient leur visage et leur comportement variaient selon la profondeur de leur foi. Cela pouvait aller du véritable effondrement psychologique, qui s'accompagnait pour certains de cris déchirants et de réels malaises physiques, aux mines soucieuses et embarrassées des moins fervents, qui étaient disciples plus par calcul que par authentique conviction. Pour les premiers, les fondements mêmes de leur raison d'être s'évanouissaient, pour les seconds les fondements mêmes de leur moyen d'être disparaissaient. Quelles que fussent les causes de leur désespoir, ils étaient tous là ; de ce fait, les employés de So Zolss n'étaient plus sous leur surveillance.

So Zolss l'ayant voulu ainsi, aucun membre de ce personnel n'avait la possibilité de voir à distance ce qui se passait dans cette salle, mais tous constatèrent au bout d'un moment que la pesante vigilance d'Éternité Divine ne se manifestait plus autour d'eux.

*

Fraid Ledromyque était un ingénieur spécialisé dans les algorithmes de recherche. Dans une pièce isolée, de taille moyenne, qui avait été momentanément choisie pour cet usage, il avait subi la première partie du rituel de changement de nom. Une femme en biogrimage d'écailles rouges lui avait appris qu'il allait bientôt s'appeler autrement :

— Que ta route vitale t'achemine vers la lumière ! Je suis Anaconda Puissant. J'ai la mission de te dire que tu seras : Jeune Mamba Rapide.

Observant sa mine perplexe, elle avait expliqué :

— Tu peux déjà t'habituer à ton nouveau nom, mais il ne sera réellement effectif que quand tu auras, avec tes amis, procédé à la cérémonie du brûlage de ton nom actuel.

— Comment cela va-t-il se passer ? s'était-il enquis.

— C'est très simple, vous écrirez chacun votre nom sur un bout de papier et vous y mettrez le feu.

— Papier ? s'était étonné Fraid Ledromyque.

— Oui, du papier… Ce support qu'on utilisait autrefois pour les livres ou pour écrire avec des outils adaptés.

— Ah, oui… Mais, je n'en ai pas du papier.

— Ne t'inquiète pas. Nous en avons.

— D'accord… avait-il répondu, en essayant sans succès de faire montre d'un minimum d'enthousiasme.

Elle lui avait tendu un objet doré.

— Ceci est une reproduction réduite du véritable sceptre du Plus Grand Des Divins. Tu dois à présent l'embrasser.

Décelant son hésitation, elle avait précisé :

— Si tu avais été baptisé par le Plus Grand Des Divins, lui-même, il t'aurait donné un coup de sceptre sur la tête. Mais, ce geste sacré n'est exécuté que par lui. Moi, je dois seulement te faire embrasser cette reproduction. Si tu souhaites ardemment avoir un contact crânien avec le sceptre sacré, tu pourras plus tard formuler une demande motivée. Si le Plus Grand Des Divins le veut, il te fera cet insigne honneur. En attendant, tu dois embrasser la reproduction. Fais-le maintenant.

Au moment où Fraid Ledromyque s'apprêtait à se pencher vers le bâton doré pour y poser ses lèvres, un disciple était brusquement entré en hurlant d'une voix chargée d'émotion :

— Anaconda Puissant ! Viens vite ! Viens tout de suite ! Une terrible catastrophe est arrivée !

L'accent dramatique de ses cris était si fort que l'interpellée avait précipitamment rempoché son bâton doré pour suivre en courant celui qui était venu la chercher. Fraid Ledromyque, presque futur Jeune Mamba Rapide, s'était retrouvé seul.

*

Dans son empressement, Anaconda Puissant avait laissé la porte ouverte. Fraid Ledromyque crut discerner des cris dans le couloir. Tendant l'oreille, il attendit près de la sortie cinq longues minutes durant lesquelles il finit par acquérir la conviction qu'on s'agitait bruyamment non loin de là. Il décida d'aller furtivement voir ce qui se passait. Comme la pièce qu'il quittait était relativement proche de celle du drame, dans laquelle on se lamentait toujours sans discrétion, il n'eut aucun mal à localiser la direction de la source sonore dans le couloir courbe. Quand il fut suffisamment près pour que les voix lui parvinssent distinctement, il entendit clairement à plusieurs reprises ce qu'il y avait de plus important à savoir au sujet de cet événement : « Le Plus Grand Des Divins est mort ! ... ». Il s'approcha un peu plus pour en avoir une confirmation visuelle. Le visage enfoui dans ses mains écailleuses, un fidèle d'Éternité Divine le croisa sans faire attention à lui. Fraid avança encore jusqu'à quelques mètres de l'entrée de la salle de So Zolss et entraperçut les corps étendus entre les autres disciples qui allaient çà et là.

Il recula, fit demi-tour et s'éloigna avec l'intention de faire courir la nouvelle au plus vite parmi ses collègues, mais également dans tous les mondes et de profiter de la confusion pour s'enfuir. Une heure plus tard, Cobra Malicieux, devenu le numéro un de sa communauté, se rendit compte que la moitié du personnel de Divinité avait quitté la station. Il était trop tard pour faire quoi que ce fût. Le Réseau allait-il tomber complètement ou en partie seulement en panne ? Comment en avoir la moindre idée ? Il eût pu sans doute le savoir grâce aux ingénieurs restants, les plus qualifiés, mais il avait tant de choses à penser ! Que faire de celui-ci ? se demanda-t-il, en regardant brièvement Serpent Véloce que deux disciples armés tenaient en respect devant lui. Il s'assit sur l'angle de son bureau et se passa une main sur le visage en soupirant.

***

Mirille Peligoty, Mauha Bouhasi et Yom Bouhasi virent l'expression accablée de Serpent Véloce dans leur céphécran.

— Il faut que je contacte l'Organisation de toute urgence, dit Mirille.

***

Avant de s'enfuir, Fraid Ledromyque avait pris soin de diffuser en boucle un message qui remplaçait celui du Plus Grand Des Divins :

« Le Plus Grand Des Divins ainsi que ses deux plus proches complices viennent de mourir, assassinés par un des leurs. Ce message a été enregistré à l'initiative d'un employé de Méga-Standard qui profite de la situation de panique générale pour s'enfuir de la station spatiale Divinité. »

Dès que les Antiserpents entendirent ce message, les violences envers les disciples du Plus Grand Des Divins augmentèrent considérablement, car leurs rangs s'agrandirent brusquement. De nombreux refoulés, qui par crainte de s'opposer à ce qui semblait être bien parti pour représenter la future autorité officielle, dissimulaient jusqu'alors leur hostilité envers les hommes rouges, furent heureux de légitimer leur désir meurtrier en se réclamant des Antiserpents. Les heures qui suivirent furent d'épouvantables moments de terreur extrême pour les hommes rouges qui se terraient partout où ils pouvaient. Presque tous souhaitèrent se débarrasser au plus vite de leur biogrimage compromettant, mais c'était très difficile, les salons de plastique corporelle étant tous surveillés par des Antiserpents. Vint rapidement le moment où même ceux qui ne portaient pas l'uniforme biologique à écailles rouges et qui n'avaient jamais été disciple d'Éternité Divine étaient aussi susceptibles d'être massacrés. On pouvait en effet perdre la vie pour une simple présomption d'appartenance à la communauté devenue ouvertement maudite. Dénonciations, accusations et exécutions sommaires furent les inévitables ingrédients de ce type de situation sociale. Comme cela s'était déjà si souvent produit dans l'humanité, la violence et la terreur se répandirent dans les mondes avec une vitesse de propagation comparable à l'onde de choc d'une explosion.

75. Un grand rond noir plein d'étoiles

Le Grand Sage, aidé des autres Vouzzziens du village, avait sorti Vouzzz de sa léthargie en chantant à l'unisson près de lui. Le chant...

Il est infiniment réducteur d'utiliser ce terme pour parler d'une telle production sonore, mais en l'absence de mots plus approprié...

Le « chant » n'avait duré que trois minutes environ, mais il avait été d'une richesse inimaginable pour une conscience humaine. Cette richesse s'exprimait à deux niveaux. Sur ses possibilités purement physiques déjà, l'ampleur de son spectre s'étalait en effet des plus bas infrasons aux ultrasons de plus de cinq cent mille hertz, des fréquences inaudibles pour les hommes. Sur l'inconcevable fécondité de son aspect artistique ensuite, ses mélodies et autres effets sonores étaient hors de portée d'esprit des plus grands musiciens de l'humanité. Les chants vouzzziens se perchaient donc infiniment au-dessus des capacités de leur ouïe et même de leur imagination.

Au beau milieu d'un orchestre symphonique, les êtres issus de la Terre n'avaient entendu qu'un seul instrument jouant toujours la même note.

*

Bartol, Daniol, Cara et Vouzzz sortirent de la cabine de l'ascenseur. Durant le voyage vertical qui les avait amenés dans le moyeu de Symbiose, ce dernier avait manifesté son grand étonnement de ressentir son poids sans cesse diminuer. Il se produit la même chose qu'entre mon monde et celui de Pooo, mais d'une manière considérablement plus prononcée, s'était-il dit. Ils marchaient à présent avec une lenteur exaspérante vers le sas du Youri-Neil, qui ne se trouvait heureusement qu'à quelques mètres d'eux. Bartol n'était pas plus à l'aise que ça, Daniol était loin d'être détendu et Vouzzz croyait halluciner.

— Un monde en forme de tube dans lequel le poids disparaît presque ! s'exclama-t-il.

La porte était demeurée ouverte. Ils entrèrent dans le gravitant. Vouzzz se mit à poser des questions sur tout ce qu'il voyait dans le véhicule. Bartol qui avait besoin de silence pour se concentrer maugréa :

— Dis-moi, Vouzzz, ça ne te dérangerait pas de faire une petite sieste en te boulifiant dans un coin ? Je répondrai à tout ce que tu veux, mais plus tard !

— Je vais me taire, assura Vouzzz qui avait bien compris le contenu général de ces paroles. Je ne connaissais pas le verbe boulifier !

Les connaissances en langage humain du tripode avaient soudainement augmenté au contact de ses semblables qui avaient eux-mêmes appris de Daniol et Solmar. Ces deux derniers n'ayant eu rien d'autre à faire que de leur prodiguer cet enseignement.

En approchant de la cabine du gravipilote, Bartol fut soulagé de constater qu'elle n'était pas verrouillée. Il s'était préparé à l'éventualité d'être obligé de la forcer sans trop savoir comment il s'y serait pris. Il entra, tourna sur lui-même, regarda en haut et repéra immédiatement le panonceau du compartiment que lui avait décrit Valentie Rechkova. Il se trouvait exactement là où elle le lui avait dit : juste au-dessus de la porte.

Il fit coulisser le panneau sur la gauche découvrant le renfoncement qui contenait ce qu'il cherchait. Ça ressemblait tout à fait à ce qu'elle lui avait expliqué : une sorte de casque, très ajouré. L'appareil n'était en fait constitué que d'un bandeau qui faisait le tour de la tête et d'une bande qui partait d'une oreille à l'autre au-dessus du crâne. C'était celle-ci qui renfermait le dispositif destiné à communiquer avec l'endorécepteur de la céph. Le bandeau comportait un petit bouton au niveau du front. Bartol le fit glisser sur la position marche et se posa l'instrument sur la tête. Aussitôt, une voix s'adressa aux neurones de son aire auditive :

—< Interface de pilotage activée.

Des inscriptions vertes lumineuses s'affichèrent dans son champ de vision virtuel :

Gravitant : Cébéfour 750, le Youri-Neil.
Propriétaire : Sandrila Robatiny.
Options de pilotage :
    Commande vocale : Activée.
    Suivi oculaire : Activé.

Bartol revint dans la salle principale, couverte de son hémisphère de diamant toujours si propre et transparent qu'il en était invisible, et s'assit à l'avant du gravitant. Cara s'installa dans un autre fauteuil à sa droite, mais il resta concentré sur ce qu'il projetait de faire : sortir de Symbiose. Il pensa à ce que lui avait expliqué Valentie Rechkova et commença :

—> S'élever du sol à une vitesse d'un centimètre seconde. Afficher l'altitude.

Le dispositif lisait directement les mots qu'il murmurait dans ses circuits neuronaux. Il pria pour que le logiciel regardât la paroi sur laquelle ils reposaient comme un sol. L'interface de pilotage posa une question que seul Bartol entendit dans son aire auditive.

< — La surface avec laquelle le Youri-Neil est en contact doit-elle être considérée comme le sol ?

—> Oui, la surface avec laquelle le Youri-Neil est en contact doit être considérée comme le sol, répondit-il en louant ceux qui avaient conçu ce programme.

Du beau travail ! pensa-t-il. Comme pour toutes les interfaces vocales, il était conseillé de ne pas répondre trop laconiquement par oui ou non, mais d'éviter toute ambiguïté en répétant les mots des questions. Cela permettait de s'affranchir des pénibles demandes de confirmation. Le Youri-Neil s'éleva à un centimètre par seconde en silence. Bartol, bien sûr, mais aussi Cara et Daniol regardèrent au-dessus d'eux la bulle qui enfermait le gravitant en se demandant ce qui allait se passer. Tout leur espoir d'être libérés d'elle ne reposait que sur une simple conviction du Marsalè. Ils n'eurent pas à attendre longtemps pour être fixés. Le dôme disparut soudainement et simplement comme sous la baguette d'un magicien. Bartol exhala un long soupir ; sa vive intuition ne l'avait donc pas trahi !

Tous perçurent qu'on leur disait : « Au revoir. Sachez que vous serez toujours les bienvenus à bord de Symbiose. ». Là encore, ils eurent la certitude qu'aucun mot n'avait pourtant été prononcé de quelque manière que ce fut. La méthode de communication mise en œuvre n'utilisait ni leurs oreilles, ni, comme le faisaient les céphs, leur aire auditive. Ceci était à ce point vrai, qu'aucun n'aurait pu décrire la voix, car il n'y avait eu paradoxalement aucune voix. Malgré cela, en se regardant les uns les autres, les humains eurent la confirmation que tous avaient « entendu » le message. Le triple regard de Vouzzz était quant à lui toujours aussi hermétique.

Le Youri-Neil continuait à s'éloigner lentement de la paroi du colossal cylindre. Bartol allait formuler une autre commande vocale pour accélérer ce mouvement et pour commencer à avancer, mais survint quelque chose d'inattendu. Le gravitant prit seul de la vitesse en direction du centre du tube géant ainsi que longitudinalement vers la sortie de Symbiose. Le Marsalè en fut si surpris qu'il crût quelques secondes que le casque de pilotage disposait aussi d'une interface de lecture mentale. Mais, il comprit bien vite que ce qui se produisait n'avait rien à voir avec cet appareil, d'autant qu'il fut soudainement empli de la très forte intuition que ses actions n'étaient pour l'instant d'aucune utilité, que le Youri-Neil sortirait de Symbiose sans son intervention.

*

Dès la réanimation de Vouzzz et après avoir entendu les explications détaillées de Bartol et Cara, chacun s'était déterminé.

Daniol avait incidemment appris de la bouche de Cara Hito qu'elle était la biogrimeuse de Jymo Laya. Il se trouvait que celui-ci était le musicien préféré de sa femme. Malaïca lui en avait souvent parlé avec une passion qui rendait Daniol un petit peu jaloux. Mais ce n'était pas spécialement cela qui avait capté l'attention de l'éthologue. Cara lui avait révélé que le compositeur faisait partie des artistes qui œuvraient pour « Le vortex du temps », une cinémersion à très gros budget dont Malaïca assurait les décors, et que plusieurs membres de cette équipe artistique étaient présents à bord du Grand Félin. Cara n'avait pas pu le lui confirmer, mais il y avait donc quelques chances pour que Malaïca elle-même fût parmi les personnes retenues par Még Ryplait.

Daniol avait un moment hésité entre aller voir sur place si sa femme était bien dans Symbiose ou suivre Bartol dans l'espoir d'être utile à l'entreprise qui contribuerait à la sauver, elle et tous les autres. Il avait rapidement choisi de partir avec le Marsalè.

Solmar avait décidé de rester chez les Vouzzziens avec les C12. Vouzzz en revanche avait tenu à accompagner Bartol et Daniol dans le but, avait-il dit, de délivrer Pooo.

*

Le Youri-Neil glissait de plus en plus vite vers la sortie. Devant lui grandissait un grand rond noir plein d'étoiles.

76. Ils étaient tous les deux dans leur zark

À Marsa, avant le message de Fraid Ledromyque annonçant le décès du Plus Grand Des Divins :

Dans de nombreuses grandes agglomérations, les gardiens en zark étaient depuis peu sous les ordres d'un préfet qui s'était soudainement révélé comme étant un heureux disciple du Plus Grand Des Divins. Celui de Marsa, qui s'était toujours appelé Sanno Antonny, se nommait à présent Puissant Constrictor Géant. Dénomination assez longue à prononcer, mais, il avait confié à son entourage que le protocole d'Éternité Divine permettait qu'on l'appelât tout simplement Constrictor, dès lors qu'il n'y eût pas d'autre Constrictor dans le contexte. C'est en quelque sorte mon prénom ! avait-il déclaré en riant sur un ton bon-enfant. Constrictor avait réuni tous les gardiens en zark, ainsi que les autres membres de l'ordre public qui travaillaient sous sa responsabilité dans les différents services, afin de se présenter à eux sous son biogrimage rouge à écailles. Il leur demanda de l'appeler par son nouveau nom et leur parla de l'avantage qu'ils auraient tous à rejoindre la communauté. Il s'était agi d'une véritable réunion physique et non pas d'une céphréunion virtuelle ; pour fêter l'événement, l'alcool avait coulé et le kokibus l'avait accompagné. Pour être plus convaincant et sûr de lui, Constrictor s'était montré en présence d'une dizaine d'autres disciples.

Le lendemain soir, Miox, le gardien en zark, avait repris son service avec des vapeurs de psychotrope encore plein l'esprit. Sa collègue Xa avait bien mieux que lui maîtrisé sa propre consommation de substances festives, car toute cette histoire de Plus Grand Des Divins lui inspirait une grande défiance.

Ils étaient tous les deux dans leur zark. Il faisait nuit depuis deux heures à peu près. Miox, plus que jamais surnommé Le Fliqueur Calmeur, fredonnait une chanson paillarde en surveillant distraitement ce qui se passait à l'extérieur sur l'écran cylindrique au centre duquel ils se trouvaient. Xa regardait aussi en caressant pensivement Waff, son angémo.

Presque toutes les sources d'information diffusaient soit le message audio initial du Plus Grand Des Divins, soit des émissions audiovisuelles concernant le bel avènement, dans lesquelles on assistait par exemple à des brûlages de noms. Les deux gardiens en zark écoutaient Info-Marsa en sourdine et une voix masculine expliquait justement le principe de ce cérémonial, dissertant sur son caractère hautement symbolique. Xa lui prêtait une oreille très distraite parce que cela ne l'intéressait pas beaucoup. Miox ne lui prêtait pas d'oreille du tout, pour la bonne raison qu'il avait du mal à comprendre un mot sur deux dans ce discours.

— J'ai réfléchi, dit-il. Je vais le faire, moi, le truc du Plus Grand Divins, là ! J'ai cerveauté que je serais mieux vu du patron si je le fais. Qu'est-ce que t'en penses, toi ? Tu vas le faire ?

— Faire quoi ? demanda Xa, qui savait très bien ce qu'il voulait dire, mais qui n'avait pas envie de répondre.

— Ben... D'être un discipliné, comme lui.

— Il me semble que tu veux dire un disciple ! Mais, bon... quoi qu'il en soit, c'est presque pareil !...

— Oui, si tu veux. Un disciple. Il y a déjà des gens haut placés qui l'on fait comme lui, t'as bien vu ! Et il y en a plein d'autres qui vont le faire, tu sais ! Je veux pas être le dernier. Tu en penses quoi, toi ?

— Rien. J'ai besoin de réfléchir encore un peu.

Quel horrible biogrim ! pensa-t-elle.

— En tout cas, le patron nous a filé une mission. Arrêter des types des Antiserpents. Il dit qu'on doit se renseigner et essayer de lui en trouver et de les lui donner encore vivants. En bon état, il a dit !

Miox éclata d'un rire joyeux. Xa ne répondit pas. Il se sentit un peu vexé par son attitude qu'il jugea hautaine. Sa jeune collègue, ancienne subordonnée, venait de réussir à un concours interne qui la plaçait hiérarchiquement au-dessus de lui. Il avait très mal vécu ce retournement brutal de situation, trouvant injuste que sa longue expérience ne comptât pas davantage que des connaissances théoriques. Il ne savait sans doute pas manipuler toutes ces nouvelles céphtechnologies, mais dans les coups durs personne ne tirait plus vite que lui ! se disait-il amèrement. J'connais mon métier. J'ai su sauver mon cuir jusqu'à ct'heure !

Des calculs fiévreux surchauffaient son esprit encore empreint de Kokibus et d'alcool. Si j'arrivais à capturer deux ou trois de ces saleries d'Antiserpents, je serais bien vu, pensa-t-il. Peut-être que je redeviendrai son chef ! Elle ferait moins la fière.

Leur tournée comprenait un passage place des Gargouilles. Comme ils le faisaient chaque fois, ils s'y arrêtèrent près de la fontaine centrale et regardèrent autour d'eux.

À la vue du zark, ceux qui déambulaient sur la place se tassèrent dans les éclatoirs pour éviter les éventuels tirs du Fliqueur Calmeur. Depuis quelques jours, Xa contrôlait le zèle de son coéquipier, mais les gens ne pouvaient pas le savoir. Ils pensaient que le gardien en zark excité de la gâchette se reposait pour mieux se déchaîner ensuite. Aussi, se méfiaient-ils doublement.

Tout était calme. Calme et familier, à l'exception près qu'on pouvait voir mêlés à la population habituelle quelques biogrimages rouges à écailles.

— Tu vois, on en reconnaît de plus en plus ! s'exclama-t-il.

— Je vois, oui, fit-elle, en écartant de son visage le plumeau vaporeux de la queue de Waff qui lui chatouillait le nez.

— Si on sortait pour se renseigner pour savoir s'il y a des saleries d'Antiserpents !

Elle le regarda en réprimant l'expression de commisération exaspérée qu'elle sentait venir sur sa figure. Il devient de plus en plus stupide, le pauvre, pensait-elle. Dix secondes lui suffisent pour être convaincu qu'une catégorie de la population est une « salerie ».

— …

— Alors ? insista-t-il. On va enquêter ?

Elle hésita. Comme elle était à présent la plus gradée, la décision lui appartenait. Il y avait apparemment et malheureusement des chances pour que le pouvoir tombe peu à peu chez les hommes en rouge. Si elle refusait, Miox était capable de rapporter qu'elle avait nettement manqué de zèle.

— Allons-y, dit-elle à contrecœur.

Elle posa Waff sur le plancher du zark et se leva. Ils s'apprêtaient à sortir du véhicule quand quelque chose attira l'attention auditive de Xa. D'une rapide commande céphgraphique, elle monta le son d'Info-Marsa.

— Chut ! intima-t-elle. Écoute !

Ils entendirent le message :

« *Le Plus Grand Des Divins ainsi que ses deux plus proches com-plices viennent de mourir, assassinés par un des leurs. Ce message a été enregistré à l'initiative d'un employé de Méga-Standard qui profite de la situation de panique générale pour s'enfuir de la station spatiale Divinité.* »

77. Avec la voix tremblante d'une chèvre

Le message passait en boucle.

— Ça dit que le Plus Grand Des Divins est mort, d'après toi ? demanda Miox.

— C'est effectivement ce qu'il semble prétendre, oui.

Une agitation particulière parut animer la foule qui se tassait dans les quatre lieux publics. Xa coupa le son d'Info-Marsa et braqua les sens auditifs du zark vers l'éclatoir des Fhadas. Le message qu'ils venaient d'entendre y était diffusé et c'était bien cela qui suscitait émotions et commentaires. Elle fit pivoter les oreilles électroniques du véhicule vers les trois autres établissements. On y entendait la même chose. Il était extrêmement improbable que les quatre éclatoirs écoutassent tous Info-Marsa ; toutes les émissions devaient diffuser cette information capitale. En écoutant plusieurs canaux, Xa eut la confirmation que c'était bien le cas.

Elle se rassit. Waff sauta sur ses genoux pour réclamer quelques caresses supplémentaires. Elle fit courir un index fin, long et légèrement fuselé sur une des étroites zébrures rouge vif qui ornaient le pelage noir profond de l'animal.

— Qu'est-ce qu'on fait ? demanda Miox.

Elle le fixa silencieusement en ébouriffant l'angémo puis entreprit de recoiffer la soyeuse fourrure en questionnant son adjoint :

— Comptes-tu toujours devenir un disciple ?

— Je... euh... Il doit y avoir une erreur ! Je pense que ce serait une bonne idée d'aller enquêter. Non ?

— Vas-y, si tu veux ! Moi, je reste ici. Je t'attends et je te couvre en cas de coup dur.

Miox l'observa une seconde d'un air flottant, mais il n'hésita pas plus longtemps que ça :

— D'accord, je sors !

Il se leva, son lance sphérules à la main.

— Eh ! doucement avec ça ! C'est juste pour te défendre. Je te surveille !

— Oui, oui ! lâcha-t-il en dissimulant au mieux son exaspération.

Il sortit et se dirigea vers l'éclatoir des Chasseurs, parce que c'était dans ce dernier qu'on voyait le plus de biogrimages rouges. On en comptait, en effet, au moins une dizaine.

Xa le suivait des yeux sur l'écran cylindrique.

—> Zoom deux, ordonna-t-elle.

Docile, le logiciel du zark agrandit l'image dans la zone de son regard. Les éclairages publics, associés aux enseignes et autres lumières de toutes les couleurs des éclatoirs, créaient une ambiance complexe, aux multiples ombres diffuses.

Tout près de l'entrée de l'établissement, Miox s'apprêtait à accoster un disciple le plus aimablement possible. Malgré le message qui se faisait toujours entendre, il pensait encore plus ou moins confusément qu'il était de bon augure de se faire ami avec le maximum de ces hommes rouges. Celui-ci sortait de l'éclatoir avec un air très préoccupé.

Il semble avoir un problème, se dit le Fliqueur Calmeur, tâchons de lui venir en aide dans un premier temps.

Au moment où le disciple n'était plus qu'à trois pas et que Miox allait lui tendre la main en lui adressant la parole, une scène d'une épouvantable violence se produisit.

Une trentaine d'individus, surgissant presque du néant, se ruèrent sur l'adepte d'Éternité Divine. L'homme tomba. L'un d'eux le décapita à l'aide d'une immense hache en s'y reprenant à trois fois. Un autre se saisit de la tête ensanglantée et la posa sur la poitrine de Miox, qui par réflexe la prit dans ses bras.

— Tiens, fliqueur ! Cria l'inconnu. Un cadeau des Antiserpents ! C'est pour toi ! Dis à ton préfet que son tour est pour bientôt.

Miox poussa un cri rauque en guise de réponse. Le sang dégoulinait sur son ventre, mais il ne s'en rendait même pas compte.

— Tu ne cherches pas à arrêter un Antiserpents, par hasard ? l'interrogea l'homme.

Ses copains étaient déjà en train de s'en prendre aux autres disciples qui tentaient de sauver leur vie en courant le plus vite qu'ils pouvaient.

— Non, assura Miox, avec la voix tremblante d'une chèvre. Pas du tout, pourquoi ?

— Oh, comme ça ! répondit l'Antiserpents, avec un sourire sardonique. Peut-être parce que Puissant Constrictor Géant, Constrictor tout simplement pour les copains, vous a demandé de nous traquer.

— Ah ! euh… Qui ça ? fit Miox en se décomposant.

L'homme rit de sa couardise, lui arracha son lance sphérules des mains et lui tapota une joue en persiflant :

— T'es un gentil fliqueur toi, ça se voit ! N'oublie pas mon message pour Constrictor, que tu peux aussi répéter à tous ses petits amis serpents. Je te laisse.

Miox le regarda s'éloigner avec soulagement. Il tremblait de tout son corps.

— Le Fliqueur Calmeur a tué quelqu'un, entendit-il crier près de lui.

Il se retourna et vit une jeune femme qui le fixait d'un air effrayé.

— Quelle horreur ! ajouta-t-elle.

Il réalisa alors qu'il portait encore la tête tranchée serrée contre lui. Il la lâcha précipitamment et vomit. Il vomit plusieurs fois au milieu d'une cohue indescriptible.

78. Tais-toi, Miox ! Je t'en supplie !

Le message annonçant la mort du Plus Grand Des Divins se tut, laissant le champ libre à l'habituel affrontement musical des éclatoirs. On se battait, on courait en tous sens, on se bousculait, on hurlait, et tout cela dans l'ambiance sonore des quatre belligérants acoustiques qui se mirent à déverser des cataractes de décibels sur la place. Seules les quatre gargouilles de granits du bassin gardaient leur calme minéral ; même les cadavres, pas toujours entiers et pas forcément biogrimés en rouge écailleux, qui atterrissaient dans l'onde ne les empêchaient pas de former leur belle tige parabolique d'eau tranquille.

Miox voulut se rincer la bouche et le bas du visage. S'approchant de la fontaine, il fut à nouveau assailli par une série de spasmes de son ventre. Il se mit à fixer l'eau du bassin, dans laquelle des nuages de sang se diluaient, sans parvenir à réagir. Tout son corps était parcouru de tremblements irrépressibles. Quelqu'un le tira par le bras. Il se retourna. C'était Xa.

— Viens, hurla-t-elle pour couvrir le son ambiant, en le tractant par la manche.

Il la suivit à petits pas chancelants. On eût dit un enfant en bas âge que l'on tirait par la main. Le zark n'était pas loin. Le rejoindre ne fut pas une épreuve insurmontable bien qu'il fallut se déplacer au beau milieu d'un champ de bataille. La véritable difficulté les attendait devant la porte du blindé. Trois personnes essayaient de l'ouvrir. L'un espérait glisser un couteau dans un interstice qu'il n'avait pas encore trouvé. Un autre cognait un peu partout avec une barre de métal ressemblant à un pied-de-biche. Le dernier semblait chercher un point faible du blindage en lui donnant des coups de pieds. Tous trois ne pouvaient que se rendre compte de la puérilité de leurs tentatives, mais, pris dans l'ivresse des mouvements de foule, ils ne pouvaient résister au plaisir de maltraiter un zark pour la première fois de leur vie. Xa leur fit signe de s'écarter en les menaçant avec son lance sphérules. Aucun ne parut impressionné, ni par l'arme, ni par l'uniforme qui représentait l'autorité. Xa tira. Une seule fois sur chacun. Paralysés, ils s'affalèrent. Elle posa son index sur l'identificateur de la porte du zark qui s'ouvrit docilement. Miox était toujours passif. Elle le poussa vigoureusement à l'intérieur et entra à son tour. Pour parvenir à refermer la porte, elle dut violemment repousser du pied quelqu'un qui tenta de s'introduire dans le véhicule. Quand ils furent en sécurité dans le blindé, elle considéra Miox qui restait stupidement debout les deux bras ballants. Elle le poussa dans son fauteuil et se laissa tomber dans le sien. Écartant doucement Waff qui voulait encore monter sur ses genoux, elle regarda autour d'eux sur l'écran cylindrique.

— Dire qu'il y a quelques minutes tout était calme, s'étonna-t-elle. Qui aurait pu se douter ? C'est incroyable comme une situation peu brusquement se dégrader.

— Pourquoi ne m'as-tu pas couvert ? maugréa Miox. J'ai failli me faire décapiter par ce sauvage ! C'était un Antiserpents, il l'a dit. Il l'a dit ! Je le jure ! On aurait dû l'arrêter, pour l'amener au patron. Pourquoi tu n'as pas tiré sur lui, depuis le zark ?

Elle le regarda d'un air las :

— Tout d'abord, notre zark est hors de service. Ensuite, tu as du mal à comprendre que les disciples d'Éternité Divine n'ont plus le moindre pouvoir. Tu as entendu comme moi que leur gourou est mort, non ? Il n'y a plus de Plus Grand Des Divins ! Plus !

— C'est pas grave ! Ils le remplaceront par quelqu'un d'autre. Notre patron, pourquoi pas ?

Elle ne prit plus la peine de répondre, observant ce qui se passait sur la place. Des dizaines d'assaillants déchaînés montaient sur le zark. Miox regarda avec crainte et révolte l'un d'entre eux qui était en train de se hisser sur le toit du véhicule. Une femme cognait avec une masse sur la tourelle des caméras. Mais, protégés derrière leur plaque de diamant, les yeux du blindé n'en avaient cure ; il en fallait bien plus pour les endommager.

— Pourquoi ne fais-tu rien ? Pourquoi tu n'as pas tiré sur ces saleries d'Antiserpents quand l'autre a voulu me couper la tête ?

— Je t'ai déjà dit que notre zark est hors service.

— ... ?

— Essaie toi-même, tu verras. Il est impossible de démarrer et son armement ne fonctionne plus ; nous n'avons plus de lance sphérules et nous n'avons plus de rayon thermique utilisable. Plus rien ne marche. Essaie, tu verras bien !

Miox fit plusieurs tentatives infructueuses. Le zark refusait effectivement de démarrer et aucune de ses armes ne répondait.

Devant son air perdu, elle précisa :

— Pendant que tu enquêtais courageusement, j'ai entendu un message de la base. Il annonçait quelque chose au sujet de celui que tu appelles le patron. Sanno Antonny. Puissant Constrictor Géant.

— Ah ? Que... Il disait quoi sur Constrictor ?

— Qu'il est mort !

Miox déglutit comme s'il venait d'avaler un ballon.

— Tu es sûre ?

— Oui. Il a été décapité.

Miox parut ingérer un second ballon.

— Ah ! Il est mort alors !

— Oui, Miox. Personne ne survit sans tête, tu peux me croire ! Le message disait aussi que toutes les forces de l'ordre sont réquisitionnées par les Libérateurs Antiserpents. Que tous les blindés sont de ce fait pour l'instant désactivés à distance et que leurs gardiens en zark seront régulièrement tenus au courant de l'évolution des choses. Tu vois, nous n'avons plus d'autre choix que d'attendre…

Miox garda le silence. Le front plissé, les sourcils froncés, il sembla s'abîmer dans une profonde réflexion. Xa eut pitié de lui. Elle le connaissait depuis suffisamment de temps pour savoir qu'il n'était pas foncièrement mauvais. L'intelligence lui faisait singulièrement défaut, mais il n'était pas méchant.

Les Libérateurs Antiserpents, songea-t-elle. Ils ont ajouté « Libérateurs » pour enjoliver leur nom !

Bien qu'elle les remerciât sincèrement de débarrasser le peuple du joug d'Éternité Divine, elle trouva leurs méthodes trop brutales pour qu'ils lui parussent sympathiques.

Soudainement et contre toute attente, le zark démarra tout seul.

— Ah ! Ça remarche ! s'écria Miox. Ça remarche !

Une annonce prononcée dans l'habitacle lui coupa la parole.

« *Gardiens en zark. Votre blindé est réquisitionné par les Libérateurs ! N'opposez pas de résistance, elle serait vaine.* »

— Ça dit quoi ? beugla Miox.

— Que tu dois la fermer !

Le zark se mit en route, écrasant un émeutier imprudent qui venait de tomber de son toit. Il emprunta la rue Deveaure, entre les éclatoirs des Monstres et des Chasseurs, et prit de la vitesse.

— Qu'est-ce qui se passe ? Pourquoi il conduit tout seul, cette fécalerie de zark ?

— Tais-toi, Miox ! Je t'en supplie ! Tu as entendu qu'il est réquisitionné !

Les « Libérateurs Antiserpents » semblent être devenus simplement les « Libérateurs », se dit-elle. Ils ont l'air de se chercher un nom ces gens-là.

79. Le ghetto était pratiquement désert

Fam Alia poussa la porte grinçante de sa petite maison et sortit. Il faisait nuit. L'air était frais sans être froid. Les mains sur les hanches, elle regarda autour d'elle dans l'obscurité. Jamais le ghetto n'avait été aussi silencieux. Il faut dire qu'il n'y avait presque plus personne. Elle leva les yeux au ciel. On ne voyait pas bien les étoiles à cause de la pollution lumineuse de Marsa, mais le ghetto était toutefois très peu éclairé, aussi en distinguait-on quelques-unes ici.

Drill et Ols sont quelque part là-haut, pensait-elle. Sont-ils au courant de ce qui se passe ici ?

Elle n'avait pas de nouvelles d'eux depuis plusieurs jours. La vidéo-plaque qu'ils lui avaient offerte restait muette. Pas de messages audios, pas de message écrit. Rien ! Que pouvait-elle faire à part attendre, attendre en espérant qu'ils fussent à l'abri de toute cette violence ?

À 21 h, un volant s'était posé au centre du ghetto, sur l'aire d'atterrissage habituellement utilisée par ceux qui distribuaient le kokibus et venaient chercher les gens au bout du rouleau qui acceptaient le dernier refuge de la rêveurisation. Depuis le temps, Fam connaissait par cœur le répétitif message destiné à les convaincre :

« Vous êtes las de lutter pour survivre, la grande et fraternelle communauté des Grandrêveurs est impatiente de faire votre connaissance. Ne vivez plus dans la précarité. Rejoignez un monde confortable et sans souci matériel. Devenez Grandrêveur. Débarrassez-vous de ce corps à l'origine de vos maux. Devenez Grandrêveur,

et vous n'éprouverez plus jamais la faim, la soif, la douleur. Devenez Grandrêveur, et tous vos soucis ne seront plus que de vagues souvenirs. Vous pouvez le décider dès maintenant. Nous vous attendons. Décollage dans trente minutes. N'emportez rien avec vous. Aucun objet ne vous sera utile dans la vie merveilleuse qui vous attend. Oubliez, d'ores et déjà, tout ce qui vous rattache à vos pénibles existences. »

Mais, quand Fam avait vu de loin la machine arriver, elle avait été étonnée, comme tous les autres ici. Normalement, ils étaient là deux fois par jour : le matin à 9 h, puis le soir à 20 h. Celui de 20 h était passé. Alors, pourquoi en faire venir un troisième une heure plus tard ? De plus, cet engin-là était nettement moins grand et il n'y avait pas écrit « Devenez Grandrêveur » sur sa coque. Dès qu'il prit contact avec le sol, il se confirma qu'il n'était ici ni pour donner du kokibus, ni pour emporter de futurs Béats. Comme d'ordinaire, un haut-parleur diffusa un message, mais son contenu n'était pas du tout celui que les habitants avaient pris l'habitude d'entendre depuis des années. Cette fois, l'annonce dit :

« Habitants du ghetto, nous vous saluons ! Nous sommes les Libérateurs et, comme notre nom l'indique, nous venons pour vous libérer ! Nous sommes en ce moment même en train de briser le mur de votre prison. Sortez sans hésiter, vous n'avez rien à craindre dehors. Les zarks ne vous feront aucun mal, car nous les avons tous réquisitionnés pour notre cause. Regardez dans leur direction, mais n'ayez surtout pas peur ! Ils sont vos amis ! »

L'appareil avait braqué un puissant projecteur vers l'ouest. Des dizaines de zarks arrivaient. Ils étaient à l'intérieur du ghetto. Les indigents avaient été un instant pris de panique, mais les pilotes des véhicules avaient juste voulu se montrer. Pour ne pas effrayer davantage les gens, ils avaient fait demi-tour et s'étaient perdus dans la nuit.

« Nous vous annonçons que les Libérateurs se sont emparés de ces zarks pour vous libérer. Ils ont ouvert une grande brèche dans le mur ouest. À vous d'en profiter pour vous évader et pour régler vos comptes avec cette société injuste qui vous a conduit jusque dans les tréfonds sordides de ce lieu. Vengez-vous ! Envahissez les quartiers riches et servez-vous. Tuez ceux qui vous ont opprimés ! Vous aurez notre appui. Les zarks vous soutiendront, car ils sont tous sous notre contrôle. Aidez-nous à combattre l'injustice, sortez, vengez-vous ! vengez-vous ! vengez-vous !... »

Il était minuit à présent. Le ghetto était pratiquement désert. Fam Alia se doutait qu'il se passait un événement social d'une rare gravité. Elle se dit qu'elle était probablement plus en sécurité ici, presque seule, que dans les horribles tueries que laissaient augurer les paroles des Libérateurs. Drill et Ols lui proposaient sans cesse de prendre un petit appartement en ville. Elle avait toujours refusé. Un peu parce qu'elle ne voulait pas quitter ses quelques amis d'infortune. Un peu parce qu'elle était trop vieille pour s'adapter à de nouvelles habitudes de vie, fussent-elles censées être plus faciles. Un peu parce qu'elle ne savait pas, mais c'était comme ça, avait-elle expliqué.

Elle referma la porte et partit à pas menus faire un tour dans les environs pour voir qui était resté.

80. Fatuité à la légitimité discutable

Depuis un moment déjà, la pesanteur avait complètement déserté le Youri-Neil, provoquant le grand étonnement de Vouzzz et le non moins grand malaise de Daniol. Sans les sangles qui les retenaient à leur fauteuil, ils eussent flotté entre deux airs. Daniol avait eu quelques difficultés pour attacher la petite sphère tripode. La ceinture automatique que formait l'intérieur des accoudoirs s'était refermée au-dessus de Vouzzz en cherchant à ceindre une taille qui n'existait pas. Mais la créature avait compris ce que l'éthologue essayait de faire. Elle s'était placée à la bonne hauteur pour que le système fonctionne et elle se tenait fermement aux accoudoirs à l'aide de ses deux mains latérales. L'apesanteur faisait flotter son bras central, lui donnant l'insolite apparence, selon une interprétation humaine, d'un très long nez rose pourvu de trois ramifications orange en son extrémité.

Continuant à avancer, guidés par quelque mystérieux moyen, ils sortirent de Symbiose et furent totalement entourés d'étoiles. Toujours sur sa lancée, le gravitant s'éloignait lentement de la colossale construction.

— Qu'est-ce que cela ? s'étonna Vouzzz qui ne comprenait pas ce qu'il voyait.

— Nous sommes dans l'espace, expliqua Daniol, en évitant de regarder à travers le dôme.

— Comme c'est étrange ! C'est tout noir avec tant de petits points brillants ! Et ça, qu'est-ce que c'est ?

Ses trois yeux étaient dirigés vers la planète géante.

— C'est Jupiter, un des mondes du système solaire, dit Cara.

Bartol fut heureux d'avoir la confirmation que sa céph s'était remise à fonctionner normalement. Il envoya immédiatement à l'ASH, l'Agence Spatiale des Humains, la demande de secours qu'il avait préparée. L'Agence transmettrait à son service de sécurité. Le contenu du message était le suivant :

« Passagers du Grand Félin et du Youri-Neil retrouvés sains et saufs, en orbite jovienne. Besoins d'intervenants armés pour maîtriser les forcenés qui les retiennent prisonniers. Répondre de toute urgence. Nous attendrons votre assistance à la station spatiale Maison Tranquille. »

Les relais radio de l'ASH étaient très nombreux dans le système solaire. Il y en avait plusieurs en orbite jovienne. Nul besoin d'être un gravipilote pour savoir ça ! Bartol s'étonna donc de ne pas recevoir de réponse dans les deux minutes suivantes qui parurent durer deux jours.

— Et où est votre monde, la Terre ? demandait Vouzzz quand l'attention du Marsalè revint parmi ses compagnons.

— Ça ne vous dérangerait pas de discuter ailleurs, grande géanture ! J'ai besoin de concentration, moi, à présent ! Vous pensez sans doute que Symbiose va nous tenir la main jusqu'à destination ? Eh bien non ! Nous sommes en train de dériver je ne sais où. Il faut que je dirige cet engin, moi !

— Pardonne-moi, grande géanture ! répondit Vouzzz. C'est de ma faute si Daniol et Cara parlent. Je garderai mes questions pour plus tard.

— Pas grave p'tite boule ! Je suis désolé, mais il est nécessaire que je demande de l'aide. Je dois signaler que nous avons retrouvé les passagers du Grand Félin et qu'ils sont prisonniers d'un psychopathe démentibulesque. L'ASH ne réagit pas. Je me demande ce qui se passe... Que !... Quoi ? Qu'est-ce que donc ?... Géantissimerie de géante géanture ! Vous voyez ce que je vois, Daniol ? Quelle horreur ! Quelle Cauchemardes-quité !

— Quoi ? Quoi donc ? s'étonna l'éthologue.

— Qu'est-ce qui se passe ? s'enquit Cara.

— Regardez ce qui arrive dans les mondes ! Je suis en train de passer d'un canal d'information à l'autre et c'est un épouvantable cauchemardage !

Daniol, Cara et Bartol passèrent un moment à prendre conscience de l'ampleur du désastre.

— Il faut aller demander de l'aide à Maison Tranquille ! décida le Marsalè.

*

Bartol remit le casque de pilotage qu'il avait enlevé durant le déplacement à l'intérieur du moyeu de Symbiose. Les indications habituelles s'affichèrent dans son champ de vision virtuel.

—> Je veux aller à Maison Tranquille, murmura-t-il.

—< Voulez-vous vous rendre à la station spatiale qui se nomme : Maison Tranquille, dont le propriétaire est : So Zolss et qui est en orbite autour de Io ? Si c'est bien le cas, confirmez en disant simplement : « Oui, Maison Tranquille ».

—> Oui, Maison Tranquille, articula Bartol.

—< Destination Maison Tranquille confirmée. En ce qui concerne la consommation de masse propulsive, il existe plusieurs options : de la plus économique, mais la plus lente, à la plus rapide, mais la plus coûteuse. Voulez-vous choisir en fonction de la consommation ou en fonction du temps ?

Le Marsalè hésita. Valentie Rechkova ne m'a pas parlé de ça ! se dit-il. Mieux valait aller le plus vite possible, bien sûr, mais pas au risque d'utiliser toutes les réserves de propulsion disponible. Comment savoir ?

Détectant qu'il restait quelques secondes sans répondre, le système proposa :

—< Si vous n'êtes pas expert, vous pouvez plus simplement exprimer l'urgence sur une échelle d'un à dix. Un étant le voyage balistique le plus économique, dix étant le voyage à tir tendu le plus rapide, mais le plus consommateur.

— Commence à me chauffer la caisse ronde, cette visqu…

—< Comment ? Pouvez-vous répéter en reformulant autrement, s'il vous plaît ?

—> Je disais que je veux connaître le temps du voyage le plus économique et aussi le temps du voyage le plus rapide.

Les indications suivantes s'affichèrent dans son champ de vision virtuel :

Voyage balistique le plus économique, temps :

2 h 40 min.

Voyage à tir tendu le plus rapide avec une accélération de 100 g, temps :

2 min.

—> Cent g ! s'exclama le Marsalè. Mais il faut être en caisson anti-g pour ça !

—< Oui. C'est indispensable.

Avec les préparatifs pour y entrer et pour en sortir, on perd presque tout le bénéfice du tir tendu, se dit le Marsalè. Deux heures quarante ce n'est pas si long.

—> Je suis d'accord pour le voyage balistique le plus écono-mique.

—< Choix du voyage balistique le plus économique pour la destination Maison Tranquille confirmé.

Durant quelque deux minutes, une légère accélération créa une faible pesanteur qui les appuya doucement sur leur fauteuil, puis elle disparut. Bartol enleva son casque de pilotage et dit sur un ton laissant deviner une petite fatuité à la légitimité discutable :

— Voilà ! Je m'en suis sorti ! Nous en avons pour deux heures. Excusez-moi, mais ça nécessite un peu de concentration de piloter un gravitant, tout de même !

Daniol et Cara ne furent pas dupes, mais ils se gardèrent bien de le manifester.

L'éthologue pensa à Malaïca, au fait qu'elle était peut-être avec lui dans Symbiose et qu'il n'en avait rien su. Comme rien ne lui donnait la certitude que sa femme fût vraiment dans le monde artificiel, il avait essayé de la contacter, pendant que le Marsalè conversait avec le système de pilotage. Elle n'avait pas encore répondu, mais étant donné les distances en jeu, cela ne voulait rien dire. Il fallait patienter. Si elle était dans la banlieue terrestre, elle recevrait son message dans quarante-cinq minutes. Pour peu qu'elle accuse réception tout de suite, il devrait attendre sa réponse autant de temps. Et peut-être était-elle plus loin encore !

— Puis-je poser des questions, à présent ? demanda Vouzzz.

***

Deux heures quarante plus tard, le Youri-Neil approchait lentement du moyeu de Maison Tranquille. Bartol, Cara et Daniol avaient eu le temps de prendre la mesure des terribles événements qui déchiraient la trame sociale des mondes. Les sources d'information qui fonctionnaient encore montraient d'horribles images faisant état d'énormes émeutes et de massacres épouvantables. Entendant Bartol s'exclamer et ressentant l'émotion des deux hommes, Vouzzz avait insisté pour savoir ce qui les mettait dans un tel état. Daniol s'était momentanément détaché de son fauteuil pour aller lui chercher une vidéo-plaque. En une demi-heure, le tripode avait appris à utiliser ses principales fonctions. Il avait regardé et écouté sans relâcher sa concentration plus d'une heure. Les deux humains ne lui avaient pas accordé plus d'attention que ça, bien trop accaparés qu'ils étaient par leur propre découverte de ce qui se passait dans leur Univers. Il était par ailleurs si difficile de se faire une idée de ce que ressentait la créature ! Mis à part peut-être la curiosité quand elle braquait trois yeux dans une direction donnée, rien ne filtrait de son attitude.

La station spatiale grandissait au fur et à mesure qu'ils approchaient de son axe de rotation. Sous le regard de Daniol et Cara qui l'observaient de temps en temps, Vouzzz se rétracta soudainement sur lui-même.

— Regardez ! fit l'éthologue en faisant un signe de tête vers la sphère verte qui s'était mise à flotter librement au-dessus de son fauteuil.

Il fallait en déduire que, contrairement aux apparences, la ceinture ne lui avait été d'aucune utilité et que jusqu'à présent c'était lui-même qui se tenait.

— Ah ! Grande géanture ! Cet incroyable mecdule s'est encore boulifié ! Il va me la faire perdre, à moi, la boule !

81. Démanteler un zark à coups de plexus

Tosa Lagos était une femme aux fonctions multiples à bord de Maison Tranquille, responsable de diverses choses, notamment des accostages. Le radar ayant signalé la proximité du Youri-Neil, elle avait immédiatement prévenu So Zolss :

—:: Monsieur…

—:: Oui, Tosa ?

—:: Le Youri-Neil est en approche.

—:: Le Youri-Neil !

—:: Oui, Monsieur, le Youri-Neil.

—:: Merci, Tosa !

Fait on ne peut plus extraordinaire ! contrairement à son habitude, So Zolss avait éprouvé une émotion. Qui plus est, une vive émotion. Mais comment une émotion se manifestait-elle pour un Mécan ? Son cœur battait-il ? Bien sûr que non, puis-qu'il ne possédait plus un tel organe ! La petite pompe qui le remplaçait se contentait de faire circuler le liquide hématique de synthèse dans son névraxe avec une monotone régularité de métronome. Sa gorge ne se nouait pas, il ne transpirait pas, il ne tremblait pas, il ne pleurait pas… Son corps artificiel ne faisait rien de tout cela.

Un Mécan vivait malgré tout des émotions, bien qu'elles ne pussent se révéler sur un corps biologique inexistant ; il n'en était pas moins un système nerveux humain, siège d'un esprit humain.

À la manière de ceux qui ont perdu un bras depuis long-temps et qui éprouvent pourtant des démangeaisons fantômes sur ce membre absent, So Zolss eut l'impression de sentir son cœur s'accélérer. Dans sa céphvision reliée aux caméras extérieures du sas, il regardait le Cébéfour 750 en approche.

*

— Ils ont forcément détecté notre présence depuis longtemps, dit Bartol. Je vais établir la communication. Il posa le casque de pilotage sur sa tête.

—> Contacter la station Maison Tranquille.

—< La liaison avec Maison Tranquille est active. Vous pouvez parler.

—:: Maison Tranquille, ici le Youri-Neil. Je souhaite m'adresser à So Zolss.

—:: Ici Maison Tranquille, So Zolss en ligne. Je souhaite converser avec Sandrila Robatiny.

Le Marsalè ne put contenir une énorme grossièreté conseillant à l'impératif une activité sexuelle avec un zhorr, une créature du Monde des Monstres connue pour être peu engageante.

—:: Pardon ! Est-ce là tout ce que vous vouliez dire ?

Bartol fit un effort démesuré pour recouvrer son calme.

—:: Excusez-moi… Je ne peux pas vous passer Sandrila Robatiny, parce qu'elle n'est pas à bord de ce gravitant, qui est pourtant le sien comme vous le savez. Elle est retenue prisonnière. Nous venons demander de l'assistance pour la libérer ainsi que tous les autres passagers du Youri-Neil et du Grand Félin qui sont dans la même situation qu'elle.

—:: Prétendez-vous savoir où se trouve en ce moment Sandrila Robatiny ?

—:: Oui. Ainsi que comme je vous le disais tous les autres…

—:: Où est-elle ?

Bartol hésita avant de répondre.

—:: J'ai essayé d'envoyer un appel de détresse à l'ASH, mais il est resté sans réponse. En tenant compte de ce qui se passe dans les mondes actuellement, je demande l'utilisation de vos moyens pour tenter d'obtenir de l'aide.

—:: Où est-elle ?

Daniol, qui écoutait la conversation, crut que le Marsalè était sur le point de s'évanouir tant il avait du mal à se maîtriser. Cara lui prit une main.

—:: Je ne peux l'expliquer facilement, répondit-il d'une voix altérée. Je demande l'utilisation de vos moyens pour tenter d'obtenir de l'aide.

—:: Où est-elle ? Expliquez-le comme vous le pourrez, même si ce n'est pas facilement.

Le visage de Marsalè devint blanc et ses lèvres tremblotèrent.

—:: Je n'ai pas de compétence pour le dire. Je ne suis pas un gravipilote. Pouvez-vous nous aider, oui ou non ?

Individu en proie à une forte charge émotive, indiqua la céph de So Zolss. Signes d'une grande détestation de son interlocuteur. Probabilité de sincérité estimée à quatre-vingt-quinze pour cent. Probabilité d'émotions feinte très faible.

—:: Dans ce cas, je veux parler avec votre gravipilote, proposa le maître des lieux.

Bartol fit mine de se gratter la tête pour que Cara lui lâche la main. Devant Daniol, cette familiarité le gênait encore plus. Après une grande inspiration, il reprit le dialogue :

—:: Il n'y a aucun gravipilote à bord. Je suis venu jusqu'ici en utilisant l'interface de pilotage simplifiée du Cébéfour 750. Il m'a suffi de lui dire de vive voix que je voulais approcher de Maison Tranquille.

—:: Alors, je n'ai plus rien à faire avec vous. Soyez en mesure de me révéler où elle se trouve et recontactez-moi quand vous pourrez le faire.

—:: Mais ! Vous refusez de nous accorder vos moyens pour demander de l'aide ?

—:: Comment voulez-vous vous y prendre, attendu que vous êtes incapable d'indiquer le lieu où il faut agir ?

—:: Les coordonnées spatiales sont probablement dans la mémoire du Youri-Neil, intervint Daniol, voyant que son compagnon n'arrivait plus à articuler un mot sous l'emprise de sa surprenante fureur.

—:: Excellente suggestion ! répondit So Zolss. Recontactez-moi dès que vous saurez me les communiquer.

La communication fut coupée. Le sas du Youri-Neil n'était plus qu'à quelques centaines de mètres de celui du moyeu de Maison Tranquille, mais il ne pourrait s'y verrouiller sans l'accord de So Zolss. Bartol ôta le casque d'une main que son embrasement intérieur agitait de tremblement fiévreux.

— Calme-toi ! le supplia Cara en lui touchant affectueusement l'épaule.

Il ne la repoussa pas. Regardant Vouzzz qui dérivait lentement vers eux, il eut un menu sourire :

— Heureusement qu'il y a cette géantissimale petite boule de fou pour faire le pitre !

*

— Tosa, dit So Zolss, ne les perd surtout pas de vue, s'ils s'en vont. Je veux connaître tous leurs mouvements.

— Bien, Monsieur !

Attendons et voyons, pensa le Méca.

*

— Que pouvons-nous faire ? se lamenta Bartol. Toujours aucune réponse de l'ASH... Cette fécalerie de Zolss qui nous refuse son assistance ! Monsieur veut parler à Madame ! Monsieur veut parler à Madame ! À part envoyer des appels à l'aide un peu partout, je ne sais que faire...

Daniol méditait dans son fauteuil d'un air grave. Presque trois heures s'étaient écoulées depuis qu'il avait envoyé son message à Malaïca, et toujours pas de retour. On pouvait en déduire qu'elle était, soit quelque part de l'autre côté de la Terre, soit dans Symbiose. De l'autre côté de la Terre, il y avait Saturne en ce moment, la planète à l'anneau géant étant en conjonction supérieure par rapport à Jupiter. Uranus et Neptune n'avaient pas besoin d'être considérés ; Malaïca n'avait aucune raison d'aller si loin. Saturne... C'était également très peu probable, trop éloigné d'une partie de l'équipe qui était ici, dans les parages de Jupiter. Comment pourrait-elle travailler avec des délais de communication si longs ? Pourquoi serait-elle si loin des autres artistes ? Mars et Vénus étaient plus proches de Jupiter que la planète mère, la réponse serait donc arrivée depuis longtemps. Effectuant des recherches dans sa céphmémoire, l'éthologue finit par trouver un extrait de conversation qu'il avait eu avec sa femme et dans lequel elle révélait que certaines actions de « Le vortex du temps » se passeraient sur Ganymède, le troisième satellite jovien galiléen. Voilà qui expliquait de toute évidence pourquoi l'équipe de la cinémersion était dans les parages !

— Cara ! s'écria-t-il. Est-il vrai qu'une partie de « Le vortex du temps » se déroulera sur Ganymède ?

— Oui, bien sûr ! C'est ce que je vous ai dit. Pourquoi serions-nous venus ici, sinon ?

— Euh… Oui… Je ne me souvenais pas que vous m'en aviez parlé, excusez-moi !

Daniol se sentit un peu penaud envers lui-même. Comment avait-il pu ignorer une information si importante et perdre tant de temps en conjectures inutiles ? Il apparaissait évident que Malaïca ne pouvait qu'être à bord de Symbiose.

— Sinon, entre deux réflexions sur la cinémersion de nos jours, vous pourriez peut-être avoir une idée géniale nous disant qui nous pourrions appeler !

Daniol tourna la tête. C'était Bartol qui l'interpellait. L'éthologue réalisa que depuis un moment ils s'activaient tous les deux à cépher plus ou moins au hasard.

— Il faut agir, répondit-il.

— Agir ?! Comment ça, agir ? bredouilla le Marsalè.

Sa violente tempête d'humeur semblait s'être à peine calmée. Peut-être pour laisser un peu de place à l'étonnement qu'il marqua en observant le visage soudainement décidé de Daniol. Cara regarda Daniol avec la même surprise.

— Oui, agir ! répéta ce dernier en détachant sa ceinture et en se propulsant à travers la pièce.

— Mais, que voulez-vous dire ? Où foncez-vous ? Géante géanture !

Daniol disparut en s'enfonçant dans le couloir.

— Mais où va donc cet incroyable extravagant géantissimesque ? C'est bien la première fois que je le vois avec un air si sérieux et résolu ! On le croirait prêt à démanteler un zark à coups de plexus, cet imprévisible illuminé surréaliste !

82. Taux d'adrénaline anormalement élevé

Pour Daniol, la chose était claire. Pour sauver Malaïca, il n'y avait qu'une solution : recourir aux moyens de So Zolss. Aussi était-il déterminé à les obtenir. Il entra dans le sas, referma la porte et ouvrit le placard des combinaisons spatiales. On pouvait en compter une vingtaine, toutes entièrement blanches. Il en choisit une, la tint devant ses yeux et prononça :

—> Début commande céph. Besoin d'aide pour utiliser cette combinaison.

—< Veuillez regarder l'épaule droite de cette combinaison, s'il vous plaît.

S'exécutant, Daniol vit une série de lettres et de chiffres noirs. Il devina que quelque logiciel dans sa céph lisait ce renseignement pour lui indiquer ce qu'il souhaitait savoir.

—< Ce vêtement spatial se revêt en s'y introduisant par une ouverture située dans le dos, fut prononcé dans sa zone cérébrale auditive.

L'inscription « En savoir plus » s'afficha dans sa céphvision, mais il décida d'entrer dans la combinaison avant de s'intéresser à la suite.

En cherchant l'ouverture en question, il se débattit un moment en tournant sur lui-même dans tous les sens au centre de la pièce. Il dut enfoncer ses deux pieds derrière la tige d'une main courante pour se stabiliser et pouvoir examiner la combinaison. Ses efforts furent récompensés, car il finit par trouver l'entrée dont parlait sa céph. Il débloqua ses pieds et tenant l'habit par les deux hanches, il s'acharna à y entrer les jambes.

Se remettant à tourner aléatoirement sur les trois axes, il se cogna plusieurs fois la tête et les coudes ici et là, heureusement pas trop fort. Quand ses deux jambes furent enfin à l'intérieur, il put à nouveau se coincer les pieds et il lui fut alors plus facile d'y glisser les bras qu'il enfonça profondément jusqu'à ce que ses doigts atteignissent le fond des gants. Il ne restait plus que son dos qui dépassait en partie de l'ouverture qu'il venait d'emprunter. Épuisé par ses contorsions en apesanteur, il respirait comme un marathonien en fin de course. Se laissant le temps de reprendre son souffle, il remarqua de nouveau les mots « En savoir plus » affichés dans sa vision virtuelle.

—> En savoir plus, prononça-t-il.

Lui fut alors donné le conseil suivant :

—< Pour entrer aisément dans la combinaison en absence de pesanteur ou en faible gravité, il est recommandé de la plaquer contre l'armoire de rangement. Ventre sur la porte, dos vers vous. Un système magnétique maintiendra le vêtement en position confortable pour vous aider.

Il exhala un petit soupir de dépit.

—> Comment fermer dans mon dos, s'enquit-il.

—< Tous les automatismes de cette protection spatiale ont une interface vocale reliée à votre céph. Pour fermer la combinaison, il suffit de le demander. Voulez-vous fermer la combinaison ?

—> Oui. Je veux fermer la combinaison.

Daniol sentit la fermeture s'actionner dans son dos. Il prit le casque qui était fixé par du velcro sur le fond du placard, au-dessus de la tenue qu'il avait choisie.

—> Y a-t-il des recommandations particulières pour mettre le casque ?

—< Enfoncez votre tête à l'intérieur. La partie transparente doit être à l'avant. Le verrouillage avec la combinaison se fera automatiquement.

Partie transparente vers l'avant ! s'exclama intérieurement l'éthologue en levant légèrement un sourcil. Je suis béotien, mais tout de même !

Il mit le casque. La nanofermeture automatique le relia au reste de l'équipement. Il sentit que quelque chose lui serrait un peu les poignets et les chevilles. Bien que ce fut la première fois de sa vie qu'il endossait ce type de matériel, il en avait suffisamment entendu parler pour savoir que le système pseudo respiratoire venait d'enfoncer de minuscules aiguilles à différents endroits dans ses veines. Sa céph le lui confirma :

—< Vous n'éprouvez plus le besoin de respirer. Le système pseudo respiratoire apporte le dioxygène nécessaire dans votre sang et le débarrasse du dioxyde de carbone.

Daniol hésita. Il se sentait bien, physiquement. La combinaison était souple et assez confortable, pour une tenue devant résister au vide et contenant tant d'appareillages. Elle était pourvue de quelque chose qui ressemblait à une ceinture aussi épaisse que large, mais qui ne serrait pas la taille. Il y avait un anneau identique autour de ses mollets.

—> Suis-je prêt pour sortir dans l'espace ? demanda-t-il en se repoussant d'un doigt parce que le hasard de ses déplacements aléatoires le faisait dériver tête première dans le placard.

—< Vous êtes prêt à sortir dans l'espace.

Un petit tintement lui signala un appel, tandis que « Bartol » s'afficha dans sa céphvision. Il accepta la communication.

—> Fin commande céph.

—:: Oui ? s'enquit-il.

—:: Daniol ! Que faites-vous ? Est-ce que tout va bien ? Vous n'êtes pas malade, j'espère ?

—:: Je vais très bien, merci. Je reviens, ne vous inquiétez pas.

—:: D'accord ! À tout à l'heure alors…

—:: Oui, oui…

—> Début commande céph. Ouvrir l'accès à l'extérieur.

—< Confirmez-vous vouloir sortir du gravitant ?

—> Oui. Je veux sortir du gravitant.

Il se stabilisa face à la sortie en s'agrippant à une main courante.

La porte intérieure se verrouilla. Le placard de rangement des combinaisons se ferma. L'air contenu dans le sas fut pompé vers la réserve du Youri-Neil.

Ensuite, devant le regard épouvanté de Daniol, un rectangle de noirceur étoilé grandit au fur et à mesure que le panneau de métal glissait latéralement pour découvrir le vide. Quand l'infini béat devant lui, il eut la tentation de faire machine arrière, de demander à ce que cette fenêtre donnant sur l'enfer se referme, mais il imagina les yeux de Malaïca posés sur lui. Elle lui dirait certainement de ne pas prendre de risque pour elle, qu'il lui restait de toute façon beaucoup moins de temps à vivre comparativement à lui. Elle lui démontrerait que ce serait stupide de mettre en péril une longue existence à venir pour tenter de sauver les quelques dernières années d'une autre. Elle lui sourirait, le prendrait par la main et l'entraînerait loin du danger. Elle ferait ça, il le savait, il la connaissait…

—< Les paramètres biomédicaux indiquent un taux d'adrénaline anormalement élevé. Il vous est recommandé d'annuler cette sortie dans l'espace. Voulez-vous la poursuivre malgré ce conseil ?

—> Oui, je veux la poursuivre.

Daniol tira légèrement sur ses bras et lâcha la barre. Son corps se mit à glisser lentement vers l'avant, à la vitesse exacte acquise par sa traction. Il franchit l'ouverture et se retrouva à l'extérieur du gravitant. Fragile vie humaine séparée du vide par une enveloppe de quelques millimètres d'épaisseur, il se vit sans transition entouré par un gouffre sans fond. Son cœur résonna dans ses tempes. Il se sentit devenir terreur.

Tu n'es pas en danger, s'efforçait-il de se dire. Tu n'es pas en danger ! Tu ne risques pas de tomber. Tu ne risques pas de tomber ! se répétait-il. Nulle force ne t'attire dans un sens ou dans l'autre pour te faire tomber. Tu flottes simplement, comme dans le gravitant, c'est seulement qu'il n'y a plus les parois.

Il avait beau tenter de hurler ces paroles à l'intérieur de lui, la terreur ne le quittait pas. La pétrifiante appréhension de la chute s'agrippait à son cœur qui battait à lui faire exploser la poitrine.

—< Les paramètres biomédicaux indiquent un taux d'adrénaline anormalement élevé. Il vous est recommandé d'annuler cette sortie dans l'espace. Voulez-vous la poursuivre malgré ce conseil ?

—> Oui, je veux la poursuivre ! Foutez-moi la paix ! cria-t-il, presque en pleurant tant il était à bout de nerfs.

83. Je l'ai fait pour toi !

À deux cents mètres de Daniol, Maison Tranquille entra dans le champ de son attention. La station spatiale était en fait juste en face de lui au moment de sa sortie ; aussi aurait-il dû la voir bien avant, d'autant plus qu'il le savait et qu'il s'y attendait, mais la peur lui avait fait perdre totalement l'esprit. On ne pouvait pas, à proprement parler, prétendre qu'elle se trouvait sous lui, le haut et le bas n'ayant aucun sens ici, mais bien qu'il en fût parfaitement conscient, il fit malgré tout un effort pour le conceptualiser ainsi. Cela lui permettait de l'imaginer comme un sol. Il préférait un sol, même à deux cents mètres, que pas de sol du tout. Son corps tournait lentement dans le sens longitudinal, de sorte que Maison Tranquille sortit bientôt de son champ de vision pour être remplacée par le Youri-Neil. Il réalisa qu'il continuait à s'éloigner de celui-ci, toujours à la vitesse imprimée par la traction de ses bras. Il estima se trouver à une vingtaine de mètres du gravitant. Cette constatation l'aida à imaginer qu'il chutait tout doucement vers le sol qu'il avait choisi. Tomber si lentement n'est pas si terrifiant, tentait-il de se dire. D'un autre côté, il n'avait pas envie que le supplice dure trop longtemps.

—> Je voudrais accélérer mon déplacement vers Maison Tranquille et surtout arrêter de tourner sur moi-même.

Le logiciel qui interprétait ses paroles tint visiblement compte du mot « surtout », car de petits jets de gaz propulseur sortirent du renflement qui ceinturait ses mollets et de l'avant de ses épaules. Ces éjections ne durèrent qu'une fraction de seconde, mais elles le stabilisèrent. Il eut même la satisfaction de constater que le système d'interface était assez intelligent pour avoir stoppé sa rotation de telle sorte que son visage soit dirigé du bon côté, c'est-à-dire face à la station spatiale.

Il eut une petite pensée pour un certain Leonov, le premier homme à avoir effectué une sortie dans l'espace. Il avait entendu le jeune Drill en parler durant le voyage vers Jupiter. Daniol avait été tellement impressionné par cette histoire qu'il avait fait une céph recherche pour voir quelques images de l'exploit. En évoquant ce cosmonaute qui s'était lancé dans le vide avec la seule protection de son scaphandre primitif, il ne put s'empêcher de se sentir un peu ridicule de paniquer alors que tant de technologie l'assistait, lui. Cette pensée ravigota sa fierté, d'autant que les yeux imaginaires de Malaïca le regardaient toujours.

—< Confirmez-vous vouloir vous déplacer plus rapidement dans la direction de Maison Tranquille ?

—> Oui.

—< Oui, veut-il dire que vous confirmez vouloir vous déplacer plus rapidement dans la direction de Maison Tranquille ?

—> Oui. Je veux aller plus vite dans la direction de Maison Tranquille, s'impatienta Daniol.

—< Votre vitesse d'approche par rapport à Maison Tranquille est actuellement de quatre-vingt-deux centimètres par seconde. À quelle vitesse voulez-vous vous approcher de Maison Tranquille ?

—> Deux mètres seconde… ça devrait aller…

—< Deux mètres seconde veut-il dire que vous voulez vous approcher de Maison Tranquille à la vitesse de deux mètres par seconde ?

—> Oui ! répondit-il un peu excédé. Je veux m'approcher de Maison Tranquille à la vitesse de deux mètres par seconde.

Daniol réalisa que l'interface semblait beaucoup plus prudente pour exécuter certaines commandes que d'autres. Des jets de gaz furent crachés par ses mollets, son dos, et l'arrière de ses épaules. Il sentit la légère accélération. Il était temps, pensa-t-il, je suis déjà presque à mi-chemin !

Un signal d'appel tinta. « Bartol » s'afficha dans sa céph-vision.

—> Fin commande céph.

—:: Oui ? fit-il.

—:: Daniol ! Est-ce réellement vous que je vois en train de se promener dans le vide ?

—:: Oui. Je suis effectivement à l'extérieur du Youri-Neil, en tout cas.

—:: Mais ! qu'est-ce que donc de qu'est-ce que mais... ?

—:: Je ne comprends pas très bien votre question...

—:: Ah ! Ne faites pas le malin, en plus ! Qu'est-ce qui vous prend ? Que faites-vous ? Vous êtes-vous cogné la tête ?

—:: Je vais simplement ouvrir la porte de Maison Tranquille pour que nous puissions requérir de l'assistance. Excusez-moi, mais j'ai besoin de toute ma concentration, je n'ai pas l'habitude de faire ça.

Il coupa la communication.

—> Début commande céph.

En regardant à travers le dôme de diamant Daniol qui continuait à s'éloigner, Bartol exprima sa surprise :

— Ça alors ! Géantissimerie ! Les psys sont donc tous fous ! Que lui arrive-t-il à ce pauvre mecdule ? Lui qui a si peur du vide ! J'espère que Sandrila ne va pas penser que c'est moi qui l'ai cassé, son indécodable éthologue !

*

—:: Monsieur…

—:: Oui, Tosa ?

—:: Voyez-vous ce qui arrive ?

—:: Oui, je vois, répondit So Zolss. Je ne comprends pas quelle est son intention. En avez-vous une idée ?

—:: Non, Monsieur. Pas la moindre. Que faisons-nous ?

—:: Rien pour l'instant. Voyons ce qu'il compte faire.

*

Daniol continuait à approcher de la station spatiale à la vitesse régulière de deux mètres par seconde. Il eut la mauvaise idée de tourner la tête à droite. Son regard ne rencontra rien pour l'arrêter, il se perdit dans l'infini. Chaque fois que cela se produisait, c'était comme si son esprit se figeait. Ses pieds et ses yeux avaient besoin d'un point d'appui, ils ne pouvaient pas s'en passer. De nouveau, une épouvantable panique l'étreignit, lui tordant le ventre et lui remplissant la poitrine de spasmes. Il lui fallut beaucoup d'efforts pour détourner son regard de la vacuité noire qui semblait vouloir le diluer dans son néant, car une étrange fascination attirait son attention vers ses profondeurs. Les paupières grandes ouvertes, le visage déformé par des gri-maces et des tics nerveux, la gorge laissant échapper de petits sons roques incontrôlables, il essaya de se concentrer sur le sas de la station qui grandissait dans son champ de vision.

Il fit de nouveau tout ce qu'il put pour l'imaginer comme un sol qui bientôt le recevrait et sur lequel il pourrait prendre appui. Peu à peu, il parvint à recouvrer un minimum de contrôle de lui-même. Il constata alors qu'il se dirigeait légèrement sur la gauche, risquant de passer à côté du moyeu, à quelques mètres du sas, peut-être même de rater complètement le centre de la station et de continuer entre deux de ses rayons. Ce qui était dangereux, car en tournant sur elle-même la structure pourrait bien l'assommer.

—> Centrer ma trajectoire sur l'axe de Maison Tranquille.

Il ne lui fut demandé aucune confirmation. Quelques jets de gaz aux endroits idoines accomplirent ce qu'il souhaitait.

—> À quelle distance de Maison Tranquille suis-je ?

—< Vous êtes à quarante-deux mètres, soit vingt et une secondes, de Maison Tranquille.

Daniol regarda le sas grandir en comptant mentalement les secondes à rebours. Quand, selon son estimation, il n'en resta plus que six, il entendit :

—< Vous n'êtes plus qu'à huit mètres, soit quatre secondes à la vitesse actuelle, de Maison Tranquille. Il importe de ralentir.

Au milieu de cette annonce, sa combinaison avait de sa propre initiative éjecté des jets de gaz pour le freiner.

—< Votre vitesse d'approche par rapport à Maison Tranquille est de cinquante centimètres par secondes. Votre distance par rapport à Maison Tranquille est de six mètres. Contact dans douze secondes.

—> Merci ! lança-t-il machinalement.

Les algorithmes d'interprétation ignorèrent ce mot. La confiance de Daniol grandissait proportionnellement au sas dans son champ de vision.

Quand il en fut à moins de deux mètres, de nouvelles éjections le ralentirent encore, cette fois sans le moindre avertissement.

Il fut surpris de constater, ou plutôt de croire que la station spatiale ne tournait soudainement plus sur elle-même. Mais il réalisa, en jetant un œil furtif sur le côté dans le fond étoilé, que c'était en fait lui qui venait de se mettre à tourner sur lui-même autour d'un axe passant par son ventre et son dos. Sa combinaison l'avait synchronisé avec la rotation de la structure afin qu'elle fût immobile par rapport à lui.

Ce système n'en fait qu'à sa tête, se dit l'éthologue, mais convenons qu'il y a tout lieu d'en être content. Il arriva ainsi contre le sas à une vitesse d'approche très réduite qui lui permit de s'agripper aisément à une barre de main courante.

J'y suis parvenu, Malaïca ! Je l'ai fait ! pensa-t-il. Je t'aime ! Je l'ai fait pour toi !

84. À cause de l'étroitesse d'une cabine

— Je pense comprendre ce qu'il veut faire ! dit Bartol. Ce Mecdule est vraiment incroyable !

— Que va-t-il faire selon toi ? demanda Cara.

Ils regardaient tous les deux la petite silhouette blanche de Daniol qui se détachait sur le fond gris sombre de la station spatiale.

— Je suppose qu'il compte utiliser le bouton de secours du sas pour forcer son ouverture.

— Le bouton de secours ?

— Oui. Tous les sas ont ce dispositif sur leur porte extérieure, du côté du vide. Il sert à offrir un refuge pressurisé à quelqu'un qui serait en détresse. Ça a déjà sauvé des vies, paraît-il. Je ne l'aurais jamais cru capable de faire cette chose-là. Je te jure que le vide le terrorise !

— Il a fait ça pour sa femme.

— Oui, il faut croire qu'il l'aime !

— Elle en a de la chance !

*

— Il s'apprête certainement à appuyer sur le bouton de secours pour ouvrir, Monsieur.

— Ça semble probable, répondit So Zolss.

Il pensa :

Ce type doit communiquer avec ceux qui sont dans le Youri-Neil, mais je ne puis pourtant intercepter leur dialogue. Impossible aussi de capter ce qui se dit dans le gravitant. Ils utilisent tous le LCR de l'Organisation. Ça peut être instructif de garder l'un d'entre eux… même tous après tout.

*

Daniol toucha le bouton rouge situé sous la porte. Elle glissa aussitôt sur le côté pour s'ouvrir. L'air contenu dans le sas se rua dans le vide qui le dilua dans son immensité. Pour gagner du temps dans les actions d'urgence sollicitées par cette commande de secours, le précieux gaz n'était pas pompé avant cette manœuvre.

Daniol s'agrippa au rebord de l'ouverture et entra d'une légère traction de ses bras. À l'intérieur, il toucha le bouton de fermeture d'urgence, situé à la même hauteur que celui qu'il avait utilisé pour ouvrir. Le panneau se referma et de l'air fut injecté dans le local pour le pressuriser. La porte intérieure coulissa aussitôt et une femme apparut, flottant dans l'embrasure.

—> Je veux enlever la combinaison, formula Daniol.

Elle s'ouvrit dans son dos et le casque s'en désolidarisa. Il ôta ce dernier. Bien qu'il fut à présent tête nue et entouré d'une atmosphère, il n'éprouvait toujours pas le besoin de respirer. Le système pseudorespiratoire continuerait à remplir son office tant qu'il garderait la combinaison sur lui.

— Respect ! J'arrive ! dit-il.

Demeurant silencieuse, la femme l'aida à s'extirper de la tenue spatiale. Elle devait avoir une grande habitude des faibles gravités, car elle évoluait en virevoltant avec dextérité.

— Respect ! Je suis Tosa Lagos, dit-elle, après l'avoir pratiquement déshabillé.

— Je m'appelle Daniol Murat.

Daniol sentit ses poumons lui réclamer de l'oxygène. Il se remit à respirer pour leur donner satisfaction en la regardant d'un air gêné, presque en rougissant. C'était une sursexuée aux charmes peu vêtus.

Elle mit la combinaison dans un placard. Apparemment amusée et flattée, elle le fixa avec un intérêt certain et dit :

— Suivez-moi, s'il vous plaît.

*

Un tintement d'appel résonna dans les neurones auditifs de Bartol, tandis que « Daniol Murat » apparut dans sa céphvision.

—:: Daniol ! Diable de vous ! Je… Comment dire… ! Euh, oui excusez-moi, grande géanture ! vous vouliez me parler, j'imagine !

—:: So Zolss me charge de vous dire qu'il est d'accord pour nous aider. Vous avez l'autorisation de vous arrimer à la station pour embarquer chez lui. Il vous attend pour discuter de tout ça. À tout à l'heure.

—:: Euh…

La communication fut coupée.

Bartol regarda Cara en haussant les épaules et en ouvrant les mains dans une posture explicite :

— Figure-toi que ce joyeux godelureau psychogéanturique est parti convaincre So Zolss, à pieds à travers l'espace, et qu'il y est bel et bien arrivé, semble-t-il. Nous avons l'autorisation de nous arrimer, dit-il.

Cara sourit en reproduisant sa mimique :

— Il ne te reste plus qu'à déployer tes incroyables talents de gravipilote pour accoster.

Le Marsalè leva les yeux au ciel pour exprimer ce qu'il pensait de la boutade en mettant le casque de pilotage sur sa tête.

—> Je veux arrimer le Youri-Neil à Maison Tranquille, prononça-t-il.

*

Un claquement indiqua que les deux sas étaient reliés par le verrouillage magnétique.

—< Arrimage effectué avec succès, émit un haut-parleur.

—> Ouvrir les deux portes, demanda Bartol.

Les deux panneaux du sas du Youri-Neil s'escamotèrent, découvrant l'intérieur de la station spatiale dont les deux portes étaient déjà ouvertes. Le regard de Bartol s'arrêta toutefois sur la surfemelle qui flottait devant eux. Ses formes terriblement avantageuses, dont l'audace était encouragée par l'absence de poids, se collèrent à ses yeux.

— Respect ! dit-elle. Je suis Tosa Lagos.

— Respect ! Bartol.

— Respect ! Je me nomme Cara Hito.

La sursexuée prit un air perplexe pour s'adresser à Bartol :

— Je vais vous demander de me suivre, mais je voudrais savoir quelque chose. Ce n'est pas vraiment un problème, mais est-il indispensable de venir avec votre pastèque, là ?

Cara ne put retenir un petit rire. Bartol libéra un de ses grognements mystérieux qui accentua l'expression d'étonnement de la surfemelle.

— Ce n'est pas une pastèque. Je m'en expliquerai peut-être plus tard. Mais, là, je vous en supplie, grande géanture ! ne m'interrogez plus à ce sujet et ne me parlez plus de pastèque.

— D'accord, comme vous voudrez ! Suivez-moi, s'il vous plaît.

Volant derrière elle, ils entrèrent dans un ascenseur. Celui-ci était relativement petit. En fin de parcours, cette exiguïté permit à Bartol de constater de près que, même quand la pesanteur se faisait sentir, les formes exacerbées de la surfemelle gardaient leurs arrogantes prétentions. Dans le couloir qu'ils prirent ensuite, le discret coup de pied dans la cheville que lui envoya Cara ne tint même pas compte du fait que ce constat s'était fait malgré lui, à cause de l'étroitesse d'une cabine.

Tosa Lagos les fit entrer dans une pièce où se trouvait déjà Daniol. À travers une cloison entièrement transparente, on pouvait voir deux des volcans de Io en pleine éruption hissant leur panache soufré dans le fond spatial d'une noirceur sans concession. L'éthologue était assis, tournant le dos à ce spectacle. Il se leva à leur approche.

— Vous voilà ! dit-il.

Bartol regarda par-dessus son épaule. La surfemelle les avait laissés là sans la moindre explication.

— Selon toute vraisemblance, n'est-ce pas ? répondit-il. Mais que faites-vous ici ? Où est-il ?

— Si vous parlez de moi, So Zolss, je suis là, dit le Mécan.

Daniol et Cara se retournèrent. Il était derrière eux, à côté de l'entrée.

— Respect ! J'étais en train de converser avec monsieur Murat, nous vous attendions.

— Respect, répondit Cara.

— So Zolss ! visquerie géantissimale !

— Il me semble reconnaître l'interlocuteur qui me conseilla des relations sexuelles avec un cachalot...

Bartol émit un grognement par lequel il esquiva la question sans pour autant abjurer son antipathie qui avait en lui la force d'une véritable religion. Il dévisagea l'empereur du Réseau :

— Je ne vous voyais pas comme ça, dit-il.

— Vous ne me voyez pas du tout, en fait. Ce qui se tient là, devant vous, n'est qu'un RPRV méca.

— Un Mécan ! Inutile donc que je vous sépare la tête du tronc ! J'imagine que vous êtes quelque part dans votre station de mégalo grandiloquent…

— Vous imaginez bien.

— Pourquoi voulez-vous un enfant de Sandrila, espèce de psychopathe pédantesque !

— Vous savez cela ! Vous aurait-elle mis dans la confidence ? Ou l'avez-vous appris par d'autres moyens ?

Bartol mordilla un grognement mélangé à une grossièreté heureusement méconnaissable.

— Peut-être serait-il préférable de régler votre différend plus tard, lui dit Daniol, si nous souhaitons demander de l'aide à Monsieur.

Le Marsalè admit sans le dire qu'il n'était pas prudent d'en découdre à présent.

— Excusez-moi, dit-il. Je m'emporte un peu.

— Un peu. Seriez-vous ce petit activiste membre de l'Organisation qui aurait séduit Sandrila ?

Bartol éprouva simultanément deux sentiments presque antagonistes. Que So Zolss se permît d'appeler familièrement Sandrila par son prénom le contraria violemment. Qu'il reconnût qu'il l'avait séduite flatta sa vanité.

— Vous voulez dire Madame Robatiny, je suppose. Oui, c'est moi.

Cara eut un imperceptible haussement d'épaules. Elle n'avait aucune idée de l'organisation dont il s'agissait, mais bon ! Cela valait-il la peine de faire toute une histoire parce que cette femme désœuvrée se laissait si facilement enjôler ?

Le Mécan considéra Bartol silencieusement quelques longues secondes avant de lui demander :

— Puis-je vous poser une question ?

— Oui... ?

— Est-ce propre à tous les membres de l'Organisation cette curieuse chose ? Pourquoi vous déplacez-vous ainsi avec une pastèque sous le bras ?

85. Boire toute son eau ?

— Ce n'est pas une pastèque, protesta Bartol.

Il se sentit un moment fatigué de le répéter sans cesse.

— Qu'importe !... Que ce soit une sorte de melon, mon étonnement demeure et ma question reste la même, dit So Zolss en fixant la boule verte sous le bras gauche du Marsalè.

Ce dernier poussa un soupir, prit Vouzzz entre ses deux mains contre son ventre et expliqua :

— Il s'agit d'une créature.

— Oui, si vous voulez ! Cette chose est une partie de créature végétale. Nous sommes d'accord. Cela ne révèle en rien pourquoi vous avez besoin de la porter avec vous, même dans un moment pareil. Je ne suis pas d'un naturel inutilement curieux, mais... l'extrême insolite éveille malgré tout mon intérêt, j'avoue.

Bartol passa Vouzzz sous son bras gauche et tenta de préciser :

— Non, ce n'est pas une créature vé...

— Nous sommes venus solliciter votre aide, s'impatienta Daniol. Des personnes sont en danger. Un grand nombre de personnes.

— Je vous ai plusieurs fois demandé de m'indiquer leur localisation. Vous n'avez toujours pas répondu.

— Elles sont dans une sorte de gigantesque gravitant qui ressemble à une station spatiale énorme. Vraiment énorme ! Quelque chose de colossalement grand ! Il prétend lui-même qu'il est un gravitant qui s'appelle Symbiose.

— Qui prétend ça ?

— Lui ! Lui-même, vous dis-je. Le vaisseau spatial. Ça peut vous paraître invraisemblable, mais il nous a dit cela directement dans nos pensées. Vous vous doutez que c'est si difficile à croire et à expliquer que nous avons hésité à vous en parler. Comme le temps presse... C'est comme si... euh... comme si, alors qu'il va y avoir de l'orage et du tonnerre, avant de vous proposer de vous abriter chez moi, je vous racontais longuement comment j'ai construit ma maison. Comprenez-vous ?

— Du tonnerre ! Votre maison ! Non, je ne saisis pas tout, je pense... Et vous, Madame ! Est-ce qu'on vous parle dans vos pensées également ? Et éprouvez-vous parfois le besoin de porter un melon ou une pastèque ?

— Je confirme que Symbiose est une gigantesque structure spatiale qui a capturé le Grand Félin puis le Youri-Neil. Il est vrai aussi que nous avons tous eu la conviction que quelque chose dans cet artefact énorme s'est adressé directement à nos esprits pour nous souhaiter la bienvenue, nous révéler que son nom était Symbiose et qu'il était un vaisseau spatial. Ou un gravitant, je ne sais pas trop.

— Oui, reprit Daniol, un gravitant ou un vaisseau spatial, peu importe le synonyme. Les mots n'ayant pas été prononcés, comme je vous le disais. Ce sont les concepts, sans leurs intermédiaires, qui nous ont été communiqués. Tous les passagers capturés du Grand Félin et du Youri-Neil vous donneront des versions légèrement différentes par le vocabulaire, mais le sens sera le même.

— Donc, Sandrila est enfermée dans Symbiose, où on la garde prisonnière ! C'est ça ?

— C'est ça, oui, confirma Bartol, se retenant de montrer encore la contrariété que lui causait la manifeste familiarité dont faisait preuve So Zolss à l'égard de l'Éternelle. Nous avons besoin de vos moyens pour demander des hommes armés pour la libérer ainsi que les autres personnes.

— Des hommes armés pour combattre qui exactement ?

— Un petit groupe parmi ceux du Grand Félin, dont j'étais moi-même une des passagères, précisa Cara. Leur chef est Még Ryplait. Il est aidé par un complice qui le seconde et quelques hommes de main.

— Még Ryplait ! Tiens donc ! Que veut-il en échange de Sandrila ?

— Je vous rappelle qu'il n'y a pas que madame Robatiny ! s'irrita Cara. Nous étions deux cent dix-sept rien qu'à bord du Grand Félin !

— Ce psychopathe n'exige rien de spécial, intervint Bartol. Il est heureux de régner sur son petit empire, c'est tout. Pouvez-vous nous aider, oui ou non ? J'ai déjà envoyé un message de détresse à l'ASH, mais il reste sans réponse.

— Nous allons bientôt voir ce que nous pouvons faire avec mes moyens, comme vous dites. À qui appartient Symbiose, selon vous ?

— Nous ne le savons pas.

— Qui l'a construit ?

— Nous ne le savons pas non plus, grande géanture !

Les yeux artificiels du Mécan exprimèrent fort bien le scepticisme que lui inspiraient les paroles de Bartol. Ils se posèrent une seconde sur la boule verte que celui-ci portait toujours sous son bras gauche.

— Justement, dit le Marsalè qui vit la direction de ce regard. Il s'agit d'une créature non végétale, je précise, qui était dans Symbiose. Elle est actuellement dans une sorte de léthargie, ça lui arrive parfois quand elle assiste à des scènes qui choquent sa sensibilité. Je l'ai amenée avec moi, parce que je ne voulais pas prendre le risque qu'elle se réveille seule dans le gravitant.

— Je confirme, assura Cara pour répondre à l'expression interrogative que le Mécan lui adressait.

— Ah ! fit So Zolss en redirigeant son regard vers Bartol. Cette sphère a donc une sensibilité.

— Nous perdons du temps, fit remarquer Daniol. Nous pourrons éclaircir tous les détails plus tard. C'est comme si pour traverser la mer on commençait par boire toute son eau et… comment dire ?…

Le Mécan leva un sourcil perplexe :

— Je ne sais pas comment on pourrait dire. J'avoue que je ne vous suis plus très bien. Boire toute son eau ?

— Laissez tomber, grande géanture ! Aidez-nous, c'est urgent !

So Zolss resta un moment silencieux en les observant tour à tour puis il proposa :

— Asseyez-vous.

Bartol, Daniol et Cara se regardèrent. Ces derniers mots leur parurent surprenants et incongrus.

— Je ne suis pas fatigué, dit le Marsalè. Allez-vous oui ou non finir par nous aider ?

Le Mécan le poussa sans brutalité, mais robustement, dans un fauteuil. Puis, devant son regard stupéfait et offensé, il invita les autres à s'asseoir en désignant deux autres sièges d'un geste presque autoritaire. Il n'en fallait pas plus pour provoquer la colère de Bartol, mais il put toutefois se contenir, avec difficulté mais il le put.

Dire que l'homme que je combats avec acharnement depuis si longtemps est quelque part dans cette station ! pensa-t-il. Il rêva de la fouiller de fond en comble pour trouver où il se cachait.

Sur Io, une éruption particulièrement puissante colora un instant la pièce d'une lueur tremblotante.

— Avez-vous remarqué que la situation s'est énormément dégradée dans les mondes ? dit le Mécan.

— C'est pour ça que nous requérons votre aide, lâcha hargneusement Bartol. Si l'ASH m'avait répondu, je ne serais pas là !

— Oui, mais, ce que vous ne savez visiblement pas c'est que les circonstances sont si critiques que, même moi, je ne peux rien faire.

Comme ils se regardaient entre eux d'un air étonné et peu convaincu, il ajouta :

— Tentez de consulter quelques sources d'information, là, tout de suite. Cela vous aidera à comprendre.

Ils obéirent, s'attendant à ne revoir que chaos, violences et destructions, mais à leur grande surprise ils ne virent rien. Tous les canaux étaient muets. Par habitude, Bartol essaya entre autres Info-Marsa, mais cette source ne donnait également aucun signe d'existence.

— Plus rien ne fonctionne, dit-il.

— Plus rien ne fonctionne, en effet ! renchérit le Mécan. À présent, céphez-vous entre vous. Tout de suite, allez-y !

Chacun d'eux tenta d'appeler les deux autres en céph sans y parvenir.

— Ça ne marche pas, reconnu Bartol.

— Ça ne marche pas, répéta le Mécan.

— Mais tout à l'heure à bord du Youri-Neil...

— Tout à l'heure, quand vous étiez à bord du Youri-Neil, ce qui faisait la différence c'est que c'était tout à l'heure et non que vous étiez à bord du Youri-Neil.

— Grotesque mensonge, géantissimesque ! Un dispositif qui agit ici empêche nos céphs de communiquer !

— Je ne vous retiens pas si vous voulez aller vérifier. Faites un tour dans le Youri-Neil. Éloignez-vous, même, et vous verrez que rien ne change.

— Mais si le Réseau ne fonctionne pas comment se fait-il que vous parveniez à piloter votre méca, alors ? Vous prétendez que vous n'êtes pas à bord de la machine.

— J'utilise le réseau interne de Maison Tranquille, tout simplement.

Quelque chose convainquit Bartol qu'il ne feignait pas. L'eût-il fait, à quoi cela aurait-il pu lui servir ?

— Vous soutenez donc que vous ne pouvez pas nous aider à appeler de l'aide, dit Daniol sur un ton abattu.

— Non. Je ne le puis. Le pourrais-je, je crains que personne ne soit en mesure d'intervenir. Toutes les structures sociales sont désorganisées et puis il est impossible de se déplacer dans l'espace sans utiliser le Réseau, vous le savez bien.

— Mais c'est vous le maître du Réseau ! s'écria Bartol. Qu'est donc devenu votre pouvoir de dictateur ?

Un léger voile d'amusement passa sur le visage du Mécan.

— J'ai tant de peine à croire que Sandrila ait donné son cœur à un homme aussi… euh… aussi simple que vous ! Vous faites dix ou douze ans d'esprit, pas plus.

Bartol serra les dents.

— Comment savez-vous qu'elle lui a offert ce vieil organe, vous ? demanda assez brusquement Cara.

Un deuxième voile d'amusement passa sur le visage du Mécan, quand il la regarda, mais il ne répondit pas.

— J'étais le maître du Réseau, dit-il, mais je ne le suis plus en ce moment. Je vais vous montrer ce qui s'est passé dans les mondes en général et au siège de Méga-Standard en particulier. Je crois que vous avez entendu parler d'un certain Plus Grand Des Divins, Monsieur Bartol. Je vais vous montrer un enregistrement et nous reprendrons la conversation ensuite. Peut-être pourrons-nous collaborer.

Avant que le Marsalè n'ait le temps de s'étonner de cette dernière phrase, So Zolss alluma une projection sur un mur. Tous trois prirent connaissance de presque tout ce qui s'était passé à bord de Divinité ainsi que dans différentes métropoles des mondes.

86. Ni griffes ni dents

Syldy Sanvada se sentait dépassée par les événements. Tout allait trop vite, tout allait trop loin. Quand le chef des Antiserpents était venu la voir pour lui proposer une alliance, elle avait accepté. Son discours passionné l'avait séduite. Il s'agissait de profiter de la prise de pouvoir inattendue du Plus Grand Des Divins pour essayer de lancer une véritable révolution. Syldy avait été sensible à ce mot. Une révolution ! Celle dont avait tant rêvé Ernara, son défunt ami qui s'était donné la mort après avoir survécu vingt jours dans le ghetto de Marsa. Syldy avait toujours la sympathie d'un groupe de rebelles qui aimaient et admiraient Ernara. C'est pour les rencontrer que le meneur des Antiserpents était venu la voir. Elle avait accepté de faire les présentations parce qu'il lui inspirait confiance. Il avait facilement réussi à convaincre les anciens camarades de combat d'Ernara. Cet homme meneur d'hommes avait déjà une bonne troupe avec lui. Quand les premiers massacres refroidirent certains, il changea le nom de son mouvement. Les Antiserpents s'appelèrent les Libérateurs Antiserpents, puis simplement les Libérateurs. Il parvint à fédérer tous ceux qui voulaient en découdre avec la société pour quelque raison que ce fût. Comme un incendie à l'aide du vent allume d'autres feux à la ronde, de nombreux foyers secondaires s'embrasèrent, le plus souvent contestataires, mais parfois aussi uniquement violents. Bientôt, plus personne ne contrôla quoi que ce fût. Les pires exactions étaient aussi bien commises sous les encouragements d'un meneur que par des actions individuelles spontanées. Les simples désaccords devinrent de véritables conflits. Et ceci, sur

Terre bien sûr, mais également dans tous les mondes. Sur Mars, par exemple, les membres du mouvement antiterraformation « Farouche et Rouge » qui se nommaient eux-mêmes « les Rouges » s'entretuaient avec les partisans de la terraformation qui les appelaient : « les Fous Rouges ». Le chaos s'étendait à travers le système solaire et personne n'y pouvait rien. Syldy avait assisté à cette déflagration de violence, horrifiée et terrorisée. À présent, le Réseau totalement en panne ne donnait plus aucune nouvelle et on pouvait imaginer le pire. Elle se demandait comment une civilisation aussi avancée pouvait sombrer dans la barbarie en si peu de temps.

***

À Reuvail, la gigantesque, dans un local de l'Organisation.

Mirille Peligoty dit :
— Voilà, les routeurs de niveau un sont mis à jour. Le Réseau devrait repartir dans quelques heures. Mais toujours le même problème…
— Il ne répond pas ? demanda un homme.
— Si ce n'était que ça, j'insisterais ! Sa céph n'accuse même pas réception. Comme s'il n'avait plus de nucle.
— Il est peut-être très loin !
— Nous attendons depuis douze heures ! Il n'a pas signalé qu'il partait si loin que ça.
— C'est embarrassant… Essaie celui à contacter en cas de non-réponse, nous n'avons pas le choix.
— D'accord, j'essaie.

***

— Si j'ai bien compris, vous n'êtes plus rien ! s'exclama Bartol, après avoir vu l'enregistrement de So Zolss. Plus rien du tout ! Vous avez autant de pouvoir qu'un légume ! Vous n'êtes d'aucune utilité ! Nous avons perdu notre temps en discutant avec une salade pour rien.

Le Mécan demeura silencieux et inexpressif.

— Dans ce cas, poursuivit le Marsalè. Je ne vois pas l'intérêt de rester ici une minute de plus.

— J'ai des armes, lâcha So Zolss.

— Ah !...

— Oui, j'ai des armes.

— Si vous voulez bien nous les prêter, je retire ce que j'ai dit. Vous nous rendriez un grand service. J'imaginais utiliser le sam qui est à bord du Youri-Neil pour en fabriquer, mais cela risque de me prendre beaucoup de temps. En plus, comment trouver les logiciels sans le Réseau ?

— Ce sera impossible, en effet.

— Je vous remercie chaleureusement. Je ne pensais pas ce que je disais... Si nous pouvons les sortir de là grâce à vous, je m'en souviendrai.

— Je ne compte pas vous laisser partir avec, en fait !

— Mais pourquoi en parler alors ? Sale... heueueu !

— Je vous propose plutôt de la libérer moi-même.

— Vous-même ! Tout seul ?

— Non. Avec vous...

— Géantissime fécalerie !

— Pardon ?

— Ça va, hein ! Vous mentez sans cesse. Tout à l'heure, vous avez dit que vous utilisez le réseau interne de Maison Tranquille pour habiter votre méca. Alors comment pourriez-vous partir les délivrer ?

— Je me mettrais simplement à bord de la machine ! Où est le problème ?

— Ça va, cerveauté ! Serons-nous armés nous aussi ?

— Oui, mais avec des lances sphérules seulement, sans danger pour moi. Je serai le seul à porter une arme thermique. Je ne voudrais pas que, dans votre emportement de militant puéril de l'Organisation, il vous vienne à l'idée de l'utiliser contre moi.

— J'admets que je vous hais !

— Je n'ai pas tant de considération pour vous ! Je ne vous accorde que du mépris.

— Pendant que vos ego s'affrontent, les prisonniers sont en danger ! intervint Daniol.

— C'est vrai, c'est vrai ! reconnut Bartol. Allons-y puisque vous ne nous offrez pas le choix !

— Pourquoi vous l'offrirais-je ? Je n'ai pas l'habitude de perdre du temps dans des discussions qui ne me rapportent rien de tangible, mais je suis obligé de convenir que vous suscitez vivement ma curiosité. Savez-vous pourquoi ?

— Non ?

— Je n'arrive pas à comprendre pourquoi Sandrila éprouve de l'intérêt pour un esprit conçu comme le vôtre. Vous êtes par essence un petit. Vous êtes destiné à n'être personne, une larve… rien… Vous vous étonnez que je garde le contrôle sur les armes et que j'exige de venir avec vous. Vous vous offusquez et vous me détestez parce que je fais tout en toute circonstance pour conserver le pouvoir. N'avez-vous donc pas observé que tout ce qui vit agit ainsi ? Vous êtes plus naïf qu'un agneau, car il ne hait pas le prédateur, lui. Il évite de croiser sa route, c'est tout. Et il ne s'attend pas à ce que le lion lui prête ses griffes !

— Ne vous comparez pas à un lion, géante géanture ! Ou alors à un vieux lion déchu qui n'a plus ni griffes ni dents ! Vous l'avez reconnu vous-même, vous ne contrôlez plus le Réseau.

— Plus pour l'instant, je vous l'accorde. Mais...

Le Mécan sortit une arme à rayon d'une poche et la montra.

— Mais... poursuivit-il, j'ai encore le pouvoir sur vous. Celui qui n'a plus ni griffes ni dents est toujours en mesure de vous imposer sa volonté. Vous, vous n'avez aucune emprise. Vous n'êtes, encore une fois, rien. Vous auriez pu, avant de venir ici, réfléchir à un moyen d'obtenir de moi ce que vous vouliez, mais vous n'y avez sans doute même pas pensé. Ce n'est pas dans votre nature. Un simple légume, une salade, vous tient à sa merci ! C'est pour ça que j'ai du mal à comprendre pourquoi Sandrila s'intéresse à vous. J'essaie de découvrir quelle est la chose mystérieuse qui se cache quelque part dans votre personnalité et qui serait susceptible de l'attirer. Vous êtes un faible qui déteste tous ceux qui ont un minimum de pouvoir. C'est pour cette raison que vous haïssez Még Ryplait, aussi et entre autres. Je connais bien Sandrila ! C'est vraiment surprenant qu'elle s'intéresse à vous !

— Vous ne la connaissez pas du tout, la preuve ! Je ne déteste pas Még Ryplait parce qu'il a un certain pouvoir, mais à cause de ses idées politiques.

— Qu'ont-elles de détestable ses idées politiques ? Stérilisation dès l'entrée au ghetto, élimination des Dedans qui sortent de ses murs... Comment résoudriez-vous le problème, vous ? Vous laisseriez les plus démunis se reproduire dans leur condition d'existence précaire pour qu'ils fabriquent quantité de nouveaux pauvres qui feraient rapidement la même chose à leur tour ? Vous trouvez juste de faire dix indigents d'un seul ? De multiplier le mal par dix ? Le sort de l'humanité m'est complètement indifférent, mais même en faisant comme si je ne voulais que son bien, je pense qu'il est préférable d'enrayer la prolifération des miséreux. Est-ce que ça viendrait à l'idée de quelqu'un de prétendre que c'est un scandale de stopper la multiplication des cellules cancéreuses ? Les pauvres ! Elles ont le droit de vivre elles aussi ! De quel droit décide-t-on que non ? Ce n'est pas de leur faute si elles sont cancéreuses…

— Vous perdez un temps précieux, insista Daniol. Je n'ai pas traversé l'espace pour taper à votre porte pour vous entendre parler politique !

— C'est vrai ! dit So Zolss. Ce petit militant me désoriente tant ! Allons-y et je ferai entendre raison à Még Ryplait d'une façon ou d'une autre. Vous, là, l'idéaliste candide, estimez-vous heureux que j'accepte votre présence ! Sachez que je n'ai pas besoin de vous. Mais… qu'avez-vous donc ? À quoi pensez-vous ?

87. Spécialement adressé à l'humanité

— Excusez-moi, dit Bartol en se levant brusquement. Je dois m'isoler un instant.

Daniol, Cara et So Zolss le regardèrent interrogativement.

— Un besoin pressant. Ça arrive aux meilleurs d'entre nous, non !

— Il y a des toilettes en sortant à droite. Je vais demander à Tosa Lagos de vous accompagner.

— Je veux aller à bord du Youri-Neil.

— Nous devions de toute façon nous y rendre pour partir délivrer les prisonniers avec monsieur, dit Daniol.

— J'ai besoin de retourner dans le Youri-Neil, sans monsieur, comme vous dites.

— Mais pourquoi ? s'irrita Daniol. N'avons-nous pas déjà perdu assez de temps ?

— Daniol ! Je vous en prie. Laissez-moi faire ! Je sais ce que je fais.

— Pourquoi voulez-vous y aller sans moi ? demanda So Zolss.

— Pour une raison personnelle, je souhaite parler en toute intimité avec mes deux compagnons.

— Je croyais que c'était pour assouvir un besoin ! Je peux m'opposer à ce caprice, vous le savez. Votre ami a raison, nous perdons du temps.

— Écoutez, Zolss ! Vous ne pourrez pas retrouver Symbiose sans mon aide. Inutile de compter sur les autres, je suis le seul de nous trois à pouvoir le faire. J'accepte de collaborer uniquement si vous nous laissez retourner au Youri-Neil sans vous. Sans vous ! Nous avons la nécessité de nous y isoler une heure ou deux.

— Pour faire des besoins !

— C'est vous qui perdez du temps à présent, Zolss ! Vous savez que je vous abhorre ardemment. Je ne reviendrai pas là-dessus, mais je suppose qu'aussi repoussant que vous soyez vous n'êtes pas complètement stupide. De quoi avez-vous peur ? Que je m'enfuie ? Je ne le ferais pas puisque j'ai besoin de vous, enfin de vos armes plutôt. Vous devez savoir à quel point un idéaliste candide comme moi peut être entêté. Je ne crains même pas de mourir pour une idée que j'ai dans ma caisse ronde. C'est mon dernier mot ! Tuez-moi si vous voulez, mais je ne céderais pas ! Ma collaboration contre ce que je vous demande.

— Si vous tentez de fuir, j'ai les moyens de vous détruire.

— Est-ce une manière aimable de nous dire que vous acceptez ?

— Tosa Lagos vous accompagnera jusqu'au sas. Comment me ferez-vous savoir quand je pourrai vous rejoindre sans le Réseau ?

— Ne fermez pas les portes de votre propre sas. Nous ouvrirons les nôtres quand ce sera le moment. En attendant, allez chercher dans votre cachette la petite boîte qui contient votre ignoble cerveau pour le mettre dans un de vos mécas.

*

— Que vous a-t-il pris ? s'enquit Daniol, dès que le sas du Youri-Neil se fut refermé pour les isoler de Maison Tranquille. Qu'est-ce qui justifie la perte de tout ce temps précieux ? Que vouliez-vous nous dire de si important ?

Ils étaient tous les trois flottants dans le couloir près du sas.

— Hyper gentil Daniol, vous qui parlez si bien aux esprits des hommes, faites-moi confiance.

— Vous faire confiance ?

— Vous avez été formidable ! Je vous félicite pour votre audace ! Bravo ! Hein Cara, qu'il a été géantissimesque ?

— C'est certain ! fit-elle. N'empêche… je m'interroge comme lui. Que voulais-tu nous dire ?

— Je voulais vous dire que je ne peux rien vous dire mais… Enfin, excusez-moi… Je sais que le Réseau va refonctionner dans très peu de temps.

— Vous en êtes convaincu ? s'étonna Daniol.

— C'est extrêmement probable. Je suis encore obligé de vous demander de me faire confiance, car je ne peux pas en révéler plus. Je vous supplie de me faire confiance. Je dois m'isoler un petit moment pour… Je ne peux vous en dire davantage, désolé. Ne me regardez pas comme ça, je ne suis pas fou. Confiance, confiance…

Bartol les laissa flotter là sans plus d'explication. Vouzzz sous le bras gauche, il se tracta avec le bras droit à une barre de main courante pour atteindre sa cabine. Après s'être enfermé, il demeura en l'air au milieu de la pièce, Vouzzz dérivant lentement à côté de lui. C'est ainsi qu'il écouta une seconde fois le message qu'il avait reçu dans Maison Tranquille et qui avait provoqué sa réaction :

« *Respect, Choléra. Je suis Mirille, de l'Infiltration. Je m'adresse à toi, car tu es le premier dans la liste à contacter en cas de non-réponse de l'Invisible. Nous venons de remettre nos routeurs en route. Comme tu le constates, l'Organisation peut de nouveau communiquer, mais depuis peu. Les routeurs de niveau un sont mis à jour. Le Réseau devrait se remettre à fonctionner peu à peu sous le contrôle total de l'Organisation. Nous avons besoin de toute…* »

C'est ce moment-là que Vouzzz choisit pour se réveiller :

— Bartol ! Grande géanture !

Surpris, le Marsalè interrompit son écoute.

— Vouzzz ! C'est maintenant que tu te déboulifies ?

— Oui, j'ai vu tant de choses horribles chez les tiens !

— Je sais, je sais… Je n'en suis pas très fier.

Le tripode attrapa une barre pour éviter de dériver aléatoirement. Il fixa l'homme de son triple regard et dit :

— Je voudrais chanter pour vous tous.

— C'est bien, Vouzzz, c'est une très bonne idée. Mais, ce n'est vraiment pas le moment, là, tu sais. J'ai quelque chose de très important à faire.

— Grande géanture ! En ce moment, rien n'est plus important que de chanter, Bartol !

— Si, Vouzzz ! Pour les hommes, il y a plus vital. Je te prie de me pardonner, mais il faut que tu me laisses un instant.

— Mais Bartol, j'ai composé un chant spécialement destiné à ton espèce ! Pour vous venir en aide, car votre esprit se putréfie !

— Se putréfie ! … Vouzzz, ma p'tite boule ! D'abord, tu exagères un peu ! Je ne pense pas que nous nous putréfiions ! Mais en plus, je te demande de prendre conscience que ce n'est pas le moment. J'ai plus urgent, beaucoup plus urgent à faire que de t'écouter chanter ! Là ! Maintenant ! Alors, je te le répète : j'ai besoin d'un peu de temps, sans être dérangé.

On tapa à la porte :

— Bartol ?

— Oui ? Quoi, enfin ?

C'était la voix de Daniol, mais Cara s'en mêla :

— Nous nous demandons ce qui se passe, ce que tu comptes faire, dit-elle.

— Je me fais du souci, nous perdons du temps, ajouta Daniol.

Ils parlaient fort pour se faire entendre.

— Mais géantissimesque visquerie ! Laissez-moi tous tranquille dix minutes, pas plus ! Je réclame dix minutes sans être dérangé. Si monsieur Pastèque ne m'avait pas interrompu, j'aurais certainement déjà fini ! Vous voulez tous ma peau, ou quoi ? Si ça continue, je vais me boulifier dans un coin, moi aussi, et vous vous débrouillerez sans moi !

Il avait crié. Le silence retomba derrière la porte de la cabine et Vouzzz se tut. Bartol écouta la suite du message.

« ... *avons besoin de toutes les compétences. En particulier celle de l'Invisible, mais les tiennes aussi, Choléra. Joindre le Coordinateur le plus vite possible. Attendons une réponse. Amitiés.* »

Choléra commença à répondre :

« *Mirille, de l'Infiltration, respect ! Ici, Choléra. J'ai bien reçu le message pour l'Invisible. Je suis en ce moment autour de Io, d'où le délai de ma réponse. Je ne peux pour le moment joindre l'Invisible, car il est dans une situation difficile à expliquer en quelques mots. À ce sujet, j'ai un besoin urgent de joindre le service de la sécurité de l'ASH afin de...* »

Le Marsalè s'interrompit.

Une vague émotive déferla soudain dans sa poitrine.

Jamais il n'avait ressenti une telle fièvre passionnelle.

Jamais une personne n'avait ressenti une telle fièvre passionnelle.

Il fut le premier de tous à connaître ce que pouvait éprouver un homme qui entend un chant vouzzzien spécialement adressé à l'humanité. Le petit tripode venait de se mettre à « chanter » pour les humains. Le choc émotionnel fut si puissant que Bartol voulut à l'instant le partager, comme s'il ne se sentait pas de force à affronter seul ce déluge de pure beauté qui lui arrachait des larmes d'exaltation. Il ouvrit la porte pour que ses compagnons s'unissent à lui dans sa transe affective et il ajouta ce que ses oreilles entendaient à la suite de sa réponse au message de Mirille. Cara et Daniol qui n'étaient pas loin furent sur-le-champ frappés par la même force, par ce pouvoir jusqu'alors inconnu de subjuguer la sensibilité humaine. Il leur sembla à tous trois qu'ils vivaient uniquement pour cet instant, que rien d'autre dans l'existence n'avait de l'importance. Daniol regrettait de ne pouvoir partager cela avec Malaïca, Bartol avec l'Éternelle et Cara avec quelqu'un qui l'aimât, mais tous furent certains que leur vie venait à l'instant de prendre une valeur inestimable. Ils sentirent en eux grandir la conviction que ce chant à lui seul justifiait leur naissance, lui donnait un sens.

88. Le Son de Vouzzz

Un tintement se manifesta dans la zone auditive de Mirille Peligoty. De petites lettres bleues d'apparence lumineuse mentionnèrent : « Choléra ». Enfin ! Peut-être des nouvelles de l'Invisible ! s'exclama-t-elle.

Elle écouta le message sans attendre. Quand elle entendit les derniers mots prononcés par Choléra, ceux qui parlaient de son besoin de joindre d'urgence l'ASH, son front plissé révéla sa concentration et son inquiétude, mais soudainement son visage prit une expression toute différente. On l'eût dite comme tout d'un coup touchée par une grâce surnaturelle.

— Que se passe-t-il ? demanda l'homme qui l'avait entendu s'exclamer. Tu en fais une drôle de tête ! Tu viens de rencontrer Dieu, ou quoi ?

— Plus fort encore, écoute !

Elle lui renvoya la partie « musicale » du message. Il fut visiblement emporté par le même courant d'émotions. Oubliant tous les deux tout ce qu'ils étaient en train de faire, ils ne songèrent plus qu'à une seule chose : partager ce qu'ils ressentaient avec le plus grand nombre de personnes possible. Grâce aux efforts conjugués des membres de l'Organisation, le Réseau fonctionnait de nouveau. Ils transmirent l'œuvre vouzzzienne spécialement créée pour l'humanité à toutes leurs connaissances, aux canaux d'information et de divertissement et partout où ils pouvaient l'envoyer.

***

Le chant de Vouzzz durait un peu moins d'une heure. Après l'avoir entendu jusqu'au bout, Bartol, Daniol et Cara n'aspirèrent qu'à l'écouter encore. Bien qu'ils eussent enregistré la création sonore dans leur céphmémoire, ils supplièrent le tripode de recommencer. Vouzzz le fit de bonne grâce.

Quelque dix minutes après la fin de cette deuxième écoute, alors qu'ils étaient toujours tous trois en plein bouleversement de leur état d'esprit, Bartol demanda à Vouzzz :

— Comment s'appelle cette œuvre ?

— Elle n'a pas de nom, Bartol. Je n'ai pas songé à lui en choisir un.

— Mais comment ? Il faudrait lui en trouver un. Pour parler d'elle entre nous, pour la désigner.

— Je ne sais que te dire, grande géanture ! répondit Vouzzz. Donne-lui le nom que tu voudras…

Le Marsalè se tourna vers ses deux autres compagnons qui flottaient entre deux airs près de lui, arborant la même mine extasiée :

— Qu'en pensez-vous, vous ?

Ils se contentèrent de garder leur sourire distrait et béat. Devant le regard insistant de Bartol, Cara finit par proposer :

— Appelons cette œuvre tout simplement « Chanson de Vouzzz ».

— Chanson de Vouzzz ! Ça fait un peu enfantin ! Pourquoi pas chansonnette, aussi ? « Chant de Vouzzz » ferait plus sérieux, mais c'est encore réducteur… C'est tellement plus riche qu'un chant ! « Son de Vouzzz » serait plus approprié ! Non ?

— Oui, dit Cara. En effet.

— Oui, confirma Daniol, qui semblait vraiment ne même pas savoir à quoi il répondait.

— Hé bien ! ce sera « Son de Vouzzz », alors !

C'est ainsi que le nom de la création du tripode fut choisi.

Bartol perçut le tintement d'une requête de communication accompagnée de l'inscription : « So Zolss ».

— Ah ! Je l'avais oublié, fit-il.

— Qui ça ? demanda Cara.

— So Zolss. Il veut probablement me rappeler que nous devons aller chercher ceux qui sont toujours dans Symbiose.

— Ah ! Mais alors, le Réseau marche !

— Tiens, c'est vrai ! Je ne m'étais pas fait la réflexion, grande géanture !

Tous trois constatèrent en effet qu'il leur était de nouveau loisible d'accéder au système nerveux des mondes.

Ils eurent alors comme unique préoccupation celle de partager leur expérience, quasi mystique, avec le plus grand nombre possible de leurs semblables. Ils s'y employèrent avec passion et pour toute réaction à son appel, Bartol envoya à So Zolss ce qui venait de les changer pour toute leur vie.

So Zolss, qui se demandait ce que faisaient les compagnons de Sandrila Robatiny dans le Youri-Neil, reçut la réponse de Bartol. Dès les premières secondes d'écoute, tout ce qui faisait qu'il était So Zolss disparut soudainement. Il oublia tout ce qui l'instant d'avant occupait son esprit et n'eut plus que deux désirs : s'abandonner à ce qu'il entendait et le partager avec tous les humains dans tous les mondes.

***

Quand le Grand Félin sortit de Symbiose, aucun de ses passagers ne savait dans quel état se trouvaient les mondes. Ne se doutant même pas que, pour la première fois de son existence, le Réseau était totalement tombé en panne quelques heures, leur premier réflexe fut d'envoyer des messages pour donner des nouvelles à leurs proches. Quels ne furent pas leur stupéfaction et leur effroi en découvrant ce qui se passait partout dans le système solaire !

Sandrila Robatiny cépha immédiatement à Bartol, devançant Quader de deux secondes. Celui-ci dut attendre son tour. Dès les premiers mots de sa conversation surréaliste avec le Marsalè, l'Éternelle se demanda s'il n'était pas gravement malade :

— Bartol ? Nous sommes saufs. Nous venons de quitter Symbiose à bord du Grand Félin. Je t'expliquerai les détails plus tard !

— Ah ! Beauté géante ! Te voilà ! C'est merveilleux !

— Oui ! Je suis très heureuse aussi ! Mais que s'est-il passé ?

— Où ça ?

— Mais, partout ! N'es-tu donc au courant de rien ?

— C'est-à-dire ?

— C'est le chaos dans les mondes, enfin !

— Ah, ça ! Ce n'est pas grave… Vouzzz a chanté pour nous ! Tout va s'arranger.

— Euh… Tu penses que ce n'est pas grave !

— Oui, c'est bien ce que je pense. C'est un mal pour un bien qui le compense très largement ! Très très largement !…

— Et quel est donc ce bien qui compense si largement cette apocalypse sociale ?

— Je te l'ai dit, c'est que Vouzzz a chanté pour nous. C'est si merveilleux, si merveilleux... Tu ne te rends pas compte, grande géanture !

— Non... en effet ! Comment te sens-tu sinon ?

— Je ne me suis jamais aussi bien senti. Écoute, tu comprendras :

L'air troublé de l'Éternelle déserta son visage pour laisser la place à une expression d'intense félicité. Elle éprouva une irrépressible envie de partager cette émouvante révélation de pur bonheur avec Solie tout d'abord, mais aussi avec tout le monde.

***

L'œuvre vouzzzienne se propagea à travers le système solaire à une vitesse surprenante. Heureusement, pendant le laps de temps qui entra dans l'Histoire sous le nom de « Charnière Climatérique » il y eut, par rapport à la population, relativement peu de morts. Aucun décorporé ne fut touché. Les appareils qui les maintenaient en vie n'avaient pas eu le temps d'être affectés par la crise, les centrales électrogènes de secours ayant rempli leur office quand cela avait été nécessaire. Mais, pour peu que ces événements eussent duré quelques heures de plus, les décès des décorporés se fussent comptés en dizaines, voire en centaines, de milliards.

Les victimes furent essentiellement des Anciens. Ces derniers regretteraient un peu plus d'un pour cent des leurs, soit un milliard sept cent mille personnes qui avaient perdu la vie dans des conditions presque toujours abominables.

Le Son de Vouzzz avait le même effet sur tous les esprits humains. Les actes de violence les plus enragés stoppaient dès que leurs auteurs entendaient les premières secondes de cette merveilleuse construction acoustique. Elle n'était pas composée de notes ni d'aucun autre constituant musical ayant structuré les conceptions dans quelque culture humaine que ce fût, dans le passé ou dans le présent. Ce n'était donc pas à proprement parler de la musique et si ce terme venait à l'esprit c'était simplement parce qu'il n'y en avait pas de plus proche. Pourtant, le Son de Vouzzz avait été influencé par les œuvres musicales de l'humanité ; son auteur avait en lui, dans sa mémoire, pratiquement tout ce qui avait pu être créé par les êtres issus de la Terre. Mais le Son de Vouzzz exprimait aussi à sa propre manière toutes les émotions que le comportement des humains avait fait naître dans le « cœur » de son compositeur. En l'écoutant, on ne ressentait nul reproche, nul mépris, pas même l'ombre d'un jugement pour les pires exactions commises, pas de conseils ou de pardon, non plus… Chacun avait simplement l'impression de découvrir que sa vie était une chose merveilleuse en elle-même parce qu'elle lui permettait d'accéder à la pure beauté. Une beauté si grande, si parfaite, si voluptueuse qu'il suffisait de savoir qu'elle existait pour se sentir bien.

89. Je maîtrise beaucoup moins bien le poooien que Vouzzz

Quand le Grand Félin s'immobilisa par rapport à Maison Tranquille, à trois kilomètres sur la même orbite autour de Io, So Zolss regardait la céphimage du grand gravitant captée par le télescope de sa station. Il ne pensait presque plus à son désir d'avoir un enfant avec Sandrila Robatiny. Son esprit était un de ceux que le Son de Vouzzz avait le plus transformés. Il conceptualisa ce qui lui arrivait à sa manière : un pouvoir, inconnu de lui, venait de le vaincre. Ce pouvoir était si grand et si implacable qu'il était heureux d'avoir été soumis par lui. C'était ça le plus inouï ! Jamais il n'eût supposé l'existence d'un pouvoir d'une subtilité telle que les victimes lui offrissent immédiatement et spontanément la plus sincère des allégeances. Ne se doutant pas que ce qu'il avait entendu avait un rapport avec ce qu'il avait pris pour une pastèque, il s'imagina que Bartol était le créateur et le détenteur de ce pouvoir extraordinaire. Il crut alors enfin savoir pourquoi l'Éternelle lui portait de l'intérêt et il alla même jusqu'à l'approuver.

Cet homme cachait vraiment bien son jeu, se disait-il. Ce fut un immense honneur de le rencontrer.

Celui qui avait été si longtemps le plus puissant des mondes observa le Youri-Neil se séparer de Maison Tranquille pour aller rejoindre le Grand Félin avec un espoir très vif. Celui d'avoir à nouveau le plaisir d'approcher celui qu'il avait pris pour un idéaliste naïf.

***

Le Grand Félin était un gravitant de taille respectable dont la majeure partie habitable se trouvait dans un anneau qui tournait sur lui-même afin de créer une pseudo-pesanteur, à l'instar des stations spatiales. À son bord, Daniol avait obtenu la confirmation que Malaïca figurait dans la liste des passagers. On lui avait même indiqué le numéro de sa cabine. Il sortit de l'ascenseur et marcha dans le couloir annulaire jusqu'à sa porte. Au moment de toucher l'identificateur pour se faire annoncer, il resta le doigt en l'air, le cœur battant, se demandant s'il était correctement coiffé, un minimum à son avantage. C'est sur ces entrefaites que sa céph tinta pour indiquer un appel de Malaïca. Il baissa le bras, sourit et accepta la communication.

—:: Daniol ! Je m'apprêtais à te laisser un message, mais je suis informée que tu es suffisamment proche pour une conversation ! C'est une bien heureuse coïncidence que tu sois dans les environs, mon chéri ! J'ai tant de choses à te raconter, si tu savais ! Mais où es-tu ? Moi, je suis en orbite jovienne. Enfin, autour de Io, exactement ! Et toi ?

Daniol eut une sensation de douceur dans son cœur. Il y avait tellement longtemps qu'elle ne l'avait plus appelé « mon chéri » !

—:: Moi ! Figure-toi que je suis là !

Sur ces mots, il toucha l'identificateur.

***

Quand Yom Koland nous a libérés, en pleine nuit, nous nous sommes discrètement éloignés à travers bois pour contourner la clairière, puis nous avons rejoint la plage. Après des heures de marche, j'avais les jambes molles comme des trompes. En parlant de trompes, ça nous griffait l'âme de laisser Pooo derrière nous, mais nous n'avions pas le choix. L'idée de Regard

Furieux était de retrouver le Grand Maître du Chaos et de chercher dans nos baraques tout ce qui pourrait être utilisé comme arme pour tenter de maîtriser le décerveauté qui saigne de l'esprit. Oui, je disais que je n'avais plus que des trompes pour me porter et que mes pieds enviaient le métier de main quand nous sommes arrivés en vue de la montagne du nord. Heureusement que Drill et Yom étaient aussi flasquifiés que moi pour me soutenir le moral, parce que les deux Robatiny et Quader ne faisaient rien pour être sympathiques de ce côté-là. Il fallait encore traverser pas mal de forêt pour atteindre les habitations. Quand nous y sommes enfin arrivés, Drill, Yom Koland et moi, nous nous sommes écroulés et nous avons laissé les autres faire.

Une heure plus tard, nous n'avions toujours aucune nouvelle du Grand Maître du Chaos. Quader et Regard Furieux se griffaient visiblement l'inquiétude. Nous avons décidé d'aller voir chez les Vouzzziens.

Parmi les gentilles petites boules à trois pattes, j'ai été si heureux de retrouver Cong et C12/2 que je ne sentais presque plus ma fatigue. Mais, visquerie ! Toujours pas de Grand Maître du Chaos ! Solmar nous a alors tout raconté.

Comme il terminait ses explications, Még Ryplait est arrivé, son arme tendue à bout de bras. Ce zombifié de l'esprit nous avait discrètement suivis.

En fait, nous avons plus tard appris qu'il s'était lancé sur nos traces et qu'il nous avait aperçus alors que nous sortions de la forêt au moment où nous nous apprêtions à gravir la montagne pour revoir les Vouzzziens. C'est à partir de ce moment qu'il nous avait suivis.

Menaçant tout le monde avec son arme, il a découvert le village vouzzzien avec un air triomphant de mecdule au cerveau moribond. Il nous a ordonné de le raccompagner chez lui, je veux dire là où il imposait sa loi. Hurlant à vomir ses poumons, ce trépané nous donnait le choix entre mourir immédiatement ou revenir dans la prison que nous n'aurions jamais dû quitter. Même en pleine fureur, il se tenait toujours loin de Quader et ne visait jamais Regard Furieux. Nous bronchions mini ! Mais comme nous avons tardé à lui obéir, il a attrapé Drill et lui a posé son arme sur la tête en jurant qu'il était prêt à tirer. J'avais trop peur que Drill se fasse démonter l'âme par ce décerveauté. Nous avons tous subi une surprise supernovaesque quand nous avons vu C12/2 marcher vers cet homme et lui dire :

— Laissez Drill vivre, s'il vous plaît !

— Recule, toi ! a crié Trépané Furieux.

— Prenez ma vie si vous en voulez une, mais laissez-lui la sienne. La mienne, je n'en ai plus besoin.

En prononçant ces mots, C12/2 continuait à s'approcher de l'arme. Il a tendu le bras pour essayer de s'en emparer. Celui qui la tenait a poussé Drill vers nous et a visé la tête de la reproduction du corps imposant de Vassian Cox.

— Alors, tu veux mourir, toi ?!

— Oui, ça ne me dérange pas.

Un coup de feu a fait exploser une partie du crâne du Mécan qui est resté debout en reculant à peine. C'était trop choquage !

Réalisant qu'il avait seulement endommagé une machine, Malade de la Caisse Ronde a tiré plusieurs fois dans le ventre et la poitrine de C12/2 en hurlant :

— Ah ! Tu es un Mécan ! Tu croyais m'avoir !

Le RPRV est tombé. Le cerveau dans son cube, à l'intérieur du buste de la machine, était touché. C12/2 est mort. Tout s'est passé tellement vite que personne n'a eu le temps de réagir.

L'arme était de nouveau braquée vers nous. Még Ryplait demanda :

— Quelqu'un d'autre veut-il mourir aujourd'hui ?

C'est à ce moment-là que le Grand Sage s'est mis à chanter. Enfin, à chanter... Je n'ai pas d'autre mot pour le dire, alors je dis chanter. La décerveautante petite boule s'est mise en face du malade et elle s'est mise à produire des choses sonores qui superlativent l'enchantement d'âme, comme si vous étiez devenu vous-même une créature parfaite dans un Univers de perfection. Ça vous remplit d'un mélange de grandeur, de pureté et de beauté qui vous galope dans les veines de l'esprit. Vous en avez l'âme qui sourit comme une ravie ! Et alors, plus rien d'autre ne compte que de goûter cette douce extase qui vous dégouline sur le cœur ! Tout le reste devient dérisoirement ridicule, insignifiant, aussi captivant qu'un concours de sauts de limaces.

Ego Moisi a écouté le Grand Sage les deux bras pendants. Il a laissé tomber son arme et a pleuré à chaudes larmes en demandant pardon à tout le monde en hoquetant. Je crois que le tripode a créé un chant qui lui était spécialement destiné, quelque chose de particulièrement adapté à son esprit, parce qu'il avait l'air encore plus touché que nous. En total bestial enchantage, il était ! Il s'est mis à genoux et a joint les mains comme s'il apercevait l'Olympe devant lui. Décerveautant ! Plein choquage pour lui, ça se voyait ! Un quart d'heure plus tard, il nous a suppliés de l'aider à libérer tout le monde. C'est comme ça que nous avons pu prendre le Grand Félin pour sortir de Symbiose, tous, y compris Ego Vacillant, mais hélas pas C12/2. Avant de partir, nous avons soigné Pooo et nous lui avons rendu la liberté. Il nous a dit pleins de « Pooo ». Comme ça me griffait le coeur de le quitter ! Moi, je lui ai dit qu'il reverrait bientôt Vouzzz. Je ne savais pas si c'était vrai et je doute qu'il m'ait parfaitement compris. Il a répondu « Pooo », ce n'est pas très explicite pour moi. Je maîtrise beaucoup moins bien le poooien que Vouzzz, c'est sûr !

90. Cinq cents millions d'années

Bartol ouvrit la porte. Il s'écarta et fit un geste invitant Sandrila Robatiny à entrer la première. Elle sourit et pénétra dans la jungle de l'appartement du Marsalè. Ils furent accueillis par les piaillements des angémos colibris.

— Bonjour, les volailles ! dit Bartol en entrant à son tour.

Puis, à l'Éternelle :

— Installe-toi, beauté géante ! Un zlag, comme d'hab ?

— D'accord pour un zlag !

Elle s'assit en tailleur sur le tapis et posa un coude sur la table basse imitation roche martienne polie. Bartol maugréa quelques légères insultes à l'adresse des oiseaux qui monopolisaient quelque peu l'espace sonore. L'Éternelle fut surprise de constater que ces mots virilement affectueux eurent l'effet miraculeux de les faire taire.

— À croire qu'ils te comprennent ! s'exclama-t-elle.

Il prit un air avantageux pour commenter :

— Suis géant, non ?

— Oui oui ! convint-elle en riant. Mais je me vois mal conseiller ton vocabulaire aviaire aux clients d'Amis Angémos.

Bartol portait un sac entrouvert. Il le posa sur le sol, l'ouvrit complètement et tapota dessus en disant :

— Hé ! Bouboule ! Réveille-toi, on est arrivés !

Vouzzz sortit du sac et fit quelques pas.

— Grande géanture ! s'écria le tripode. Je suis content de découvrir ta maison !

La créature avait pris l'habitude d'incorporer quelques expressions propres au Marsalè quand il s'adressait à ce dernier.

Bartol revint avec deux verres et s'accroupit près de l'Éternelle. Depuis cinq jours qu'ils avaient quitté Symbiose, ils avaient beaucoup parlé du gigantesque vaisseau. Ils en avaient parlé tous les deux ensemble, mais aussi avec les autres passagers du Youri-Neil et avec ceux du Grand Félin. Toutes les spéculations avancées par les uns ou les autres tournaient en rond et le mystère demeurait. Il s'était même d'une certaine manière épaissi, car il s'était avéré impossible de retrouver Symbiose. De leur incroyable aventure, il ne restait plus que leurs souvenirs, des images dans leur céphmémoire... Et Vouzzz. Vouzzz qu'on ne pouvait ramener chez lui, même avec la meilleure volonté du monde, puisqu'on ne savait plus où était « sa maison ».

Le tripode était devenu célèbre dans tous les mondes. Il était une vedette dont personne ne se lassait de parler. Son image et son œuvre, le Son de Vouzzz, étaient partout. Elles avaient circulé dans toutes les ramifications du Réseau et se trouvaient dans toutes les céphmémoires ainsi que dans toutes les mémoires biologiques, bien entendu. Les passagers du Youri-Neil et du Grand Félin racontèrent leur aventure et expliquèrent d'où venait Vouzzz, mais étant donné que l'on ne pouvait plus retrouver Symbiose, le crédit que l'on accorda à leurs témoignages fut plus ou moins grand. Certains les crurent sans réserve, d'autres les considérèrent comme étant plus ou moins crédibles et il en fut pour estimer qu'il n'y avait rien de vrai dans cette histoire. Nombre parmi ces derniers pensèrent que Vouzzz était une manifestation de Dieu. C'est pourquoi il était important de dissimuler la créature à la multitude de ses ouailles qui voulaient lui exprimer leur dévotion spontanée. Le tripode qui avait beaucoup de mal à comprendre la notion humaine de Dieu s'étonnait que ses modulations sonores lui valussent cette notoriété-là. Quoi qu'il en fût, le Son de Vouzzz avait instantanément et jusqu'à présent ramené la paix et la sérénité dans le système solaire. Tout ce qui avait été détruit était reconstruit et la société avait déjà fait des progrès sur le plan social. Les hommes restaient des hommes, mais on pouvait malgré tout le constater : quelque chose avait changé en bien chez eux.

L'Éternelle porta son zlag à la bouche et, regardant Bartol à travers le verre, elle lâcha :

— Voudrais-tu m'offrir quelques souvenirs de toi ?

— ... ?

— Oui, des engrammes. Comme moi... Je t'ai offert des miens, moi. Voudras-tu m'en donner aussi ?

— Euh... Oui. Mais comment ? Je ne suis pas un expert en la matière, moi.

— Moi, je sais le faire.

— Oui, je sais. Mais comment vais-je m'y prendre pour choisir ce que je veux te donner ?

— Laisse-moi quelques engrammes au hasard !

— Au hasard ! Non... Ce n'est pas possible ça ! Tu les as choisis, toi, ceux que tu m'as donnés !

— Oui. Mais pourquoi as-tu si peur de me les donner sans les choisir ?

— Ben... Difficile à expliquer... euh...

Vouzzz, très concentré dans son observation des oiseaux, ne faisait pas attention à eux. Elle posa le verre et le fixa avec un sourire pénétrant :

— Aurais-tu quelque chose à me cacher ?

— Mais... Pheeef ! Que, qu'est-ce que mais... ?

— Je ne sais pas, moi. Peut-être que tu ne veux pas que j'en sache plus au sujet de cette Cara Hito ! C'est peut-être ça…

— Bé ! Pheee… Non ! Rien à cacher.

— Elle n'était pas à l'aise quand elle m'a revue, pourtant !

La chose la plus singulière interrompit leur conversation. Surgissant soudainement du néant, une silhouette humaine apparut dans la pièce.

— Qu'est-ce que donc de qu'est-ce que mais… ? s'enquit Bartol.

— Abir Gandy ! s'exclama l'Éternelle.

— Qu'est-ce qu'Abir que Gandy ! bredouilla le Marsalè.

Abir Gandy sourit.

— Respect ! dit-il.

Même sur Terre, presque tous les gravipilotes disaient par habitude « respect » au lieu de « bonjour ». Or ce gravipilote-là semblait plus vrai que nature.

— Qui vous a donné les moyens d'apparaître ici ? demanda l'Éternelle en regardant plutôt Bartol que l'intéressé.

À moitié parce qu'il était saisi d'étonnement, à moitié parce que son tempérament était encore dulcifié par le Son de Vouzzz, Bartol réagit plus tardivement et plus calmement qu'il ne l'eût fait habituellement.

— Ce n'est pas moi ! affirma-t-il. Abir Gandy, que… expliquez-vous, géante géanture ! Comment faites-vous pour apparaître chez moi et où étiez-vous passé ? Qu'est-ce que ?… tout ça, quoi !

Vouzzz se désintéressait complètement de l'apparition. Ses trois grands yeux vert clair ne quittaient pas les colibris, qui sautillaient d'une branche à l'autre assez près de lui, comme s'ils eussent voulu satisfaire la curiosité de cet étrange triple regard.

— Réponse à la première question : il ne s'agit ni d'un hologramme ni d'une céph apparition. Il n'y a que vous deux qui me voyez et m'entendez parce que le procédé qui me fait apparaître s'adresse directement à vos réseaux neuronaux ; comme le font vos céphs, par exemple. À présent que c'est dit, je ne pense pas que l'aspect technique de ma manifestation visuelle soit ce qui vous intéresse le plus, n'est-ce pas ?

— Oui, en effet ! Qu'est-ce que... tout le reste ?

— Expliquez-vous sur tout, Abir, s'il vous plaît ! dit l'Éternelle.

N'eût été l'œuvre de Vouzzz, dont les effets étaient encore présents dans son esprit, elle eût exigé ces explications sur un ton bien plus autoritaire.

— Avant d'entrer dans les détails que vous me demanderez, je vous avertis que je vais ramener celui que vous appelez Vouzzz chez lui, à bord de Symbiose.

— Comment pourriez-vous puisque Symbiose est introuvable ? Et même si c'était possible, pourquoi vous ? Géantissimale insolence !

— Il n'est pas introuvable pour moi, est la seule réponse à votre première question. Quant à la deuxième, je dois essayer de vous expliquer ce qu'est Symbiose et aussi quel a été mon rôle en ce qui le concerne. Vous comprendrez alors qu'il est parfaitement légitime que je m'occupe de Vouzzz.

Surpris par la calme assurance d'Abir Gandy, Bartol et l'Éternelle écoutèrent sans protester. Le gravipilote leur révéla que Symbiose était la conception d'une forme d'existence intelligente bien plus ancienne que l'humanité. Leur monde d'origine tournait encore autour d'une étoile un peu plus vieille que le Soleil. Mais dès lors que l'on quantifie du temps, « un peu » pour des étoiles devient « vraiment beaucoup » pour des êtres humains. En utilisant, dans ce qui va suivre, les systèmes de mesure humains, l'étoile des Symbiosiens avait cinq milliards d'années. Le Soleil n'ayant « que » quatre milliards cinq cents millions d'années, ce petit écart pour des étoiles atteignait tout de même un demi-milliard d'années. La planète-berceau des Symbiosiens et la Terre avaient une différence d'âge approximativement identique. Ceux qui étaient à l'origine de Symbiose étaient donc apparus dans l'Univers quelque cinq cents millions d'années avant l'espèce humaine. À cette époque la Terre donnait naissance à ses premiers vertébrés, les poissons agnathes paraissant au Cambrien. Quel humain peut imaginer le niveau d'évolution que peut atteindre une espèce intelligente avec une telle longueur d'avance sur l'humanité ?

Les Symbiosiens étaient riches d'une histoire en regard de laquelle celle des hommes ressemblait à l'expérience d'un papillon ! Ils avaient édifié des milliers de civilisations et en avaient anéanti presque autant, car ils avaient traversé des milliers de terribles guerres et avaient maintes fois failli s'autodétruire. Ils avaient conquis des milliers de mondes et en avaient dévasté beaucoup en se les disputant âprement. Ils avaient inventé des milliers de milliards de machines décuplant leur pouvoir qui devenait toujours plus prodigieux. Ils s'étaient transformés eux-mêmes si souvent que plus aucun d'entre eux ne ressemblait, même de loin, à ce qu'ils étaient à l'origine de leur existence. Il y avait parmi eux un plus grand nombre de formes d'existence et de manières de vivre qu'il n'avait jamais existé d'individus humains.

Ils avaient rencontré d'autres espèces. Contre certaines d'entre elles, des guerres de titans s'étaient engagées, conflits cataclysmiques avec leurs alliances et leurs trahisons, soufflant des mondes comme des bougies, capables même parfois de faire exploser des étoiles. Paix signées, ces espèces s'étaient enrichies les unes les autres.

Tout cela n'était qu'un infime résumé de ce qu'était la longue histoire des Symbiosiens.

Leurs sciences, leurs connaissances et leurs technologies les hissaient à un niveau qui aux yeux des hommes ne pouvait être que celui de dieux. Omnipotents, leurs pouvoirs étaient inaccessibles à l'esprit humain, bien au dessus de leur imagination. De même qu'un virus ne peut rêver de conquérir l'espace, les enfants de la Terre n'eussent même pas la faculté d'ambitionner leurs capacités !

91. Nous ne sommes pas des lombrics !

— Très beau conte, dit Bartol. Mais si vous espérez me faire croire que vous êtes un Symbiosien, venu d'on ne sait où, vous n'êtes pas très crédible. D'abord, vous avez parlé des milliards de formes et de transformations que votre soi-disant espèce a connues. Il se trouve que par coïncidence, vous, vous ressemblez au plus ordinaire des mecdules ! Pourquoi ?

— Aucun Symbiosien n'a forme humaine, en effet. Mais moi, je ne suis pas un Symbiosien.

— Ah ! C'est quoi, cette géantissimale histoire de fous furieux, encore ?

— Je ne suis qu'une de leurs conceptions. Une machine… en quelque sorte ; j'essaie de trouver une analogie que vous puissiez appréhender. N'ayant jamais eu d'existence matérielle, je n'ai pas d'apparence réelle. J'en ai pris une qui me semblait adaptée pour communiquer avec vous.

— Pas d'existence matérielle ! Maintenant, là, sans doute, puisque vous déclarez n'être visible que pour nos neurones, mais vous existez bien matériellement quelque part. Vous étiez bien matériel à bord du Youri-Neil !

— Vous en êtes-vous assuré ?

Bartol réalisa qu'il ne l'avait jamais touché.

— Vous prétendez que vous n'étiez qu'une image dans nos esprits, là aussi ! Mais si quelqu'un vous avait touché, il se serait aperçu que…

— Il est tout aussi facile de leurrer le sens du toucher que celui de la vision. Vous le savez bien ! Vous faites ça avec vos céphs.

Bartol émit un grognement agacé et insista :

— Si quelqu'un vous avait incidemment bousculé… on peut leurrer le sens du toucher, oui, mais pas exercer une force. Si vous n'étiez réellement qu'un fantôme, cette personne se serait étonnée de vous traverser sans que rien ne la retienne !

— En effet ! Pour éviter cela, il suffit d'implanter dans la mémoire de la personne en question, ainsi que dans celle de ceux qui ont assisté à la scène, le souvenir que tout s'est déroulé conformément à la normale de chacun.

— C'est abominable ! Vous allez me dire que… Ça ! ce que vous venez de dire !

— Je saisis mal votre manière d'employer les temps du verbe dire.

— Oui, ben… C'est abominable, c'est tout !

— Je ne sais pas pourquoi c'est abominable, mais je comprends mieux.

— Pourquoi ces types, prétendument géantissimalement géantissimesques et même encore plus, à tel point que nous ne serions que des lombrics pour eux nous auraient-ils capturés ? Hein ? Juste pour nous examiner, comme ça. Comme nous, nous étudierions des vers ?

— Oui. C'est une bonne analogie.

— Vous avez de la chance de ne pas être réellement devant moi ! Abir, dit Bartol. Vous devenez impertinent.

— Je partage cet avis, approuva l'Éternelle. Abir, vous devenez impertinent !

— Je ne saurais pourtant être méprisant. Comme je vous le disais, je ne suis qu'une machine dématérialisée. Je ressemble beaucoup à ce que vous appelez l'intelligence artificielle, chez vous. En revanche, j'améliore ma base de connaissances en ce qui vous concerne, en notant que vous semblez mépriser la forme de vie que sont les lombrics. Je suis conçu pour enrichir les connaissances de mes créateurs sur votre espèce.

— C'est amusant Abir, vous avez beaucoup d'humour et de la répartie, dit l'Éternelle. J'apprécie ! Il n'en demeure pas moins vrai que vous êtes mon salarié, que vous avez mystérieusement disparu sans vous donner la peine de nous fournir la moindre explication. J'apprécie beaucoup moins !

— Avant de poursuivre cette discussion, il me paraît indispensable de vous convaincre que vous n'avez pas affaire à l'un d'entre vous. Pour ce faire, j'aimerais que vous ne portiez plus vos nucles. Ceci me permettra de vous montrer que dans ce qui va suivre, je n'utiliserai pas vos céphs. Il n'est pas nécessaire d'aller chercher un nucleur, vous pouvez constater qu'ils ne sont déjà plus dans votre corps, sous votre clavicule, mais sur la petite table devant vous.

Bartol et l'Éternelle portèrent un doigt sous leur clavicule et palpèrent leur peau. Ils furent tous deux saisis de surprise en vérifiant qu'ils n'avaient plus leur nucle. Ceux-ci étaient tous les deux effectivement posés sur la table.

— Ceci devrait déjà apporter du crédit à ce que j'avance, dit l'image d'Abir Gandy, mais vous pouvez en plus remarquer que vous me voyez et m'entendez encore, même sans votre céph. Je peux aussi, changer la forme de votre table et des objets qui sont dessus.

Ils sursautèrent en regardant la table devenir ronde et deux fois plus basse. Devant leurs yeux exorbités, les verres se transformèrent en cubes de métal brillant qui flottèrent en l'air ; le liquide qu'ils avaient contenu lévitait, vingt centimètres au-dessus d'eux, sous forme de cylindre. Bartol, ne pouvant se retenir de vérifier que ce ne fût pas une illusion, agrippa un des cubes. Ce dernier était littéralement soudé dans l'espace ; il eut beau exercer des secousses et des tractions dans tous les sens, l'objet ne bougeait pas d'un millimètre. Soudain, table, verres et liquide reprirent leur forme et leur place habituelle.

— À présent que vous voilà convaincus, je vous rends vos nucles.

Les minuscules sources d'énergie électrique disparurent de la table et furent de nouveau logées sous leurs clavicules respectives.

— Pourquoi vous intéressez-vous aux humains maintenant ? Et pourquoi nous avoir choisis, nous ? demanda l'Éternelle.

— Les Symbiosiens s'intéressent à vous maintenant parce que vous venez d'atteindre le stade de la numérisation. Ces logiciels qui émulent l'esprit humain sont en effet la raison pour laquelle ils veulent mieux vous connaître.

— C'est une manière assez cavalière de faire connaissance, de capturer les gens, grogna Bartol.

On entendit un son étrange, une sorte de gazouillement. Une sorte seulement, car il y avait aussi autre chose d'inconnu à l'oreille humaine. Cela venait de la chambre. Bartol se leva et alla voir ce qui s'y passait. Il découvrit Vouzzz en train de jouer comme un gosse en sautant sur le lit. C'est lui qui émettait ce son. Les colibris apparemment captivés par son chant tournaient autour de lui. Pour autant qu'il fut possible de lire une expression sur cette sphère verte, Bartol qui commençait toutefois à connaître la créature eut l'impression qu'elle était ravie.

— Hé, Bouboule ! Ne te gêne pas ! Saute sur mon lit si tu veux !

Le tripode s'arrêta brusquement et braqua ses trois yeux vers lui.

— Non ! Je plaisante, dit Bartol. Amuse-toi !

Il sortit de la chambre et se rassit sur le tapis près de l'Éternelle en lui faisant, avec une mauvaise foi qu'elle trouva attachante, l'observation suivante :

— Après on dira que c'est le désordre chez moi...

Puis, s'adressant à l'apparition :

— Oui, je faisais remarquer que capturer quelqu'un pour faire connaissance ! Il doit y avoir, à mon avis, des manières plus diplomates !

— Pensez-vous que, pour reprendre votre propre exemple, vos scientifiques fassent connaissance avec les lombrics d'une manière plus diplomate ?

— Nous ne sommes pas des lombrics ! cria Bartol sans dissimuler sa rage !

— Ce n'est pas facile de quantifier avec précision un degré d'évolution, mais il est certain qu'il y a une plus grande différence entre vous et les Symbiosiens qu'entre les lombrics, que vous méprisez tant, et vous ! De plus, beaucoup de lombrics sont morts de vos observations alors que vous êtes tous vivants, vous. Les Symbiosiens ne vous ont fait aucun mal. Le seul d'entre vous qui a succombé a été tué par l'un des vôtres. On peut en déduire que les Symbiosiens montrent moins de mépris pour leurs lombrics que vous pour vos propres semblables.

Sur cette dernière réponse, Bartol avait perdu toute trace de dignité exagérée. Abir Gandy, ou plutôt la chose qu'ils avaient prise pour un homme qui s'appelait Abir Gandy, garda un moment le silence. On entendait toujours Vouzzz sauter et « parler » avec les oiseaux dans la pièce voisine.

92. C'est probable, répondit la chose

La chose reprit :

— Les Symbiosiens sont entrés en contact avec les esprits numériques humains. Notamment avec un certain être multiple dénommé Poly. Les passagers du Youri-Neil les intéressaient particulièrement parce qu'il y avait à bord de ce gravitant les modèles biologiques de ces nums. Il était important de vous observer pour cette raison. Le Grand Félin en revanche n'a pas été choisi. Il se trouvait là, c'est tout. Et, j'avais besoin d'humains à étudier durant un moment. Cet échantillon a été très instructif.

— Et les Vouzzziens, demanda l'Éternelle, qui sont-ils ?

— Il s'agit d'une autre espèce. Une autre espèce qui vient d'un autre monde. Les Symbiosiens avaient l'intention d'analyser l'influence mutuelle que vous pourriez vous apporter.

— Nous n'étions finalement que de simples sujets d'expérience pour les Symbiosiens, murmura Bartol, un rien encore bougon.

— Notez que je vous ai laissé partir quand j'ai constaté que les vôtres avaient besoin de vous. Notez également que quand je dis « je », il s'agit indirectement des Symbiosiens puisque je suis leur conception. Gardez aussi à l'esprit que j'emploie le terme « Symbiosien » parce que c'est le vôtre mais n'imaginez pas qu'ils se nomment ainsi eux-mêmes. Je pense que vous devriez leur être reconnaissants de vous avoir mis en contact avec celui qui a stoppé net votre grave problème. C'est effectivement Vouzzz qui vous a sauvés ! Et c'est bien grâce à eux que vous avez rencontré Vouzzz.

— Oui oui… grande géanture ! j'avoue que nous leur devons beaucoup ! … quand vous dites que vous nous avez laissé sortir… J'ai eu la très forte intuition inattendue que la bulle qui recouvrait le Youri-Neil ne serait pas un obstacle. Et elle ne l'a pas été. Ai-je été… euh… influencé pour que cette intuition naisse dans mon esprit ?

— Oui. Je vous l'ai insufflée.

— Comme votre message de bienvenue quand nous sommes entrés dans Symbiose ? s'enquit l'Éternelle.

— Oui. Je vous ai fait ressentir que vous étiez bien accueillis et que vous ne risquiez rien.

— Vous avez l'audace d'avouer que vous pouvez agir sur nos pensées ! s'indigna Bartol.

— L'audace ? D'après la définition que vous donnez à ce mot, je ne comprends pas pourquoi vous l'employez dans ce contexte. Il eût fallu que l'avouer présentât quelque danger. Or, je n'ai rien à craindre de vous. Pas plus que vous ne redoutez vous-mêmes les lombrics, pour reprendre cet exemple qui vous semble cher. À la place de « audace », le terme « cour- toisie » m'eût semblé plus pertinent !

L'Éternelle eut un léger sourire en coin en notant la rage contenue du Marsalè.

— Pourriez-vous pousser votre courtoisie jusqu'à nous révéler à quels autres moments vous avez manipulé nos esprits ? demanda-t-elle.

— À aucun autre. Les Symbiosiens interviennent le moins souvent possible dans le comportement des espèces observées.

— Espèces observées ! marmonna Bartol sur un ton marri.

— Donc, pour résumer, vous nous avez capturés uniquement pour nous étudier ? dit l'Éternelle.

— Pour vous étudier dans les conditions spéciales d'une interaction avec les créatures que vous appelez les Vouzzziens.

Car le but de Symbiose est justement de créer des symbioses entre les espèces. C'est précisément pour cette raison que, pour vous, je lui ai choisi ce nom. Les Vouzzziens ont visiblement quelque chose à apporter à l'humanité. Leur existence a un sens. Ils vivent tous pour quelque chose : leurs œuvres sonores. Cela les unit. Vous, vous vivez pour des motivations différentes, et bien souvent personnelles, qui vous séparent. Très peu d'entre vous ont des passions réelles qui donnent un sens à leur vie.

— Pourquoi avez-vous brusquement cessé vos études sur notre espèce pour nous laisser sortir ? demanda Bartol.

— À cause de ce qui se passait dans vos mondes. Au nom du principe selon lequel nous essayons d'influer le moins possible sur l'avenir de nos sujets d'observation, j'ai pensé qu'il fallait vous libérer pour que vous puissiez prendre connaissance de ce qui arrivait à votre société et éventuellement agir en conséquence. Sandrila Robatiny étant particulièrement influente, la soustraire à ses semblables présentait de fortes probabilités d'altérer bien des paramètres en un moment singulièrement délicat de votre histoire. Mais, il n'y a pas qu'elle, tous les individus sont susceptibles de changer le destin d'une espèce entière. Je n'avais pas prévu que Vouzzz tienne ce rôle de premier plan, mais c'est une excellente chose pour le programme de Symbiose. Je ne devine pas encore ce que vous pouvez amener aux Vouzzziens, mais ce que les Vouzzziens peuvent vous amener est manifeste.

Après quelques secondes de silence, l'Éternelle dit :

— Symbiose est composée de nombreuses sphères, nous n'en avons visité qu'une. Peut-on savoir ce qu'il y a dans les autres ?

— D'autres études et expériences en cours sur des espèces différentes.

— Comment avez-vous réussi à vous incruster chez nous en tant que gravipilote ? s'enquit Bartol.

— Sandrila Robatiny voulait se débarrasser de sa gravipilote. J'ai légèrement influencé celle-ci pour qu'elle me propose en remplacement.

— Ah ! Et vous avez en plus influencé Sandrila pour qu'elle souhaite changer de gravipilote, je suppose.

— Non. Je n'ai pas eu besoin de le faire.

Bartol se tourna vers l'Éternelle. Cette dernière esquiva son regard interrogatif pour demander :

— Encore une question : pourquoi Symbiose a-t-il disparu ? Où est-il ?

— Il ne vous est plus accessible, pour l'instant. Je dois collaborer avec vos nums avant de reprendre un nouveau programme d'études. À ce moment-là, peut-être que Symbiose sera de nouveau visible pour vous. Mais cette fois, n'y entreront que ceux qui le feront volontairement.

— Comment pouvez-vous cacher une telle structure et la faire réapparaître aussi aisément ? s'étonna Bartol.

— Je ne vois pas comment vous l'expliquer avec une aisance égale, dit Abir Gandy, sans la moindre trace décelable d'humour. Je suis dans la situation dans laquelle vous seriez si vous deviez enseigner votre physique à un lombric.

L'Éternelle ne put retenir un nouveau sourire devant la mine dépitée de Bartol qui s'efforça d'afficher une humilité forcée.

— Pourquoi ne révélez tout ça qu'à nous deux ? demanda-t-il.

— Je ne le révèle pas qu'à vous. En ce moment, je suis en train de le dire à Quader Abbasmaha, à Solie Robatiny et à Ols Alia.

— Pourquoi seulement à eux ?

— Parce que, comme vous, ils ont des nums.

— Vous arrivez donc à être à plusieurs endroits à la fois !

— C'est la moindre des choses ! Même vos nums savent faire cela !

— Oui, si des nums de lombrics y parviennent, j'imagine que c'est élémentaire pour vous.

Ce qui se montrait sous l'apparence d'Abir Gandy ne répondit pas, mais Bartol eut l'impression que son visage semblait dire : « Vous commencez à comprendre. ».

Il y eut un moment de silence qui fut méditatif pour les deux humains.

— Comme je vous le disais au début de cette conversation, poursuivit l'image du gravipilote, je vais ramener Vouzzz chez lui. Je vous laisse lui dire au revoir ; j'ai noté que ce rituel est important pour vous.

Excellent observateur de lombrics ! se dit Bartol en se levant pour se rendre dans sa chambre. L'Éternelle le suivit. Vouzzz était immobile sur le lit. Les colibris sautillaient sur ses longs bras filiformes.

— Vouzzz, fit Bartol, nous venons te dire au revoir. Il paraît que tu vas nous quitter...

— Je sais, Bartol. J'ai tout entendu, grande géanture !

— Au revoir, Vouzzz, dit l'Éternelle en posant une main amicale sur la sphère verte. Merci au nom de tous les humains. Tu nous as tous sauvés !

Les oiseaux s'envolèrent en piaillant pour manifester leur contrariété, comme s'il semblait acquis que Vouzzz leur appartenait.

— Au revoir, Sandrila !

— Salut, ma boule ! s'exclama Bartol, en tapotant la créature affectueusement. Oui, merci pour ce que tu as fait pour nous ! C'était vraiment...

— Géantissime ?

— Mieux ! géantissimalement géantissimesque ! Plus encore ! Mais je n'ai pas encore inventé l'adverbe et l'adjectif que tu mérites. Je vais y travailler pour te l'exprimer du fond du cœur quand on se reverra.

— Tu penses qu'on se reverra ?

— La chose qui représente les symbiosiens a dit « peut-être ».

— Alors peut-être à bientôt, Bartol ! Au revoir tous les deux.

La créature disparut soudainement. Ils retournèrent dans le séjour.

— Si vous pouviez rassurer mon petit cœur de lombric, dit Bartol. J'espère qu'il ne lui est rien arrivé !

— Ne vous inquiétez pas. Tout se passe bien pour lui.

— D'accord ! Donc, si j'ai bien compris, dans le but d'étudier certaines créatures de l'Univers, qui par rapport à vos concepteurs sont plus ou moins des lombrics, vous avez préparé des laboratoires dans lesquels vous avez reconstitué des biotopes afin d'y accueillir les objets de vos études.

— Oui. C'est cela.

— Dans ce cas, poursuivit Bartol, pourquoi y avait-il dans le biotope destiné à nous accueillir, et qui donc reproduisait la Terre, pourquoi y avait-il des animaux étranges, octoculaires, qui n'ont rien à voir avec nos mondes ? Hein ? Pourquoi ? Tout le reste était parfait, mais là… Vous n'avez pas eu le temps d'observer la faune terrestre, ou quoi ?

— Les créatures octoculaires dont vous parlez sont dans Symbiose depuis très longtemps. Leur biotope d'origine est si proche du vôtre qu'il ne m'a pas semblé nécessaire de leur emménager un autre espace de vie. Il m'a suffi de changer quelques détails du décor pour vous accueillir, le Soleil et la Lune notamment. Je comprends qu'il vous reste de nombreuses questions à poser, pourquoi y a-t-il des passages entre les mondes, pourquoi Vouzzz a-t-il découvert le vôtre... Les réponses vous seront amenées un jour ou l'autre accompagnées de nouvelles questions. Je dois vous laisser à présent. Je vous salue amicalement.

— Allons-nous vous revoir ? demanda l'Éternelle.

— C'est très probable, répondit la chose avant de disparaître.

93. Épilogue

Plus de la moitié des disciples du Plus Grand Des Divins qui avaient infiltré Génética Sapiens avaient été tués durant les violents événements de la Charnière Climatérique, les autres s'étaient enfuis. Ceux qui occupaient des postes indispensables avaient été remplacés. Dix jours après son retour de Symbiose, Sandrila Robatiny avait repris les rênes de son empire génétique sans grandes difficultés.

Le décès de C12/2 l'avait déchargée de sa promesse de réunir tous les C12, mais pas du poids de sa culpabilité, évidemment. Bien au contraire !

Quant à ses inquiétudes, à propos des tête-à-tête discrets entre Bartol et C qu'elle avait surpris ces derniers temps, elles étaient pour l'heure apaisées. Elle avait été obligée d'user d'un moyen d'espionnage pour le savoir ; elle en était à présent secrètement confuse, mais il s'était avéré que tous deux ne complotaient qu'au sujet de son anniversaire. Elle était en effet sur le point d'atteindre 222 ans dans quelques jours.

Aucune enquête n'avait encore été menée au sujet de la mort de Vassian Cox. Il y avait eu tant de morts dans la période proche qu'il faudrait beaucoup de temps, et la volonté de le faire, pour demander des comptes à tous les meurtriers.

So Zolss était bien sûr rapidement revenu de sa méprise en apprenant que Bartol n'était ni le créateur, ni le détenteur de l'extraordinaire forme de pouvoir qui l'avait terrassé. À présent

convaincu que Vouzzz avait un rapport avec cette histoire de
gravitant géant qui avait retenu l'Éternelle prisonnière plusieurs
jours, il ressentait un immense dépit à l'idée que s'il n'avait pas
pris la créature fantastique pour une pastèque, elle serait actuellement en sa possession. Il considérait cette inadvertance
comme la plus grande de toutes les erreurs de sa longue vie.
Presque certain que le tripode trioculaire était auprès de Sandrila Robatiny, il se demandait quel usage elle allait faire de cet
incommensurable pouvoir. Le plus grand qu'il eût pu imaginer !
Cet épilogue à son désavantage lui offrait au moins, grâce à sa
déconvenue, l'occasion d'éprouver une émotion de plus. Pour le
meilleur et pour le pire, il se sentait inhabituellement vivant ces
derniers temps.

Les huit C12 étaient toujours en sa possession ; il comptait
les utiliser pour, au moins, obtenir un enfant d'elle.

Bartol n'avait encore offert aucun engramme à l'Éternelle. Et
ce n'était pas le cadeau qu'il envisageait de faire pour son anniversaire. Il eût menti en prétendant qu'il ne pensait plus à Cara
Hito. Il eût menti aussi en affirmant qu'il ne l'avait pas revue. Il
eût menti enfin en jurant qu'ils ne venaient pas de faire l'amour
ensemble.

— Que regardes-tu ? demanda-t-il.

— Ton rangement, répondit Cara en riant.

Il fit mine de l'étouffer avec un coussin et se leva.

— Tu sais, dit-il, j'ai une drôle d'intuition qui me vient, là.

— Ah bon ? Laquelle ? s'enquit-elle, à demi couverte par un
drap tout entortillé.

— Je ne sais pas pourquoi, mais je ne peux pas m'empêcher
de penser que Symbiose est de nouveau accessible, pour moi en
tout cas.

— Comme c'est curieux ! Figure-toi que j'ai exactement la même impression !

***

Fin du tome 4

***

ilsera.com

Table des matières

ilsera.com